高爾基公園

Gorky Park

馬丁·克魯茲·史密斯

Martin Cruz Smith

聯經

獻給小艾（Em）

目次

第一部

莫斯科

MOSCOW

1

所有夜晚都該這樣黑暗，所有冬季都該這樣溫暖，所有車頭燈都該這樣眩目。

廂型車開上一座雪堆，動彈不得之下熄了火，凶殺科小隊下車。人民警察[1]的警官全像一個模子刻出來的，手臂粗短、眉毛緊貼雙眼，裹著厚重的羊皮長大衣。其中沒穿制服且身材瘦長、皮膚蒼白的是調查組長。他同情地聽著在雪中發現屍體的警官陳述：他只是半夜走出公園小徑不遠解手，結果尿到一半發現了他們，打開的褲襠幾乎把老二凍僵。小組循著廂型車的車燈光線前進。

調查組長猜測，這幾個可憐的死王八蛋一起喝著伏特加，然後三人再歡樂地一起凍死。伏特加是液態稅，價格總在上漲。而從經濟效益與預期酒力看來，三人共享一瓶的確是最幸運的分法。這是原始共產主義的完美範例。

空地另一側出現燈光，樹的陰影橫掃過積雪，直到兩輛黑色伏爾加（Volga）出現。精力充沛的矮胖皮布留達少校，領著一隊國安會（ＫＧＢ）幹員下車往這裡前進。民警和祕密警察同時跺著腳取暖，吐出一道道熱氣。結晶冰花在他們的帽子與衣領上閃耀。

民警是內政部轄下的警察機構，負責指揮交通、飛車追捕醉酒駕駛、收拾尋常死屍。國家安全委員會，亦即祕密警察單位，則被賦予更偉大而微妙的責任，要打擊國內外陰謀人士、走私販與反抗者。這些幹員雖有制服，卻偏好可隱匿身分的便衣。皮布留達少校滿口以大清早為題的爛笑話，與高采烈想降低民警與國安會之間緊繃的職場敵意。他滿臉堆笑，直到認出那位調查組長。

「藍柯！」

「沒錯。」艾凱迪．藍柯隨即走向屍體，讓皮布留達跟上。

發現屍體的民警留下的足跡指向空地中央那些洩露祕密的隆起處，足跡停在半途中。調查組長應該抽得起較高級的菸，艾凱迪卻點了支廉價的普利馬（Prima），讓那力道強勁的菸味充盈口中——這是他與死人打交道時的習慣。一如民警陳述，屍體有三具。他們安穩地躺著，在漸融冰殼下的姿態甚至可說帶著藝術感。中間那個仰面躺著，雙手交疊，彷彿某種宗教的葬禮；其他兩人則背轉過身，在冰下伸長雙臂，宛如信紙兩側的浮凸紋飾。他們全都穿著冰刀鞋。

皮布留達用肩膀擠開艾凱迪。「等我確定這裡沒有國安問題之後再換你們。」

「國安問題？少校，公園裡有三個醉漢——」

這時少校已揮手叫個拿相機的特工過來。每拍一張照片，雪堆就閃起一片藍光，屍體彷若隨之浮起。這台是外國相機，幾乎能即刻送出相片。攝影師驕傲地拿了張相片給艾凱迪看。雪地反射的閃光讓三具屍體變得模糊。

「覺得如何？」

「真快。」艾凱迪把照片遞還。屍體周圍的雪全被踩亂了。他看得心頭火起，又深吸一口菸。他修長的手指扒過頭上柔軟的黑色長髮。他注意到少校與攝影師都沒想到要穿靴子。說不定這些祕密警察雙腳濕透以後會快點閃人。至於這些屍體，他猜大家會在附近雪地找到一、兩個能交代死因的空酒

---

1 People's Militia，原意為民兵團。本書採人民警察，簡稱民警之譯法。在蘇聯，國內犯罪事務由民警負責，國家安全事務則由下文中的國安會（ＫＧＢ）祕密警察單位負責。這兩個單位之階級皆使用軍階，而不像歐美其他國家另有獨立警階制度。

瓶。在他身後，夜色正逐漸消逝在敦斯科伊修道院後方。他看見民警團的病理學家列文從空地邊緣輕蔑地望過來。

「屍體看來已經在這裡很久，」艾凱迪說：「再過半小時，我們的專家就可以在陽光下讓他們解凍，然後再檢查。」

皮布留達指著最近的屍體說：「哪天這也可能是你呦。」

冰粒在空中閃爍微光。艾凱迪不確定自己有沒聽錯。他認為對方不可能這麼說。皮布留達的臉在車頭大燈的光線中忽隱忽現，像是就要掀開的底牌，眼睛有如骰子點數又小又黑。這時他突然拋開手套。

「我們不是來聽你上課的。」皮布留達跨在屍體上，開始像狗一樣扒雪，把雪塊左右丟開。

這人自認已對死亡麻木。他進過幾間從地板到天花板滿是血跡的高溫廚房，他是這方面的專家，知道在夏天人體隨時可能爆開噴血，所以比較喜歡冬季僵硬的屍體。接著，一張新的遺容從雪地裡突然冒出。調查組長從沒看過這樣一顆頭，他覺得自己永遠忘不了這畫面。這時他還不知，此刻就是自己人生的分水嶺。

「是謀殺。」艾凱迪說。

皮布留達泰然自若。他立刻拂去另外幾顆頭顱上的雪。它們跟第一顆頭的狀況一樣。然後他跨在中間那具屍體上，連連捶打那身結凍的大衣直到裂開。他將大衣剝開，接著再打裂並剝開底下的衣服。

「不管搞成怎樣，」他笑了，「你都可以確定這是個女的。」

「她中了槍，」艾凱迪說道。露出乳頭的死白雙乳間有個黑色子彈的穿入傷口。「少校，你這是在毀壞證據。」

皮布留達將其他兩具屍體的外套弄裂並打開。「中槍，全都中槍！」他像盜墓者般喜不自勝地說。

皮布留達的攝影師在閃光中拍下他的一連串動作：雙手翻起屍體僵硬的頭髮、從一張嘴裡挖出一顆鉛彈。艾凱迪注意到，三個受害者除了頭顱都被嚴重損毀，手指最後一節也都失蹤，沒了指紋。

「子彈也射穿這兩個男人的頭，」皮布留達用雪擦洗雙手。「屍體三具，幸運數字喔，組長。我幫你把骯髒活都辦了，現在我們扯平啦。」他對攝影師下令：「我們撤。」

「你不就是幹骯髒活的嘛，少校。」艾凱迪說道，攝影師正步履艱難地離開。

「你說什麼？」

「三個人在雪地中槍，還被人用刀亂砍，少校，這種事是你的工作。你不會想讓我查這案子的。誰知道會查到哪裡去？」

「會查到哪裡？」

「失控的事囉，少校。記得嗎？不如你跟你的手下現在就接下調查工作，讓我和我的人回家吧？」

「我看不出這裡有妨礙國家安全的跡象。你只是有件比平常複雜點的案子而已，就這樣。」

「但是被個把證據弄得一塌糊塗的人變複雜了。」

「我的報告和照片會送到你的辦公室——」皮布留達優雅地拉上手套。「——這樣你就能享用我的勞動成果。」他抬高音量，讓空地附近的每個人都能聽到他的聲音，「當然，如果你發現任何跡象可能關乎國安會管轄之違法行為，就請檢察官立刻通知我。懂吧，藍柯組長？無論各位得查上一年還是十年，只要一有狀況就通知我。」

「我充分瞭解。」艾凱迪同樣大聲回答：「我們會完全配合。」

土狼、烏鴉、食腐蒼蠅、蠕蟲，調查組長邊看著皮布留達的車隊撤離空地，心裡一邊想著。夜行生物。黎明就要來了，他幾乎感覺到陸地加速翻騰，向逐漸升起的太陽前進。他又點了支菸，以消除嘴裡皮布留達的味道。這跟喝酒一樣，是個骯髒的習慣，也都是國營產業。所有東西都是國營產業，連他自己也是。現在就連覆雪的花朵也出現了清晨將至的極微跡象。空地邊緣的民警仍舊失神地凝望。他們一定看到了那些雪中冒出的死者面容。

「這案子我們接了，」艾凱迪通知手下：「你們不覺得該處理一下嗎？」

他要他們至少先封鎖這塊區域，然後叫個士官以車用無線電請求更多人手、鏟子與金屬探測器。他認為製造擴大編制的假象，一向是提振士氣最有用的招數。

「所以我們──」

「我們繼續處理，直到有進一步通知。」

「這一早真不賴啊。」列文冷笑道。

病理學家的年紀比其他人大，在民警上尉的身分掩飾下，其實是個諷刺漫畫型的猶太佬。他毫不同情民警團的現場專家譚雅。譚雅的目光仍無法從那些臉上移開，艾凱迪將她帶到一旁，建議她開始繪製這片空地的基準線，盡量標示出陳屍位置。

「是好心少校攻擊他們之前還之後的位置？」列文問。

「之前，」艾凱迪說：「就當少校沒來過。」

民警團的生物學家是個醫生，已開始在屍體周圍的雪地尋找血液樣本。今天一定會是愉快的一天，艾凱迪心想。他看見莫斯科河對岸堤防上方，第一道曙光正落在國防部建築群上，那些無止盡的暗褐色牆垣，一天中只有這一刻帶有一絲生氣。空地周圍的樹木像鹿一樣，在破曉中小心翼翼地現身。現在覆雪的花開始呈現紅色和藍色，如緞帶一般明亮。一切與冬天相關的事物，似乎都準備在今天融解。

「操！」他再看向屍體。

民警團的攝影師問他，祕密警察還沒拍照嗎？

「拍了，我敢說那些照片一定很適合當紀念品，」艾凱迪說：「但用在警方調查工作上就不行了。」

攝影師諂媚地笑起來。

很好，艾凱迪心想：給我笑大聲點。

一個名叫巴夏．帕弗洛維奇的便衣警探搭調查組的公家車出現。這輛是出廠五年的老「莫斯科人」（Moskvich），而不是皮布留達坐的時髦伏爾加。巴夏有一半韃靼血統，是個肌肉發達的浪漫人物，一頭黑髮像船首斜桅般由後往前梳。

「三具屍體，兩具男性、一具女性，」艾凱迪鑽進車裡，「都凍僵了。可能躺了一星期或一個月，甚至說不定五個月。沒證件、沒有隨身物品，啥都沒有。三人心臟都中了槍，其中兩個頭部也被槍擊。你去看看他們的臉。」

艾凱迪待在車上等。實在很難相信，現在才四月中，通常會冷酷拖到六月的冬天卻就要結束。它應該在這些可怖的事物上停留久一點。如果不是昨天融雪、加上一個民警膀胱飽脹、月亮又那樣照著雪地，艾凱迪現在應該闔眼躺在自己的床上才是。

巴夏帶著滿腔怒火回來。「哪種瘋子會幹這種事？」

艾凱迪示意他回車上。

「皮布留達來過。」艾凱迪說著，巴夏一面上了車。

他邊說邊看到警探表情的微妙變化，看著光這幾個字就創造出些許退縮，看著他瞥向空地，接著又看回艾凱迪。外面那三個死人與其說是可怖的罪案，倒不如說是燙手山芋。又或者兩者皆是。巴夏是個好手，但就連他都看起來比其他人更加良心不安。

「這種案子不該由我們負責，」艾凱迪繼續說：「我們先把這邊處理好，然後他們就會接手，不用擔心。」

「但這裡可是高爾基公園。」巴夏心煩意亂地說。

「的確怪得很。不過照我說的做，我們就不會有事。把車開到民警團公園站，去拿溜冰步道地圖。列出今年冬天在公園這一區幹活的所有民警和小吃攤販清單，另外也要列出可能在附近巡邏的所有公安志工。反正重點就是把場面弄得好像很大。」艾凱迪下了車，倚著車窗說：「對了，有指派其他警探給我嗎？」

「費特。」

「我不認識。」

巴夏往雪地啐了一口：「從前有隻小鳥兒，聽到什麼就說什麼——」

「好。」這種案子一定會有臥底密探加入，但調查組長不僅屈從於這事實，甚至十分歡迎。「有大家的合作，我們就能更快擺脫這件爛事。」

巴夏離開後，兩輛卡車載著民警新兵和鏟子駛來。譚雅已在空地標出方格，這樣他們在間隔一公尺的正方格中鏟雪時，若有證據就一定會看見，但艾凱迪幾乎完全不期待案發這麼久後還會留下任何證據。他的目的在於場面。只要這鬧劇搞得夠大，說不定白天結束前皮布留達就會打電話過來。無論如何，這活動鼓舞了民警。他們基本上只是交通警察，雖然自己就製造了不少交通流量，但還是過得很開心。其他方面，他們通常不大快樂。民警團一般會招募剛從軍中退役的農家子弟，用可在莫斯科居留的超棒承諾引誘他們，首都的居留身分可是連核子科學家都很難得到。太讚了！但結果就是，莫斯科人把民警看作某種由鄉巴佬和禽獸組成的占領軍。民警則認為其他市民既頹廢又腐敗，而且可能都是猶太人。儘管如此，卻從來無人返回農場。

太陽已經升得很高，活跳跳的，不再是冬天時那鬼魅般的幽幽圓餅。新兵在暖風中晃蕩，眼神有意無意避開空地中心。

為什麼選高爾基公園？這城市有幾個更大的公園可以棄屍──伊茲邁洛瓦公園、翟金斯基公園、索考尼基公園。高爾基公園只有兩公里長，最寬處不到一公里。不過這是革命後所建的第一座公園，也最受民眾喜愛。南邊的狹長盡頭幾乎接上大學校園。北邊只有一道河灣擋住望向克里姆林宮的視野。所有人都會來這裡：吃午餐的店員、帶寶寶的祖母、跟女孩廝混的男孩。園裡有座摩天輪，幾座噴泉、幾座兒童劇場，四處掩藏著步道與涼亭。冬天時，這裡有四座溜冰場及溜冰步道。

費特警探到了。他幾乎跟個新兵一樣年輕，戴鋼框眼鏡，有對滾圓的藍眼珠。

「你負責雪地，」艾凱迪示意逐漸增大的雪堆。「融化，搜查。」

「組長想送到哪個檢驗室處理？」費特問。

「噢，我想只要有熱水的地方都行。」這話聽起來可能不夠力，艾凱迪又加一句：「我要你們把每一片雪花都翻開來找。」

艾凱迪上了費特的米紅雙色民警座車駛離，越過克林斯基橋去北邊市區。結凍的河正隱隱作痛，即將迸裂。現在是九點鐘，兩小時前他從床上被人叫醒，只抽了菸，還沒吃早餐。他下了橋，向指揮交通的民警揮揮紅色識別證，從停止的車輛間加速通過。一項階級帶來的特權。

艾凱迪對自己的工作沒什麼幻想。他是凶殺科調查組長，在一個算不上有組織犯罪、也沒做案天分的國家擔任謀殺專家。一般俄羅斯人的加害對象就是枕邊人，通常是喝醉後拿起斧子劈向她的頭──可能要十次才劈得中。說白了，艾凱迪逮過的罪犯以酒鬼為首，其次才是殺人兇手，而酒鬼遠比殺人兇手多得多。他由經驗中萃取出的結論是，沒有幾個身分會比當酒鬼最好的朋友或另一半危險，而整個國家有一半時間都是醉醺醺的。

屋簷槽濕漉漉地掛著冰柱。調查組長的車驅散了行人。不過情況比兩天前好，當時車流和行人只能笨拙穿越一片霧氣湧動的陰影。他走馬克思大道繞過克里姆林宮，轉上彼得羅夫卡街，過了三個街口，就是莫斯科民警團總部的六層樓黃色建築群。他把車停進地下停車場，搭電梯上三樓。

報紙通常將民警指揮中心形容為「莫斯科的大腦中樞，能隨時在數秒內回報世上最安全城市的意外與罪案」。一面牆是龐大的莫斯科地圖，圖中的莫斯科分為三十個行政區，以一百三十五個嵌燈顯示民警站位置。幾排無線電開關圍著一張通訊台，警官在此聯絡巡邏車（「伏爾加呼叫五九」），或以代號聯絡民警站（「伏爾加呼叫鄂木斯克」）。這是莫斯科最有秩序、最寧靜與最有計畫的地方，是電子工程與精密風選作用（winnowing）的作品。但它有配額限制。巡邏民警只能正式回報一定數目的罪案，不然就會讓巡邏中的其他民警落得回報零罪案的窘境（大家公認零罪案是不可能的）。然後民警站會一個個調整自己的統計資料，讓謀殺、攻擊與強暴案低到適當數量為止。這是一套高效率的樂觀機制，要求平靜，也求仁得仁。在那張龐大的地圖上，目前只有一個民警站的燈在閃，顯示七百萬人居住的首都過去二十四小時內只接到一宗重大暴力事件回報。那個燈就在高爾基公園內。站在指揮中心中央位置看著這個燈的人是民警團團長。他身材魁梧、生了張扁平面孔，織有金穗的灰色將軍制服上掛滿功勳綬帶。他身旁是兩位上校副團長。穿便服的艾凱迪相形之下十分邋遢。

「將軍同志，調查組長藍柯報告。」艾凱迪照規矩報告。他自問：我刮了鬍子嗎？並強忍伸手摸向下巴的衝動。

將軍幾乎不動聲色地點點頭。其中一位上校說：「將軍知道你是謀殺案專家。他相信專業與現代做法。」

「將軍想知道你對此事的第一印象，」另一個上校說：「及早解決的機率有多大？」

「擁有全世界最精銳的民警與大眾支持，我有信心我們會成功查清與逮捕涉案人。」艾凱迪斬釘截鐵地說。

「這樣的話，」剛才先開口的上校問道：「為什麼連受害者資料的簡報都還沒發給所有站點？」

「遺體身上沒有證件，而且經過冷凍後很難確定死亡時間。另外遺體還受到損毀，所以不走一般鑑定程序。」

另一位上校看了將軍一眼，接著問：「當時有國安會代表在現場？」

「是。」

將軍終於開口：「發生在高爾基公園。我就是不懂這點。」

艾凱迪在總部的販賣部以甜麵包和咖啡當早餐，然後投了一枚兩戈比硬幣進公共電話，撥出。

「藍柯老師同志在嗎？」

「藍柯同志目前正在跟區黨部委員開會。」

「我們原本約了要吃午餐。請轉告藍柯同志……就說她丈夫跟她改晚上見。」

接下來一小時，他調閱年輕警探費特的紀錄，十分滿意，這人的確只參與對祕密警察特別重要的案子。艾凱迪穿過面向彼得羅夫卡街的庭院離開總部。民警團職員與結束漫長購物行程的女性小心翼翼繞過占滿環形車道的豪華長型轎車。他向警衛亭揮揮手，走向法醫檢驗室。

艾凱迪在驗屍室門口停下，點起一支菸。

「你要吐了嗎？」列文聽到擦火柴聲便抬起頭來。

「要是不妨礙你工作的話。記住，我可不像『某些人』有津貼可領。」艾凱迪在提醒列文：比起處理活人的一般醫生，病理學家的薪水要高百分之二十五。那是「風險津貼」，因為沒有任何東西的危險性比屍體更接近活的有毒植物。

「總會有感染風險，」列文說：「只要刀一滑——」

「他們都結凍了。他們唯一能給你的只有感冒。更何況你拿刀從不手滑。對你來說，死亡只是額外紅利。」艾凱迪深吸著菸，直到菸霧徹底汙染鼻子與肺為止。

他準備好後，進入滿是甲醛的空氣中。三個被害人的性格可能大相逕庭，但以死屍來說，他們是一式三份的獨特存在。白化病般的白，只有臀瓣和肩膀附近有些微青紫瘀血，皮膚像肥鵝般冒起圓鼓鼓的疙瘩，每個心臟上方都有個窟窿，手指沒了尖端，頭部沒了臉孔。從前額髮際到下巴、左耳到右耳，所有皮肉都遭切除，只留下臉部骨骼與烏黑的凝血。眼球也被挖走。他們從雪中冒出來時就是這副德行。列文的助手是個烏茲別克人，他邊流鼻涕邊用圓鋸切割他們的胸腔，添上一些新的裝飾。烏茲別克人不斷放下鋸子暖手。一具龐大的遺體可以持續結凍一整個星期。

「如果你受不了看死人，怎麼有辦法偵辦謀殺案？」列文問艾凱迪。

「我逮捕活人啊。」

「這樣值得驕傲嗎？」

艾凱迪從桌上拿起初步驗屍報告讀了起來：

男性。白人。棕髮。瞳孔顏色不明。約二十至二十五歲。死亡時間為六個月內至二週前。發生重大腐敗前即已結凍。死因：槍傷。因毀壞而缺少臉部軟組織及雙手第三節指骨。兩處可能致命的傷口。傷口A：子彈擊中口部，使上顎破裂，以四十五度角穿過腦部，由顱骨後方高處穿出。傷口B由胸骨左方二公分處延伸至心臟，撕裂主動脈。標記為GP1-B的子彈於胸腔內尋獲。

男性。白人。棕髮。瞳孔顏色不明。約二十至三十歲。死亡時間為六個月內至二週前。因毀壞而缺少臉部軟組織及雙手第三節指骨。兩處可能致命的傷口。傷口A：子彈擊中口部，使上顎破裂，打斷門牙，轉向穿過腦部，於腦膜溝上方五公分處的後方顱骨內面留下刻痕。標為GP2-A的子彈於顱腔內尋獲。（GP2-A為皮布留達所挖出的子彈。）第二處傷口由胸骨左方三公分處穿越心臟部位。標記為GP2-B的子彈於左肩胛骨內尋獲。

女性。白人。棕髮。瞳孔顏色不明。約二十至二十三歲。死亡時間為六個月內至二週前。死因為胸骨左前三公分延伸至心臟的槍傷，撕裂右心室和上腔靜脈，於脊椎左前兩公分的第三、四根肋骨之間穿出後方。與GP1及GP2相同，頭部及手部毀損。標記為GP3的子彈出口後方尋獲。無懷孕跡象。

艾凱迪靠著牆專心看著手上的文件，抽菸抽到幾乎暈眩才停。

「你怎麼查出年紀的？」他問。

「牙齒沒什麼磨損。」

「所以你驗完牙齒了。」

「對，但沒什麼用。第二個男性有顆臼齒是鋼牙。」列文聳聳肩。

烏茲別克人遞來牙科報告，還有一盒破裂的門牙，跟子彈一樣註明原本所在位置。

「少了一顆。」艾凱迪數了牙齒。

「被打碎了。碎片在另一個容器。不過真正有趣的東西不在初步報告上，不知道你想不想看看。」

幾道蛞蝓灰的水泥牆，地面排水管附近有多處汙漬，令人不適的螢光燈，蒼白皮肉與陰毛映入眼簾。調查組長的策略就是當作沒看到，不過——三個死人哪。看看我們，那些遺容在說：是誰殺了我們？

「你也看到了，」列文說：「第一位男性骨架很大，肌肉發達。第二位男性體格瘦小，左脛骨有複雜性骨折的舊傷。這點最有趣。」列文用手指挾出一撮毛髮示意。「第二位男性染過髮。他本是紅髮。這些都會寫在完整的報告上。」

「那我就期待它出爐了。」艾凱迪離開驗屍室。

列文在電梯口追上艾凱迪，與他一同上車。在史達林調查猶太醫生前[2]，列文原本在莫斯科當外科主任醫師[3]。在情感上他習慣壓抑、惜言如金，關心的表情在他身上就像抽筋，怎麼看就是不對勁。

「一定要讓其他調查組接這案子，」他告訴艾凱迪，「找別人接手去。割掉臉跟手的那個人清楚得很自己在做什麼。他以前就幹過這事。這是克利亞茲馬河案的重演。」

「如果你說得對，那少校明天就會接管這案子。這次他們不會讓狀況如此失控，就這樣。你又何必擔心？」

「倒是你怎不擔心？」列文打開車門。門關上前，他再重複一遍：「這根本是克利亞茲馬河案的重演。」

彈道室的大半空間都被四公尺長的水缸占據。艾凱迪把子彈留在這裡，然後去中央法醫檢驗室。這間廳房有拼花木地板、幾張大理石面桌子、幾面綠色黑板、幾個齊膝高的立式菸灰缸。旁邊有幾張零星的桌子放著受害者的衣物，不同團隊正在處理潮濕的餘物。負責人是個頭髮光滑、雙手肥厚的民警上校，名叫雷歐丁。

「除了血，目前沒發現什麼。」雷歐丁微笑道。

其他技術人員抬頭望著調查組長到來。雷歐丁的一個手下在用真空抽吸器清理口袋，另一人擦去冰刀鞋上的凍雪。他們身後是玻璃糖果罐般五顏六色的藥品——有試劑、碘晶體、硝酸銀溶液和瓊脂凝膠。

「衣服來源呢？」艾凱迪問。他希望發現的是質料好的外國品牌，便能顯示三位死者可能涉及祕密警察必須調查的黑市走私案件。

「看。」雷歐丁讓艾凱迪看向其中一件外套的標籤。標籤上的字是「丹寧布」。「國產衣料。全是便宜貨，任何一家本地商店都買得到。你看胸罩，」他作勢比向另一張桌子。「不是法國貨，連德國貨都不是。」

艾凱迪看到雷歐丁敞開的實驗袍底下打了條手繪寬領帶。他會注意是因為一般民眾買不到寬領帶。而上校很高興受害者的衣服能讓艾凱迪感到挫敗，因為當調查組長越挫敗，法醫技術人員相形之下就越重要。

「當然，我們還沒用氣相層析儀、分光計，還沒做中子活化取樣，但要分別檢驗三套服裝那可就貴了。」雷歐丁舉起雙手以示無助。「更別說要花多少時間在電腦上。」

大場面啊，艾凱迪提醒自己。他說：「上校，正義沒有預算上限。」

「對，對，但如果你能簽一下表格，我就能得到授權處理所有完整測試，你明白的。」

最後艾凱迪簽了張空白授權書。之後雷歐丁上校會寫上不由他處理的非必要檢驗，然後私下販售沒用過的化學藥品。不過，他的確是專業級技術人員。艾凱迪無權抱怨。

艾凱迪回來時，彈道室的技術人員正在移動一台比測顯微鏡下的子彈。

「看到沒？」

2　一九五二年，史達林等蘇領導人因反猶心態，指控克里姆林宮內多名醫生涉嫌企圖謀殺蘇聯官員，對其加以整肅，其中過半醫生為猶太人。

3　原文為 chief surgeon，亦可指軍醫主任。

艾凱迪俯身湊近。從高爾基公園找到的子彈，一顆放在左側目鏡下，另一顆放在右側目鏡下，左右區域的影像緊緊相鄰。其中一顆子彈因為穿過骨頭而嚴重受損，但兩顆子彈都有相同的左旋膛線留下的痕跡，艾凱迪轉動子彈時，發現凹凸部分有許多相似處。

「同一把槍。」

「全是同一把槍。」技術人員同意。「五顆子彈都是。我很少遇到七點六五毫米的槍。」

然而艾凱迪只從列文那裡帶了四顆子彈來。他拿起顯微鏡下那兩顆子彈。右手那顆沒有標籤。

「剛從公園送來的。」技術人員說：「金屬探測器找到的。」

三個人在開放區域於近距離內被同一把槍正面擊斃。先槍殺，然後剖割。

皮布留達。克利亞茲馬河案。

莫斯科檢察院位於莫斯科河南岸，就在新庫茲涅斯科街一個十九世紀商業區內。辦公大樓從中分成黃色的兩層樓側，與灰色的三層樓側。調查人員的辦公室在黃色那一側，俯瞰一個寒酸的極小公園，受傳喚來此的市民可以絕望地坐在這裡。公園裡有個墓地大小的花壇，旋轉台座上有幾個空花甕。大樓較大的另一側則是俯瞰一座遊樂場的檢察官辦公室。

艾凱迪進了調查組辦公室門口，一步兩階上了二樓。兩位調查組長曲欽（特殊案件科）和畢洛夫（產業案件科）在大廳裡。

「伊恩斯基要見你。」曲欽提醒他。

艾凱迪不理他，逕自走向後方自己的辦公室。畢洛夫跟了上來。畢洛夫是最年長的調查組長，對艾凱迪擁有他稱之為「不屈不撓的情感」。辦公室是三乘四公尺見方，圍繞棕色牆面的是松木家具與一扇雙層框窗，用街景、幾張交通地圖，以及一張列寧坐在戶外折椅上的不常見相片作室內裝飾。

「你對曲欽很兇啊。」

「他是個爛貨。」

「他做的只是分內的事，」畢洛夫抓抓已開始禿頂的平頭。「各司其職嘛。」

「我沒說爛貨就沒存在的必要。」

「這就是我的重點。對付社會渣滓還得靠他。」

永遠穿著鬆垮西裝的謝弗勒．畢洛夫，年紀在他指間織出了蛛網。衛國戰爭[4]在他心上留下的傷痕，就像機槍掃射後的牆面。但他心胸寬闊，是天生的反動主義者。每當畢洛夫喃喃抱怨「中國土匪」，艾凱迪就知道邊境正在動員。當畢洛夫提到「猶太佬」，就代表有猶太會堂被關閉。當艾凱迪對任何社會議題有疑慮時，都能去找畢洛夫探問。

「謝叔，哪種人會染頭髮、還穿仿冒外國商標的運動夾克？」

「你真衰，」畢洛夫表示同情：「聽起來像是搞音樂的或是不良少年。龐克搖滾、爵士樂之類的。那些傢伙完全不會跟你合作的。」

「太棒了。所以你覺得是不良少年。」

「以你的聰明才智，應該比我更清楚。不過，對，這種染髮、還有假商標的偽裝，都指向不良少年，不然就是音樂背景深厚或有不良行為傾向的人。」

「三人都被同一把槍擊斃。用刀毀損遺體：沒有身分證明文件。皮布留達還先來查看遺體。這有沒有讓你想到什麼？」

畢洛夫收起下巴，臉孔像扇子般皺起。

---

4 Great Patriotic War，指一九四一至四五年間蘇聯對抗納粹德國入侵的長期抗戰。

「不同司法機關之間的私人歧見不該阻礙更大的任務。」他說。

「你記得嗎？」

「我想——」畢洛夫的聲音漂遠了，「有不良少年，就可能涉及幫派鬥爭。」

「什麼幫派鬥爭？你哪時聽過莫斯科有幫派鬥爭？西伯利亞或亞美尼亞搞不好有，可是這裡？」

「我知道，」畢洛夫強調，「但一個探員要懂得避免憑空臆測並堅守事實，才不會受到誤導。」

艾凱迪將雙手平放桌上，面露微笑。「謝了，叔叔。你知道我一向看重你的意見。」

「這樣好多了。」畢洛夫鬆了口氣，走向門口，「最近有沒有跟你爸說上話？」

「沒有。」艾凱迪將初步驗屍報告攤在桌上，再將打字台拉近。

「如果跟他說上話，代我問候一聲。別忘了。」

「沒問題。」

只剩他一人，艾凱迪開始打起初步調查報告。

致莫斯科檢察院，莫斯科，蘇聯

罪案——謀殺。受害人——兩名不明男子，一名不明女子。地點——高爾基文化休閒公園。十月區。報告單位——民警團。

六點三十分，一名民警巡邏至高爾基公園西南角，發現距離某步道北方約四十公尺的空地中，似乎有三具屍體。該步道與敦斯科伊街及河道平行。七點三十分，由民警團官兵、國安會官員及本探員檢查三具結凍屍體。

因其處於結凍狀態，目前僅能說明受害者遇害時間在今年冬季。三人均心臟中槍。兩名男子另遭子彈射穿頭部。

已尋獲之五顆彈頭均來自口徑為七．六五毫米之同一武器。未尋獲彈殼。

受害者均著冰刀鞋。衣物內無身分證明文件、零錢或其他物品。身分鑑定因臉部及指尖肌肉遭到割除而受阻。各項報告——血清、齒模、彈道、氣相層析色譜、驗屍及進一步的現場檢驗——即將完成，且已開始搜尋可能認識被害人或瞭解公園該處之人。

本案可假定為預謀犯罪。三人遭單一武器迅速擊斃，一切私人物品均自市內最擁擠的公園中央移除，其極端手段導致身體辨識受阻。

附註：其中一名男性死者染髮，另一名身穿仿冒外國商標的夾克，為可能之反社會活動跡象。

艾凱迪．瓦希列維奇．藍柯
調查組組長

艾凱迪從頭到尾瀏覽這似曾相識的報告時，警探巴夏和費特敲門進來，前者拿著一只公事包。

「我馬上回來，」艾凱迪穿回外套，「巴夏，你知道該幹什麼。」

艾凱迪得下樓到街上，才能進檢察官辦公室那側的大樓。檢察官是不尋常的權威人物。他監督所有刑事調查，同時代表國家與被告。逮捕行動必須有檢察官批准，法院必須在他的審查下決定量刑，上訴由他發動。檢察官可隨時介入民事訴訟，裁決地方政府命令的合法性，同時處理某家工廠送了螺帽而未送螺釘到另一家工廠的事宜，裁定上百萬盧布的訴訟與反訴。不管案件多大或多小，罪犯、法官、市長、企業經營者皆唯他是從，他卻只須向檢察總長一人負責。

安德烈．伊恩斯基檢察官坐在桌邊。他的頭剃得略呈粉紅，與身上佩戴將軍金星的深藍制服形成驚人對比，這身制服是為他特寬的胸膛與臂膀訂製。他的鼻樑與顴骨堆著橫肉，一雙厚唇則呈灰白。

「等等。」他繼續閱讀桌上的一份文件。

艾凱迪站在離桌三公尺遠的地毯上。鑲板牆面上的照片是伊恩斯基帶領一個檢察官代表團與總書記布里茲涅夫共赴某個紀念大會、他與總書記握手、他在巴黎一場國際檢察官會議上發表演說、他在希爾弗－葛羅夫（Silver Grove）游泳，以及在（絕對舉世無雙的）《真理報》上的精彩畫像，畫像是他在最高法院合議庭上，為一名遭誤判謀殺罪的工人提出上訴。而現場的檢察官本人後方，是一扇用義大利紫紅天鵝絨窗簾遮蔽的窗戶。陽光雖已逐漸消逝，隱沒簾後，但伊恩斯基亮晃晃的頭殼仍因巨大雀斑而顯得顏色駁雜。

「怎麼了？」伊恩斯基將文件翻面，抬起頭來。他的雙眼顏色很淡，宛如液態鑽石。他的聲音一如往常輕柔無比，讓聽者不得不凝神聆聽。艾凱迪許久以前就下過結論，專注，正是接近伊恩斯基的關鍵。

艾凱迪上前一大步，將報告放在桌上，接著退後。專注：想清楚你是誰，你要說什麼。明確表達你對社會有什麼貢獻。

「皮布留達上校去過現場。你沒提到他的名字。」

「除了在屍體上撒尿，他什麼事都幹遍了才離開。他有沒有打電話要求把我調離這案子？」

伊恩斯基盯著艾凱迪。「艾凱迪．瓦希列維奇，你是兇殺科調查組長。他為什麼要你離開？」

「沒多久前我們才跟這位上校起過衝突。」

「什麼衝突？不就是國安會來聲明司法管轄權，這事圓滿落幕了。」

「恕我直言：今天我們發現三個年輕人在開放公園被一個老練歹徒用七點六五毫米手槍以處決手

法殺害。而莫斯科人唯一的槍枝來源只有七點六二或九毫米軍用手槍，與這次的凶器完全不同。此外，受害人遺體並遭損毀。到目前為止，我的報告還未作出任何推論。」

「推論什麼？」伊恩斯基挑起眉毛。

「任何事。」艾凱迪停頓一下後說道。

「謝謝。」伊恩斯基說。這是他送客的暗語。

檢察官想了一下，再度開口，這時艾凱迪剛走到門口。「偵辦時要注意各方面的合法性問題。你也要留意出格狀況，因為例外正好能證明規則的存在。」

艾凱迪頷首致意，然後離開。

費特和巴夏將高爾基公園的地圖、列文對死亡現場的素描、死者照片以及驗屍報告貼在牆上。艾凱迪砰地坐到椅子上，打開一包新菸，擦斷三根火柴後才點燃。他把三根折斷的火柴和燃起的火柴放在桌面中央。費特看著這一幕，皺起眉頭。艾凱迪起身將死者的照片取下，放進一個抽屜裡。他不需要看這些臉。他回到椅子上玩起火柴。

「去跟任何人談過了嗎？」

巴夏打開筆記本。「啥都不知的民警警官十個。但話說回來，今年冬天我自己就溜冰經過那塊空地有五十次吧。」

「噢，試試去找小吃攤販。很多民警不會注意的事，那些老太婆都知道。」

費特顯然不同意。艾凱迪看著他，脫下帽子的費特，耳朵突出的角度正如艾凱迪預料，以精確的建築角度支撐著鋼框眼鏡。

「找到最後一顆子彈的時候你在場嗎？」艾凱迪問他。

「是，長官。GP1-A在GP1頭骨正下方的地面尋獲，GP1就是第一位男性。」

「去你媽，這些屍體要有個名字就好了，少叫什麼1、2、3的。」

巴夏向艾凱迪討了支菸。艾凱迪問他：「舉個例？」

「火柴？」巴夏問。

「高爾基公園一號[5]，高爾基公園二號——」費特開口。

「噢，拜託。」巴夏搖頭，「謝了。」他吐了口煙對艾凱迪說：「高爾基公園一號？這是那個大塊頭吧？就叫他『肌肉男』。」

「不夠文藝，」艾凱迪說：「就叫『野獸』。女的叫『美人』，大塊頭叫『野獸』，小個子叫『瘦子』。」

「他頭髮紅得要命，」巴夏說：「叫他『紅頭』。」

「『美人』、『野獸』和『紅頭』。費特警探，這就是我們的首要決定。」艾凱迪說：「有人知道法醫怎麼處理那些冰刀鞋嗎？」

「冰刀鞋可能是個詭計，」費特表示，「很難相信三個人在高爾基公園被射殺卻沒別人聽到。受害者可能在別處遭射殺，然後被套上冰刀鞋，再利用晚上帶到公園去。」

「三個人在高爾基公園，能在沒有旁人聽到的狀況下遭射殺，很難令人置信，這我同意，」艾凱迪說：「但要為死人穿上冰刀鞋是不可能的。你下次可以試試。另外，不管任何時候，你最不想偷渡三具屍體進去的地方就是高爾基公園。」

「我只是想讓你注意有這個可能。」費特說。

「幹得好，」艾凱迪要他安心，「現在我們看看雷歐丁能查出什麼來。」

他撥電話到奇索涅街的檢驗室。響到第二十聲，總機接起，轉給雷歐丁。

「上校，我——」他剛開口，電話就斷了。再撥一次，奇索涅街那頭不再有回應。他看看錶。四點二十分：正是間接線生關掉轉接台，等著五點鐘下班的時刻。警探們也想快點離開了。巴夏要去練舉重。費特呢？會先回家找媽媽，還是先去找皮布留達？

「說不定他們是在別處遭射殺，晚上再帶到公園。」調查組長將火柴掃到一旁。

費特身子坐直。「你剛剛才說不可能。而且我記得，我們是在地上找到最後一顆子彈，這能證明他們是在那裡被人射殺。」

「那只證明了受害者不管是死是活，都是在那裡被人爆頭。」艾凱迪把一根火柴放回桌面中央。「現場沒找到彈殼。如果兇手用的是自動手槍，彈殼應該會彈到地上。」

「說不定他撿起來了。」費特辯道。

「為何只撿彈殼？彈頭一樣能用來鑑定凶器。」

「說不定他是從遠距離開槍。」

「他沒有。」艾凱迪說。

「說不定他就是想撿走彈殼，因為要是有人發現，就會開始找屍體。」

「他把槍放在大衣裡，而不是到處揮舞。」艾凱迪看向一旁，「所以槍和彈匣裡的子彈一開始就是溫的。彈射氣流會將彈出的彈殼加熱到更高溫，讓彈殼遠在屍體被雪覆蓋前就融進雪地裡。不過我很好奇，」他看向費特，「你為什麼覺得兇手只有一人？」

「只有一把槍啊。」

「目前我們只知道有一把槍擊發。有個殺手讓三個受害人在近距離站著不動任他開槍，你能想像這有多難嗎？除非旁邊還有其他殺手？否則受害者為何對自己的處境絕望到甚至不逃跑求助？嗯，我

5 Gorky ParkOne，即GP1，以此類推。

們會逮到這兇手。我們才剛開始，總會有更多東西出現。我們會抓住那狗娘養的肥八蛋。」

費特沒問為什麼那王八蛋會是胖子。

「總之，」艾凱迪作了總結：「今天真夠累的，你也該下班了。」

費特第一個離開。

「偷聽的小鳥兒走啦。」巴夏邊離開邊說。

「我希望他會是隻鸚鵡。」

再次剩他一人，艾凱迪撥電話到彼得羅夫卡街的總部，對烏拉山脈以西發出一份全國通告，要求提供槍械犯罪情報。這只是為了要讓民警團的長官滿意。然後他試著再打一次到學校。對方告訴他：藍柯同志正在帶一個家長檢討會，無法接聽電話。

其他調查人員漸次離開，換上返家的表情，穿上他們的大衣。艾凱迪在樓梯頂邊看著他們邊想，那是他們最貴的大衣，是他們「比工人好一點」的蘇聯服裝。他不餓，但進食活動吸引了他。他想散個步，便穿上大衣外出。

他往南一路走到波弗勒斯基火車站，接著雙腿帶他走進一家供應醋漬馬鈴薯與白鮭魚的自助餐館。艾凱迪繼續走到吧台邊，點了杯啤酒。其他凳子上是鐵路工和年輕軍人，他們靜靜喝著氣泡酒；在孔雀石綠的酒瓶間，盡是一張張帶著陰鬱表情的面孔。

一片塗了奶油的麵包與黏糊糊的灰色魚子醬隨艾凱迪的啤酒一起送上。「這是什麼？」

「天堂來的美食。」

「沒有天堂這回事。」

「我們現在就在天堂裡。」經理咧嘴一笑，露出滿口鋼牙。他飛快伸手將魚子醬再推近一點。

「嗯，那是我還沒看今天的報紙[6]。」艾凱迪承認。

經理穿著白制服的侏儒老婆從廚房出來。她一看見艾凱迪便立刻綻出笑容，笑意可掬的雙頰令她活潑的眼睛更加明顯，這時你幾乎會覺得她是個漂亮的女人。她丈夫得意地站在一旁。

他們是F．N．維斯科夫和I．L．維斯科娃。一九四六年，他們經營一家珍本書店，成立了一個「反蘇維埃活動」中心，店裡藏有蒙田（Montaigne）、阿波利奈爾（Apollinaire）與海明威等鶩腳作家的作品。在「未審先判的偵訊」中，維斯科夫成了殘廢，老婆成了啞巴（因企圖吞食鹼液自殺），兩人得到當時戲稱「二十五盧布鈔票」的玩意：亦即二十五年的勞改營艱苦勞動（這是國安會與民警團隸屬同單位時的笑話）。一九五六年，維斯科夫伉儷獲釋，甚至得到機會再次經營書店，但他們拒絕了。

「我以為你在經營馬戲團旁邊那家餐館。」艾凱迪說。

「他們發現我老婆跟我一起在那兒工作，這違反了規定。現在她只能有空的時候過來。」維斯科夫眨眨眼，「有時兒子也會來幫忙。」

「多謝你啦。」維斯科娃用唇語無聲地對他說。

天啊，艾凱迪心想，一個組織指控兩個無辜者，將他們綁到奴隸營中折磨，剝奪他們成年人生的菁華歲月，然後現在組織裡不過有個人以基本禮貌相待，他們就快活得要命。他何德何能承受他們友善的言語？他吃下魚子醬，喝完啤酒，在不失禮的前提下儘速離開餐廳。

他們的感激像條狗緊跟在腳邊。他過了幾個街口後，慢下腳步，因為現在是他最喜歡的時刻。夜晚的漆黑猶如母親，窗戶窄小明亮，街上的臉龐也像窗戶發著亮光。每天此時，他總覺得自己猶如置身莫斯科過去五百年中的某個時刻，就算聽見馬蹄踩踏泥巴聲，他也不會驚訝。一家商店櫥窗中的破

6 這段對話是反諷共產黨宣稱人民是活在社會主義天堂中的宣傳用語。

爛玩偶正是小小的完美拓荒者；電池驅動的史普尼克號人造衛星繞著形如月球、閃著「展望未來！」字樣的燈座打轉。

艾凱迪回到辦公室，坐到自己的櫃子前瀏覽檔案。他從槍械犯罪查起。

謀殺。一個車床操作員回家時，發現老婆和一個海軍軍官在床上，繼之而來的扭打中，操作員用軍官的槍殺了他。法庭考量到這位軍官不應攜槍，另外被告的工會證明他是個勤奮的工人，且已對自己的行為後悔。判決：褫奪自由十年。

加重謀殺。兩個黑市販子因拆帳問題發生爭執。一把生鏽的納甘左輪手槍擊發時，兩人都大受驚嚇，並導致其中一人死亡。利益犯罪為惡性重大罪刑。判決：死刑。

持械攻擊（某種程度上算是）。一個男孩持木製假槍從一個酒鬼身上搶走兩盧布。判決：五年。

艾凱迪仔細查閱手上的蓄意殺人檔案，尋找可能遺忘的罪案，搜尋有無計劃周詳、冷酷大膽的殺人事件。有用刀、手斧、棍棒和徒手絞殺等方式的案子，可是沒幾件算得上謹慎或冷酷。他在調查組當了三年副組長外加兩年組長的經驗中，只遇過不到五件謀殺案的手段不算愚蠢幼稚、或是兇手沒在行凶後醉醺醺地露面向民警炫耀或懺悔。在俄羅斯，所有兇手都篤信自己會被逮捕，他們求的只是在舞台上亮相的片刻。俄羅斯人能打勝仗，靠的是敢以肉身抵擋坦克，但這不是犯罪高手該有的心理狀態。

艾凱迪決定放棄，闔上檔案。

「小子。」尼季汀沒敲門就把門打開，先是探頭，接著走進來，坐在艾凱迪桌邊。這位負責政府聯絡事務的調查組長有張圓臉和日漸稀疏的頭髮，喝醉後會笑出一雙東方人的細長眼睛。「工作到這麼晚？」

尼季汀這話，是指艾凱迪工作很努力、太努力、沒效率、有所斬獲，還是在誇艾凱迪聰明，或是酸他很蠢？尼季汀這句話可以囊括上述所有意思。

「跟你一樣啊。」艾凱迪說。

「我沒在工作——我是來看你好不好。有時候，我覺得你根本從沒從我身上學到任何東西。」

伊利亞．尼季汀是艾凱迪的前任凶殺科調查組長，沒喝醉時，是艾凱迪所知最好的探員。要不是為了伏特加，他早就該升檢察官了。但對尼季汀說「要是你別碰伏特加」就跟對他說「你要是能不吃不喝」是一樣的。每年一度，他總會因黃疸病發作而被送往索奇的水療中心。

「瓦希列維奇，你也知道，我一向注意你的動靜。我一直都在關注你和柔亞的狀況。」

之前有個週末艾凱迪出門在外，尼季汀曾想勾引柔亞上床。等艾凱迪一回來，尼季汀就立刻前往索奇，接著每天從那裡寄長長的懺悔信給他。

「伊利亞，來點咖啡？」

「總得有人保護你別傷到自己。不好意思，瓦希列維奇——」尼季汀堅持屈尊以教名叫他，「我知道你不同意——可是比起你來，我真的可能聰明老練了點，或至少更接近某些高層消息來源。這可不是批評你的紀錄，因為你的紀錄眾所周知，好得不能再好。」尼季汀歪頭露齒而笑，一綹濕漉漉的髮絲黏在臉上，像野獸體味般透出一股偽善。「可你就是看不見大局。」

「晚安，伊利亞。」艾凱迪穿上大衣。

「我只是要說，有些人腦袋就是比你聰明。我們的目的在於調停。我每天都在政府政策和社會主義法制之間調停。上面下了道指令，要拆掉工人住家，興建工人負擔不起的合作公寓，看起來像是侵害了工人的權益。伊恩斯基就此諮詢我的意見，黨來諮詢我的意見，波密斯洛夫市長也來諮詢我的意見，就是因為我知道如何調停這表面看似矛盾的狀況。」

「難道實際上不矛盾嗎？」艾凱迪領著尼季汀進了走廊。

「工人和國家之間嗎？這是工人的國家。對國家有益的，對工人也就有益。我們藉著拆掉他們的房子來保護他們的權利。懂了沒？這就是調停。」

「我不懂。」艾凱迪上鎖。

「從正確的觀點去看，就沒有所謂矛不矛盾。」尼季汀一面下樓一面嘶聲低語：「這就是你永遠搞不明白的地方。」

艾凱迪開著科裡的公家車上內環高速公路往北。這輛「莫斯科人」又慢又不夠力，不過他倒不介意擁有一輛。現在路上幾乎全是計程車。他想到皮布留達少校，納悶為何他還沒對調查喊停。從前方車輪軸掉落的冰屑，在他的大燈前爆開。

計程車轉向共青團廣場車站。艾凱迪繼續往格蘭切斯凱街四十三號的莫斯科市法院前進。那是一棟古老的法院建築，它的磚牆拜街燈造成的幻覺之賜，似乎正自發地崩裂。全市共有十七個人民法院，重大犯罪在市法院審理，因此它與眾不同地由紅軍守衛。艾凱迪向台階上兩個看似青少年的大兵亮了下識別證。接著他來到地下室，把一個趴在桌上打盹的下士驚醒。

「我要進『牢房』。」

「現在？」那下士驚坐起來，一面扣上長大衣。

「等你方便的時候。」艾凱迪將下士留在桌面的鑰匙圈和自動手槍遞過去。

所謂的『牢房』是法院地下室中一塊由金屬柵欄圍出的檔案區。艾凱迪拉開十二月與一月的存檔抽屜，由於調查組長的軍階等同上尉，下士便在大門外立正行注目禮。

「不如你用爐子幫我們倆煮點茶？」艾凱迪建議。

他在找尋可用來捅皮布留達菊花的棍子。出現三具屍體並懷疑少校涉嫌是一回事；發現有三個犯人從市法院還押國安會監禁，那又是另一回事。他瀏覽一張張卡片，不理會那些太年輕或太老的對象，檢查每個人的工作史和婚姻狀況。已經過了好幾個月，但無人想念這些死者——沒有工會、工廠或任何家人出面。

來了杯熱茶後，他繼續向二月的檔案前進。有個問題是：雖然重大罪案（謀殺、傷害和搶劫）都由市法院審判，但祕密警察同樣感興趣的某些案子——政治異議與社會寄生相關案件——有時會在人民法院審理，因為那裡比較容易控制出席狀況。地下室牆面的水珠閃閃發光。這是個由河川交織而成的城市，有莫斯科河、謝通河、卡緬卡河、索森卡河、亞烏札河，以及圍繞市區最北緣的克利亞茲馬河。

六週前，有人在莫斯科東方兩百公里外的克利亞茲馬河岸發現兩具屍體，地點很接近波格羅波瓦那個種馬鈴薯的農村。距離最近的城鎮是瓦迪米，但瓦迪米的檢察官底下沒一個人願意接手調查，他們全都「病了」。於是檢察總長從莫斯科派了凶殺科調查組長過來。

兇手手段冷酷。受害的兩個年輕人躺在結凍的河岸上，臉色雪白，睫毛結霜，拳頭僵硬。他們的嘴古怪地咧開，外套和胸口被切開，如此嚴重的傷口卻幾乎沒有血跡。列文的驗屍報告顯示兇手挖出了令受害者喪命的子彈。列文也在死者的牙齒上發現橡膠屑與紅漆，血中則有氨基鈉，這才讓艾凱迪明白了那些衰弱的本地調查組員身上的微妙病症。波格羅波瓦村外，有個地圖上找不到，但居民比村裡還多的地方，叫瓦迪米隔離區，是用來專門監禁某些想法太具煽動力，以致連勞改營都不適合待的政治犯，而氨基鈉就是隔離區內用來鎮靜這些危險人物的麻醉劑。

艾凱迪得到的推論是：這些受害人是隔離區的牢友，獲釋時遭到其他牢友謀殺。在監獄官員拒接他的電話後，本來他大可將此案註記為「懸案」並退回給瓦迪米的檢察官。他的紀錄不會受此案影響，而且所有人都知道他想回家。但他反而穿上調查組長的制服現身監獄，提出要求，調閱釋放紀錄，發現紀錄上最近雖無囚犯獲釋，但在那兩具屍體被人發現的前一天，有兩名囚犯為了接受國安會審訊而移交皮布留達少校羈押。於是艾凱迪打電話給皮布留達，但他一口否認自己拘留過那些囚犯。

調查至此，再次有了中止的機會。可是艾凱迪反而回到莫斯科，去了祕密警察在彼得羅夫卡街的骯髒分部，來到皮布留達少校的辦公室，在他桌上發現兩顆上面有橢圓形擦痕的紅色橡膠球。艾凱迪為這兩顆球留下字條，帶著它們去法醫檢驗室，確認了上面的擦痕與受害者的牙齒分毫不差地吻合。

皮布留達一定是把兩名囚犯下了藥後直接帶到河邊，在兩人口中塞入橡膠球，使他們無法叫喊，然後射殺，撿走彈殼，再拿一把長刃匕首削掉子彈留下的證據。或許他覺得這樣就能讓他們看似被刀捅死。死了，沒流什麼血。被毀壞的屍體就這麼迅速結凍。

逮捕行動必須得到檢察官批准。艾凱迪去找伊恩斯基，對皮布留達提出謀殺罪控訴，並申請搜索令，要在皮布留達的辦公室及住家尋找凶槍與一把刀。然而艾凱迪人還在伊恩斯基的辦公室，便立刻接到一通電話，告知基於安全理由，國安會將接手調查克利亞茲馬河畔陳屍案。所有報告與證據都要轉交皮布留達少校。

壁面滲著水珠。在地表的河流之外，這城市下方潛藏著古老的地下伏流，這些肉眼無法看見的盲目水流在地底迷失了方向。因此，到了冬天，莫斯科半數的地下室有時便會這樣流淌淚水。

艾凱迪將檔案歸位。

「找到你要的東西嗎？」下士有動作了。

「沒有。」

下士敬個禮為他打氣。「大家都說，不管什麼事，等到早上都會變好的。」

艾凱迪本該照規定把車停回辦公室停車場，但他把車開回家。他開進市區東側塔甘區外圍一個中庭時已過了午夜。二樓有幾座突出的粗糙木製陽台。他的公寓一片漆黑。艾凱迪通過公共入口，上了樓梯，盡量安靜地打開門鎖。

他在浴室脫下衣服，刷了牙，把衣服一起帶出來。臥室是這公寓裡最大的空間。桌上有台立體聲音響。他從唱盤上拿起唱片，就著窗戶透進的暗淡光線讀著標籤。這張專輯是《Aznavour à l'Olympia》，唱機旁是兩個水杯和一支空酒瓶。

柔亞已經睡了，長長的金髮編成單辮，垂在一側肩上。床單染上了「莫斯科之夜」香水的氣味。艾凱迪上床時，她睜開眼睛。

「好晚。」

「對不起。發生了一件謀殺案。三屍命案。」

他看著她理解這句話，眼神隨之改變。

「小流氓，」她喃喃說：「所以我才叫小朋友不要吃口香糖。開始是口香糖，接下來就是搖滾樂，然後抽大麻，還有……」

「還有什麼？」他等著她說出「性愛」兩字。

「還有謀殺。」她的聲音逐漸變小，眼睛閉上，她的腦子本來就沒清醒到能表達完整句子，現在又安然陷入無意識中。這是與他共眠的一個謎。

片刻之後，疲憊征服了探員，他也落入睡鄉。睡夢中，他游過一片黑色水域，以流暢有力的動作划向下方更黑的水中。當他想返回水面時，有位深色長髮、蒼白面孔的美女來到身邊。她穿著一身白衣，宛如向下飛翔。她一如往常牽起他的手。他與這個謎團遨遊夢鄉。

2

柔亞全身赤裸，剝著一顆橘子。她有張寬闊的娃娃臉，一雙純真的藍眸，腰身苗條，乳房小巧，乳頭小得猶如接種疫苗的痘疤。為了練體操，她把陰毛剃成一線狹長的金黃。她雙腿肌肉結實，聲音高亢有力。

「有專家告訴我們，個體性與原創性將是未來蘇維埃科學的基本方針。家長們必須接受新的課程與新的數學，這兩者都為打造更偉大的社會邁出積極的大步。」她停下看向艾凱迪，他正坐在窗台上喝咖啡，一面凝望著她。「你至少可以運動一下。」

雖然他又高又瘦，但彎下身時，內衣還是會繃出一圈肥腩。他未梳的頭髮無精打采地垂落。它在裝病啊，他心想，跟他的主人一樣。

「我在保持體能，好跟上這個更偉大社會的腳步。」他說。

她俯身湊向桌子，瀏覽《教師公報》上幾處畫了底線的段落，一手收著橘籽和果皮，嘴唇始終不停蠕動。

「不過不能讓個體性導致利己主義和名利心。」她停下來，瞄了艾凱迪一眼。「聽起來不賴吧？」

「把『名利心』刪掉。莫斯科的聽眾裡想成名發跡的人太多了。」

她皺著眉轉過身，這時艾凱迪伸出手，輕輕滑過她背脊上的凹溝。

「別碰我。我得把這演講稿弄完。」

「哪時候要講？」他問。

「今天晚上。區黨部要選個代表在下週的市黨部大會上演講。反正你不是唯一一個批評名利主義者的人。」

「比如說舒密特嗎？」

「對，」她想了一下後回答：「像舒密特。」

她走進浴室，他從敞開的門中看著她刷牙、拍拍平坦的小腹，再擦上口紅。接下來她開始對著鏡子演說：

「各位家長！你們的責任並非隨著一天工作的結束而結束。利己主義是否在你們家中汙染了學生的性格？你們最近是否讀過利己主義與獨生子的相關統計資料？」

艾凱迪從窗台上滑下，去看她畫上底線的文章。文章標題是「**大家庭之必須**」。在浴室裡，柔亞正用拇指撥弄著一盤避孕藥。是波蘭製藥，她拒用避孕環。

那篇文章如此要求：**生吧，俄羅斯人！讓優異的卵子受精，孕育更偉大的俄羅斯新生代，免得讓那些劣等民族，無論是黝黑的土耳其人、亞美尼亞人，狡猾的格魯吉亞人[7]和猶太人，反骨的愛沙尼亞人和拉脫維亞人，群集遊牧的無知黃皮哈薩克人、韃靼人和蒙古人，落後又不知感激的烏茲別克人、奧塞梯人（Ossetians）、切爾克斯人（Circassians）、卡爾梅克人（Kalmuks）或楚科奇人（Chuckchis），用他們勃起的器官打破有教養的白種俄羅斯人與深色人種之間必須維持的人口比例。**

7　一九三六至一九九一年間為蘇聯加盟共和國，國名之俄文拼音рýзия音近「格魯吉亞」。台灣常用譯法「喬治亞」為英語譯法。由於故事主要人物口語為俄語，且「喬治亞」譯法易與美國喬治亞州混淆，本書故採「格魯吉亞」之音譯。

「——**因此，結果顯示：無子女或僅有獨生子女的家庭型式，表面上似乎適合歐陸俄羅斯都會中心的雙薪家庭。但若將導致未來俄羅斯領袖人才的缺乏，那就不符合社會的更大利益。**」未來俄羅斯領袖人才的缺乏！真是不可思議。柔亞在把杆上伸展肢體時，艾凱迪如此想道。

「——**而受過原創性啟發的學生，應在意識型態上接受更嚴格的訓練。**」她將右腿舉至與把杆同高。「**嚴格的、強烈的。**」

他想像孤獨淒涼的幾個亞洲暴民踉踉蹌蹌走過先鋒宮外的街道，張開雙臂哭喊：「我們缺少俄羅斯人。」「對不起，」空蕩的宮殿中有個人影向外喊道：「我們也都欠缺俄羅斯人。」

「——四，一、二、三、四。」柔亞的額頭碰觸膝蓋。

床後的牆上是張再三修補的海報，裡面是三個孩子——非洲人、俄羅斯人和中國人——標語寫著：**先鋒隊員是各國兒童之友！**柔亞就是代表俄羅斯兒童的模特兒。這張海報走紅之後，她俏麗的俄羅斯臉龐隨之成名。艾凱迪在大學校園中第一次看到柔亞，也是因為她被人發現就是「先鋒隊海報上那個女生」。如今她的相貌與海報中那孩子依舊相差彷彿。

「**從矛盾中產生統合。**」她做了幾次深呼吸。「**原創性與意識形態結合。**」

「妳為什麼想去演講？」

「我們之中總得有個人關心自己的事業吧。」

「有這麼糟嗎？」艾凱迪走近她。

「你一個月賺一百八十盧布，我賺一百二。一個工廠工頭就有我們賺的兩倍多。維修工人賺的又是再三倍。我們沒有電視機，沒有洗衣機，我甚至沒有新衣可穿。我們明明可以從國安會那裡弄台舊車來開——明明就可以。」

「我不喜歡那款車。」

「如果你這個黨員能夠積極一點，現在都該當上中央委員會[8]的監察官了。」

他輕撫她的腰臀，感覺觸碰的肌肉立刻緊繃如大理石。她的乳房白皙結實，頂端是挺立的粉紅乳頭。這個性愛與黨的結合，正是他們婚姻的生動圖解。

「妳何必吃那些藥？我們都幾個月沒搞了。」

柔亞抓住他的手腕，死命掐緊然後推開說：「我怕被強暴。」

中庭裡，木製長頸鹿旁的幾個孩子從厚重雪衣與帽子裡看著艾凱迪和柔亞上車。艾凱迪試了三次，引擎終於發動，他沿路開回塔甘區。

「娜塔莎要我們明天去鄉下她那邊。」柔亞盯著擋風玻璃說：「我跟她說了我們會去。」

「我一星期前跟妳說過這事，妳說不想去的。」艾凱迪說。

柔亞拉起圍巾掩住嘴。車內比車外冷，但她討厭開窗。她坐在那裡用厚重的大衣、兔毛帽、圍巾、靴子以及沉默將自己武裝起來。等紅燈時，他擦掉擋風玻璃上凝結的水氣說：「抱歉昨天午餐爽約了，」他說：「今天呢？」

她瞇眼瞥向他。他記得，曾經有段時光，當柔柔的霜花落在窗上，他們會在溫暖的被褥下一窩就是幾個小時。他們當時說了什麼，他承認現在早已想不起來。是他變了？還是她變了？你又能相信誰？

「我們要開會。」最後她終於開口。

8　中央委員會是蘇聯共產黨的中央權力組織。黨章規定在黨代表大會期間之外，全黨及政府事務皆由中央委員會負責管理。中央委員會成員每五年由黨代表大會選出，再從委員會中選出中央政治局委員、中央書記處成員及蘇共中央總書記。

「所有老師都參加？要開一整天？」

「就舒密特博士跟我，要計劃遊行中體操俱樂部負責的段落。」

噢，舒密特。嗯，他們有那麼多共同點。他畢竟是區黨部委員會的書記、又是柔亞在共青團時的理事會顧問、他也是體操運動員。共通的勞動勢必引發共有的情感。艾凱迪抗拒著抽菸的衝動，因為這樣會更坐實吃醋老公的形象。

艾凱迪抵達四五七中學，學生正魚貫走入校門。這些孩子應該要穿制服，但大多只在整潔的舊衣外打著先鋒隊的紅領巾。

「我會很晚回家。」柔亞快速跳下車。

「好吧。」

她緊貼車門站了一會兒。「舒密特說，我該趁能離的時候盡快跟你離婚。」她說完這句便關上車門。

校門口的學生喊著她的名字。柔亞回頭看向車子和艾凱迪，他正在點菸。

很顯然，這是蘇維埃理論的逆轉，他心想：現在該由統合走向衝突了。

調查組長將心思轉向高爾基公園三屍謀殺案，從蘇維埃正義的角度來探討。正義啊，就像任何一所學校一樣富有教育意義。

舉個例子。醉漢通常只會在勒戒所拘留一夜，然後被趕回家。但當排水溝裡（無視伏特加價格不斷上漲）的酒鬼變得太多後，關於酒精之恐怖的教育活動便將展開，而那就是把酒鬼送去坐牢。竊盜行為在工廠中多不勝數、從未斷絕；這是蘇維埃工業中的私有企業面向。若有工廠經理笨到被逮住，通常只會低調地判個五年徒刑，但在反偷竊運動進行期間，就會大張旗鼓將他送去槍斃。

祕密警察的作風也是如此。比如瓦迪米隔離區的功能，就是用來教育死硬派異議分子，正所謂：唯有墳墓能矯正駝背。而對最惡劣的國家敵人，則有所謂的終極教訓。後來艾凱迪終於明白，克利亞茲馬河畔發現的兩具屍體便是惡性不改的煽動者、是最危險的那種狂熱分子：耶和華見證人教徒。

宗教有種能讓國家變成口吐白沫瘋狗的特質。上帝哭了，上帝哭了，艾凱迪自言自語，他不知自己從哪記下這句話的。這整個宗教熱潮，從聖像市場，到教會的復興，讓政府像偏執狂般團團轉。但把傳教士扔進大牢，只是提供他們更多未來的信徒。更好的方法是給予嚴厲的教訓，像是用紅色橡膠球令其窒息，這種不明不白的結局最能產生不祥的謠言，就連凍結的河流也因此帶有某種教育目的。

至於高爾基公園，這裡不是偏遠的河岸，它是這城市最純潔的心臟。就算皮布留達還是胖小子的時候也一定來過高爾基公園，曾在這裡狼吞虎嚥地野餐，或者嘟噥說著求婚告白。就算是皮布留達，也該知道高爾基公園的用途是休憩而非教育。此外，那些人已陳屍數月，而非短短幾天。這個教訓冷酷、過於冗長，並且不得要領。這不是艾凱迪既期望又厭惡的正義。

雷歐丁在一張滿是玻片標本等器械與照片的桌後等待，像個被大鐵箍與披巾包圍的魔術師，一臉自鳴得意。

「調查組長，法醫檢驗部門傾盡全力為你服務。詳情十分引人入勝。」

大概利潤也很豐厚吧，艾凱迪猜想。雷歐丁申請的化學藥品足夠堆滿一座私人倉庫，而且很可能已經這麼做了。

「我等不及想聽了。」

「你知道氣相層析的原理，就是一種流動氣體和一種定態溶劑材料作用後的——」

「我是說真的，」艾凱迪說：「我沒多少時間。」

「喔——」檢驗室主任嘆口氣說：「長話短說，氣相層析在三個受害人的衣物上都發現非常細微的石膏粉和鋸屑，另外在GP2的褲子上發現極細微的金粉。我們在衣服上噴了發光胺後帶進暗房，發現有螢光反應，顯示應是血跡。大部分血跡一如預期來自受害人。不過最細微的血點不是人血，而是雞血和魚血。我們也在衣物上發現非常有趣的圖案。」雷歐丁拿起一張圖，上面畫著三具屍體穿著衣服時的陳屍位置。仰臥那位女性的軀幹正面，以及她兩側男性的上臂與腿部畫著陰影。「塗黑的地方，而且只在塗黑的部位，我們發現了碳、動物脂肪與單寧酸的痕跡。換句話說，在屍體還沒完全被雪覆蓋前，可能在不到四十八小時內，又稍微覆上了附近起火造成的灰燼。」

「高爾基鞣革廠火災。」艾凱迪說。

「顯然就是。」雷歐丁不禁面露微笑，「二月三號，十月區因高爾基鞣革廠大火造成大片區域覆上灰燼。從二月一號到二號下過三十公分深的雪、二月三號到五號又下了二十公分的雪。如果我們將空地的雪保持完整，甚至還可能發現完好的灰燼層。總之，這個對於幫你定出犯案時段大概有點幫助。」

「幹得好，」艾凱迪說：「現在我們該不會要分析雪了吧。」

「我們也分析了彈頭。所有彈頭上都嵌有數量不等的受害者衣物及身體組織。標記為GP1-B的彈頭上，也找到不屬於受害者衣物的零星鞣製皮革。」

「火藥呢？」

「GP1的衣物上沒有，但GP2和GP3的外套上都有微弱痕跡，表示他們是在更近的距離內遭射殺。」雷歐丁補充道。

「不對，那代表他們是在GP1被槍殺後才遇害。」艾凱迪說：「冰刀鞋上發現了什麼嗎？」

「沒有血、石膏或鋸屑。鞋子品質不是很好。」

「我是指身分證明。很多人會把名字寫在冰刀鞋上，上校。你有清理那些冰刀鞋然後檢查過嗎？」

艾凱迪在新庫茲涅斯科街自己的辦公室裡說：「這就是高爾基公園那塊空地。然後你，」他對巴夏說：「你是野獸。費特警探，你是紅頭，就那個瘦子。這個——」他在兩人之間放了張椅子。「這是美人。我是兇手。」

「你說兇手可能不只一個。」費特說。

「對，不過就這麼一次，我們從頭到尾走走看，不要直接把事實塞進哪種假設裡。」

「好得很。我對假設不太在行。」巴夏說。

「時間是冬天。我們一起溜冰。我們是朋友，或者至少認識。我們離開溜冰步道去空地，那裡很近，但是跟步道之間有樹林隔開。為什麼？」

「去談話。」費特猜測。

「去吃東西！」巴夏喊道：「大家去溜冰，是因為可以停下來吃個鮮肉餡餅、來點乳酪、麵包和果醬，而且絕對會分著喝伏特加或白蘭地。」

「人是我約的，」艾凱迪繼續說：「地方是我挑的，我也帶了食物來。我們很放鬆，喝了點伏特加，感覺很不賴。」

「然後你就殺了我們？從大衣口袋裡開槍？」費特問道。

「如果這樣搞，可能會射到自己的腳，」巴夏答道，「你想的是彈頭上的皮革吧，艾凱迪。聽我說，食物是你帶的。但你不可能把那麼多食物裝進大衣口袋。你會放在一個皮袋裡。」

「我正從袋子裡拿出食物。」

「你把袋子拿向我胸口的時候，我一點也不懷疑。我首先遇害，因為我塊頭最大也最粗暴。」巴夏點著頭，這是他被迫動腦時的習慣。「砰！」

「對。所以第一顆彈頭上有皮革，但野獸的大衣上沒有火藥。但接下來幾發子彈就有火藥從那彈孔噴發出來。」，

「可是有聲音。」費特反對，但巴夏揮手制止。

「紅頭和美人完全沒看到槍。」巴夏興奮地猛點頭，「他們還不曉得發生了什麼事。」

「尤其如果我們是朋友的話。我把袋子晃向紅頭，」艾凱迪的手指向費特，「砰！」他再瞄準椅子。「現在美人有時間尖叫。但不知為何，我知道她不會叫，甚至沒試著逃跑。」他想起陳屍在兩男之間的女孩屍體。「我殺了她，然後再對你們倆的腦袋開槍。」

「Coup de grace[9]。非常俐落。」巴夏表示贊同。

「那樣就有更多噪音了，」費特漲紅了臉，「不管你怎麼講，這樣可是會有一大堆聲音。反正，對著人的嘴補上幾槍可算不上coup de grace。」

「警探——」艾凱迪的手指比回來。「——你說得沒錯。所以我再對你開槍是為了別的理由，而這個理由好到足以讓我冒險多開兩槍。」

「什麼理由？」巴夏問。

「我要是知道就好了。現在，我拿出刀來，割掉你們的臉。可能是拿大剪刀對付你們的手指。然後把所有東西放回袋子裡。」

「你用的是自動手槍。」巴夏有了靈感。「那聲音比左輪小，而且彈殼會直接掉進袋子裡。所以我們才沒在雪地找到彈殼。」

「犯案時間是一天中的哪個時段？」艾凱迪催促。

「深夜，」巴夏說：「這樣空地上比較不會有其他溜冰者。說不定還在下雪——這會讓開槍的聲音

變得更小。但今年冬天哪時候沒下雪？所以，等你離開公園的時候，一片漆黑而且正在下雪。」

「而且比較不會有人看到我把袋子丟進河裡。」

「沒錯！」巴夏拍手贊同。

費特坐在椅子上說：「當時河水已經結凍了。」

「幹！」巴夏的手放了下來。

「去吃點東西吧。」艾凱迪說。這是他兩天以來第一次有了胃口。

對街地鐵站旁的餐廳有張空桌是專門留給調查組的。艾凱迪吃了白鮭、酸奶油醃黃瓜、馬鈴薯沙拉，麵包和啤酒。老畢洛夫加入他們，開始講起艾凱迪的父親在戰場上的故事。

「這是我們重新整編前不久的事，」畢洛夫黏呼呼的眼睛眨了一下。「我是將軍那輛BA-20的駕駛。」

艾凱迪記得這故事。BA-20是種古董裝甲車，其實只是在福特汽車底盤上再架個貌似清真寺穹頂的機槍砲台。他父親指揮的三輛BA-20困在德國戰線後方一百公里處，當時戰爭才開打一個月。最後帶了某個納粹武裝親衛隊（SS group）師指揮官的雙耳和肩章逃出來。

耳朵那個故事非常有趣。俄羅斯人能接受強暴和屠殺是戰爭伴隨的附帶活動。他們高高興興地相信美國人會剝頭皮、德國人會吃小孩。但這個由震驚全球的革命所建立的國家，卻因為想到俄羅斯人也會拿人體器官當戰利品而恐懼畏縮。而對所向無敵卻仍有些不安的無產階級來說，這不只是可怕，它顯示出一個最深的汙點：那就是缺少文化。這個耳朵的傳言，直至戰後仍在將軍的生涯中陰魂不散。

9 法語，意為致命一擊。

「那個耳朵的謠言不是真的。」畢洛夫向桌邊的人保證。

艾凱迪還記得那對耳朵。它們以前就掛在他父親書房的牆上，形似萎縮的糕餅。

「你真的要我去找所有小販談？」巴夏用叉子捲起一塊冷肉。「他們只會要我們把公園裡的吉普賽人趕走。」

「也去跟吉普賽人聊。我們現在已經知道案發時間，是二月初，」艾凱迪說：「另外，查一下公園用擴音器播放的溜冰音樂是什麼。」

「你常跟你將軍老爸碰面嗎？」費特插嘴問道。

「不常。」

「我在想公園民警站的那些可憐王八蛋，」巴夏說：「那個小站還不賴——一間標準小木屋，溫暖的爐子，該有的都有。難怪他們不知道那邊的樹林裡都是屍體。這下子在他們被調去的下個站就會看到滿滿的森林了，還有北極熊跟愛斯基摩人。」

艾凱迪注意到畢洛夫和費特。他有點意外，這對靈魂伴侶正起勁地貶抑個人崇拜這回事。

「你們在說史達林同志？」於是他問道。

費特的臉突然刷白。「我們在聊奧爾嘉．柯爾布特[10]。」

曲欽來了。這位特案科調查組長是尋常五官的綜合體，活脫是個用模版印出的人型。他告訴艾凱迪，雷歐丁打電話來，說了個寫在冰刀鞋內的名字。

在列寧山的丘頂邊緣，俯瞰著莫斯科的單調乏味的，正是莫斯科製片廠。國內還有其他片廠：如列寧格勒製片廠、塔吉克製片廠、烏茲別克製片廠。但沒哪個片廠有莫斯科製片廠那麼大的規模或崇高的聲望。前來拜訪的大人物搭著豪華轎車，沿著偌大中庭的粉橘色圍牆前進，經過警衛室，開向某個花園，往右急轉前往中央攝影棚的主門，行政官員、（總戴厚重眼鏡並叼著菸的）名導演與奉命捧花相迎的女演員在那裡列隊歡迎。他將被更多龐大場棚包圍，所有事務都有獨立房舍，包括放映大樓、編劇大樓、行政大樓、場景設計棚，沖片室、倉庫，以及停著韃靼四輪車、裝甲坦克與太空船的道具置放場。它本身就是個城市，急速增加的人口包括技術人員、藝術家、審查員和臨時演員——數目驚人的臨演是因為蘇聯電影強烈偏好群眾場景，而且沒有硬性預算限制的蘇聯電影負擔得起群眾演員，對許多年輕人來說，即使只能得到莫斯科製片廠的臨演通行證也猶如重生。

艾凱迪既不是大人物，也未受邀，他在中央攝影棚和行政大樓前掃出的雪堆之間前進。有個一臉不爽的女孩舉著一塊黑板告示，上面寫著：「**安靜！**」他發現自己來到一個戶外場景，這個花園種著埋進土中的蘋果樹盆栽，探照燈透過濾色片投射出秋日黃昏的溫暖光芒打亮此地。一個穿著浮誇華麗十九世紀衣著的男子，在花園的白色鍛鐵桌旁讀著一本書。他身後是道假牆，牆上開了扇窗，露出鋼琴上方的一盞煤氣燈。另一個身著粗衣、頭戴小帽的男子，躡手躡腳貼牆而行，掏出一把長管左輪手槍，瞄準目標。

「天啊！」看書那人跳了起來。

有個地方不對勁，似乎總有哪裡不對勁，因此他們反覆重拍這一場。穿著時髦皮夾克的導演和攝影師心情惡劣，不斷咒罵製片助理，那是一群穿阿富汗羊皮大衣的漂亮女孩。這些人看起來全都既無聊又緊繃，但外圍的旁觀群眾倒是興致盎然。反正這附近的人（包括電工、司機、全身油彩的蒙古人，還有幾個宛如過度保護的小狗般易受驚的年幼芭蕾女舞者）沒什麼事好做，便專注沉默地看著正在拍攝的這場戲，這場面倒比正在拍攝的戲有趣多了。

---

10 Olga Korbut，白俄羅斯知名體操選手。

「天啊！你嚇壞我了！」看書的人再試一次。

艾凱迪盡可能不引人注意，站在提供照明電力的發電車旁，他有足夠時間找出那位服裝助理。她身材高　、雙眼漆黑、皮膚白皙，一頭棕髮在腦後挽了個髻。她的阿富汗大衣除了比其他女孩的更加破舊，更是短到露出手腕。她拿著劇本站在那兒，宛如照片般靜止不動。她似乎感覺到艾凱迪的目光而轉頭望向他，那眼神一瞬間令他覺得整個人都被照亮。她又把注意力轉回花園那場戲，但在此之前，他已看到她右頰上的疤痕。在民警的檔案相片上，那斑痕是灰色，他現在親眼看到的則是藍色。那斑痕雖小，但因為是個美女，便更引人注目。

「天啊！你嚇壞我了！」看書那人對著瞄準自己的左輪手槍猛眨眼。「我本來就夠緊張了，你還開這爛玩笑！」

「放飯！」導演喊完後便離開現場。這一幕以前一定也排演過，只見演員和劇組幾乎和導演同樣快速撤離，留下觀眾自行散去。艾凱迪看著那服裝助理為花園的桌椅蓋上防塵布，拔起一朵正枯萎的花，然後關掉鋼琴上方的煤氣燈。她的外套不只破舊，一堆補丁更將這阿富汗大衣繡成一條荒腔走板的百衲被。她脖子上鬆垮地圍了條廉價橘色圍巾，腳穿一雙紅色膠皮靴。這身裝扮十分驚人，但她的泰然自若卻能讓其他女人看見後甚至會想：對，我就該穿這麼一身從垃圾桶撿來的行頭。沒了探照燈後，花園一片暗淡。她臉上帶著笑容。

「伊莉娜．亞薩諾娃？」艾凱迪問道。

「你哪位？」她的聲音低沉，像是西伯利亞口音。「我的朋友我認得出來，但很確定不認識你。」

「妳好像知道我是專程來找妳的。」

「你不是第一個在工作時間來打擾我的人。」她面帶微笑說道，彷彿完全不覺受到冒犯。「我會錯過午餐的，」她嘆口氣說：「那就節食吧。你有菸嗎？」

幾絲捲髮從她的髮髻逃脫。**伊莉娜．亞薩諾娃，現年二十一歲**，艾凱迪記得民警團的檔案上如此記載。他為她點菸，她併起修長冰冷的手指為他手中的火擋風。他覺得這略帶性暗示的觸碰太做作而有點失望，直到看見她眼中的笑意，才知道她在嘲弄他。那雙眼睛如此生動，能讓最不出眾的女孩都立時生色。

「我得跟你說，特案組請的菸通常比較好，」她貪婪地吸著菸說：「我要因為什麼政治運動失業了嗎？如果你要把我趕出這裡，我就得再找別的工作了。」

「我不是特案組或國安會的。妳看。」艾凱迪拿識別證給她看。

「是不一樣，但也沒多不一樣。」她把證件遞回，「藍柯組長找我有何貴幹？」

「我們找到妳的冰刀鞋了。」

她愣了一下才會過意。「我的冰刀鞋！」她笑出來。「你真的找到了嗎？我弄丟好幾個月了。」

「我們是在一個死人腳上發現的。」

「很好！活該。總算還有天理。希望那人最好是凍死的。欸，拜託，別這樣就被嚇到。你知道我為那雙冰刀鞋存了多久的錢嗎？你看我的靴子。來啊，看啊。」

他看著她拉開紅靴的拉鍊。伊莉娜．亞薩諾娃突然搭著他的肩，脫下一隻靴子。她有雙優美的長腿。

「連個鞋墊都沒有。」她揉著赤裸的腳趾，「你看到這部片的導演了嗎？他說如果我跟他睡，就送我一雙有毛裡的義大利靴子。你覺得我該答應嗎？」

聽起來這是個認真的疑問。他說：「冬天就快結束了。」

「沒錯。」她把靴子套回腳上。

令艾凱迪印象深刻的，除了那雙腿外，就是她從頭到尾表現出的漠然，彷彿這些言行全都事不關己。

「人死了啊，」她說：「現在我舒服多了。冰刀鞋被偷後我去報過案，對，溜冰場和民警站都去過。」

「事實上，妳是二月四號報的案，但妳說是一月三十一號遺失的。這四天裡妳都沒發現它們不見了？」

「這不是很正常嗎？人都是要用一樣東西的時候才會發現弄丟了。組長，你也是這樣吧？那時我花了好一會兒才想到在哪兒弄丟的——然後我跑回溜冰場。不過已經太遲了。」

「這段期間，妳有沒有想起當時溜冰場的什麼事或什麼人，是妳向民警報案遺失冰刀鞋時沒提到的。妳能想到誰有可能偷妳的鞋嗎？」

「我猜——」她停頓一下以製造喜劇效果，「——誰都有可能。」

「我想也是。」艾凱迪認真地說。

「這下我們有共通點了。」她開心地笑出來，「真想不到啊！」但等他也一同笑起來，她就立刻打住。「調查組長不會只為冰刀鞋這種事來找我，」她說：「當時我把知道的細節全都告訴民警了。你還想知道什麼？」

「穿著妳那雙冰刀鞋的女孩被謀殺了。旁邊還有另外兩具屍體。」

「那跟我有什麼關係？」

「我覺得妳可能幫得上忙。」

「如果他們已經死了，那我幫不了他們。相信我，我幫不上什麼忙。我是讀法律的。如果你是來逮捕我，就會帶著個民警同行。所以，你要逮捕我嗎？」

「沒有——」

「那，除非你想讓我失業，不然就走吧。這裡的人都怕你，不想看到你出現。你不會再來了吧？」

艾凱迪很驚訝自己竟任由這可笑的女孩使性子。但另一方面，他也能同理這些從大學退學的學生，他們得死命緊抓住能找到的任何工作，才不會失去莫斯科的居留證而遣返回鄉。就眼前這個來說，就得一路被送回西伯利亞。

「不會。」他答應道。

「謝了。」她嚴肅的眼神再次變得現實。「你走之前可以再給我根菸嗎？」

「整包拿去。」

劇組人員漸漸回到現場。拿左輪手槍的演員喝醉了，把槍對準艾凱迪。伊莉娜・亞薩諾娃在轉身離開的調查組長身後喊道：「順便問一下，你覺得這場戲怎麼樣？」

「有點像契訶夫。」他轉頭回答，「可是很爛。」

「**就是**契訶夫的作品，」她說：「而且爛斃了。你眼睛滿利的。」

艾凱迪走進病理學家的辦公室，列文正在研究一盤棋。

「讓我對你簡短說明我國的革命史。」列文的目光沒從黑棋與白棋上移開，「一旦一個人沉溺於謀殺，遲早滿腦子就會只想著搶劫，搶劫之後，接著就是爆粗口、不信神，最後連進房都不敲門了。該黑子走了。」

「我可以下嗎？」艾凱迪問道。

「請。」

艾凱迪將棋盤中央掃空，在黑棋那邊放上三個黑卒。「美人、野獸和紅頭。」

「你在幹嘛？」列文打量著浩劫後的棋盤。

「我覺得你漏了點東西。」

「你又知道了？」

「讓我把整個過程走一遍就是了。三個受害者，全是胸口一槍斃命。」

「另外還有兩槍爆頭，你怎麼知道中槍部位的先後順序？」

「兇手做了謹慎規劃，」艾凱迪專注地繼續說：「他拿走受害者的證件，清空口袋，紮紮實實剝下他們的臉皮，切掉手指末端，抹除了所有辨別身分的依據。可是，他卻再冒多餘風險，對兩個男性受害者的臉部又開兩槍。」

「好確定他們死透了。」

「他知道他們死了。不對，是因為其中某個受害者有別的身分特徵必須消除。」

「說不定他是先對他們的頭開槍，然後才射心臟。」

「那為何不也對那女孩開槍？不對，他對其中一個死者的臉開槍，然後發現這麼做只會將自己的意圖昭告天下，於是也對第二個死者的臉部開槍。」

「那我就要問你了——」列文站起來，「——兇手為何不也對那女孩開槍？」

「我不知道。」

「而且我要以專家立場告訴你這個非專家，這種口徑的子彈無法造成令死者身分無從鑑別的嚴重毀容。更何況那個屠夫已經剝下他們的臉皮。」

「那麼請以專家立場告訴我，那些子彈會造成什麼影響？」

「如果那兩人已經死了——」列文交抱雙臂，「——主要會造成局部毀損。而牙齒，我們已經檢查過了。」

艾凱迪什麼也沒說。列文使勁拉開一個抽屜，拿出標記為GP1和GP2的盒子。他從GP1的盒子將幾近完整的兩顆門牙倒進掌中。

「好牙，」列文說：「連堅果都咬得動。」

GP2盒中的牙齒狀況就沒那麼好。有顆破碎的門牙，還有單獨裝成一小包的碎片和粉末。

「這顆牙大部分都在雪地裡不見了。不過我們分析出琺琅質、牙本質、齒堊質、脫水牙髓、菸草汙漬和鉛粉。」

「那是牙齒的填充物嗎？」艾凱迪問。

「是『九克鉛[11]。』」列文用了黑話中的子彈代稱。「滿意了嗎？」

「這是紅頭，染髮的那個，對吧？」

「編號GP2！拜託。」

紅頭在樓下的冰冷金屬屜裡。他們將遺體用推車送進驗屍室。艾凱迪抽著菸。

「別擋著光。」列文用手肘擠開身後的艾凱迪，「我還以為你討厭這種事呢。」

上顎中心有個洞，洞緣是一圈棕色的繼生前齒。列文挑了一下，把一些上顎碎屑抹上一張濕漉漉的玻片。碎屑覆上玻片以後，他穩穩走向工作台上的顯微鏡。

「你知道自己要找什麼嗎？或者只是瞎猜？」他問艾凱迪。

「我是有個猜測，但反正不會有人想偷空保險箱。」

「懶得理你。」病理學家一眼對上顯微鏡，同時攪動破碎的骨屑。他先從十倍接目鏡看起，一面旋轉接物鏡。艾凱迪拉了張椅子，背對屍體坐下，這時列文一次一粒將骨屑從玻片上移開。

11 沙俄與蘇聯軍警的制式武器納甘M1895左輪手槍及托卡列夫TT-33半自動手槍皆使用九公克重的七點六二毫米子彈，後來在二次大戰時，蘇聯軍便將士兵因任務失敗或畏戰而被長官槍斃稱之為「領取九克鉛」。

「我送了份報告去你辦公室，你大概還沒空看，」列文說：「指尖是用剪刀剪掉的。傷口有明顯的相對切槽。臉部組織不是用手術刀割的，斷面沒那麼俐落——事實上，骨頭上有很粗的刮痕。我會猜是用大刀切割，說不定是獵刀，而且異常鋒利。」現在玻片上還有很細的骨粉。「來，過來看。」

放大兩百倍後，骨粉看起來就像破碎的象牙，中間散落著一些粉紅色木材。「這是什麼？」

「馬來膠。這牙會碎成這樣，是因為它是顆易碎的死牙。這人做過根管治療，牙根裡填過馬來膠。」

「我不知道是這樣做的。」

「我們這裡不這麼搞。歐洲牙醫不用馬來膠，美國人才用。」看到艾凱迪面露笑容，列文滿臉嘲諷，「你只是走運，沒什麼好驕傲的。」

「我沒覺得驕傲。」

艾凱迪回到新庫茲涅斯科街，大衣都沒脫就開始打字：

高爾基公園謀殺案報告：

受害者GP2的病理學分析，確認上排中右側門牙的根管內有殘餘填充馬來膠。病理學家表示這並非蘇聯或歐洲所用的牙醫技術，但在美國很普遍。

GP2亦即將紅髮染成棕髮以作偽裝的受害者。

他加上簽名與時間，從打字機內拉出這份報告，再取下留檔的複寫紙，將正本拿到隔壁，動作輕緩地像要申請減刑。伊恩斯基出門去了。艾凱迪將報告放在檢察官的桌面中央。

巴夏下午回來時，穿著短袖的調查組長正在翻閱雜誌。警探放下自己的錄音機，砰一聲坐倒在椅子上。

「怎麼，提早退休嗎？」

「不是退休，巴夏。是氣球、是飄向天堂的泡泡、自在翱翔的飛鷹——長話短說，也就是一個成功規避了責任的人。」

「你在講什麼？我才剛破了這案子。」

「我們手上沒什麼案子了。」

艾凱迪說明了那死者的牙齒狀況。

「美國間諜？」

「誰管他啊？巴夏，他可以是任何一個死掉的美國人。但皮布留達現在不得不接下這案子的司法管轄權了。」

「和所有的功勞！」

「乾脆為他訂個紀念日吧。這事從一開始就該是他的。三個人遭處決可不是我們該負責的案子。」

「我知道祕密警察。他們就是些等我們幹完苦差事後撿現成的混帳騙子。」

「幹完什麼啊？我們連受害者的身分都不知道，更別說是兇手了。」

「他們的薪水是警探的兩倍，還有自己的特供商店和時髦健身房。」巴夏開始講起自己：「你能不能告訴我，他們到底哪裡比我強？為什麼從來沒招募我？只因為我爺爺剛好是王子，所以我就有問題嗎？不對，你得根正苗紅，祖上連著十代在泥地裡當血汗農奴，不然就要會說十種語言？」

「皮布留達絕對可以把你打到泥地裡流血流汗。此外我不覺得他能說超過一種語言。」

「要是我有這機會，我連法語或中國話都能說。」巴夏繼續講。

「你會講德語啊。」

「所有人都會德語。不算，那太老套了，就跟我的人生一樣。現在等我們揭開那個，就是，就是那——他們又要來搶功。」

「牙齒的事。」

「去你媽的！」這只是憤怒的國民用語，而非侮辱。

艾凱迪留下巴夏繼續沮喪，走去尼季汀的辦公室。這位政府指令科調查組長不在。艾凱迪從尼季汀桌上拿了鑰匙，打開一個木製保險櫃，裡面有本市電話簿和四瓶伏特加。他只拿走一瓶。

「所以你寧可當個傲慢的混帳騙子，也不想當個好警探。」他轉過身對巴夏說道。這位警探盯著地板，傷心透頂。艾凱迪倒了兩杯伏特加。「喝。」

「敬什麼？」巴夏喃喃說道。

「敬你爺爺，王子殿下！」艾凱迪建議。

巴夏尷尬地漲紅了臉。他透過敞開的門縫望向走廊。

「敬沙皇陛下！」艾凱迪再補上一句。

「拜託！」巴夏把門關上。

「那你就喝。」

幾杯下肚後，巴夏沒那麼悲苦了。他們再敬了列文上尉的法醫檢驗結果、蘇維埃正義的必然勝利，以及海參崴海上航線的開通。

「全莫斯科唯一誠實的人。」巴夏指出。

「誰？」艾凱迪問道，等著他把笑話說完。

「你。」巴夏說完後一口飲盡。

「其實——」艾凱迪看著自己的杯子。「——我們這兩天做過的事，不算太誠實。」他抬起頭，看見警探剛振作起的精神又萎靡下去。「不管了。你說你今天『破案』了。說說是怎麼回事。」

巴夏只聳聳肩，但艾凱迪堅持要他說，也知道這警探希望他繼續堅持。跟老太婆聊了一整天，巴夏是該得到些獎勵。

「我之前突然想到——」巴夏試著如實陳述：「——說不定是雪之外的東西掩蓋了槍聲。我在小吃攤販那裡浪費大半天後，去找冬天時透過擴音器用唱片為溜冰場放音樂那個小老太婆。她在克林斯基瓦街入口那棟房子裡有個小房間。我問她：『妳會放吵鬧的音樂嗎？』她說：『溜冰場只放安靜的音樂。』我再問：『妳每天都照固定順序放音樂嗎？』她說：『電視才有節目表，我只放溜冰音樂，一個單純的勞動者播放安靜的音樂，還在打仗的時候我就做這工作了，我那時候在炮兵隊。我是正正當當得到這工作的，』她說：『因為我有殘疾。』我說：『我不管這個，我只想知道妳放唱片的曲目順序。』『就只是這樣放下去，』她說：『我從那一疊最上面開始，一直往下放，等到沒有唱片，我就知道回家時間到了。』我說：『讓我看看。』那老太太拿出一疊共十五張唱片，上面甚至編了一到十五的序號。我想槍擊可能是當天快結束時發生的，所以就從後往前找。第十五張，當然了，是《天鵝湖》（Swan Lake）。十四號？你想猜嗎？是《一八一二序曲》（1812 Overture）。砲聲、鐘聲、整個交響樂團。我總算變聰明了。這些唱片為什麼要編號？我把唱片舉在嘴前問她：『這些唱片妳放得多大聲？』但她只盯著看，什麼也沒聽到。那老太婆聾了，這就是她的殘疾，這就是他們找來高爾基公園放音樂的人！」

3

這個鄉間週末是在冬季的最後一場雪中度過的。雨刷猛力刮過擋風玻璃，掃落的雪堆簡直像整隻肥鵝。一瓶調味伏特加彌補了車內虛弱的暖氣無能提供的溫度。輪胎熱情地嘶嘶作響，發出橫笛、小鼓、喇叭以及疾馳雪橇的鈴聲。前進！

柔亞和娜塔莉亞・密柯言坐在後座，艾凱迪和他認識最久的朋友米凱爾・密柯言坐在前座。這兩人一起待過共青團、軍隊、莫斯科大學和法學院。他們有相同的志向、曾一同狂歡、喜愛同樣的詩人，甚至前後與幾個共同的女孩交往過。瘦小的米夏在蓬亂的深色捲髮下有張娃娃臉，法學院畢業後直接進入莫斯科市律師委員會。官方帳面上，辯護律師的收入比法官低——就說大約每月兩百盧布吧。但私底下，委託人會付上兩倍或甚至更多酬勞，所以米夏負擔得起上好西裝、小指上的紅寶石戒指、娜塔莎[12]的皮草、鄉間度假屋，以及開往鄉間度假用的雙門齊古立汽車[13]。

娜塔莎皮膚黝黑，纖細到甚至可穿童裝。她是「蘇聯新聞社」的作家，一年墮胎一次。她不能吃避孕藥，但會為朋友提供藥物。這台雪橇的行李不多。前進！

那棟鄉間度假屋在莫斯科東方三十公里外。老米一如往常邀請約八位朋友同享這屋子。主人的車抵達後，他們跺腳抖去靴上的雪、懷中抱滿麵包、鯡魚罐頭與酒瓶，招呼他們進屋的是一對正在為雪屐打蠟的年輕夫婦及一個穿著緊身毛衣，正設法為壁爐生火的胖子。更多賓客陸續到來：一個拍教育影片的導演與情婦、一個芭蕾舞者與他身後像隻小鴨尾隨的妻子。雪屐似乎不斷從沙發上掉落。男人待在一個房間，女人在另一間，遲來的人換上戶外裝扮。

「白茫茫的早晨。」米夏豪邁地揮手說：「這時的白雪比盧布更珍貴。」

柔亞說想跟娜塔莎一起留下，娜塔莎因最近一次墮胎仍在復原。屋外，地面已積起厚厚一層的白雪這時停了。

米夏興致勃勃地在樹林中開道。艾凱迪則滿足於跟在後方，不時停步欣賞低矮的山巒。他邁著大步，輕鬆自如，卻也沒被米夏狂熱的衝刺甩在後頭。一小時後，他們停下休息，讓米夏清理鞋子與雪屐間緊緊壓實的雪塊。艾凱迪脫下雪屐，坐了下來。

白色的呼息、白色的樹林、白色的雪、白色的天空。「苗條得跟女人一樣。」人們總是這麼描述樺樹。艾凱迪心想：也可以是詩人的枴杖。

但米夏對待冰雪猶如出庭辯論一般：憤怒而戲劇化。他從小便嗓門奇大，就像一隻有巨大無朋船帆的迷你小船。他捶著自己的雪屐說：

「凱沙[14]，我有麻煩了。」他放手讓雪屐掉落。

「這次是哪個女人？」

「是個新來的職員，可能還不到十九歲。我猜娜塔莎已經開始懷疑了。嗯，我不下棋也不運動，還能玩什麼呢？最荒謬的就是，這小女孩可能是我遇過最無知的人，我卻能被她一句話所左右。等你

---

12 米夏（Misha）與娜塔莎（Natasha），即俄語中米凱爾（Mikhail）與娜塔莉亞（Natalya）的暱稱。

13 Zhiguli，為蘇聯自製國民車品牌，齊古立是蘇聯國內對此品牌的稱呼，出口的同品牌汽車在歐美則名為拉達汽車（Lada）。

14 Arkasha，即艾凱迪（Arkady）的暱稱。

真正陷入情網，才會發現這一點也不美麗。也不便宜。噢——」他打開外套，拿出一瓶酒，「這一小瓶是法國蘇特恩區的貴腐酒，是你在屋子裡看到那扭腰擺臀的舞者走私帶回來的。這是世上最棒的餐後甜酒。我沒帶甜點。來喝點嗎？」

米夏拉開瓶蓋的金屬絲，將瓶子遞給艾凱迪，他往瓶底一拍，瓶塞　出瓶口。他豪飲一大口，琥珀色酒液，很甜。

「甜嗎？」米夏發現艾凱迪皺著眉。

「有些俄羅斯酒更甜。」艾凱迪愛國地表示。

他們輪流喝起來。雪堆從粗枝掉落，有時發出沉重的悶響，有時又像野兔的腳步輕盈迅捷。艾凱迪很享受與米夏共處的時光，其中最好的時刻就屬米夏閉口不言的時候。

「柔亞還在拿黨的事對你碎唸嗎？」米夏問道。

「我是黨員，我有黨證。」

「那也不過如此。你更積極點會怎樣？一個月去開一次會，你在那想看報也行啊。一年去投一次票，一年散發幾次反中國或反智利的請願書。但你連這些都不做。你還保有黨籍，唯一的理由只是因為沒有的話就當不成調查組長。這大家都懂，所以你不如就從中撈點好處，偶爾到區黨部跟大家聯絡一下。」

「我不去開會都有充分理由。」

「沒錯。難怪柔亞會被你氣死。你也該為她想想。以你的紀錄，要當中央委員會的監察官還不是小事一件。你可以到處出差，視察各地執法單位的表現，或是發起什麼運動，把那些地方民警團將軍嚇得屁滾尿流。」

「聽起來不太吸引人。」

「那不是重點。重要的是，這樣你就能進中央委員會特供商店、在出國旅行名單上名列前茅、也能接近委員會裡那些決定重要職位歸屬的人。從此你就能一路平步青雲。」

天空有種緻密的瓷料質感。艾凱迪心想，如果用拇指搓揉，應該會發出吱吱聲吧。

「我這是浪費口水，」米夏說：「你應該和伊恩斯基聊聊，他喜歡你。」

「是嗎？」

「老凱，他為什麼這麼有名？不就是因為維斯科夫上訴案。在最高法院庭上，伊恩斯基公然指責政府，說他們用謀殺罪逮捕年輕工人維斯科夫並判刑十五年是個大錯。這麼多人裡面，偏偏是莫斯科市檢察官伊恩斯基突然成了個人權益的保護者。你要是看了《真理報》，就知道他簡直被寫得跟甘地一樣。不過，重啟調查的人是誰？是你。是誰脅迫要獨力向法律期刊抗議，以此逼迫伊恩斯基採取行動？是你。所以伊恩斯基呢，看你如此不可動搖，便採取完全相反的路線，擔任故事中的果敢英雄。他虧欠你很多，但也可能因此不想再看到你。」

「你什麼時候跟伊恩斯基聊過的？」

「噢，嗯，最近的事。因為某個委託人的小問題，他覺得我的酬勞太高。但他付的錢一點都不算多——我可是救了他這狗娘養的。反正，檢察官對這事出人意表地體諒，談話中也提到你的名字。這插曲就這樣一晃而過，別再提了吧。」

米夏的收費會高到讓無罪開釋的客戶抱怨？艾凱迪從來不曾在「貪財」這個詞上聯想到這朋友。米夏則似乎因這段告白而沮喪。

「我真的讓那狗娘養的脫了罪。你知道這種事有多罕見嗎？你聘辯護律師的時候知道自己在做什麼嗎？你是付錢請一個人到法庭上否認他跟你有任何關係。是真的！幾乎永遠都是這樣。畢竟如果你無罪，就不會受審，而且我也不想跟任何罪名有任何關係，我還有大好名聲要維護呢。於是我會在檢察官還沒提出任何指控前，就公開譴責這個罪犯的犯行。我不只震怒，根本就覺得噁心。如果我的委託人走運，我或許會提一下他從來不在紅軍紀念日放屁[15]。」

「才不是這麼回事。」

「有幾分真實啊。除了那一次，我也不曉得原因，反正那次我什麼都做了。我的委託人不是賊，他已經是幾個年幼孩子的父親，坐在法庭第一排啜泣的跛腳女人是他母親，他是她生命中的支柱。他打過幾場著名戰役，是個沒沒無名的退伍老兵。他對朋友忠實、是個慷慨的工人，他算不上竊賊，只不過是一時軟弱。蘇維埃正義啊，我說那個有嗜睡症的法官和兩個低能的仲裁人太苛刻了，對，苛刻得像個封建領主，不過畢竟還是個人。若想對他們智取，那就等著人頭落地。不過當你撲進他們懷裡，說這只是伏特加作祟，說只是因為那個女人，說只是一時瘋狂，誰知道事情會變成這樣？當然，所有人都會這麼試試看，所以你得是個藝術家，才能在一片哀怨的陳腔濫調中脫穎而出。而我就辦到了，老凱。我甚至真的哭了。」米夏停頓一下，「我為什麼會要這麼多錢？」

艾凱迪試著擠點話出來，「我兩天前遇到維斯科夫的父母，」他說：「他爸在波弗勒斯基火車站附近經營一家餐館。他們經歷的是什麼樣的人生啊。」

「我真的很失望！」米夏突然爆發：「你永遠不知道該跟什麼人結交。兩天前，我在作家協會跟一位傑出的歷史學家托瑪薛斯基共進午餐。」這是米夏用新話題轉移重點的小手段，「他就是你該認識的人。受人尊敬、有魅力，但十年沒產出新作品。他對我解釋說，他自有一套系統。首先，他交出一份傳記大綱給科學院，好徹底確定他的方法符合黨的政策。接下來你會看到，這個第一步至關重要。好，他研究的人物，一向都是重要人物，是莫斯科出身。因此托瑪薛斯基一定得在家鄉做兩年俄羅斯研究。不過這個歷史人物也會旅行，沒錯，他好像在巴黎還是倫敦住過幾年，所以托瑪薛斯基也得照做，申請在國外居留，得到批准。四年就這樣過去。科學院和黨摩拳擦掌，期待大名鼎鼎的托瑪薛斯基為這位重要人物所端出具有重大影響力的研究。這讓托瑪薛斯基勢必得回到莫斯科郊外的別墅，孤獨地照料他的花園，以創造性角度對著好幾箱研究資料沉思。在開創性思考中兩年又過去了。就在托瑪薛斯基即將下定決心動筆時，他再度聯絡科學院，結果發現黨的政策有了一百八十度轉彎：他的主角成了叛徒，托瑪薛斯基滿心懊悔，因為這下他不得不為了更大的利益著想，犧牲多年勞動的成果。當然，他們樂得催促托瑪薛斯基展開新的研究計畫，在抑鬱中以嶄新的勞動展開耕耘。托瑪薛斯基現在在研究一個非常重要的歷史人物，那人在法國南部住過一段時間。他說，蘇維埃歷史學家的未來永遠光明，在這點上我相信他。」

米夏突然又轉換話題，壓低聲音說：「我聽說了高爾基公園那些屍體，而且你跟皮布留達少校為這個又吵了一架。你瘋了啊？」

他們回去時，娜塔莎以外的人都不見了。

「柔亞跟這條路往下那棟別墅裡的人走了，」她告訴艾凱迪：「是個有德文名字的人。」

「她說的是舒密特。」米夏坐在壁爐邊處理靴子裡的冰屑，「你一定知道舒密特的，凱沙。莫斯科來的，他剛接收那邊那棟房子，搞不好是柔亞的新情人。」

米夏打量艾凱迪的表情，看見了實情。他張著嘴，滿臉通紅，拿著滴答落水的靴子。

「到廚房弄去，米夏。」娜塔莎說道。當她丈夫跌跌撞撞離開，她將艾凱迪推坐到沙發上，為自己和艾凱迪各倒了杯伏特加。

---

15 即自一九九五年起更名為「祖國保衛者日」（Defender of the Fatherland Day）並沿用至今的紀念日。但於本書出版的一九八一年時仍名為「紅軍紀念日」。

「他是個蠢貨。」她把頭往廚房比了一下。

「他不知道自己在講什麼。」艾凱迪兩口就把伏特加喝乾。

「那就是他的招數，他從來不知道自己在講什麼。他什麼都講，所以總有說對的時候。」

「但妳就知道自己在說什麼？」艾凱迪問道。

娜塔莎有種低調頑皮的幽默感。她眼周極其柔和的陰影，讓雙眼相對之下顯得更亮。她的頸子細得讓他想起飢餓的孩童，這放在一個三十多歲女人身上的確有點怪。

「我是柔亞的朋友，也是你的朋友。但說到底我更算是柔亞的朋友。其實我勸她離開你已經好幾年了。」

「為什麼？」

「你不愛她。事實就是，如果你愛她，你就會讓她快樂。如果你愛她，你就會做舒密特做的那些事。他們才是天生一對。」她為艾凱迪和自己續了些酒，「如果你對她還有一點關心，那就讓她快樂。讓她終於能快樂起來吧。」娜塔莎咯咯笑了起來。她想正經地板著臉，俏麗的雙唇卻不斷上揚。他們三個還在念書時，她跟米夏一樣是個諧星。「因為老實說啊，你覺得她無聊得要命。她是有過兩、三年好時光，但那全是因為你，她才變得有趣。現在連我都承認她很無聊，但你不會。」她用一隻指背滑過他的手腕。「你是我認識的男人裡唯一不無聊的。」

娜塔莎為自己再倒一杯，然後小心翼翼踩著醉步去廚房，把艾凱迪單獨留在客廳。室內很熱，伏特加也是。米夏和娜塔莎用聖像和古色古香的小雕像裝飾這地方，聖像的金葉映出火光。去做舒密特會為柔亞所做的事？艾凱迪打開皮夾，拿出一本封面有列寧側面像的小紅冊子。左頁是他的姓名、照片與所屬黨部。右頁是他的黨費印花，他注意到期限還剩兩個月。最後一頁是一系列鼓舞人心的箴言。著名的黨證啊。柔亞說過：「成功之道，只此一途，此外無他。」她說這句話時，全身赤裸。他記得她的黨證與肌膚形成的對比。他看著一尊聖像。那是聖母，處子瑪莉亞。那拜占庭風格的臉龐，特別是回應觀者的眼神，令他想起柔亞之外的某人，不是娜塔莎，而是他在莫斯科製片廠認識的女孩。

「敬伊莉娜。」他舉杯說。

午夜時，大家都回來了，每個人都醉醺醺的。一個自助吧台放著豬肉冷盤、香腸、魚、小薄餅、乳酪和麵包、醃蘑菇，甚至還有壓實魚子醬[16]。有人在高聲誦詩。房裡另一頭，人們雙雙對對隨著一支匈牙利翻唱版比吉斯樂團（Bee Gees）歌曲起舞。飽受罪惡感折磨的米夏，目光始終不離坐在舒密特身旁的柔亞。

「我以為我們要一起過這個週末的。」艾凱迪一度在廚房單獨碰到柔亞時對她說：「舒密特怎麼會來？」

「我請他來的。」她拿出一瓶紅酒。

「敬柔亞．藍柯，」柔亞回來時，舒密特舉杯說：「昨天區黨部委員會選中她在市黨部委員會面前針對教育面的新挑戰發表演說，我們非常為她驕傲，我敢說，尤其是她丈夫，一定非常自豪。」

艾凱迪走出廚房，發現除了正對著柔亞眨眼的舒密特外，每個人都在看他。娜塔莎遞了杯酒給艾凱迪，為他解圍。唱盤上放起一張感傷的格魯吉亞抒情歌手唱片，舒密特和柔亞起身跳舞。

他們一起跳過舞，艾凱迪看得出來。舒密特漸禿的頭上髮型修剪整齊，舞步非常流暢，還有個習慣當領導者之人會有的強壯楔形下巴。他有體操選手常見的粗壯頸部，戴著黨思想家的黑框眼鏡。柔亞投向他懷裡時，他幾乎一手就能覆蓋柔亞的背。

16 Pressed caviar，是指利用製作過程中不慎遭破壞，以至外型不完整的魚卵所製做價格較便宜的次級魚子醬。

「敬舒密特同志。」歌曲終了時，米夏舉起一瓶酒說：「我們為舒密特同志乾杯，不是因為他在區黨部委員會領乾薪、玩填字遊戲、順手賣辦公用品，而是因為我記得，有一次我帶了一枚迴紋針回家。」

米夏灑了些伏特加，開心地對每個人點頭。這只是暖身。「我們敬他，不是因為他能參加黑海海濱勝地的黨內會議，而是因為去年我獲准飛去莫曼斯克。我們乾杯，不是因為區黨部委員會為他的成箱上等好酒買單，而是因為我們所有人偶爾都得為了杯溫啤酒排隊。我們乾杯，不是因為他想上我們的老婆，而是因為我們其他人有需要時永遠都能打手槍。也不是因為他可以開他的柴卡（Chaika）豪華轎車輾過路上的行人，而是因為我們有世上最偉大的地鐵系統可用。甚至不是因為他的性癖好包括戀屍癖、性虐待和同性戀，而是因為——別這樣，同志們——我們已經不活在黑暗時代了。不，」米夏作出結論，「我們敬舒密特博士這位同志，不為以上這些理由。我們敬他，是因為他是如此優秀的共產黨員。」

舒密特臉上的微笑跟汽車散熱器的格柵一樣僵硬。

跳舞、聊天、坐著都讓人越來越醉。艾凱迪在廚房弄咖啡，過了五分鐘才發現那個製片人和舞者的老婆躺在角落裡。他留下杯子，退出廚房。在客廳裡，米夏睏倦地跳著舞，頭枕在娜塔莎肩上。艾凱迪爬上樓梯，前往自己的房間，正要開門時，舒密特從房裡出來，把門關上。

「我敬你，」舒密特低聲說：「因為幹你老婆真爽。」

艾凱迪一拳擊中他腹部。舒密特大驚之下倒撞上房門，艾凱迪朝他的嘴再揍一拳。舒密特雙膝跪倒，一路滾下樓梯。在樓梯底，他的眼鏡掉了，吐了一地。

「這裡是怎麼了？」柔亞站在臥房門口。

「妳自己知道。」艾凱迪說。

他在她臉上看見強烈的憎惡與恐懼，但沒料到同時也亮起鬆了口氣的表情。

「你這王八蛋。」她說著邊跑下樓梯到舒密特身邊。

「我只是跟他打招呼。」舒密特摸索著眼鏡。柔亞找到了，用毛衣擦了擦，接著幫區黨部書記站起身。「他是調查組長？」舒密特用裂開的嘴唇問道：「他瘋了。」

「騙子！」艾凱迪喊道。

沒人聽見他們的對話。艾凱迪的心臟怦怦急跳，他這下明白了舒密特剛才在臥房門口說的是謊話。沒有，這次他們沒真的搞到床上，不會在他朋友家裡，不會在她丈夫附近做這檔事。艾凱迪信了這句謊話，是因為這比他的婚姻更真實，而他卻無從解釋。一切都反了。柔亞堅決地發洩怒氣，戴綠帽的艾凱迪反倒羞愧不已。

他在別墅前看著舒密特和柔亞驅車離開。她的情人開的是輛札波羅日（Zaporozhets）雙門老車而不是豪華轎車。空中的滿月映照著樺樹。

「對不起。」米夏說道，娜塔莎正仔細擦拭客廳的地毯。

4

伊恩斯基說：「你的工作一如以往堪稱楷模。這份第一時間送來對受害者牙科治療的發現著實驚人。我立刻下令國安會各部門徹查，這整個週末都在進行，那時你出了城，他們還用電腦詳查過去五年間數千名外籍居民和已知的外國特務。結果沒有任何一人相貌算得上與受害者相近。分析師的看法是，我們面對的仍是蘇維埃公民，他是去美國時做了這次牙科治療，或是某個在美國受過訓練的歐洲牙醫為他做過治療。但因所有可能的外國人都已納入考量，所以我不得不接受這個看法。」

檢察官誠摯無比地說道。布里茲涅夫的風格也建立在這同樣的天賦上：那是種輕描淡寫但直截了當的理性、表現得思慮周密、但權威不言而喻、同時令人無從爭辯。因為爭辯就等於辜負了對方如此慷慨展現的理性態度。

「艾凱迪．瓦希列維奇，以目前的處境，讓我必須決定，身為檢察官，現在是要堅持由國安會負起調查責任，還是讓你在這工作上繼續展現優秀的績效。說到外國勢力的介入，就算機會微乎其微，還是同樣讓人感到不安。既然你的調查顯然很可能中斷。那麼，何不讓他們現在就接手展開工作？」

伊恩斯基停頓一下，彷彿正在考慮這問題。

「不過此事牽涉的不只如此。在以前，這不會是問題，內政部對俄羅斯人和外國人在調查上沒有歧視、一視同仁，不公開審判，逕行逮捕，絲毫不顧社會主義的合法性便加以判刑。你知道我的意思，我說的就是貝利亞[17]和他的黨羽。這些少數人無法無天的行為，我們不能當作沒看到。第二十屆黨代表大會曝露了這些無法無天之舉後，制定了一些改革，成了我們現在辦事的依歸。現在，內政部民警團的職責嚴格局限於國內犯罪事件；國安會的職責也同樣嚴格局限於國家安全事件上。檢察官則強化了作為監督與保護公民權利的角色，調查的獨立性更加明確。社會主義的合法性就是建立在這種分權基礎上，所以不會再有哪個蘇維埃公民像以前一樣，在公開法庭上被褫奪一切權利。所以，若是我從一個調查組長手上把這案子抽走，交給國安會呢？那就等於退步。這個受害者可能是俄羅斯人。他是不是做過其他牙科治療？有顆鋼製的假臼齒，很清楚是俄羅斯製的吧？另外兩個受害者肯定是俄羅斯人。犯下這樁罪行的人，以及這次調查中觸及的廣大群眾也都是俄羅斯人。然而現在，我可能會在沒有真正證據的情況下，攪亂了改革的池水，並讓我國如同雙臂的兩個執法部門陷入混亂。如果我這麼做，那麼我所身負保護公民權利的責任又算什麼呢？如果一但猶豫，你就選擇放棄，那你的獨立性又算什麼呢？要逃避我們的責任很容易，但我相信這是錯的。」

「那要怎樣才能說服你，這案子不是那個樣子？」艾凱迪問道。

「除非你能證明受害者或兇手不是俄羅斯人。」

「我沒辦法。但我的確認為有個受害者不是俄羅斯人。」艾凱迪說。

「這樣不夠。」檢察官像個面對小孩的大人嘆了口氣。

「我在這個週末想出了死者遇害當時在做的事。」艾凱迪趕在被打發前快快說道。

「是什麼事？」

「我們在受害者的衣物上發現石膏、鋸末和金屑。這些東西全是修補聖像的材料。聖像在黑市中

---

17 Lavrentiy Beria（1899-1953），為史達林時代的內政人民委員部主腦（其轄下的國家安全總局即日後KGB的前身），是史達林的大清洗計畫之主要執行人。史達林逝世後他便在高層政治鬥爭中失勢並遭祕密處決。

很受歡迎，而外國遊客比俄羅斯人更喜歡這些東西。」

「繼續說。」

「這個受害者有可能是外國人，而且從他衣物上的證物看來，他曾經從事黑市活動，而黑市活動中本來就有大量外國人參與。為了絕對確定我們不是在跟外國人打交道，確定我們是在自己的職責範圍內行事，我要皮布留達少校交出一月和二月莫斯科所有關於外籍人士的電話錄音與筆錄謄本。國安會自然絕不會照辦，但我要讓這個要求和他的回覆都記錄在案。」

伊恩斯基面露微笑。兩人都明白，這種正式要求與回覆帶來的壓力，會讓皮布留達刻不容緩地攬下這案子的司法管轄權。

「你是認真的嗎？這要求頗有侵略性，有些人可能會覺得這是非常無禮的舉動。」

「是。」艾凱迪說。

艾凱迪等著伊恩斯基回絕，但時間長得超過預期。這計畫有某個地方似乎引起這位檢察官的興趣。

「我得說你的直覺思考總讓我驚奇。截至目前你從沒出過錯，對吧？而且你也是莫斯科的老警探了。如果你真決定繼續調查，會把所有非外交身分的外籍人士列入考量嗎？」

震驚之下，艾凱迪愣了半晌沒作答。

「會。」

「那就有辦法安排了。」伊恩斯基在一張紙上做了筆記，「還有別的嗎？」

「最近的電話錄音，」艾凱迪趕緊補充。誰知道下一次檢察官這麼好講話是什麼時候？「調查也會擴展到其他地區。」

「我知道你這個警探有大筆資源和無盡熱忱。不過現在說這個還太早。」

「美人」躺在驗屍台上。

「安特列夫也要脖子。」列文說。

這位病理學家在脖子底下放了塊木頭將它拱起，接著將頭髮往後攏。他用一把電圓鋸切開骨頭。鈣質燃燒的氣味四溢。艾凱迪身上沒菸，這時只能屏住呼吸。

列文沿著頸椎骨棘突的角度，從第七節頸椎下切開。骨頭斷開後，頭部連著脖頸滾落台下，艾凱迪反射地抓住這顆頭，然後同樣迅速地將它放回。列文關掉鋸子的電源。

「不，調查組長，現在她是你的了。」

艾凱迪擦擦雙手。那顆頭已經解凍了。「我需要一個盒子。」

除了見證人類從懶怠的靈長類演化為勤勉的文明動物外，死者又算什麼呢？而每一個目擊者，每一堆從泥炭沼與苔原劈挖出的骨骸，都是拼出史前史這幅鑲嵌畫的一條新線索。這裡一支大腿骨、那裡一塊頭蓋骨、或是一條用麋鹿齒做的項鍊，將這一切拖出古老的墓穴，用報紙包裹，送往可俯瞰高爾基公園的蘇聯科學院民族學研究所，在那裡經過清潔，用金屬線綁起後，再用科學方法加以復原。

但不是所有祕密都屬於史前時代。舉例來說：一名軍官戰爭結束時回到位於列寧格勒的宿舍，發現天花板有塊汙漬。他在閣樓上尋找汙漬來源時，發現一具半木乃伊化的支離破碎屍體，民警團鑑定這是男性屍身。經過漫長而無結果的調查後，民警團將頭骨鑄模送到民族學研究所重建。但問題來了，人類學家重建出的臉孔是女性而非男性。民警團對此結果大感不滿，於是毀了那模型，結束對此案的調查，直到從那宿舍中找出一張女孩的照片。而這照片與人類學家重建的臉部照片吻合，她的身分才得以確認，也將兇手繩之以法。

自那時起，研究所便針對犯罪鑑定用途，以完整的或部分頭骨重建了上百張臉孔。沒有任何地方的警察用過類似的方法。研究所的重建物中，有一部分只是粗糙的石膏雕塑。但其他部分，像是安特列夫的作品，除了細節之外，模型臉上栩栩如生的焦慮與露骨的恐懼更是令人驚歎。每當安特列夫製作的頭顱在法庭上公開展示，那就是檢察官的勝利時刻。

「請進，請進。」

艾凱迪隨著聲音走進頭顱陳列室。最近的櫃子裡展示著各種民族的頭型，包括土庫曼人、烏茲別克人、卡爾梅克人……等等，它們臉上全搭配著團體照中典型的空洞眼神。接下來這一櫃是僧侶，下一櫃是非洲人，以此類推。再過去，在天窗投射的朦朧光暈中，是一桌剛加入紀念行列的太空人半身塑像，連上頭的油彩都還沒乾。艾凱迪看到的這些塑像，沒一個帶有安特列夫風格，直到他經過天窗，接著立刻停步。在房間盡頭的陰影中，某種半人類排成一列，因為他的接近而震驚，同時它們無聲的懷疑神情也震懾住艾凱迪。北京人的嘴唇上翻，露出一口黃牙。沒有額頭的羅得西亞人正努力凝神思考。某個雌性類人猿有著猩猩的悲哀雙頰。有個像是尼安德塔人的塑像，嘴唇粗厚、神情狡猾。有個年輕侏儒，長了滿頭狂亂不羈的捲髮，一道濃眉橫過細長的腦袋，他的雙手和改短的實驗室工作服都沾了石膏而雪白一片。那侏儒從凳子上滑下來。

「你就是打電話來那個調查組長？」

「對。」艾凱迪想找個地方放下盒子。

「別費事了，」安特列夫說：「我不會幫你處理這顆頭。我已經不再幫民警做法醫工作，除非是擱了至少一年以上的懸案。這個原則很自私，但民警在一年內能獨力偵破的案件數目，說出來會嚇死你。這應該有人跟你說過。」

「這我知道。」

漫長的沉默後，安特列夫點點頭，邁著一雙O型腿走上前，抬起一隻短臂擺向身邊的半身像示意。「既然都來了，你走之前讓我帶你簡單參觀一下。很吸引你的這排是我們的類人系列。他們相當驚人，一般而言比我們強壯，其中有的腦容量比現代人還大，有的則差不多，但注定無法在演化史寫下自己的篇章，所以就略過他們吧。」他搖搖擺擺走向艾凱迪和一個鍍金箱子，裡面放著一個遊牧韃靼人的半身像。艾凱迪很意外剛才竟沒看到它。那張臉又扁又方，表情雖不生動，但明顯飽經風霜，顴骨上的深刻紋路，彷彿並非出自雕刻家，而是強風的切割。戴著一頂輕微做舊、形如清真寺的王冠，紅色鬍髭與鍬形鬍鬚稀疏一如老人。「智人。帖木兒[18]，史上最大殺人魔。從頭蓋骨顯示，他左側身體癱瘓。我們還有他的頭髮，以及嘴唇上以前鬍子的位置有些黴菌可以研究。」

艾凱迪盯著那個韃靼人，直到安特列夫打開第二個鍍金箱裡的燈。這個箱子裡，一件修士斗篷風帽中包著一個萎縮的特大號人頭。這個頭顱額頭雖高，但臉上其他部分，包括長長的鼻子、紫色嘴唇和鬍子，都因地心引力或自我厭憎而下垂。那玻璃眼珠看起來與其說死氣沉沉，倒更像是火光熄滅了。

「恐怖伊凡[19]，」安特列夫繼續說：「像個僧侶似的葬在克里姆林宮地下。也是個殺人魔。他因為自己揉進皮膚用來舒緩關節炎的水銀而中毒。他也有牙齒咬合問題，所以笑起來一定像在扮鬼臉。你覺得他醜嗎？」

18 Tamerlane（1336-1405），帖木兒帝國的建立者，在位期間以西察合台汗國為基礎向外擴張，意圖恢復蒙古帝國光榮。但他死後帝國隨即內訌分裂，於一五〇六年亡國。其曾孫巴布爾則於一五二六年征服印度德里蘇丹國，建立蒙兀兒帝國。

19 Ivan the Terrible（1530-1584），即伊凡四世，俄羅斯沙皇帝國的建立者，於在位期間取消貴族封建制，改採沙皇獨裁政體，並大肆對外擴張，奠定今日的俄羅斯疆域基礎。由於統治手段殘酷，屠殺了大量貴族與反對者，因此得到「恐怖伊凡」的外號。

「不醜嗎？」

「並不特別醜。他在晚年的確撤消了宮廷畫家，好像想把那張臉跟著自己一起下葬一樣。」

「他是個殺人兇手，」艾凱迪說：「但不是笨蛋。」

兩人現在來到艾凱迪剛才進來的門口，他意識到這趟陳列室導覽結束了。但他顯然無意離開，於是安特列夫開始打量他。

「你是藍柯的兒子，對不對？我看過很多次他的照片。你身上沒多少他的樣子。」

「我還有母親。」

「有時候這確實有差，」安特列夫的表情幾近憐憫，似笑非笑衝著艾凱迪咧嘴露出可比馬齒的大牙，「一個人若肯承認這點，至少就該聽聽他怎麼說。很好，我們看看你帶了什麼來。說不定某人願意為這浪費點時間。」

安特列夫領著他來到一個角落，螢光燈下有個陶輪。他爬上一張板凳去拉那盞燈的電源線，同時艾凱迪打開帶來的盒子，抓著那顆頭的頭髮將它取出。安特列夫接過頭顱，放上陶輪，輕輕將那棕色長髮呈扇形散開。

「年輕，大約二十歲，女性，白人，五官勻稱。」安特列夫說道。艾凱迪開始說明這起三屍謀殺案時，安特列夫打斷他，「別想讓我對你的案子產生興趣，就算再多三顆頭，在這裡也不算什麼。不過毀容當然不算尋常就是了。」

「兇手以為抹滅了她的相貌。但你能讓它重現。」艾凱迪說。

安特列夫推動那輪子，陰影在那顆頭的眼窩中晃動。

「說不定她那天來過這裡，」艾凱迪說：「那是二月初。說不定你見過她。」

「我從不浪費時間盯著女人看。」

「你擁有很特別的能力，教授。你現在可以好好看看她。」

「這裡還有其他人的重建技術也很好。我有更重要的工作得做。」

「兩個男人和這個女孩幾乎就在你窗外可見的地方被殺，你的工作比這個事實更重要嗎？」

「組長，我只負責重建，沒法讓她復活。」

艾凱迪將盒子放在地板上。「只要她的臉就行了。」

人們會竊竊私語談論盧比安卡，那個位在翟金斯基廣場的祕密警察監獄，但大多數莫斯科人犯法被捕後，會來到的是城東的列佛托瓦監獄。一個守衛帶著調查組長搭革命前那種狀似鐵籠的電梯往下。柔亞現在在哪裡？她打過電話，叫他不用期望她會回他們的公寓。他想著她，但除了在米夏別墅裡她在臥房門口的臉龐，其他什麼都想不起來。她的臉上是看到對手過早打出王牌的勝利表情。除此之外，幾乎就沒了。同時，另一個現象正在進行。伊恩斯基下令皮布留達交出監聽帶。一顆頭顱已送去重建。這雖非他的本意，但一個打著幌子的真正調查行動正逐步成形。

來到地下二樓。艾凱迪穿過一道排列著暖氣爐口小鐵門般的走廊，經過一個伏在桌前潦草書寫的警衛，旁邊是個打開的房間，裡面塞滿床墊、霉味四逸，他走到一扇關上的門前，打開後看見特案科調查組長曲欽，這位他所能想像最溫和的人，兩眼發光凝望前方，一手抓著皮帶釦，另外有個坐著的女人，轉身向手帕裡啐了一口。

「你——」曲欽擋住艾凱迪，不讓他看見那女人，但艾凱迪已再次確認看見的景象：門邊開後，曲欽先是驚訝，單手扣上皮帶釦，滿臉漲紅的女孩（年輕但相貌普通），坐在椅子上轉頭一啐。曲欽，這個模樣最溫和的男人，上唇的鬍髭冒汗，邊扣起外套邊將艾凱迪推進走廊。

「在偵訊？」艾凱迪問道。

「不是政治犯，只是個妓女。」即便是這種時刻，曲欽的語調依舊斯文，好像只是在鑑定某種狗的品種。

艾凱迪本是有所求而來，但如今不用求了。「給我鑰匙開你的檔案櫃。」

「給我滾！」

「檢察官可能會對你執行偵訊的方式很感興趣哦。」艾凱迪伸手向他要鑰匙。

「你才沒這個種去講。」

艾凱迪將手伸向曲欽胯下，一把抓住逐漸變軟的陰莖，他一捏之下，曲欽不得不踮起腳，正好能讓兩人四目相對。

「我會為這事宰了你，藍柯，你等著瞧！」曲欽啞著嗓子說，但還是交出了鑰匙。

艾凱迪將檔案在曲欽的桌上攤開。

沒有任何探員會讓其他探員看自己的檔案。由於每個探員都是某領域的專家，當彼此行動重疊時，便能從檔案中看出各自培植的線人身分。特案科尤其如此。什麼是特殊案件？所有政治犯都歸國安會逮捕，這數字太過龐大，會讓他們備受注目。所以最好是用普羅大眾能理解的普通罪案而被檢察院逮捕的人當線人。舉例來說：歷史學家B是流亡作家的聯絡人，因為以芭蕾舞票牟取暴利而被捕。詩人F是非法地下報刊的傳播人，因為從列寧圖書館[20]偷書而被起訴。技師M是社會民主主義者，因為賣宗教聖像給線人G而當場被捕。但這種摸彩福袋對真正的探員來說是種侮辱。艾凱迪對曲欽一向不理不睬，彷彿從根本上否認他的存在。他幾乎不對這個人說話，更別說碰他。

艾凱迪注意到曲欽幾次提到「線民G」、「機警的市民G」、「可靠的消息來源G」。關於聖像的拘捕行動報告，整整有一半牢牢釘著那個字母。他再查了曲欽的報銷帳目。在一份線民的帳目上，G

以一千五百盧布高居榜首。旁邊還有一行電話號碼。

艾凱迪從自己的辦公室撥電話到電信局。那個電話號碼登記在費爾多．戈洛欽名下。巴夏的錄音機就在桌旁。艾凱迪放了捲新帶子進去，撥起電話。響了五聲後，有人接起，但沒出聲。

「哈囉，是費爾多嗎？」艾凱迪問。

「你是誰？」

「一個朋友。」

「給我號碼我再回電。」

「我們現在聊嘛。」

喀擦。

皮布留達送來的第一批紙箱抵達時，儘管這所謂的進展只是幻覺，艾凱迪仍有些興奮。莫斯科有十三家國際旅行社酒店，共有超過兩萬間客房，其中半數配有竊聽裝置，雖然只能同時監聽其中百分之五，錄下的帶子與轉譯的文字就更少，但累積下來的資料仍舊相當可觀。

「你們可能會聽到某些公然說要買聖像或到公園與某人見面的無辜者，對這不用抱什麼指望。」艾凱迪告訴巴夏和費特，「也甭費神讀那些有國際旅行社導遊陪同之人的轉錄稿。外國記者、牧師或政治家也都不用，他們早就被嚴密監控。只要專心處理那些懂門道、會說俄語、以及認識本地人的遊客或外國生意人，還有那些對話簡短但語焉不詳，立刻離開房間的人。這台錄音機裡有黑市商人戈洛欽的帶子，你們要跟其他帶子比對他的聲音，可也別忽略一件事：這件事可能與他無關。」

20　一九九二年更名為俄羅斯國立圖書館（Russian State Library）。

「聖像？」費特問。「我們怎麼決定要找這個的？」

「馬克思主義辯證法。」艾凱迪回答。

「辯證法？」

「我們現在處於共產主義的過渡階段，社會上仍有犯罪趨勢，是因為某些個人心裡還有資本主義的殘渣。有什麼是比聖像更明顯的殘渣？」艾凱迪打開一包菸，遞了一根給巴夏，「更何況在受害者衣物上找到石膏粉和金屑。石膏粉是用在木材底漆上，而修復聖像幾乎是黃金唯一的合法用途。」

「你是說這案子可能跟藝術品竊盜有關？」費特問道：「就像幾年前冬宮博物館的案子？你們記得吧，一幫電工偷了博物館吊燈上的水晶。花了好幾年才逮到他們。」

「是聖像偽造者，不是小偷。」巴夏討了根火柴。「他們衣服上的鋸屑就是這樣來的，因為做木工。」他停下動作，眨眨眼。「我剛是不是用了辯證法？」

聽了一整天錄音帶後，艾凱迪已無足夠力氣面對自己的家，他四處遊蕩，直到發現自己來到高爾基公園的羅馬帝國大門下方。他買了肉派和檸檬汁當晚餐。溜冰場上，健美的女孩短裙下襬飄揚，從一個拿手風琴的男孩身邊向後滑開。男孩的風琴鼓著風，喘吁吁地演奏音樂。擴音器寂然無聲，那個聾女人已將唱片收了起來。

太陽沉入濛濛的雲霧中。艾凱迪繼續走向遊樂區。週末天氣好時，這裡可能會有上千個孩子來坐火箭船和踏板車、用空氣槍亂射木頭鴨，或在圓形劇場看魔術表演。他自己小時候很常跟當時還是士官的畢洛夫來，或是在自命不凡的青少年時期，跟另一個傢伙米夏及那群同樣自命不凡的夥伴一起來。他記得捷克人在公園做的第一場外國展覽，也就是一九五六年的皮爾森啤酒（Pilsen beer）大帳篷。然後啤酒居然就迅速流行起來。每個人都將啤酒倒進自己的伏特加裡，喝得又爽又醉。他記得

《豪勇七蛟龍》（The Magnificent Seven）在莫斯科上映時，所有十二歲到二十歲的男性都開始學尤．伯連納走路的樣子；那時高爾基公園裡似乎滿滿都是兩腿僵硬的牛仔在尋找自己的坐騎。當時每個人都是牛仔。多驚人啊！他們現在都成了什麼人？都市計劃師、工廠經理、黨員、有車階級、聖像買家，《鱷魚》雜誌（Krokodil）的讀者、電視評論家、歌劇觀眾、為人父母。

今天沒有多少孩子。兩個老頭在暮色中打多米諾骨牌。戴著白帽子和圍裙的推車小販擠成一團。一個剛學走路的幼童正在測試祖母手中橡皮筋的極限。

遊樂區盡頭的摩天輪上，坐著一對八十來歲的夫婦吊在行進途中。操作員是個皮膚坑坑疤疤的男孩，他翻看著機車雜誌，不知該不該為僅有兩個領退休金的老人鬆開煞車。起風時，車廂隨之搖擺，老太太慢慢挨向丈夫身邊。

「往上升。」艾凱迪向操作員出示票券，坐進一台車廂。「快。」

摩天輪一陣顫動，轉了起來，艾凱迪升到樹林上空。雖然西方的列寧山後方仍有夕陽殘照，但市區內已亮起盞盞燈火，他能看到同心圓光環般的車流燈光、環繞內城的數條林蔭大道、延伸向公園的花園環道，外環道則像銀河一樣朦朧。

高爾基公園的其中一個特點是：這裡是這城市中唯一能幻想的地方。你得擁有特殊通行證才能參與莫斯科製片廠的造夢工程，但這公園歡迎每一個人。艾凱迪曾想成為太空人。那段時期唯一留給他的，就是記下一堆無用資訊的大腦皮質皺褶，但他二十年前已在高爾基公園看過史普尼克號人造衛星劃過天空。嗯，了無遺憾。每個人都曾在公園留下諸如此類的幽魂，這裡是偉大而令人愉悅的墓地。他、米夏、巴夏、皮布留達和費特、柔亞和娜塔莎。但某人竟在這裡棄屍，這可就惹毛他了。

又繞了一圈。那對老夫婦坐在前幾節車廂，默默無語，這是革命前世代進入首都後的習慣。只有打過衛國戰爭的群眾才有足夠的自信推擠吶喊，他們的兒孫則坐在克里姆林宮的教堂外面挖鼻孔，算是後輩的致敬。

他改變姿勢，好在金屬座椅上坐得舒服點。下方的公園地形上揚，來到山丘地帶，經過民警站，然後分成數條浪漫步道，就在其中一條步道往北四十公尺與敦斯科伊街和莫斯科河平行處，有三個人被殺了。儘管天色越來越黑，他還是看見了那塊空地，因為有個人拿著手電筒站在空地中央。

摩天輪再次經過地面時，艾凱迪跳下車廂。這裡離空地有半公里遠，他開始大步奔跑，不時在冰上打滑又恢復平衡。這條小徑曲折地上了山丘。

柔亞說得對，他該運動的。該死的菸癮。他到了民警站，那裡跟巴夏講得一樣舒適，但空空蕩蕩，附近連輛車都沒有，他繼續前進。小徑越來越陡，他自覺地用某種韻律抬膝縮肘，但鞋子的拍擊聲和氣管發出的刺耳聲響與這節奏格格不入。衝刺了三百公尺後，他的步伐像個嬰兒。他覺得似乎已經跑了好幾個小時，當他的側腹肌一動就疼，步道平緩下來，他對自己說，也許那只是費特警探在做分內的功課。

他在四天前民警的廂型車駛離小徑處僵硬地慢下腳步，跟著足跡走向空地。冰粒在他腳底爆裂。光束不見了，那個搜索者若非已經離開，就是夠聰明，知道遮蔽光線。他無法看清任何東西，因為沒了積雪的空地只剩一片漆黑。四周闃靜無聲。他沿著空地邊緣從一棵樹移向另一棵樹旁，接著停步蹲下，凝望前方。他正要再次移動時，一道光束照在之前移走屍體後留下的淺溝上。

艾凱迪往空地內走了約莫十公尺，光線又消失了。

「是誰？」他喊道。

有人往反方向跑開。

艾凱迪追上去。他知道地勢會緩慢下降，先碰到一叢矮林，再過去是道陡峭的土堤、一些放了棋桌的涼亭、然後是另一條步道、樹林，接著陡地向下接到普希金區碼頭路和莫斯科河。

「站住！我是民警！」他大喊道。

他沒法再喊，也跑不動了。他慢慢逼近。前方那人腳步沉重，是個男人。艾凱迪雖領過配槍，但從沒帶在身上。快到矮林了，它像道浪峰往前冒出。那逃亡者搶先抵達矮林，在枝葉間突圍向前。艾凱迪想到，往下較低那條步道上有路燈，碼頭路上還有更多燈光。他抵達矮林邊時，伸出雙臂。

當他聽到有隻手臂向後一揮，他矮身躲開，但那不是拳頭，而是往他鼠蹊踢來的一腳。當他氣喘吁吁，抓住對方踢來的一隻腳，脖子卻中了一拳。他揮拳相向但沒打中。另一腳踢中他的背。他再次揮拳，打中對方滾圓紮實的腹部。對方用一側肩膀將他抵在樹上，同時手指猛戳他的後腰。這時艾凱迪的嘴碰到對方的耳朵，一口咬下。

「狗娘養的（Son of a bitch）！」是英語。抵住他的肩膀向後彈開。

「民警……」艾凱迪想喊，但聲音氣若游絲。

又一腳踹來，他一頭栽進雪地。蠢蛋，艾凱迪對自己說。身為一個調查組長，幾年來第一次出手揍人就揍丟了老婆。第二次揍人，就得大叫救命。

他勉強起身，聆聽枝幹顫動的聲響，追上前去。山坡向下傾向河岸。他半走半跌。較低的步道空蕩無人，但他看見一雙腳漸漸消失在前方的樹林中。

艾凱迪一個大步橫過步道，縱身一躍，撲向對方寬闊的背部。兩人在黑暗中翻滾，直到撞上一張長凳。艾凱迪想把那人一隻手腕向後鎖住，但他們的外套纏成一團，除非其中一人掙脫出來，否則誰也做不了任何動作。艾凱迪絆倒他，接著拚命瘋狂揮拳，打得對方再次倒下。但兩人一分開，艾凱迪便錯失良機。有隻巴掌打在他臉上，他還來不及反應，那隻手又握拳狠狠打中他心臟下方的肋骨。他全身無力，只能對這招讚嘆不已，直到那個拳頭再次找上他的心臟。他倒了下去，覺得心臟已停止跳動。

比起從前的原始方法，如今有了巨大進步，集體農場管理員對艾凱迪和他父親說道，並將母牛的頭拉進一個頸枷，枷鎖上方有個金屬大圓筒，只要撳動開關，上了油的活塞就直接插進牛的頭殼，這時牛的四條腿則滑稽地突然一蹬。他還記得，牛皮可用來做坦克兵的頭盔。這時藍柯將軍說，讓我試試，便將另一頭母牛拉進頸枷。**轟！**誰能想像人的雙手能有這等威力。

艾凱迪強令自己回神，抓著胸口踉蹌前行。樹林和雪地將他拉向下坡一道石牆。他緩慢地走了過去，然後倒在普希金區碼頭路的人行道上。

幾輛卡車的車燈掠過碼頭路面。他沒看到行人。也沒有民警。街燈是一排毛茸茸的光球，就像他嚇下的氣泡。卡車繼續前行，獨留下他搖搖晃晃穿越馬路。

莫斯科河是條三百公尺寬的冰塊，後方是一片往西延伸向列寧體育場的黝黑樹林，往東則是已無燈火的政府部門建築。克林斯基吊橋在至少一公里外。艾凱迪左方附近有一道沒有人行道的鐵道橋。有列火車正從上方轆轆駛過，車輪火花四濺。

有個人影正跑在橋下的河面上。

沒有階梯。艾凱迪從彎曲的石堤往下滑落三公尺，臀部猛地落在冰上，奇痛無比。但他立刻爬起，開始狂奔。

莫斯科是個低地城。幾乎從莫斯科河開始它便消融在那昏昏欲睡的天空下。

腳步聲更近了。那人孔武有力，但不快，步子甚至有點跛。艾凱迪繼續追近。北邊堤岸也沒有階梯，但他看見往體育場的方向有幾個供夏季遊船使用的船塢。

那人停下喘氣，回頭瞥向艾凱迪後再度前進。他們已經穿過大半個冰凍河面，只剩約莫四十公尺距離。艾凱迪欺身上前，那人第二次停下，一手舉起，架式頗有威嚴，令艾凱迪不自覺停下腳步。冰雪的冷光形成幻覺。他看見一個穿著大衣和帽子、遮蓋住面孔的矮壯身影。

「走開。」那人用俄語說。

艾凱迪走上前，那人將手放低。他看見一支槍管。那人用受過訓練的警探標準射姿雙手持槍瞄準，艾凱迪身子竄低。他沒聽見槍響，沒看到火光閃現，但有東西打碎他身後的冰雪，隨後再擊中石頭發出聲響。

那人再度邁著沉重步伐向對岸前進。艾凱迪在堤防邊追上他。沿石牆流下的水在冰上凍出一道凹凸不平的滑溜表層，兩人在橋身陰影中扭打，先是腳下一滑，接著膝蓋著地。艾凱迪鼻子出血，對方掉了帽子。一拳向艾凱迪胸口招呼過來，雖不過輕輕一撞，卻打得他四肢著地。對方站了起來。艾凱迪的腹側挨了兩腳，接著後腦勺再吃上對方使盡氣力的一腳。

當他翻過身，那人已經走了。他坐起來時，發現手上抓著那人的帽子。

在他上方，更多滋滋作響的火車輪劃過天空。這是為他的小小勝利施放的小小煙火。

5

史達林哥德風，與其說是建築風格，不如說是某種形式的崇拜。希臘、法國、中國、義大利傑作的元素被扔進野蠻人的四輪馬車，載到莫斯科，**建築大師本人**將它們一個個堆起，堆成一座座水泥塔，堆成熾熱燃燒的火炬，象徵他的統治。畸形摩天大樓有著不祥的窗扉、神祕垛口、令人暈眩的塔樓伸向雲間，還有更多上揚的尖頂，頂端鑲著在夜裡閃爍的紅星，就像**他的**眼睛。**他**死去之後，**他的**創作與其說是種威嚇，倒不如說是恥辱，由於太大而無法隨**他**下葬，因此只能站在原地，城裡每一區都有一棟這種龐大而鬱悶、未曾淨化驅魔便啟用的半東方風格寺廟。基輔區的這棟在莫斯科河西邊，正是烏克蘭酒店[21]。

「很壯觀吧？」巴夏張開雙臂說。

艾凱迪從烏克蘭酒店十四樓俯視庫圖佐斯基大道，以及越過大道車流另一邊，供外交官與駐外特派員辦公之卑躬建築物的中庭與民警哨亭。

「簡直跟『間諜剋星』[22]一樣。」巴夏打量放有幾台錄音機、紙箱、桌子與行軍床的一間套房。「你真有點分量哦，艾凱迪。」

其實是伊恩斯基覺得艾凱迪的辦公室不夠用，這才遷移了調查基地。他只是沒提以前用這套房的是誰，牆上有張用膠帶黏貼的海報，是一群「民主德國航空」（Democratic German Airline）的金髮空姐。就連費特警探也對此嘖嘖稱奇。

「帕弗洛維奇在處理德國遊客，還有你懷疑做聖像交易的那個戈洛欽。我對斯堪地那維亞的幾種語言還算熟練。當年我在考慮進海軍時，以為懂這幾種語言會有點用。」費特坦言。

「是這樣嗎？」艾凱迪揉揉脖子。現在他全身都為昨晚挨的那頓好打而疼痛，但連他都不好意思說那算是打架。現在連撈根香菸出來也會痛，想到還要戴上耳機，他的頭也痛了起來。他的軍人職涯中，有一部分是在實行社會主義的那半個柏林，坐在一間無線電小屋裡，監聽同盟國的通訊內容。他想不到比這更無聊的工作，不過他的兩個警探顯然都為此快活不已。畢竟他們身在豪華酒店，雙腳是擱在地毯上，而不是在人行道上奔波。「那我負責英語和法語。」他說道。

電話響了起來。是雷歐丁打來報告毆打調查組長那人落下的帽子。

「這是新帽子，俄羅斯製，便宜的嗶嘰布料，裡面有兩根灰頭髮。頭髮的蛋白質分析結果，指出帽子的主人是白人，男性，血型O型。頭髮上的髮油主要是綿羊油，外國製。他在公園的鞋印輪廓，顯示是新鞋上未磨損的品牌標誌，也是俄羅斯的。我們也採了你的鞋印。」

「鞋底磨壞了吧？」

「磨得厲害。」

艾凱迪掛上電話，看著自己的鞋。不只鞋跟已磨平，連皮革原本的綠色也從黑漆底下露了出來。

「狗娘養的！」艾凱迪咬那人時，對方這麼說道。美國人就會這樣講話。這狗娘養的美國佬。

「這些德國女孩啊，」巴夏邊透過耳機聽一捲錄音帶邊說：「是德國出口銀行的秘書。她們住俄羅斯酒店，直接就在酒店舞池釣凱子。要是換作我們的俄羅斯妓女，早就被踢出來了。」

---

21 今已改名為皇家拉迪森酒店（Radisson Royal Hotel）。

22 Spy Smasher，美國同名漫畫主角，是沒有超能力，但配備許多精良工具與武器的超級英雄。

艾凱迪在聽的帶子有些小瑕疵。他竊聽的是個下榻北京酒店、來自查德的解放鬥士，正用法語滔滔不絕地激動演說。這位自許為未來國家領導人的人物，性慾之強正與他找到床伴的難度一樣高。因為女孩都怕一旦搞過黑人，幾年後就會生出「猴子」來。蘇維埃教育萬歲！

他要求這麼多帶子和謄本，只是為了嚇唬皮布留達。其中的敏感材料不能發表也沒關係，他只是要國安會的官僚系統中有人知道，最神聖之物（那些藏著他人祕密、只有檔案建立者才有權染指的帶子和謄本）現在正在死對頭手裡。而違法就是違法。艾凱迪內心很明白，這些紙箱可能會被要回去，連同整件案子的調查權都是。他還沒提到毆打他的可能是個美國人，也沒提到他拿「美人」的頭去找安特列夫。前者他還無法證實，至於後者又還沒消沒息。

他一面聽一個觀光客的帶子，一面讀另一捲帶子的謄本。麥克風是裝在酒店房間的電話裡，所以他既能聽到電話內容，也能聽到房內對話。法國人全都在抱怨食物，美國人和英國人全都在抱怨水。旅行真讓人不爽。

艾凱迪在酒店大堂餐廳吃午餐時，打電話到柔亞的學校。就這麼一次，她居然來聽了。

「我想過去跟妳談談。」他說。

「下個月就是勞動節，你知道現在是什麼狀況。」

「我可以等放學去接你。」

「不要！」

「那要什麼時候？」

「我不知道。之後吧，等我知道自己在幹嘛。我得掛了。」

他聽到背景中有舒密特的聲音，然後她掛上電話。

這個下午無止無盡，不過那一刻終於到來，巴夏和費特戴上帽子、穿上大衣，回家去了。艾凱迪停下工作去喝咖啡。他在黑暗中認出附近另外兩座**他的**摩天大樓，東邊是莫斯科大學，河岸邊則是外交部。兩者頂端的紅星相互輝映。

他獨自再度聽起錄音帶，第一次聽見熟悉的聲音。這捲帶子錄的是一月十二號在俄羅斯酒店由美國人舉辦的一場派對。那聲音來自一位俄羅斯賓客，是個氣憤的女子：

「契訶夫，當然了。他們說他永遠切題，因為他對小資階級的批評態度，他根植心中的民主觀感，還有他對人民力量的絕對信任。然而事實就是，在契訶夫作品的電影裡，你可以讓女演員戴高雅的帽子而不只是圍巾。她們希望每年至少有一部能戴漂亮帽子的電影。」

艾凱迪認得出這是莫斯科製片廠那女孩的聲音，伊莉娜．亞薩諾娃。在場有幾位女演員傳出聲音悅耳的抗議。

有人姍姍來遲。

「葉夫根尼，你帶了什麼來給我？」

一扇門關上。

「一句來晚的新年快樂，約翰！」

「是手套！真貼心。我會戴上的。」

「戴起來，秀給大家看看。明天你過來，我給你十萬雙去賣。」

那美國人名叫約翰．奧斯朋。他在俄羅斯酒店的房間緊鄰紅場，很有可能是有鮮花裝飾的真正套房。比起俄羅斯酒店，烏克蘭酒店簡直就像火車站。奧斯朋俄語說得很好，而且口音出奇柔和。但艾凱迪想再聽那女孩開口。

帶子上急急出現其他幾個聲音。

「……真美妙的演出。」

「對，整個芭蕾舞團到紐約來時，我幫她辦了場歡迎會向她的藝術致敬。」

「用民俗舞風格表演？」

「活力十足。」

艾凱迪聽到更多招呼聲、向俄羅斯藝術敬酒致詞聲、關於甘迺迪家族的一些問題，但伊莉娜·亞薩諾娃的聲音沒再出現。他覺得眼皮越來越重，彷彿自己是個隱形賓客，被淹沒在保暖大衣以及未曾見過的面孔在四個月前發出的隱約嗡嗡話聲回音下。耳機裡突然傳來帶子轉到底的聲音，喚回了他的注意力。為了想再聽到伊莉娜·亞薩諾娃的聲音，艾凱迪將帶子翻面。

稍晚在同一個派對上，奧斯朋開口了：

「高爾基鞣革廠已經把做好的手套給我了。十年前，我的確想從這裡進口皮革——拿那些小牛皮來搶西班牙人和義大利人的生意。幸運的是，我可以在列寧格勒先驗貨。結果他們給我看的是胃壁。就是牛肚。於是我追蹤那批船貨的源頭，查到阿拉瑪塔[23]一家牲畜集體牧場，原來我的小牛皮發貨運往列寧格勒那天，他們也發了一批燉湯用的牛肚去佛格沃茲汀諾。」

佛格沃茲汀諾？那個美國人不會知道那裡的集中營吧，艾凱迪心想。

「他們聯絡了佛格沃茲汀諾的對口單位，對方說：他們的貨到了，已經燉了湯，津津有味地喝光了。所以不是牧場方面的問題，這也表示我收到的貨絕對不會是牛肚。因為想也知道，俄羅斯人又不吃手套。我就這樣損失了兩萬美元，所以現在我絕對不在莫斯科以東點湯喝了。」

一陣尷尬的笑聲後是一陣尷尬的沉默。艾凱迪抽起菸，發現自己在面前桌上放了三根火柴。

「我不能理解你們的同胞為何要叛逃去美國。為了錢嗎？你們會發現美國人無論有多少錢，最後總能找到買不起的東西。他們發現以後就會說：『我們買不起，我們太窮了。』而永遠不是說：『我們還不夠有錢。』你們不想當貧窮的美國人吧？但在這裡，你們永遠都是有錢人。」

奧斯朋的檔案用的是半透明洋蔥紙，每一頁都有祕密警察的紅色戳記：

約翰．杜森．奧斯朋，美國公民，一九二〇年五月十六日出生於紐約州柏油村（Tarrytown）。無黨籍。未婚。目前居住地：紐約州紐約市。初次進入蘇聯為一九四二年隨租借法案顧問團到莫曼斯克。一九四二年至一九四四年以美國外交部門委派交通顧問身分在莫曼斯克和阿爾汗格斯克（Arkhangelsk），對該時期的反法西斯戰爭有重大貢獻。一九四八年於右派分子猖狂時期辭去外交部門職務，展開進口俄羅斯毛皮之私人事業。此人曾贊助許多慈善機構與文化交流活動，每年皆固定來訪蘇聯。

卷宗的第二頁提到奧斯朋毛皮進口公司與奧斯朋毛皮設計公司的辦公室，地點分別位於紐約、棕櫚泉及巴黎，另外亦列出奧斯朋過去五年造訪俄羅斯的行程。他上次到訪是一月二日至二月二日。底下有一行被劃掉的鉛筆註記，但艾凱迪仍能辨識：「**推薦人：I．V．曼德爾，貿易部**。」

第三頁寫道：「**參照：《衛國戰爭期間蘇美合作編年史》，真理報，一九六七年**。」

還有：「**參照：一號部門**。」

艾凱迪回想起曼德爾。這人正是那種每一季都會蛻皮然後變肥的龍蝦，他一開始是富農「遷徙行動」的督導，接著是莫曼斯克的戰地政委，然後是國安會的偽情報處主任，最後當爪子長到跟挖泥船的怪手一樣大，他成了貿易部副部長。但曼德爾去年便死了，不過奧斯朋一定還有更多同屬曼德爾這類物種的朋友。

---

23 中文常見譯名為「阿拉木圖」，但實際發音近於「阿拉瑪塔」。

「你們的魅力來自於謙遜。除非面對阿拉伯人或其他俄羅斯人，否則俄羅斯人總覺自己低人一等。」

俄羅斯人的咯咯輕笑證實了奧斯朋的觀點。但吸引他們的其實是他的市儈論調。不過反正他是外國人，不會有事。

「在俄羅斯啊，男人要是夠聰明，就會避開美女、知識分子和猶太人。或者說得更直接點，避開猶太人就對了。」

艾凱迪得承認，傑出的虐待狂都有個必要條件：就是說的話多少中肯。

不過那群樂開懷的聽眾倒是錯了。卷宗註記的「一號部門」，代表的是國安會北美事務辦公室。奧斯朋不是間諜，否則與他有關的帶子一捲也不會送來。那附註的意思是，奧斯朋純粹只是個合作者，是俄羅斯藝術的贊助人，是潛伏在俄羅斯藝術家當中的線民。在紐約受過他殷勤款待的舞者，事後無疑不止一人的言論會在莫斯科找到第二位聽眾。因此，沒在錄音帶中再聽到伊莉娜・亞薩諾娃的聲音，艾凱迪鬆了口氣。

米夏邀艾凱迪過去晚餐。臨走前，他去看了下警探們幹得如何。費特的北歐人監聽帶整整齊齊疊在拍紙簿與兩根削尖的鉛筆旁。巴夏的桌面一團亂。艾凱迪瞄了一眼戈洛欽的電話文字紀錄。昨天的一份紀錄很奇妙。戈洛欽這通電話講的全是英語，電話那頭的人講的卻全是俄語：

戈：早。我是菲爾多。記得吧，你上一趟來的時候，我們本來要一起去博物館。

對方：Да（記得。）

戈：你好嗎？我今天想帶你去博物館。你今天方便嗎？

對方：Извините, очень занят. Может, в следующий раз.（抱歉，我很忙。明年有機會再說吧。）

戈：你確定？

記錄中，不知名人物的俄語口語頗標準。艾凱迪深信，除了俄羅斯人，沒有人能真正把俄語說好，但那黑市商人顯然認為必須使用英語，這正好成為戈洛欽的交談對象是外國人的反證。

艾凱迪找到這份紀錄的原始錄音，將帶子放進機器。這次聽到所讀的內容。

「早安。我是菲爾多。記得吧，你上一趟來的時候，我們本來要一起去博物館。」

「對。」

「你好嗎？我今天想帶你去博物館。你今天方便嗎？」

「抱歉，我很忙。明年有機會再說吧。」

「你確定？」

喀嚓。

艾凱迪立刻認出第二人的聲音，因為他已經聽了好幾個小時這人的聲音。是奧斯朋。這美國人回到莫斯科了。

密柯言夫婦有一層很大的公寓——五個房間，其中一間有兩架平台鋼琴，是米夏連同這層公寓一起從曾在廣播交響樂團搭檔演奏的父母那繼承的遺產。牆上裝飾著他父母收藏的一系列革命電影海報，還有米夏和娜塔莎的農村木雕。米夏帶艾凱迪去浴室，浴室一角是台新洗衣機，有潔白無暇的白色琺瑯機身。

「西伯利亞牌，頂級品牌喔。要一百五十五盧布，我們等了十個月才有貨。」

一條延長線延伸到插座，一條水管掛在浴缸邊。柔亞想要的正是這個。

「要是ZIV牌或里加（Riga）牌，只要等四個月，但我們想要最好的。」米夏拿起馬桶上的《商業快報》說：「評價非常好。」

「而且一點也不中產階級。」說不定舒密特的後宮也有一台。

米夏狠狠瞪了艾凱迪一眼，然後把自己的杯子遞給他。他們一直在喝香料伏特加，已經有點茫了。米夏從滾筒裡挖起一堆濕內衣褲，塞進旋轉脫水槽。

「弄給你看！」

他轉動脫水槽把手。機器咆哮一聲，同時開始震動。咆哮聲越來越大，彷彿浴室裡有架飛機正要起飛。水從軟管吐進浴缸。米夏身子往後靠，表情如在夢中。

「很神奇吧？」他大喊。

「很詩意。」艾凱迪說：「馬雅卡斯基式[24]的詩意，但還是詩意。」

機器停了。米夏檢查插頭和把手，但把手就是轉不動。

「出毛病了嗎？」

米夏同時怒視艾凱迪和機器。他往機身側邊猛捶一拳，機器再次開始震動。

「絕對是俄羅斯洗衣機。」艾凱迪想起一個舊動詞，意思是「鞭打你的農奴」。他邊啜著酒，一邊琢磨將來會不會有個意指「鞭打你的機器」的新動詞。

米夏兩手叉腰站著。「新玩意都有適應期。」他解釋道。

「可以想像。」

「它現在真的在動了。」

正確說來，是在震動。米夏塞了四件內褲到脫水槽裡。以此類推，艾凱迪估計，將衣物從洗衣槽移到脫水槽，再晾到公共晾衣繩上，一星期的衣物所需的清洗時間就要……一個星期。然而機器幾乎可說熱情地從浴室地板騰空而起。米夏緊張地退後一步。噪音震耳欲聾。排水管忽地彈落地上，水噴上牆面。

「什麼！」米夏機警地單手塞了條毛巾在排水口，另一手轉動控制把手。把手在他手中鬆脫後，他氣得想踢機器，但艾凱迪先拔了插頭，讓這機器逃過一劫。

「操你媽！」米夏還是踢向動也不動的目標。「我操你媽。十個月——」他轉向艾凱迪，「——十個月！」

他一把抓起《商業快報》，想撕成兩半。「我會給那些混蛋好看！天知道他們收了多少錢？」

「你要怎樣？」

「寫信給他們！」米夏將報紙扔進浴缸，又同時跪下撕下社論版。「國家品質標章？我讓你看看什麼叫品質標章。」他將那一頁揉成紙團，丟進馬桶，拉下沖水鍊，耀武揚威地叫喊。

「好，那你怎麼知道要寫給誰？」

「噓！」米夏在嘴前伸出一指示意安靜。他拿回自己的酒。「別讓娜塔莎聽到。她剛得到想要的洗衣機。就裝作一切沒事。」

娜塔莎做的晚餐有五香絞肉餅、醃菜、香腸和白麵包，她幾乎沒碰自己的酒，光是一臉心滿意足地坐在那裡。

「敬你的棺材，老凱。」米夏舉杯說：「裡面會有繡花絲質內襯，緞面枕頭，你的名字和頭銜會刻

---

24 瓦迪米・馬雅卡斯基（Vladimir Mayakovsky，1893-1930），蘇聯詩人。

在金板上，最優質的百年杉木上裝著銀把手，我明天早上就去種那棵樹。」他喝口酒，自得其樂地補充：「或者，我也可以直接向輕工業部訂貨。不過那大概也要等上差不多一百年。」

「晚餐太寒酸了，」娜塔莎對艾凱迪說：「可是沒人能去買菜……你知道。」

「她覺得你應該向她打聽柔亞的事。我們不想卡在你們兩個中間。」米夏說著轉向娜塔莎，「妳最近碰見過柔亞嗎？她有沒有說凱沙什麼？」

「我們的冰箱太小了，」娜塔莎解釋道，「而且沒有冷凍庫。」

「沒錯，她們很愛講冰箱，」米夏對艾凱迪翻個白眼，「順帶一問，你不會剛好認識欠你人情的謀殺犯兼修理工吧？」

娜塔莎將自己的肉餅切成許多小塊，微笑道：「我認識一些醫生。」

等她終於看見米夏盤邊的控制把手，她的刀停了下來。

「只是點小問題，親愛的，」米夏說：「洗衣機不太正常。」

「沒關係。我們還是可以跟別人炫耀。」

她看似十分心滿意足。

6

沒有人生來就是罪犯，往往是因運氣不佳或負面因素影響才誤入歧途。所有輕重罪行，都可以追溯至後資本主義者的貪婪、利己主義、懶惰、寄生病、酗酒、宗教偏見或因遺傳造成的墮落。

拿殺人犯席賓為例，他生來就是個殺手和黃金投機商，他的祖輩中有殺手、竊賊和僧侶。他打小就往「惡客」（urka），亦即職業罪犯的方向栽培。他身上有惡客的藍色刺青，圖案包括幾條蛇、幾條龍、歷任情人的名字，數量多到從袖口與領口下盤旋露出。他有一次還讓艾凱迪看陰莖上的紅色公雞刺青。席賓獲判謀殺共犯算是走運，因為他的案子發生在只有反國家罪行[25]才視為應判死刑的時期。席賓因此獲判十年徒刑。他在獄裡弄了新的刺青，把「**黨強姦我**」刺成一行橫過額頭。這次他又走了大運。這種「身體面向」的反蘇聯宣傳曾是反國家罪行，但就在他刺青的前一週終止了。所以事後他只是從屁股植了些皮到頭上，另外再加五年刑期，但這段刑期也因遇上列寧一百週年誕辰而暫緩執行。

「我現在眼光放遠了，」他對艾凱迪說：「犯罪率會升，犯罪率會降。法官會先鬆手，然後再捏爆你的卵蛋。就像月亮和潮汐啊。反正我現在狀況好得很。」

席賓是個機械工，但他真正的收入來自卡車司機。司機運貨到鄉下村鎮前會把油加滿，然而一出

25 state crime，一般是指國家機關、政府官員及政治人士於政府體系內所從事損害個人或團體基本權益之活動。但依此處上下文脈絡，指的應是共產集權國家中的反政府罪行。

莫斯科，他們就會抽些油出來打折賣給席賓，然後改掉里程表數字，等到一天結束回到終點站後，再煞有其事講些路況不好、不得不繞路之類的鬼話。另一邊呢，席賓則把這些油賣給私家車主。政府曉得他幹的事，但因莫斯科的加油站太少，面對私家車主供不應求的強大壓力，席賓這種從中牟利的奸商，便在政府睜隻眼閉隻眼的狀況下獲准從事這必須的社會服務。

「大家最不想要的就是懲罰。如果我知道是誰在高爾基公園殺了三個人，我一定頭一個告訴你。事實上，不管是誰幹下這種事都該割掉卵蛋。我們這種人也有標準的，你瞭吧。」

陸續有更多惡客坐上艾凱迪在新庫茲涅斯科街辦公室的椅子，每個人都重複說沒人會瘋到在高爾基公園幹槍殺案，而且從另一個角度看，也沒人報失蹤啊。最後一個光臨的惡客是札可夫，是做軍火買賣的退役軍人。

「（要殺人）又能拿什麼來用呢？紅軍的配槍、幾把生鏽的英國左輪、也許一、兩把捷克手槍。要是你往東邊找，西伯利亞那邊可能會有幫派有個一挺機槍。但這裡不會有，沒你說的那種人。好，那誰懂開槍呢？除了我之外，全莫斯科四十五歲以下的人裡頭，我真想不出十個能在十步內打中自己祖母的傢伙。你說他們是軍人？但這裡又不是美國。過去三十年我們打過任何一場真正戰爭的話，拜託你一定要告訴我。他們根本沒機會對任何人開槍，更何況被訓練得一塌糊塗。我們認真點吧。你說的是一場精心策劃的處決，不過你我都知道，有能力做這種事的，就這麼一個組織。」

下午，艾凱迪繼續打電話到柔亞的學校，直到他們對他說，柔亞已經去教師工會的體育館了。那個體育館以前是棟位在新庫茲涅斯科街街頭，正對克里姆林宮的豪宅。他在找體育館健身房時迷了路，直到穿過一道門，發現自己來到以前用來作樂手席的小包廂。他俯視從前是宴會廳的地方。用來裝飾挑高天花板的幾個邱比特的面孔已遭損毀。舞池裡鋪著翻滾用的塑膠墊，散發著汗水味且閃閃發亮。柔亞在高低槓上擺盪。她的金髮挽成髻，雙腕戴著止汗腕帶，腿上是毛質暖腿。她翻到低槓下時，雙腿如機翼般伸展，緊身衣隨著背部與臀部肌肉動作而皺起。舒密特穿著運動服，雙臂環胸，在墊子上看著她。她的拇指和食指伸向高槓，旋轉向後，盪向低槓，對著木槓咕噥一聲，用手支撐倒立，腳趾伸向天花板，然後翻身、轉圈、雙腿張開，回到高槓上。她的動作算不上優雅，她有的只是瘋狂的動能，就像時鐘的線擺在兩極之間不斷擺盪。她從槓桿上翻下來，舒密特接住她，雙手捧住她的腰，柔亞雙手環抱著他。

真浪漫，艾凱迪心想。他們需要的不是一個丈夫的出現，而是弦樂四重奏和月光。娜塔莎說得對——他們是天生一對。

艾凱迪離開包廂，猛力把門甩上，發出槍聲般的巨響。

他回家拿了乾淨衣服，往烏克蘭酒店的路上去歷史圖書館借了《衛國戰爭期間蘇美合作編年史》。艾凱迪心想，說不定等他抵達酒店時，祕密警察已經運走他們的資料箱，甚至皮布留達還會等在那裡。少校可能甚至會來個小笑話破冰，以建立一種全新且更友好的關係，說不定還會形容他們最近發生的誤會完全是組織間的問題。畢竟國安會就是靠恐懼維繫自身的存在。若是沒了敵人，不管是內部或外部的，真實的或想像的，國安會的組織都將變得毫無意義。另一方面，民警與檢察院的角色，則是要對外證明一切平安無事。艾凱迪可以想見，幾年後，各家法律期刊討論起這三屍命案時，可能會稱之為「高爾基公園之組織目標衝突事件」。

烏克蘭酒店裡，除了原有的紙箱外，又來了新紙箱。巴夏和費特都走了。巴夏留下一張字條，說往聖像查的結果一無所獲，但他的確在其他事件上注意到一個德國人。艾凱迪把字條一揉，扔進字紙簍，再將乾淨衣服丟到行軍床上。

外面在下雨，雨滴猛烈打在結冰的河面，雨霧遮住大道上的來往車輛。透過雨水，大道對面的外籍人士居住區，一個穿睡袍的女子站在燈火通明的窗邊。

是美國人嗎？艾凱迪的胸口痛了起來，胸口中央被前天晚上從公園逃走那傢伙打中的位置發紅腫脹、觸手生疼。他拈熄一根菸後再點一根。他覺得自己輕盈得古怪，沒了柔亞、沒了家，逸出過往的生活軌道，脫離了重力的掌握。

大道對面，那女人所站的窗口暗了下來。他自問，為何會想跟這從未謀面，臉龐又因站在雨中窗後而一片模糊的女人上床。他從未對妻子不忠，連想都沒想過。現在卻想跟隨便一個女人上床。如果沒辦法，隨便找個人來湊也行。重點在於他想跟人接觸。

他強迫自己坐下，聽那個臥底商人奧斯朋一月份的電話錄音。如果他能在高爾基公園與這樣一個祕密警察甜心之間建立起任何連結，他很肯定皮布留達一定會介入。雖然奧斯朋與伊莉娜．亞薩諾娃及聖像販子戈洛欽都有來往，但艾凱迪沒理由懷疑這個美國人。這純粹就像，假設哪天艾凱迪走過一片原野，若聽見一塊石頭下傳來嘶嘶聲，那就表示底下有條蛇。這毛皮商把一月和二月頭兩天都花在莫斯科以及列寧格勒的年度毛皮拍賣會上。這兩個城市的文化菁英、貿易官員、編舞家、導演、舞者、演員都與他稱兄道弟，至於在高爾基公園發現的屍體，他的交友圈可不包括這種寒酸的市民。

奧斯朋：你以戰爭片導演的身分聞名。你愛戰爭。美國人也愛戰爭。有個美國將軍就說過：「沙場即天堂」啊。

艾凱迪在《衛國戰爭期間蘇美合作編年史》裡，發現有兩處提及奧斯朋。

圍城期間，大多數外國人都從港口撤離。其中一位未撤離的是美國外交官約翰．D．奧斯朋，他與蘇聯同事並肩努力，將碼頭上的貨物損失減到最小。在最激烈的炮戰中，曼德爾將軍與奧斯朋從頭到尾都待在城市外緣，在炮火中奮力監督，讓受損的鐵軌盡可能立刻修復。羅斯福所謂的租借法案政策，意圖有四：延長法西斯侵略者與蘇聯祖國防衛者之間的鬥爭，直到爭鬥雙方皆血流殆盡；在他與希特勒匪幫協議和平之時，拖延開啟第二戰線的時間；將蘇聯的戰鬥子民置於無止盡的金融債務中；重新建立盎格魯血統美國人的全球霸權。只有個別美國人才有為嶄新全球關係奮鬥的遠見。

幾頁之後：

……法西斯分子在某次潛入行動中，圍困了曼德爾將軍及美國人奧斯朋帶領的運輸團，他們用手槍奮力殺出重圍，抵達安全之地。

艾凱迪記得爸爸怎麼取笑曼德爾行為上的怯懦（「拉了一褲子，尿了滿靴子」）。不過曼德爾與奧斯朋在一起時卻成了個英雄。一九四七年曼德爾調去貿易部，不久之後，奧斯朋就取得毛皮出口執照。

費特警探忽然進了辦公室，說道：「組長，我想既然你在這裡，我可以繼續聽我負責的帶子。」

「很晚了。謝爾蓋，外面在下雨嗎？」

「是。」費特將他的乾大衣披在椅子上，坐到一台機器前。我們並沒狡猾到躲在這兒搞神祕，艾凱迪心想。這年輕人裝模作樣擺弄鼻頭上的眼鏡，擺出削尖的幾支鉛筆。他們可能在這辦公室裝了竊聽器，卻只收到一個人邊讀謄本邊聽耳機的聲音，所以才派可憐的費特來救場。這表示他們對這裡真的很在意。好極了。

費特猶豫了一下。

「謝爾蓋，怎麼了？」

這股親密感讓費特不自在。警探身子一頓，就像火車頭換檔一樣，冒出越來越多蒸汽。「組長，現在這個方法——」

「現在是下班時間，叫我同志就好。」

「謝謝。我忍不住懷疑——我們用的這方法到底對不對。」

「我也是。我們從三具屍體著手，然後突然改變方向去查錄音帶和錄音文字檔，而且對象還都是些受歡迎的觀光客。我們可能大錯特錯，這一切全是浪費時間。謝爾蓋，你是這麼想的嗎？」

費特似乎喘不過氣來。「是，組長。」

「請叫我同志。說到底，我們還不知道這些受害者的身分，也不曉得他們被殺的真正原因，又怎能把樂意與我國合作的外國人連上這起罪案呢？」

「我就是這麼想。」

「不如跳過這些外國人，選幾個溜冰場工作人員，或是看誰今年冬天去過高爾基公園，把這些人的名字蒐集起來？你覺得那樣會不會比較好？」

「不會。說不定會吧。」

「謝爾蓋，你在三心二意喔。有話就對我直說吧，因為批評也有積極的一面。它能讓我們目標明確，齊心共同努力。」

這模稜兩可的語意令費特更加坐立難安，於是艾凱迪幫他一把：「不是三心二意。而是一顆腦袋裡有兩種不同想法。謝爾蓋，這樣說是不是貼切一點？」

「是。」費特重新說明：「我在想，您是否知道某些我不知道的調查面向。才讓我們把焦點放在國安會的錄音帶上？」

「謝爾蓋，我對你有絕對的信心。我也對那個俄羅斯兇手有絕對的信心。他會衝動殺人，而且盡可能祕密進行。沒錯，現在的確有住屋短缺的問題，但若狀況越演越烈，未來可能會有更多隱密殺人事件。不管怎麼說，身為革命之子的俄羅斯人，卻冷血地將三個人引到莫斯科最重要的文化公園後加以處決，你能想像這種事嗎？謝爾蓋，你能嗎？」

「我不是很明白。」

「謝爾蓋，你看不出這件謀殺案中的玩笑成分嗎？」

費特充滿反感地挺直身子。「玩笑？」

「想想吧，謝爾蓋。用心想。」

幾分鐘後，費特找個藉口便離開了。

艾凱迪回頭用耳機聽奧斯朋的錄音，決心在上行軍床睡覺前要聽完一月的所有帶子。在桌燈朦朧的光線下，他在一張紙上放了三根火柴，接著在火柴周圍畫出公園空地的輪廓。

奧斯朋：

「但你不能對蘇聯觀眾演卡繆的《異鄉人》。一個人只因為無聊而殺人？沒有其他理由？這完全是西方式的暴行。中產階級的安逸避無可避地導致無聊與缺乏動機的謀殺。警察對此已習以為常，但這裡是進步的社會主義社會，沒人會受到無聊的汙染。」

「《罪與罰》呢？書裡的拉斯柯尼可夫呢？」

「我說我的重點。在那存在主義式的長篇大論背後，拉斯柯尼可夫不過就是想賺幾個盧布。你能在這裡找到缺乏合理動機行為的機率，就跟在你家窗外發現熱帶鳥類的機率一樣低。這會讓人極度困惑。在這裡，卡繆筆下的兇手永遠不會落網。」

時近午夜，他想起巴夏的紙條。那位警探的桌上是一份報告，夾在一個德國人監聽紀錄的卷宗上，那個德國人姓溫曼。艾凱迪滿眼血絲地往下瀏覽。

漢斯・費德利克・溫曼一九三二年出生於德勒斯登，十八歲結婚，十九歲離婚，因粗暴行為而被共青團開除（傷害罪名獲不起訴處分）。一九五二年從軍，於次年的反動派騷亂中，被控以棍棒毆打暴民（過失殺人罪獲不起訴處分），其後以警衛身分在馬倫巴（Marienbad）軍事監獄服完役期。曾受僱為工會之中央委員會書記擔任四年司機。一九六三年恢復黨籍，同年再婚，受僱於光學儀器工廠擔任領班。五年後，由於毆妻而遭開除黨籍。簡言之，他就是個禽獸。之後溫曼再恢復黨籍，受共青團指派至莫斯科，負責維持德國學生的紀律。照片上的他是個瘦骨嶙峋、金髮稀疏的高個子。巴夏的報告另外補充，戈洛欽為溫曼提供妓女，直到這德國人一月時與他斷絕往來為止。沒提到聖像。

巴夏的機器上有捲帶子。艾凱迪戴上巴夏的耳機，按下機器。他納悶溫曼與戈洛欽為何翻臉，而且為什麼是一月？

艾凱迪的德語已不像服役時那麼好，但要明白溫曼為了維持學生紀律而毫不掩飾的肢體威脅也足夠了。從他們的聲音聽來，德國學生完全嚇壞了。嗯，溫曼幹得不賴，每天只要嚇壞一、兩個學生，剩下時間就都是自己的了。他從德國走私相機和雙筒望遠鏡，可能還威脅學生為他做同樣的事。當然了，沒聽見聖像，只有西方來的遊客才想要俄羅斯聖像。

然後艾凱迪在一捲帶子上聽見來電者叫溫曼去「老地方」見他。第二天，同一個來電者又跟溫曼約在莫斯科大劇院外。第三天是「老地方」，兩天過後，又是其他地點。對話中沒提到名字，沒有實際對話，對話出現時，每一句都是德語。艾凱迪花了很久才說服自己這個匿名友人是奧斯朋，因為溫曼從未出現在奧斯朋的錄音帶上。永遠都是奧斯朋來電，而非溫曼致電奧斯朋，而且奧斯朋顯然只用公共電話。艾凱迪深恐之後的匿名者來電中會出現不同語調的聲音，讓他以為自己一定是瘋了才會如此認定。

他用兩台機器輪流聽奧斯朋與溫曼的錄音帶。菸屁股在菸灰缸裡堆出一座金字塔。現在是比耐心的時候。

破曉時分，艾凱迪已經聽了七個小時，他走到酒店外振作精神。在空蕩蕩的計程車招呼站，圍欄在風中喀噠作響。他大口吸氣時，聽見別的聲音，來自上空遠處，是有節奏的撞擊聲。工人正輕敲烏克蘭酒店屋頂的矮牆，要從不對勁的聲音來確認哪些磚塊在冬天鬆動了。

他回到房間，開始聽溫曼二月份的錄音帶。二月二日，奧斯朋從莫斯科去列寧格勒那天，匿名者打電話來。

「班機延遲了。」

「延遲了？」

「一切順利。你太多心了。」

「你從來不會這樣嗎？」

「放輕鬆，漢斯。」

「我不喜歡這種事。」

「現在才要講喜歡或不喜歡什麼事已經有點遲了。」

「所有人都知道這些新的圖波列夫飛機怎麼回事。」

「怕墜機？你以為只有德國人知道怎麼做東西？」

「就算延遲也一樣。你到列寧格勒以後——」

「我去過列寧格勒。我在那邊跟德國人打過交道。不會有問題的。」

艾凱迪睡了一小時。

7

這個模型是沒有五官的粉紅色石膏頭像，戴著一頂破爛假髮，但耳朵部位裝了鉸鏈，這樣就可從中把臉孔分開，露出藍色肌肉與內部的白色頭骨，錯綜複雜地就像華麗的法貝熱彩蛋[26]。

「肌肉無法憑空存在，」安特列夫說：「親愛的組長，您的五官不是由智力、個性或魅力所決定的。」這位人類學家將假頭擺到一旁，抓住艾凱迪的一隻手，「你感覺到這裡面的骨頭了嗎？你這隻手共有二十七根骨頭，組長，每一根都為了某種明確的目的而以不同方式接合。」以安特列夫這麼小的個子，他的抓握可真有力而結實，艾凱迪甚至覺得手背的血管都在移動。「屈肌和伸肌，每一條的大小和附肌都不一樣。如果我告訴你要重建你的手，你就不會不信我了。手就像工具、像機器。」安特列夫放開他的手，「頭是用來作神經反應、吃、看、聽、聞，順序以此類推。這個機器比起手來，比例上骨頭較多，肌肉較少。臉只是骨頭外一層薄薄的面具。你可以用頭骨造出臉孔，但不能用臉孔造出頭骨來。」

「哪時能弄好？」艾凱迪問。

「一個月內——」

「頂多幾天。我幾天內就要一張可以辨認身分的臉。」

「藍柯，你真是典型的調查員。你根本沒在聽我說話。我幾乎才剛決定要來做這張臉。但那過程非常複雜，而且我只能在空閒時間動手。」

「有個嫌犯一週內就要離開莫斯科。」

「他不能出國，所以——」

「他可以。」

「不是俄羅斯人？」

「不是。」

「噢！」侏儒爆笑出聲。「這樣我懂了。拜託別再告訴我其他細節。」

安特列夫爬上一張板凳，搔搔下巴，然後仰望天窗。艾凱迪擔心他這就要拒絕再跟這顆頭扯上任何關係。

「嗯，她到我們手上來時，除了臉之外，確實大部分都未受損，我也為她拍了照，所以我不用再花時間做頸部和下巴的輪廓。附肌還在臉上，我們也拍了照並畫了圖。我們知道她的髮色和傷口。只要我能用乾淨的頭骨做出模型，我想就可以動手了。」

「你什麼時候能把頭骨弄乾淨？」

「組長啊，你竟然問這問題！你何不問問清潔委員會呢？」

安特列夫伸手拉開一個又深又長的抽屜，裡面是艾凱迪上次裝頭骨的箱子。安特列夫把箱蓋打落。裡面是一團帶著光澤的東西，艾凱迪看了一會兒才發現那團東西在動，是一團甲蟲及各形各色珠寶般的昆蟲正在亮白的骨頭內外進食。

---

26 Faberge egg，是指由俄國珠寶藝術家彼得・卡爾・法貝熱（1846-1920）於一八八五至一九一七年間為沙皇及俄國私人收藏家製做的六十九顆以貴金屬、寶石與琺瑯裝飾之蛋形藝術品。現今仍有六十一顆存世，為身價近千萬美元的天價藝術珍品。其中少數於一九二七年經史達林同意，售予外國收藏家以換取外匯。

「很快就有了。」安特列夫保證。

艾凱迪從彼得羅夫卡街的民警團電報室送出一份新的謀殺案通告，這次不只傳向烏拉山脈以西，而是傳送全國各地，包括西伯利亞。三個死者仍舊身分不明的事實令他心煩不已。每個人都有報紙，每個人都在注意其他人。怎麼會有三個人能失蹤這麼長時間？此外，本案目前唯一與其他人的關連，就只有伊莉娜・亞薩諾娃那雙冰刀鞋，而她正是來自西伯利亞。

「像共青城（Komsomolsk）那裡，時間就比莫斯科早十小時，」電報操作員說：「現在那邊已經是晚上。我們要明天才會收到回覆。」

艾凱迪點了菸，吸了第一口後，咳了一陣。起因是外面的雨，還有他受傷的肋骨。

「你得去看醫生。」

「我有認識的醫生。」他握拳摀著嘴離開電報室。

艾凱迪抵達時，列文正在驗屍室處理一具嘴唇呈褐紅色的屍體。這位病理學家見他站在門口猶豫不決，便擦擦手走出來。

「自殺。開瓦斯，還割了兩道手腕跟頸子。」列文說：「我有個新笑話：布里茲涅夫總書記把柯希金總理叫進辦公室說：『阿列西，我最親愛的同志和最老的朋友，我剛聽到一個讓人心煩的謠言，說你是猶太人。』『可我不是啊。』柯希金總理震驚地回答。布里茲涅夫總書記從金菸盒取出一支菸點上，點著頭——」列文那張馬臉一面模仿，「然後說：『好吧，阿列西，你考慮一下。』」

「老笑話了。」

「是新版本。」

「你老拿猶太人開涮。」艾凱迪說。

「我針對的是俄羅斯人。」地下室的涼意讓艾凱迪又咳了一陣，列文同情地說：「跟我來吧。」

他們到了列文在樓上的辦公室，艾凱迪驚訝地看著這位病理學家拿出一瓶真正的法國干邑白蘭地和兩個杯子。「就算以調查組長的標準，你還是太慘了。」

「我需要吃藥。」

「勞動英雄藍柯。拿去。」

甘甜的白蘭地浸透了艾凱迪心臟旁的腫塊，但似乎一滴都沒進到胃裡。

「你最近瘦了多少？」列文問。「你睡了多少覺？」

「你有藥吧。」

「退燒的？治感冒的？治鼻水的？治你工作的？」

「止痛藥。」

「我看是止你的命。你自己都不害怕嗎？別當勞動英雄了。」列文俯身對他說：「放掉這案子吧。」

「我在想辦法改變案子的狀況。」

「不是改變。是**放掉**。」

「閉嘴。」

艾凱迪又咳起來，他放下杯子，彎下身子摀著肋骨。他感到列文一隻冷冰冰的手滑進上衣，觸摸他胸口中央的紅腫部位，列文則從嘴角嗤了一聲。等艾凱迪咳完，列文坐上書桌後的椅子，在一張便箋上寫字。

「這是知會檢察院，說你有一塊因多處挫傷和胸腔出血導致的瘀結，需要治療觀察，以免轉成有核紅細胞血症和腹膜炎，更別說有根肋骨可能已經斷了。伊恩斯基會安排你去療養院待上兩週。」

艾凱迪拿起那張便箋，揉成一團。

「這一張呢——」列文在另一張紙片上寫字。「能讓你拿到抗生素。這個呢——」他打開抽屜，扔了一瓶小藥丸給艾凱迪。「應該可以治你的咳嗽。吃一顆吧。」

那是可待因。艾凱迪吞了兩顆後，將藥瓶塞進外套裡。

「這麼可愛的腫塊哪來的？」列文說。

「有人揍我。」

「用警棍？」

「用他的拳頭吧，應該是。」

「那你最好離這傢伙遠點。好，我先告退，回去處理那乾淨俐落的自殺人士。」

列文離開後，艾凱迪留下來，感覺可待因像油膏般在血液中擴散。為防自己嘔吐，他用一隻腳將字紙簍挪近點，然後盡可能坐著動也不動，想著樓下那具屍體。割了兩邊手腕和喉嚨？還開了瓦斯？這是出於獸性的激躁，還是完整哲學思辯後的判斷？是躺在地板上或浴缸裡？是私人浴缸，還是公共浴池？就在他確定自己要吐出來時，反胃感又消退了，他把頭往後仰。

一個俄羅斯人自殺了，這很合理。不過，老實說來，一個俄羅斯人的屍體會跟遊客有什麼關係？三具屍體——這更像是資本家的批發風格，但即便如此……哪時候開始遊客會有時間開槍殺人了？是為了什麼值得一偷的俄羅斯寶貝？再換個觀點，三個可憐的勞工能對一個可以直接跳上飛機去美國、去瑞士、登上月球的人造成什麼樣的威脅？所以他為什麼糾著這想法不放？甚至認為確實就是如此。是為了能把案子交給國安會？為了嘲諷國安會？或者這已成為一件關乎他個人的案子，他要以此向某人證明，就算只是作個探員也有意義，甚至算得上列文所說的英雄？或許這樣某人就會離開舒密特而回家？而答案為，以上皆是。

然而，仍有一個引人遐想的可能：亦即探員本人發現——就像一個男人走過鏡前意外發現自己鬍子沒刮、大衣領口破損一樣——自己的工作如此寒酸。或者比這更慘，是如此沒有意義。所以他是個調查組長，還是遺體整理師或太平間助手？他的書面工作是否只是臨終聖禮的官僚系統替代品？這一切只是象徵社會主義現實的小小特色（說到底，只有列寧永生不死！）。更重要的一點是：關於事業，每個人都說對了。除非他成為黨內官僚，否則他的調查已經達到職權極限。至此為止，無法再向前。有沒有可能——他可曾想像過——由三具屍體帶出一整批虛幻的想像，打造一個涉案人全是神祕外國人、黑市商人與線民的複雜案件？這一切全都是探員跟自己的比賽？非常可能哦。

他逃出太平間，在雨中縮著脖子前行。翟金斯基廣場上的人群正跑向地鐵站。正對盧比安卡的廣場對街，在兒童商店隔壁有家不設座位的立食餐館。他得吃點東西，正等著過街時，聽見有人叫他的名字。

「這邊！」

一個人影從低矮的拱門出來，從雨中把艾凱迪拉過去。是伊恩斯基，他的檢察官制服外罩著藍色軍用防水風衣，剃過的頭上戴著別有徽章的帽子。

「法官同志，你認識我們極有才華的調查組長藍柯嗎？」伊恩斯基將艾凱迪介紹給一位老人。

「那位將軍的兒子嗎？」法官的一雙小眼睛緊貼著尖削的鼻子。

「正是。」

「非常高興認識你。」法官向艾凱迪伸出一隻長滿瘤結的小手。身為最高法院的十二名法官之一，這位法官雖不知名，艾凱迪仍肅然起敬。

「這是我的榮幸。我正要回辦公室。」艾凱迪向街邊退開一步，但伊恩斯基抓住他的手臂。

「天還沒亮你就開始工作了。他以為我不知道他的工作時間呢，」伊恩斯基對法官說：「他是最有創造力也最勤奮的勞工。這兩者不是永遠都一起出現嗎？夠了！詩人有放下筆的時候，殺手也會放下斧頭，組長，就算是你，偶爾也得休息一下。跟我們走。」

「我有很多工作要做。」艾凱迪反對。

「想讓我們沒面子？我可不准。」伊恩斯基也示意法官同行。拱門可連接到一條以前艾凱迪從沒注意過的有頂通道，有兩個戴著內政部安全局徽章的民警站在一旁。「除此之外，你不介意我帶你開開眼界吧？」

通道彼端是個停著數輛閃亮豪華柴卡轎車的天井。伊恩斯基步幅越來越大，帶頭穿過一扇鐵門，進入一個由白色星形水晶吊燈照亮的大廳，走下鋪著地毯的樓梯，來到一間牆面是木鑲板，並有桃花心木做的一排窄長隔間。這一層的星形吊燈是紅色，有一幀與牆面同寬的克里姆林宮夜景照，舊元老院的綠色穹頂上有一面纏捲著旗杆的紅旗。

伊恩斯基脫了衣服。他的膚色紅潤、肌肉發達，除了胯下幾乎全無毛髮。法官凹陷的胸口覆著一叢白毛。艾凱迪也跟著脫了衣服。伊恩斯基貌似不經意地瞥見艾凱迪胸口的瘀腫。

「吃了點苦頭是吧？」

他從自己的隔間拿了條毛巾，繞過艾凱迪的脖子像圍巾般打了個結以遮蓋瘀青。「好了，這下你看起來像個普通的都市人了。這是那種私人俱樂部，所以跟我走就對了。法官同志，準備好了嗎？」

法官用一條毛巾圍著腰部，伊恩斯基將毛巾掛在肩膀，將艾凱迪拉到身邊，一手繞過艾凱迪的背，不想讓老人聽見似地，低聲說了個有趣的祕密。

「澡堂外面多得是。官員有時也需要梳洗一下，對吧？但你不能要他在大庭廣眾之下排隊，比如法官這樣的人就不行。」

他們經過一條鋪著瓷磚的走廊，這裡有鼓風機送入熱風，然後走進一個大到能夠容納一個長型硫磺熱水浴池的空間。浴池邊，在幾道拜占庭風格釉面拱門內，活動式木雕屏風遮住一間間凹室，每間凹室裡都有蒙古矮桌與靠背長椅。入浴者則坐在浴池另一頭熱氣蒸騰的水中。

「這是狂熱崇拜史達林的扭曲時期建的，」伊恩斯基在艾凱迪耳邊說：「盧比安卡的審訊官沒日沒夜地工作，於是決定讓他們在審問囚犯之間的空檔，該要有個地方休息。水是抽自涅格林納亞河的地下水脈，用蒸汽加熱後再混入藥用鹽。可設備一完工，史達林就死了，這裡也就荒廢了。不過最近又發現，放著這裡不用實在太蠢，所以呢——」他捏捏艾凱迪的臂膀。「——就重新整修啟用了。」

他領著艾凱迪進入一間凹室，裡面有兩個裸身男子汗流浹背坐在桌邊，桌上的幾只銀碗盛著魚子醬與鋪在碎冰上的鮭魚片，盤子裡有白麵包薄片、柔軟的奶油與檸檬，另外還有礦泉水，幾瓶原味與香料調味伏特加。

「檢察總長第一書記與院士同志，讓我為你們介紹艾凱迪．瓦希列維奇．藍柯，凶殺科調查組長。」

「將軍之子。」法官漫不在乎地坐下來。

艾凱迪隔桌與他們一一握手。第一書記像隻人猿般魁梧多毛，院士則不幸地神似前總書記赫魯雪夫，此刻氣氛輕鬆而友善，完全就像艾凱迪在某部影片中看過沙皇尼古拉二世與參謀長一同裸泳的情景。伊恩斯基為艾凱迪斟了又名「辣椒雨」的辣味伏特加，再將麵包片堆滿魚子醬。這不是壓實魚子醬，魚卵大得跟滾珠軸承似的，艾凱迪已經好幾年沒在商店見到這種魚子醬。他兩口就吃掉了麵包。

「你們記得尼季汀組長吧，他的紀錄幾乎可說完美。不過艾凱迪．瓦希列維奇的紀錄才算得上真正完美。所以我警告各位，」伊恩斯基用平常的語調輕聲嘲諷道：「如果你們打算宰了老婆，去其他城市幹吧。」

一股蒸汽從池面飄起，鑽過屏風下方，使得嘴巴沾上了硫磺味。這倒不致令人不快，反而像是強化了伏特加的風味。艾凱迪心想，人不必為了求醫而長途跋涉，只要到滿是過重英雄人物的翟金斯基廣場地底下沐浴就行了。

「這是西伯利亞的『白色炸藥』。」第一書記再為艾凱迪把酒滿上。「純正的酒精。」

至於那位院士，艾凱迪揣測，身為這核心集團的一員，大概不會是做醫學研究之類的平常勞工，而是意識形態學者。

「歷史讓我們看見了面對西方的必要性，」院士說：「馬克思證明了國際主義的必要性。這就是我們為何得密切注意那些德國混蛋。只要我們一不看著，他們又會團結起來。你們記住這句話」

「運毒進俄羅斯的就是這些人啊，」第一書記大表贊同，「德國人和捷克人。」

「放走十個殺人兇手也好過跑了個毒販。」法官開口了。魚子醬沾得他胸口斑斑點點。

伊恩斯基對艾凱迪眨眨眼。畢竟檢察院都知道，運大麻進莫斯科的是格魯吉亞人，調製ＬＳＤ迷幻藥的是化學系的大學生。艾凱迪吃著蒔蘿香鮭魚，一邊有一搭沒一搭地聽著，在長椅上放鬆到幾乎睡著，只差沒閉眼睛。伊恩斯基雙臂環胸，也看似一臉滿足地聽著。他還沒吃東西，頂多啜幾口伏特加，話語在他身邊此起彼落，就像水波拍擊石頭。

「組長，你也同意嗎？」

「什麼？」艾凱迪沒跟上話題。

「關於弗倫斯基主義呀？」第一書記問道。

「那個時候艾凱迪．瓦希列維奇還沒到我們辦公室來。」伊恩斯基表示。

弗倫斯基啊，艾凱迪記得這名字，他是莫斯科分部的探員，不只保護索忍尼辛的書籍，還抨擊對政治活躍分子的監視行為。當然，弗倫斯基已不再是探員，在司法界提到他的名字還會讓人反胃。不過「弗倫斯基主義」是另一回事，這個詞更空泛、令人恐懼，是一種新的風向。

「我們要攻擊、拔除與摧毀的，」院士解釋道：「整體來說，就是將律法主義置於社會利益之上的傾向；就個體而言，則是探員將自己對法律的解釋置於大眾公認的正義目標之上的傾向。」

「個人主義就是弗倫斯基主義的別名。」第一書記說。

「自我中心的理智主義也一樣，」院士說：「那玩意靠著對名利的野心維生，並拿膚淺的成功自鳴得意，直到更大結構的根本與沉默的利益逐漸受損。」

「因為啊，」第一書記說：「任何一件犯罪的解決之道——其實包括法律本身——都只是政治秩序具體制度上的成串紙旗而已。」

「等到哪個世代的律師和探員連幻想與現實都分不清，」院士說：「等到司法機關的運作被書面條文壓得窒息時，那就是該扯掉這紙旗的時候了。」

「如果能讓幾個弗倫斯基主義者倒台，那就更好了。」第一書記對艾凱迪說：「你能不同意嗎？」

第一書記俯身向前，指節叩在桌面，院士把小丑般的渾圓肚腩轉向艾凱迪，他這時正望著伊恩斯基斜瞥而來的目光。檢察官在街上喊住艾凱迪時，一定早就知道澡堂裡的話題會往什麼方向去了。伊恩斯基的眼神說著：專心……留神。

「弗倫斯基，」艾凱迪回答。「他也是個作家對吧？」

「對，」第一書記說：「說得好。」

「他也是猶太佬。」院士說。

「這樣的話——」艾凱迪放了片鮭魚在麵包上，「你們也可以說：我們該要當心所有既是猶太人又是作家的探員了。」

第一書記眼睛睜大。他看向院士和伊恩斯基，再望向艾凱迪。他嘴角逐漸上揚，然後槍響似地爆出笑聲。「對！就從這裡開始！」

引信成功拆除，話題轉向食物、運動和性愛，幾分鐘後，伊恩斯基拉著艾凱迪沿著池邊散步。有更多官員來了，像海象般在熱水中漂浮，或像蒼白而粉紅的影子在屏風窗格後閃過。

「我說你今天可真機伶，竟能正面躲過他們口頭相逼。很好。我很高興能看到你這個樣子。」伊恩斯基拍拍艾凱迪的背，「總而言之，反弗倫斯基主義的運動一個月內就要展開。這下你可是先知道了。」

艾凱迪以為伊恩斯基要領他離開澡堂，直到檢察官帶著他進了間凹室，裡面有個年輕人正往幾片麵包上抹奶油。

「來，你們一定得認識一下。葉夫根尼．曼德爾，你爸和藍柯他爸可是出了名的好友。葉夫根尼在貿易部做事。」伊恩斯基對艾凱迪說道。

葉夫根尼試著在位子上躬身致意。他的腰很軟，鬍髭稀疏。他比較年輕，艾凱迪隱約記起一個老像就快哭出來的矮胖小子。

「他是國際貿易專家——」伊恩斯基的話讓葉夫根尼臉紅了。「——新領域的人才。」

「我爸——」葉夫根尼才要開口，伊恩斯基便突然告退，留他們倆在凹室裡。

「怎麼了？」艾凱迪出於禮貌鼓勵他往下說。

「稍等一下好嗎？」葉夫根尼請求道。他專心將麵包塗上奶油，再加上一團團魚子醬，於是每片麵包看起來就像有黃色花瓣與黑色花心的向日葵。艾凱迪坐了下來，自己倒了杯香檳。

「主要是美國公司。」葉夫根尼從自己手上的藝術品抬起眼來。

「噢？那一定是個新領域。」艾凱迪想知道伊恩斯基何時才會回來。

「不是，完全不是，當然不是。那邊有很多老交情的朋友，像是列寧的夥伴阿曼德．哈默[27]。Chemico企業集團三〇年代時為我們蓋了氨氣工廠。福特也在三〇年代為我們製造卡車，我們本以為會跟他們再次合作，卻沒想到他們弄得一團糟。大通曼哈頓銀行從一九二三年起就是俄羅斯外貿銀行的代理銀行。」

大部分名字艾凱迪都不認識，不過葉夫根尼的聲音倒越聽越耳熟，雖然他連已經幾年沒見到他都想不起來。

「這香檳不賴。」他放下杯子。

「『蘇聯氣泡酒』。我們要準備出口這玩意兒了。」葉夫根尼抬起頭，一臉孩子氣的驕傲。

艾凱迪感覺到門開了。有個男人走進凹室，約莫中年、瘦高、膚色黝黑，以致艾凱迪起先以為他可能是阿拉伯人。一頭淺色直髮、黑眼珠、長鼻子和近乎女性化的嘴，組合起來效果非凡，既有馬的神態又英俊瀟灑。他拿毛巾的那隻手戴著一枚金質圖章戒指。艾凱迪現在才發現他的膚色近乎皮革，較像是曬黑而非天生黝黑，而且全身上下都曬遍了。

「美極了，」那人站在桌邊，水從他身上滴在擺好的麵包上，「就像包裝完美的禮物，我動都不敢動。」

他不帶好奇地看著艾凱迪，看起來他連眉毛都修過。他的俄語一如艾凱迪所知的出色，但錄音帶上少了那動物般的原始自信。

「是你公司的人嗎？」那人問葉夫根尼。

「這位是艾凱迪・藍柯。他是……嗯，我不曉得。」

「我是個探員。」艾凱迪說。

---

27 ArmandHammer（1898-1990），俄裔美籍企業家，曾在蘇投資開設工廠並從事貿易。同時亦在美蘇外交上扮演中間人的角色。

葉夫根尼倒了香檳，將點心推到桌邊，邊動手邊嘀咕。這位客人坐了下來，露出笑容。艾凱迪從沒見過這麼亮的牙齒。

「你都調查什麼？」

「命案。」

奧斯朋的髮色較偏銀色而非泛白，還是濕的，雖然用毛巾擦過頭，髮絲仍舊貼著耳朵。艾凱迪看不到他是不是兩耳都有耳洞。奧斯朋拿起一只沉甸甸的金錶，滑上手腕。

「葉夫根尼，」他說：「我在等一通電話。你能不能當個ange sur la terre[28]，幫我去總機那邊等著？」

他從一個麂皮包裡拿出一根菸與菸嘴，將兩者接起，用青金石與黃金製的打火機點了菸。葉夫根尼離開時傳來後方屏風打開的聲音。

「你會說法語嗎？」

「不會。」艾凱迪撒謊了。

「英語？」

「不會。」艾凱迪再次撒謊。

艾凱迪只在西方雜誌上見過這種人，一直以為他們的光彩亮麗是來自紙質，而不是本人身上。這十足光滑的肌膚，真是既陌生又嚇人。

「真有趣，我來過這裡好幾次，這還是第一次遇到警探。」

「您沒做任何壞事，這位……抱歉，我還不知道您的名字。」

「奧斯朋。」

「美國人？」

「對。你說你姓什麼？」

「藍柯。」

「你這年紀就當上探員算年輕吧？」

「不會。您的朋友葉夫根尼剛聊到香檳。您是進口這個嗎？」

「是毛皮。」奧斯朋說。

奧斯朋很容易讓人認為，與其說他是個人，倒不如說是一堆貴重物品的結合：戒指、手錶、外型、牙齒。這其中帶著社會主義的政治正確，而且不無道理，但這麼說又少了艾凱迪意料之外的部分，也就是奧斯朋謹言慎行底下潛藏的力量。而艾凱迪自己剛才表現得太做作、太追根究柢。他得改變這個狀況。

「我一直想要一頂毛皮帽，」艾凱迪說：「還有認識美國人。我聽說他們就跟我們一樣，心胸寬大、態度開放。我還想去紐約、去看帝國大廈和哈林區。你這種環遊世界的生活真是太棒了。」

「別去哈林區。」

「對不起。」艾凱迪站起來，「你一定認識這裡很多大人物，而且想去聊聊，你是太客氣才不好意思請我離開。」

奧斯朋抽著菸，面無表情地久久看著艾凱迪，直到艾凱迪開始走向浴池。

「你非留下不可，」奧斯朋迅速說：「我不常遇到警探。我應該藉這機會請教一下你的工作。」

「你想問什麼都行。」艾凱迪坐下來，「雖然跟我讀到的紐約相比，我做的每一件事好像都很無聊。家庭問題啊、流氓啊。我們也有殺人兇手，不過幾乎永遠都是暴怒下衝動殺人或酒後犯案。」他

---

28 法語，人間天使之意。

彷彿致歉般地聳聳肩，啜了口香檳，「好甜，你真該進口這玩意。」

奧斯朋再為艾凱迪斟酒。「聊聊你自己吧。」

「這我可以說上好幾個小時，」艾凱迪熱切地說道，一口喝乾香檳，「我的爸媽和爺爺奶奶都很了不起。我在學校遇到最會啟發人的老師和對我幫助最大的同學。還有現在和我工作的團隊，每個人都值得出版自傳。」

「你沒有——」奧斯朋微笑地拿下叼著的菸嘴。「——跟人聊過自己的失敗嗎？」

「個人說來，」艾凱迪說：「我沒失敗過。」

他從頸部拿下毛巾，放在奧斯朋扔到一旁的毛巾上。這美國人看著那塊變色的瘀腫。

「意外啦，」艾凱迪說：「我試過用熱水袋和保溫燈，但說到消腫還是硫磺浴最有用。醫生講了一大堆，但老方法永遠最有效。其實在社會主義犯罪學這個領域，最大的新進展在於——」

「回到剛才那點，」奧斯朋打斷他，「你遇過最有趣的案子是什麼？」

「你是說高爾基公園的屍體？可以借我嗎？」艾凱迪輕輕抖出一根奧斯朋的菸，用他的打火機點火，一面欣賞機身的青色石質。品質最好的青金石來自西伯利亞，以前他從未親眼見過。

「報上是一點消息都沒有，」艾凱迪噴了口煙，「但我相信這種古怪事件總會帶來謠言。尤其啊——」他像個面對頑皮學生的老師般搖搖手指，「——在外國人的圈子裡，一定是吧？」

他看不出這樣的表演是否造成任何效果。奧斯朋毫無表情地往後靠著椅背。

「我沒聽說這件事。」兩人沉默得有點太久後，奧斯朋才開口說。

葉夫根尼．曼德爾突然出現，表示沒有電話打來。艾凱迪立刻起身，為自己待得太久而誇張地致歉，並感謝他們的招待與香檳。他拿起奧斯朋的毛巾繫在脖子上。

奧斯朋望著艾凱迪，彷彿正神遊他方，聽不見任何聲音，直到他走到屏風口時才說：「你的上司是誰？調查組長是誰？」

「就是我自己。」艾凱迪擠出最後一個笑容。

他沿著浴池走了幾步，只覺得精疲力盡。這時伊恩斯基突然出現在身旁。

「希望我沒說錯你父親跟曼德爾的交情，」他說：「別太擔心弗倫斯基主義。只要你辦得到，我無條件支持你繼續調查。」

艾凱迪穿好衣服，循原路從澡堂回到街上。雨水已變成一片霧氣。他沿著彼得羅夫卡街走到雷歐丁上校溫暖的法醫檢驗室，送上奧斯朋濕答答的毛巾。

「你手下那批小子整個下午都在找你。」雷歐丁說，然後將毛巾拿去檢驗。

艾凱迪打電話到烏克蘭酒店。巴夏接起電話，驕傲地告訴艾凱迪，他和費特竊聽黑市交易商戈洛欽的電話，聽到有個男人叫戈洛欽去高爾基公園見他。巴夏認為這來電者是美國人或愛沙尼亞人。

「美國人或愛沙尼亞人？」

「我的意思是，他俄語說得非常好，但又有點不一樣。」

「不管怎樣，這麼做是侵犯了個人隱私，巴夏，違反第十二條與第一百三十四條。」

「我們已經聽了那麼多帶子——」

「那些是國安會的帶子！」電話另一頭傳來暗示受傷的沉默，直到艾凱迪再度開口，「就這樣吧。」

「我不是你這種理論家，」巴夏回應，「只有天才才知道怎樣才算違法。」

「好。所以之後由你留守，費特去看他們見面。他有沒有帶相機？」艾凱迪問道。

「他就是為了找相機才花這麼多時間，結果沒找到他們。他在公園裡到處晃，但都沒見到他們。」

「好，至少我們可以用你的帶子去比對——」

「帶子？」

「巴夏，你違法竊聽戈洛欽的電話，居然沒想到錄音？」

「其實……還真沒想到。」

艾凱迪掛上電話。

雷歐丁上校在檢驗室彼端咂嘴，「組長，過來看看。我在毛巾上找到十根毛髮。我拿了一根切開，放在這台顯微鏡下，再從你之前拿到的帽子上取了根毛髮在另一台顯微鏡下比對。帽子上這根正由灰轉白，剖面是卵形，代表這是捲髮。毛巾上新來的這根，顏色比較接近鉻鋼，相當漂亮。剖面是正圓形，代表是直髮。我會繼續做蛋白質檢驗，但我現在就能告訴你，這些頭髮不是同一個人的。你看。」

艾凱迪看了。奧斯朋不是罵「狗娘養的」的那個人。

「好東西。」雷歐丁用手指摸摸毛巾。「你想要嗎？」

伏特加和可待因的效力在艾凱迪身上漸漸發酵，於是他去彼得羅夫卡街的民警販賣部喝杯咖啡。他獨自坐在桌邊，忍住狂笑的衝動。有的警探在神祕人物（可能是愛沙尼亞人或美國人！）不受監控地在高爾基公園內遊蕩時，竟忙著在找相機；有個調查組長偷了條毛巾，結果證明了唯一的嫌犯無罪。他要是有個家，這會兒就該回家了。

「藍柯調查組長嗎？」一個軍官問道，「電報室有通電話找您，西伯利亞打來的。」

「這麼快？」

來電者是個名叫雅庫茨基的民警警探，人在莫斯科以東四千公里外的烏斯季—庫特。雅庫茨基回覆了那份全國通告，報告有位瓦蕾莉亞．希米歐諾弗納．戴維朵娃，十九歲，烏斯季—庫特居民，曾因竊盜國有財產而受通緝。另外，戴維朵娃同志有個夥伴名叫康士坦丁．伊利奇．波若丁，二十四歲，也因同一件罪行而受通緝。

艾凱迪四處張望，想找地圖。烏斯季—庫特到底在哪啊？

雅庫茨基警探說，波若丁是最糟的那種流氓。除私設陷阱捕獸取毛皮，也做無線電零件黑市交易，這在那裡是門市場很大的生意。他還有非法開採金礦的嫌疑。而隨著貝加爾—阿穆爾鐵路展開修建，波若丁便經常意外得到停放在空地的卡車零件。當民警開始追捕他和那個姓戴維朵娃的女孩後，這兩個逃犯就憑空消失了。據雅庫茨基研判，他們要嘛是躲進西伯利亞森林深處的某間小屋，不然就是死了。

烏斯季—庫特。艾凱迪搖搖頭。不管這鬼地方到底在哪兒，總之從來沒人能千里迢迢從烏斯季—庫特到莫斯科來。他想溫和地否定這位西伯利亞警探的想法，畢竟大家同屬一個共和國，他心想。「雅庫茨基」，大概是雅庫特人（Yakuts）的菜市場名吧。艾凱迪想像電話彼端是張機警的東方面孔。

「最後一次有人看到他們的時間和地點呢？」

「十月在伊爾庫次克。」

「那女孩或那男的受過修復聖像的訓練嗎？」

「在這裡長大的都會雕刻。」

「我希望就是他們。」

電話中的聲音逐漸轉弱。「噢，」艾凱迪急忙說道：「你有任何照片或資料的話都寄過來。」

「當然了。」

「康士坦丁．波若丁就是大盜柯斯提……」聲音很微弱。

「沒聽過。」

「他在西伯利亞很有名……」

殺手席賓在列佛托瓦監獄的一間牢房迎接艾凱迪。他沒穿上衣，身上的惡客刺青從頸部一路覆蓋到手腕。他用手拉著沒腰帶的褲子。

「他們也拿了我的鞋帶。誰聽過有人用鞋帶上吊的嗎？嘖，又被他們給惡搞了。昨天跟你見過面後，我整個人都振作起來。結果今天在高速公路上，兩個開車路過的傢伙竟然想要搶我。」

「在你賣汽油的地方？」

「對啊。所以我能怎辦？我拿扳手打了其中一個，然後他就掛了。另外一個剛把車開走，民警的車就來了，我站在那邊，手上拿著扳手，腳邊躺著個死人。上帝啊！席賓這次完蛋了。」

「十五年徒刑。」

「那還要我走運才行。」席賓再次坐到凳子上。囚室另外有張繫在牆上的行軍床和一個盥洗用的水罐。他的牢門有兩個掀板，小的用來讓守衛查看牢房，大的用來遞送食物。

「我沒辦法幫你做什麼。」艾凱迪說。

「我知道，這一次我的運氣用完了。每個人的運氣遲早都會用完，對吧？」席賓臉色和緩了些。「不過，你聽我說，組長，我一直很幫你忙。你真正需要線索的時候，我總會幫你忙。我從沒讓你失望，那是因為我們互相尊重。」

「我有付你錢。」艾凱迪遞了根菸給席賓並為他點火，藉此軟化這句話的語氣。

「你知道我的意思。」

「我不能幫你，這你也知道。這是加重謀殺。」

「我說的不是我自己。你記得史旺嗎？」

他不太記得了。艾凱迪回想起幾次與席賓見面時，總是待在後方的一個古怪身影。

「當然記得。」

「我們一直都在一起，連蹲苦窯的時候也一樣。一直以來都是我在賺錢，懂吧。史旺要不好過了。我是說，要擔心的事情已經夠多，我不想還得擔心他怎麼過日子。你需要線民。史旺有電話，甚至有台車，他對你來說很完美。你覺得怎樣？給他試試吧。」

艾凱迪走出監獄，史旺已經在一盞路燈下等著。他的皮外套凸顯了他的窄肩、長頸和推得極短的頭髮。職業竊賊在牢裡常會挑個業餘罪犯，雞姦對方後再將他踢下床。這是為了讓扮「一號」的犯人增加男子氣概，而扮「零號」的「山羊」，則成為受人嫌惡的娘炮。不過史旺和席賓真的是一對，這非常罕見，而且沒人會說史旺是席賓身旁的山羊。

「你朋友建議讓你來幫我工作。」艾凱迪毫無興致地說。

「那我就做。」史旺有種奇異的細緻，宛如一尊缺角的古舊雕像，但他既不俊俏，更別說漂亮，因此看起來更顯突兀。他的年紀很難猜，加上聲音太柔軟，更讓人無從揣測。

「做這份工可沒多少錢——就五十盧布左右——還得是好情報才有。」

「或者你不用付我錢，換成幫幫他的忙。」史旺看著監獄大門。

「他要去的地方，一年只能領一次包裹。」

「所以是十五個包裹。」史旺喃喃說著，好像已在思考包裹裡要放什麼東西。

那也得席賓沒被立即槍決才行，艾凱迪心想。欸，愛情可不是逐漸褪色的紫羅蘭，愛情是在黑暗中生長茁壯的雜草。有人解釋過這是怎麼回事嗎？

8

雖然即將進入二十一世紀，莫斯科依舊保持維多利亞時代的習慣，那就是搭火車旅行。鄰近外籍人士居住區與布里茲涅夫自宅的基輔站可通往烏克蘭。從克里姆林宮走一小段路可來到白俄羅斯站，史達林當年就是在這裡搭上從波茨坦開來的沙皇列車，後來的赫魯雪夫與再之後的布里茲涅夫，也都是在這裡搭上專車前往東歐視察他們的衛星國，或去緩和國際關係。里加站可以送你到波羅的海三國。庫爾斯克站則讓人聯想到黑海海濱的日光浴假期。至於薩維洛斯基和波弗勒斯基這些小站去不了什麼值得一看的地方，這裡只有通勤者或馬鈴薯般灰頭土臉的成群農夫。最引人注目的火車站無疑是列寧格勒站、雅羅斯拉夫站與喀山站，是共青團廣場上的三巨頭車站。三巨頭車站中，最古怪的又莫過於喀山站，走進它上覆韃靼式高塔的入口，便能讓你去到成千上萬公里外的阿富汗沙漠，去到烏拉山勞改營旁的鐵路支線，或者一路跨越兩塊大陸，來到太平洋岸邊。

清晨六點的喀山站內，所有的土耳其家庭都橫躺在長椅上。戴著毛氈軟帽的寶寶蜷縮在柔軟的布兜裡。士兵們懶洋洋地靠著牆沉沉熟睡，頭上天花板的馬賽克英雄圖樣可能出現在他們共同的夢境中。青銅燈具發出燦亮光芒。一家營業中的零食攤旁，有個穿兔皮外套的女孩向巴夏．帕弗洛維奇吐露祕密。

「她說戈洛欽以前常勒索她，但那是過去的事了，」巴夏回來後向艾凱迪報告：「她說有人在二手車市場看到他。」

一個年輕士兵取代巴夏的位置和那女孩聊了起來。她上了護唇膏與口紅的嘴唇露出微笑，同時男孩看向她用粉筆寫在鞋尖的價錢。接著他們手牽手走出車站大門，調查組長與警探尾隨在後。破曉前的共青團廣場一片深藍，喀噠作響的電車軌道是唯一的動靜。艾凱迪看著那對愛侶上了一輛計程車。

「五盧布。」巴夏看著那輛計程車駛離時說。

司機會轉進最近的巷弄，當那女孩和男孩在後座辦事時，他會下車把風留意民警。那五盧布司機可以分到一半，之後他還有機會賣瓶慶功伏特加給那士兵。而伏特加的價錢可比那妞貴多了。那個妞也會喝上幾口，接著她會回到車站，給公共盥洗室的服務員一點小費，快快灌洗一番，然後興奮而輕佻地從頭再來一遍。當然，理論上妓女並不存在，因為革命後就已禁止賣淫。這些人可能會遭指控，得到傳播性病、傷風敗俗或不事生產的罪名，但就法律上來說，沒有妓女這種身分。

「也不在那裡。」巴夏與雅羅斯拉夫車站的女孩們聊完後，回來報告。

「我們走。」艾凱迪將大衣扔到後座，然後坐上駕駛座。現在沒有霜，甚至還沒日出。天空才剛在車站的霓虹標示上方逐漸亮起。車流多了一點點。列寧格勒此時一定還是黑夜。有些人比較喜歡列寧格勒，喜歡那裡的運河與文學地標。對艾凱迪而言，列寧格勒有著永恆的鬱悶。他比較喜歡莫斯科，那是一台開放的大機器。

他朝南往河岸方向走。「和戈洛欽約在公園見面的那個神祕來電者，你記不得其他事了嗎？」

「如果當時是我去就好了……」巴夏喃喃說：「費特就算在一頭公牛身上都找不著卵蛋。」

他們四處尋找戈洛欽的座車，那是一輛豐田。他們到河對岸，來到羅哲斯基澡堂喝咖啡吃蛋糕時，有人將一份新報紙釘在公佈欄上。「『即將來臨的勞動節慶祝活動使運動員大受鼓舞……』。」巴夏讀出標題。

「『誓言攻下更多分』？」艾凱迪猜測。

巴夏點頭，然後抬起頭來。「你踢足球？我居然不曉得。」

「守門員。」

「啊！看吧，這下就說得通你怎麼會是這德行了。」

距離澡堂一條街外，有群眾在此聚集。其中至少半數人的外套上別著標語。寫著「三房公寓，有床與衛浴」的女人有著寡婦般的悲痛眼神。寫著「四房換兩套兩房公寓」的是決心擺脫父母的新婚少婦。只寫著「床」的是個精明的舊貨商。艾凱迪和巴夏從那街區的兩頭分別穿越人群，在中間碰頭。

「六十盧布就能租到附室內管線兩房公寓，」巴夏說：「不賴。」

「有那小子的消息嗎？」

「當然了，沒附暖氣。沒有，戈洛欽有時會來，有時不會。你瞭的，他想轉行作某種仲介，成交就能抽百分之三十。」

中古車市場接近市區邊界，但這段長途車程因為巴夏看到一輛賣鳳梨的卡車而更加漫長。他花四盧布買了個比雞蛋大些的鳳梨。

「這是古巴壯陽藥呢，」他透露。「我有一些舉重的朋友啊，去過那裡。幹你媽的！都是黑妞、海灘和未加工的食物。工人天堂啊！」

那車市在一個停車場上，停滿了波貝達（Pobeda）、齊古立、莫斯科人和札波羅日，有些已破舊不堪，有些則仍帶著展示間的氣味。當一個人工作幾年，終於能付三千盧布帶走一輛小札波羅日之後，夠聰明的車主會立刻把車開去二手車市，把這小玩意兒以一萬盧布賣出，但在監理部門只登記賣了五千盧布，付上百分之七的稅，接著一轉身，就拿這多出的六千六百五十盧布買輛雖舊但更寬敞的齊古立房車。這個市場就是個蜂窩——而條件是，每隻蜜蜂都要帶點自己的蜜來。現在說不定就有上千隻蜜蜂在場。四個同行的陸軍少校聚在一輛賓士車旁。艾凱迪單手滑過一輛白色「莫斯科人」。

「跟大腿一樣細滑吧？」一個穿皮外套的格魯吉亞人在他身旁停下。

「不賴。」

「你已經愛上它了。慢慢來，好好看看。」

「真的很不賴。」艾凱迪漫步到車子後方。

「你是懂車的男人。」格魯吉亞人用一根手指比向他的眼睛。「這車跑了三萬公里。有些人會把里程表倒轉，但我不來這套。而且每個禮拜都會洗車加打蠟。我讓你看過雨刷了沒？」他從一個紙袋裡拿出兩隻雨刷。

「雨刷不賴。」

「不折不扣的新貨。嗯，你一定看得出來。」他轉身背向除艾凱迪以外的人，用鉛筆在紙袋寫上「15000」。

艾凱迪坐進車裡，凹陷的座墊幾乎沉到車地板。方向盤上的塑膠碎得簡直像象塚挖出的象牙。他轉動點火器，在後視鏡中看到冒出一縷黑煙。

「不賴。」他下了車。畢竟座墊可以填補，引擎還能修，但這車身跟鑽石一樣精緻。

「我就知道你會這樣講。成交？」

「戈洛欽在哪？」

「戈洛欽，戈洛欽。」格魯吉亞人絞盡腦汁。這是人名？是車款？他從沒聽過這名字，直到看見調查組長一手亮出識別證，另一手拿著車鑰匙。那個戈洛欽啊！那個王八蛋！他剛離開停車場呢。艾凱迪問了他往哪裡去。「他去『旋律』唱片行了。你看到他時，記得跟他說，我這種老實人只會上稅給國家，才不會給他這種流氓。事實上，親愛的、親愛的同志啊，我們對國家官員有折扣價呢。」

卡里寧大道[29]上，規模較小的建築是水泥與玻璃所建的五層高方形樓房。較大的建築是同為水泥與玻璃材質的二十五層山形大廈。你在任何新建城市中都能見到卡里寧大道的複製品，但沒有一個像莫斯科的本尊如此具有未來感。地下人行道上方，八線大道的車流從四面八方急馳而過。艾凱迪和巴夏在「旋律」唱片行所在的窄長建築對面的一家戶外餐館等著。

「夏天好玩多了。」巴夏吃下一客淋草莓糖漿的咖啡聖代後打著顫說。

卡里寧大道對街出現一輛亮紅色豐田汽車，轉進一條巷子裡。一會兒之後，菲爾多．戈洛欽穿著精心裁製的外套、羊毛帽、牛仔靴與牛仔褲，漫步走進唱片行，而調查組長與警探也同時起身

他們從「旋律」的玻璃門面，看見戈洛欽沒走開放式樓梯上古典音樂樓層。巴夏留在門口，艾凱迪從翻看搖滾唱片的孩子身旁走過。後方的貨架之間，艾凱迪看見一隻戴著手套的手在找政治演說專輯。他再走近點，瞄到彷彿被尼古丁薰黃的蓬鬆時髦金髮，以及嘴邊有疤的一張胖臉。一位售貨員一邊從後方出來，一邊將錢放入口袋。

「『**布里茲涅夫二十四屆黨代表大會演說**』。」艾凱迪大聲唸出唱片封面的標題，同時走到戈洛欽旁邊。

「滾開。」戈洛欽用手肘撞艾凱迪，艾凱迪頂住這一擊，將他的手肘往後扳，這下戈洛欽的身子不得不整個彎下去。三張唱片滑出封套，滾到艾凱迪腳邊。分別是吻樂團（Kiss）、滾石樂團（The Rolling Stones）與指針姊妹合唱團（The Pointer Sisters）。

「這個黨代表大會有趣多了。」艾凱迪說。

戈洛欽雙眼布滿血絲並掛著浮腫的眼袋。在艾凱迪眼中，留著長髮，穿著訂製西裝的他就像隻在魚鉤上扭動掙扎的鰻魚。而將他帶到新庫茲涅斯科街的辦公室，便是要把魚鉤串連起來。首先，這樣

就能正式將戈洛欽置於艾凱迪的掌握中。在調查結束前他不能找律師，甚至在拘留四十八小時內民警這邊都不用知會檢察官。同時，將戈洛欽帶到曲欽的耳目範圍內，也等於暗示這位特案科調查組長，他已失去手上的頭號線民，而曲欽本人也在某種程度上身陷險境。

「我看見那些唱片的時候跟你一樣驚訝。」戈洛欽在艾凱迪帶他進入一樓的偵訊室時抗議道：「這只是個誤會。」

「輕鬆點，費爾多。」艾凱迪在桌子另一邊舒舒服服地坐下，接著把一個有民警徽記的白鐵菸灰缸放在人犯面前。「來根菸吧。」

戈洛欽打開一包雲絲頓（Winston）並遞過去。

「我個人呢，還是比較喜歡俄國菸。」艾凱迪友善地說。

「等你發現這是一場多大的誤會，你一定會笑到不行。」戈洛欽表示。

巴夏帶著一疊文件走進來。

「我的檔案嗎？」戈洛欽問道：「是的話你就知道我跟你們是一國的。我為警方提供協助的歷史可悠久了。」

「那些唱片呢？」艾凱迪問道。

「好吧，從現在開始我完全坦白。那是我對一個知識分子陰謀組織的部分滲透計畫。」

艾凱迪指尖輕敲桌面，巴夏抽出一張控告紀錄。

「隨便去找個人問，他們會跟你們說我是什麼樣的人。」戈洛欽說。

「莫斯科市民費爾多・戈洛欽，住所在薩拉菲默街2號，」巴夏讀道：「你被指控妨礙婦女參與國

---

29 Kalinin Prospekt，一九九四年起改名為新阿貝特大道（New Arbat Avenue）。

家及社會活動，以及煽動未成年人從事犯罪行為。」

這是拉皮條的委婉說法；刑期四年。戈洛欽把頭髮往後撥，怒瞪著警探說：「鬼扯！」

「等等。」艾凱迪抬起手來。

「你被指控——」巴夏繼續唸道：「——轉售私人汽車時收取非法佣金，仲介住房時從中剝削，還有販賣聖像牟利。」

「這一切我完全都能解釋。」戈洛欽對艾凱迪說。

「你被指控過著寄生生活，」巴夏唸著，這下這條鰻魚開始抽搐了。這條用來對付寄生現象的法令原本是為吉普賽人量身打造，後來又寬大為懷地將不滿分子和各種營私牟利者納入適用範圍；至於刑罰，最少也是流放到遠離莫斯科的蒙古邊境小木屋去。

戈洛欽微微咧嘴，狡猾笑道：「我否認一切罪名。」

「公民戈洛欽，」艾凱迪提醒他，「你知道不配合政府調查的下場吧。如果你像自己所說的，跟這辦公室的人這麼熟的話。」

「我說——」他停下點了根雲絲頓，隔著煙霧打量那疊文件。除非是從曲欽那裡，否則他們不可能有這麼多他的資料。曲欽！「我是為……」雖然艾凱迪面帶鼓勵，但他再次住口不語，因為指控另一位調查組長無異於自殺。「不管我……」

「嗯？」

「不管我做了什麼，我不會承認自己以這辦公室的名義做過任何事。」

「騙子！」巴夏頓時暴怒，「我就該揍扁你這謊話連篇的嘴臉。」

「我這都是為了迎合真正的奸商和反蘇維埃分子。」戈洛欽堅持這個立場。

「用謀殺的方式？」巴夏舉臂準備揍人。

「謀殺？」戈洛欽雙眼突然睜大。

巴夏撲過桌面，差點擊中戈洛欽的喉頭。艾凱迪用肩膀把警探擠到身後，巴夏氣得臉色發黑。有時候，艾凱迪還滿享受和他一起工作的。

「我對什麼謀殺完全不知情。」戈洛欽脫口便說。

「我們幹嘛浪費時間偵訊這傢伙，」巴夏問艾凱迪，「他滿嘴謊話。」

「我有說話的權利。」戈洛欽對艾凱迪說。

「他說得沒錯，」艾凱迪對巴夏說：「只要他能開口而且說的是事實，你也不能說他不合作。現在，公民戈洛欽，」他按下錄音機，「就從你侵害婦女權益這件事開始，坦白供出細節吧。」

這純粹只是一種非正式服務，戈洛欽開始說起，他曾為確認沒問題的人提供他相信已達法定年齡的女性。名字呢，巴夏催問，是誰、在什麼地方、什麼時間、花多少錢幹了誰？艾凱迪邊聽邊讀著剛才被戈洛欽以為是他的個人檔案、但其實是烏斯季─庫特送來的報告。比起戈洛欽自吹自擂的小奸小惡，雅庫茨基警探提供的這些情報簡直就是大仲馬筆下的精彩冒險。

人稱「大盜柯斯提」的康士坦丁．波若丁，是個生於伊爾庫次克的孤兒，當過木匠學徒，在齊納門斯基修道院做過修復工作。沒多久後，他逃離所在的公立學校，跟著雅庫特遊牧民流浪到北極圈內獵北極白狐。民警第一次知道柯斯提這個人，是因為他帶領的一幫人非法闖入勒拿河畔的阿爾丹金礦區而被逮捕。他還不到二十歲，就因偷竊俄羅斯航空機票、破壞公物、私賣無線電零件給架設「海盜電台」干擾政府廣播訊號的年輕人、以及老套的公路搶劫等罪名而遭通緝。他每次總是逃進西伯利亞森林，那裡就連雅庫茨基警探用巡邏直升機也沒法找到他的蹤影。唯一一張柯斯提的近照則是一年半前由西伯利亞當地的《紅旗報》（Krasnoye Znamya）偶然拍得。

「如果你想聽實話，」戈洛欽正對巴夏說：「其實女孩子都愛搞外國佬。可以上高級酒店、吃大餐、睡乾淨床單——這樣她們就能幻想自己是出國旅行。」

報上的照片粒子粗糙，顯示約莫有三十人走出一棟外觀普通的建築。背景中有張被圈起的臉，因看到相機而驚訝地怒視鏡頭。那張線條粗獷的面孔有種放蕩不　的俊美，沒想到世界上還存在這樣的大盜。

俄羅斯絕大部分土地都屬於西伯利亞。俄語中僅有的兩個蒙古外來語是「針葉林」（taiga）和「凍原」（tundra），而這兩個字呈現出的，就是無邊無際的森林或光禿無樹的地平線。但真的連用直升機都找不到柯斯提？這樣一個男人會死在高爾基公園？

「你聽過有什麼人在城裡賣黃金嗎？」艾凱迪問戈洛欽，「或許有西伯利亞來的黃金？」

「我不買賣黃金；這玩意太危險。因為裡面油水太多。你我都曉得，每抄到一個販子，你們底下的人都能自己私留百分之二的金子。不，我瘋了才會碰黃金。而且不管怎樣，沒有什麼西伯利亞來的黃金，黃金都是船員從印度或香港帶進來的。莫斯科不是多大的黃金市場。講到黃金或鑽石，你得跟敖得薩的猶太人或亞美尼亞人或格魯吉亞人打交道。但這些人都沒啥格調。希望你別以為我跟他們有什麼牽扯。」

戈洛欽的皮膚、頭髮和外套上散發著美國菸草、西方國家古龍水和俄國汗臭味。「基本上，我只是為人民服務，我的專長在聖像這門生意。我會到離莫斯科一、兩百公里遠的鄉下小村莊，先找到老人喝酒聚會的地方。要知道，這些人靠退休金過日子，說句難聽的，那點退休金根本就是笑話。而我不過就是幫點忙，花二十盧布跟他們買些放著積了五十年灰的聖像。或許有些老太婆寧可挨餓也要保住聖像，但你可以跟男人打交道。就這樣，我回到莫斯科後再把這些聖像賣掉。」

「怎麼賣？」艾凱迪問道。

「有些計程車司機和國際旅行社的導遊會幫我介紹生意，但我也可以直接上街去，我能看出誰是真正的買家。特別是瑞典人或美國加州人。我會說英語，這是我的強項。美國佬什麼都買，會花五十塊買一尊丟進水溝都沒人撿的，或是一尊你連正面背面都分不清的聖像。尺寸大又精緻的，他們甚至願意花上千塊錢。這說的可是美金，不是盧布哦。用美金或外匯券，對我來說都一樣。你買一瓶真正的好伏特加要花多少？十三盧布？我用外匯券的話只要三盧布就能搞到一瓶。也就是你買一瓶的錢我能買四瓶。當我需要人幫忙修電視、修車或跑個腿，說真的，我能付人家盧布嗎？傻瓜才收盧布。但我要是給修理工幾瓶伏特加當酬勞，這下就多了個終生摯友。畢竟盧布只是紙張，伏特加才是現金。」

「你是想賄賂我們嗎？」巴夏怒氣沖沖地說。

「不，不，我的意思是，向我買聖像的外國人都是走私客，而我現在是協助官方調查。」

「但你也會賣給俄羅斯公民。」艾凱迪補上一句。

「我只賣給不滿分子。」戈洛欽表示反對。

雅庫茨基警探的報告接著提到，在一九四九年以猶太人為對象的「反世界主義者運動」期間，明斯克有個名叫索羅門．戴維鐸夫的鰥居猶太拉比遷居到伊爾庫次克。戴維鐸夫的獨生女瓦蕾莉亞．戴維朵娃在父親過世一年後放棄了藝術方面的學業，成了伊爾庫次克皮貨中心的分檢工。報告中附了兩張照片，一張是個出外郊遊的女孩，雙眼晶亮，頭戴毛皮帽、身穿羊毛厚外套，腳上是那種又稱valenki的羊毛氈靴。非常年輕而快活。另一張照片來自《紅旗報》，圖說為：「在專為來訪外籍商人開放的國際皮貨市場上，俏麗的分檢工V．戴維朵娃在眾人欽羨的目光中舉起一塊價值一千盧布的巴古津斯基黑貂皮。」即使穿著寒酸的工人制服，她仍舊令人驚豔。在這群欽羨商人的最前面，用手撫過那塊貂皮的，正是約翰．奧斯朋先生。

艾凱迪再看一次柯斯提．波若丁的照片。重新審視下，他看到被圈起的大盜旁邊，二十來個俄羅斯人與雅庫特人圍繞著一小群來自西方國家與日本的商人，這一次他看見了奧斯朋。

這時，戈洛欽正熱切地解說他有多確定二手車市場已遭格魯吉亞人壟斷。

「口渴嗎？」艾凱迪問巴夏。

「聽他扯謊聽得都渴了。」巴夏說。

窗面因覆著一層水珠而朦朧，戈洛欽逐一望向這兩人。

「走吧，吃午餐了。」艾凱迪把檔案和錄音機夾在腋下，領著巴夏走向門口。

「那我呢？」戈洛欽問道。

「你還是哪都別去的好，不是嗎？」艾凱迪說：「再說，你還能去哪？」他們丟下他不管。過了一會兒，艾凱迪又把門打開，丟了瓶伏特加過來。戈洛欽在胸前接住酒瓶

「專心想想謀殺案的事。費爾多，」艾凱迪勸他一句，接著就在一臉迷惑的戈洛欽面前把門甩上。

雨水把積雪沖刷得一乾二淨。對街的地鐵站旁，一個啤酒攤前排著一列長龍。照巴夏的說法，這是春天降臨的徵兆。於是他和艾凱迪先跟一台餐車買了豬排三明治，接著也排入人龍。他們看見戈洛欽從濛濛的窗後望向這裡。

「他會告訴自己，我這麼聰明，才不喝你的酒。但又會想，我剛才表現還不錯，值得犒賞自己一下。再說，想想你喉嚨發乾的時候會怎麼做吧。」

「你這狡猾的王八蛋。」巴夏舔舔嘴唇。

「只是順其自然罷了。」艾凱迪說。

說起來都一樣。他興奮地想道，想想看，既然美國佬奧斯朋能遇上西伯利亞大盜和他的情人，那這個大盜也就能用偷來的機票飛來莫斯科。真了不起。

巴夏買了兩杯啤酒，滿滿兩馬克杯的金黃色溫暖發泡飲料要價四十二戈比。街角人群漸增，越來越多穿長大衣的男人藉著買啤酒的機會出來走走。新庫茲涅斯科街沒有寬闊的廣場或高到能懸掛直幅旗幟的建築，仍帶著小鎮氣質。市長和他手下的都市規劃師用卡里寧大道將阿貝特區從中剖開，一路向西。接下來要開發的是克里姆林宮東側的基洛夫區，將會開出一條有卡里寧大道三倍長的新大街。此時新庫茲涅斯科街的狹窄街道與小店是城裡最先感受到春天氣息的地帶，手拿啤酒杯的男人互相招呼，彷彿整個冬天不曾見到彼此。而這樣的場合，又特別讓艾凱迪感覺戈洛欽是如此格格不入。

休息時間結束，巴夏先去外交部調奧斯朋與德國人溫曼的入出境紀錄，再去貿易部索取伊爾庫次克皮貨中心的對外活動照片。艾凱迪獨自回去對付戈洛欽。

「我也坐過你這個位置參與偵訊。我確信這對你不是什麼祕密。這樣吧，就你跟我，我們攤開來談。我能向你保證，我會全力合作當你的線人，就像之前跟別人合作的時候一樣。那麼，說回早上我們聊到的事──」

「那只是小事，費爾多。」艾凱迪說。

戈洛欽的臉因滿懷希望而漲紅。地板上的伏特加酒瓶此時只剩半滿。

「有時候，法院判刑與罪名似乎完全不符比例原則。」艾凱迪補充道：「特別是對你這樣位置特殊的公民。」

「既然那個警探現在不在，我們應該可以解決這問題。」戈洛欽點點頭說。

艾凱迪放捲新帶子進錄音機，然後遞了根菸，戈洛欽接過來，艾凱迪也為自己點菸。錄音帶開始轉動。

「費爾多，接下來我要跟你說些事，讓你看些照片，然後我要你回答幾個問題。你或許會覺得這些問題無比荒謬，但我要你耐心聽完並仔細回想，好嗎？」

「儘管來！」

「謝了。」艾凱迪說。每當他不得不揣測，就會有這種站在跳水台上的感覺。「費爾多，事實已經證明你曾對觀光客賣宗教聖像，對象通常是美國人。這個辦公室有證據顯示，你曾試圖對一個目前人在莫斯科，名叫約翰·奧斯朋的外國訪客販賣聖像。幾年前你和他有過接觸，幾天前你又跟他通了電話。但奧斯朋決定跟其他賣家進貨，而你的『買賣』就這麼吹了。你好歹算個生意人，以前一定也搞砸過幾次買賣。所以我想要你說的是，為什麼這一次你這麼生氣。」戈洛欽一臉茫然，「高爾基公園裡的屍體，費爾多，別跟我說你完全沒聽過。」

「屍體？」戈洛欽這下更是摸不著腦袋。

「說得更精確點，是個名叫柯斯提·波若丁的男人和一個叫瓦蕾莉亞·戴維朵娃的年輕女人，都是西伯利亞人。」

「這事我從來沒聽說過。」戈洛欽急切地回答。

「當然，也許他們用的不是這兩個名字。重點是，他們搶了你的生意，有人看到你和他們發生爭執，而幾天後，他們就被殺害了。」

「我能說什麼呢？」戈洛欽一聳肩，「這事就像你說的一樣荒謬。所以你說你有照片？」

「謝謝你提醒我。是的，我們有受害者的照片。」

艾凱迪用雙手向他展示波若丁以及瓦蕾莉亞·戴維朵娃分檢毛皮的照片。此刻戈洛欽的雙眼像在表演特技，先盯著照片中的女孩、接著轉向奧斯朋、看向被圈起的大盜，再看向人群中的奧斯朋，然後回到艾凱迪，最後再看回那些照片。

「你應該開始明白這是怎麼回事了，費爾多。有兩個人從幾千公里外遠道而來，在這城市裡隱密地住了一、兩個月——幾乎不可能在這麼短的時間內樹敵，除非是生意上的競爭對手。之後，他們被某個殘忍的人、某個社會寄生蟲給殺了。你瞧，我描述的是非常稀有的鳥類——你或許會說，那一定是個資本主義者。但事實上，你，就是我手上這隻小鳥。對一個警探來說，要求盡快終結這類案件的壓力極大。既然有人看見你和受害者發生爭執，今天換作另一個警探，根本就不需要其他證據了。或許也會有人看見你殺了他們？好好想想這句話。」

戈洛欽凝神望向艾凱迪。鰻魚對上捕鰻人。艾凱迪感覺到，這是他掙脫魚鉤逃走前自己唯一的機會。

「費爾多，如果是你殺了他們，你會因謀財殺人而加重罪刑被判死刑。如果你作了偽證，刑期是十年。如果我認為你對我撒謊，我就會用我們之前提過的那些小事送你去坐牢。事實上，費爾多，你在牢改營裡不會有什麼特殊地位，其他罪犯對線人很反感，尤其還是個沒人罩的線人。說實話，費爾多，你待不起勞改營。你也知道，用不了一個月，你的喉頭就會被人開道口子。」

戈洛欽雙唇緊閉，魚鉤已經吞下肚裡，吐不出來了。他已被釣上岸，筋疲力竭、慘無人色，剛才喝下的伏特加所帶來的勇氣已消失無蹤。

「費爾多，我是你唯一的希望，也是唯一的機會。你得把奧斯朋和這些西伯利亞人的事全都告訴我。」

「真希望我醉了。」戈洛欽像要栽進土裡似地往前倒，額頭貼著桌面。

「說吧，費爾多。」

戈洛欽又故作無辜狀磨了一會兒，然後才雙手抱頭，開始說起故事。

「我認識一個德國人，一個叫溫曼的傢伙。我以前會幫他介紹女孩子。他說他有個朋友願意花大錢買聖像，然後在一個派對上把我介紹給奧斯朋。

「但奧斯朋不是真的要買聖像。他想要的是教堂的椅子或有宗教裝飾板的櫃子。他答應我，如果能找到一個品質夠好的大櫃子，他可以付我兩千美元。

「我用了一整個他媽的夏天找櫃子，最後還真找到一個。到了十二月，奧斯朋在約定的日子到了這裡。我打電話向他通知這個好消息，結果這王八蛋又說不要了，還掛我電話。我去俄羅斯酒店找他，剛巧看到奧斯朋和溫曼走出來，於是我跟在後頭來到劇院廣場，他們在那裡跟那兩個鄉巴佬碰頭，就是你們照片上那兩個。之後溫曼和奧斯朋分手，我就跟上那對鄉巴佬並跟他們攀談。

「在莫斯科市中心跟這兩個滿身松節油味的人談過，我才明白過來，也讓他們知道是怎麼回事。那就是，他們談妥了要賣個櫃子給奧斯朋，而我和我的櫃子就被甩到一邊涼快去。但這筆生意是我先談下的，而且本錢已經花了。而作生意就得講公平，所以不管他們賺多少，我都要五五拆帳，就算是佣金吧。

「這傢伙，那西伯利亞人猿，很友善地一手摟著我，但突然間，一把刀就這麼抵著我的脖子。他就在劇院廣場上，把刀伸進大衣領口抵著我的喉頭，還說他聽不懂我說什麼，不過我最好別在他和奧斯朋面前出現。你相信嗎？就在劇院廣場上欸！那時候是一月中——我會記得是因為那時還在過舊曆新年[30]。所有人都醉醺醺的，就算我在那兒流血流到死都不會有人注意。接著那西伯利亞人大笑起來，然後他們就走了。」

「你不知道他們死了？」艾凱迪問道。

「當然不！」戈洛欽猛地抬起頭，「之後我就沒再看過他們了。你以為我瘋了嗎？」

「可是你一聽說奧斯朋回到城裡後卻有膽打電話給他。」

「試試水溫而已。那櫃子還在我手上，而且我沒辦法賣給其他人。櫃子這麼大的玩意你沒辦法走私出去的，我也只能賣給奧斯朋了。但我不曉得他到底打的什麼算盤。」

「可是你昨天跟奧斯朋在高爾基公園見過面。」艾凱迪試探一下。

「那人不是奧斯朋。我不曉得那是誰，他從來沒跟我說過名字。那只是個美國佬，打電話給我，說對聖像有興趣，那我就想，說不定可以順便把這櫃子脫手，或是拆開來零賣。但最後他只是跟我在公園裡散步。」

「你在說謊。」艾凱迪對他施壓。

「我發誓我沒說謊。他就是個胖老頭，問了一堆蠢問題。聽得出他俄語說得很好，但可瞞不過我這個辨識外國人的專家。我們後來走過大半個公園，一直走到一片泥濘地才停下來。」

「是要走出小徑，在公園北邊那裡？」

「是啊。總之，我以為他大概是想私下要我幫他找女孩子辦派對之類的，你瞭吧，不過他卻開始聊起某個交換學生，一個我從沒聽過、姓寇維爾的美國人。我現在還記得是因為當時他問個不停。我就告訴他，我見過的人可多了。就這樣。那混球聽完就走了。」戈洛欽打個響指說：「事情就這樣。反正呢，我一看到這人，就知道買聖像的事他只是嘴上說說而已。」

「怎麼說？」

「這人窮不拉嘰，全身上下穿的都是俄國貨。」

「他有說到這個寇維爾長相如何嗎？」

「他說，是個紅頭髮的瘦子。」

每一件事都跟艾凱迪的想法對上了。又一個美國名字、奧斯朋和黑市商人，這是兩個通關密語。

30　指的是一六九九年彼得大帝改行目前通行的新曆之前所使用的東正教曆法。在東正教曆法中，一月七日為聖誕節，一月十四日為每年的元旦。

他打電話給皮布留達少校，「我需要一個美國人的資料，姓寇維爾。K-i-r-w-i-l-l」

皮布留達頓了一會兒，最後才答道：「這聽起來該是我的業務。」．

「我完全同意。」艾凱迪說。

如今要調查一個特定外國人士，那麼該由誰負責，這還有任何疑問嗎？

「不，」皮布留達說：「我會給你更多。你派你們的費特警探過來，我會把手邊的資料全都給你。」

艾凱迪明白，皮布留達能放出的，自然只能是從自己手上線人得來的資料。很好。於是他聯絡了在烏克蘭酒店的費特，接下來一個小時，他把玩著紙板火柴，戈洛欽拿起酒瓶繼續喝。

曲欽晃進偵訊室時，眼前自己的線人和另一位調查組長共處一室的畫面令他當場愣住。艾凱迪直接了當告訴這位特案組調查組長，要是他有任何問題，就找檢察官說去。曲欽聽完立刻衝出房間，戈洛欽則一臉訝異。最後，費特一臉不情願地帶著一個公事包現身。

「組長，可以告訴我這是怎麼回事嗎？」他扶了一下鋼框眼鏡說道。

「等會兒。你先坐下。」

如果皮布留達要費特向他打小報告，那艾凱迪絕對會給他真正的好料。戈洛欽幸災樂禍地看著那警探碰了釘子，艾凱迪全看在眼裡。他這是在為新的效忠對象調整方位。艾凱迪把公事包中的複印資料全拿出來，東西比預期的多。皮布留達還真慷慨。

這裡面共是兩份卷宗。

第一份的內容是：

美國護照。姓名：詹姆斯．梅約．寇維爾（James Mayo Kirwill）生日：一九五二年八月四

日。身高：五呎十一吋（艾凱迪略作心算，大約一百八十公分）

配偶：XXX　子女：XXX　出生地：美國紐約州

眼色：棕　髮色：紅　發照日期：一九七四年七月五日。

影印的黑白護照大頭照上是個偏瘦的年輕人，雙眼深陷、頭髮鬈曲、鼻子窄長，笑容略顯僵硬。簽名的字跡排列緊密而端正。

居留簽證。詹姆斯·梅約·寇維爾　公民身分：美國。

出生日期／地點：同上。職業：語言學學生。

居留目的：就讀國立莫斯科大學。家屬：無。

過去來訪蘇聯日期：無。蘇聯境內親屬：無。

永久地址：美國紐約州紐約市西78街109號。

右側的一個方格貼著與護照相同的照片。另有一個幾乎一模一樣的簽名，那一板一眼的字跡十分醒目。

國立莫斯科大學檔案局。於一九七四年九月進入斯拉夫語研究所就讀。

成績都很優秀。導師報告中滿是溢美之詞，不過……

共青團報告。J．M．寇維爾與俄羅斯學生過從甚密，對蘇維埃之國內政策顯示極大興趣，言語上有反蘇維埃傾向。寇維爾曾在宿舍內遭共青團細胞指責，之後則佯裝反美姿態。祕密搜索其宿舍房間後，發現作者名為阿奎納的宗教書籍及一本西里爾字母版聖經。

國安會。目標於第一年內曾經其同學試探以便知道是否須注意此人，之後收到回報無須關注。第二年時，一名女性教職員在我方指導下試圖與目標發生親密關係但遭拒絕。一名男性學生亦在指導下進行此類嘗試而未成功。因此決定此人不適於成為積極目標，並列入國安會與共青團的負面名單。據回報有三名學生未獲許可便與目標發展親善關係，分別為語言系學生T．龐德雷夫與S．柯根以及法學院學生I．亞薩諾娃。

衛生部，國立莫斯科大學醫院。學生J．寇維爾曾接受以下治療：入學頭四個月曾因腸胃炎接受抗生素治療；並因罹患流感而接受維生素C與維生素E注射以及紫外線燈治療。在第一學年末拔過一顆牙，之後植上鋼製假牙。

一張齒列圖上，左上第二顆臼齒被塗黑。沒有關於根管治療的註記。

內政部。J．M．寇維爾身為外籍訪客，因表現不合宜之行為氣質，於一九七六年三月十二日出境。目標日後不得再次入境。

艾凱迪想道：如此說來，這個有禁慾傾向、沒做過美國牙科手術、也沒再回到俄羅斯的可疑學生，跟那具被列文發現左腿有舊傷、外號「紅頭」的屍體無關囉？但另一方面，他的年齡與體型相同，同樣有顆鋼製臼齒與紅髮，而且也認識伊莉娜．亞薩諾娃。

艾凱迪給戈洛欽看那張護照照片，「認得這個男人嗎？」

「不認得。」

「他的頭髮可能是棕色或紅色。莫斯科沒幾個紅髮美國瘦子吧，費爾多。」

「我不認識他。」

「那這些大學生呢？龐德雷夫？柯根？」他沒問到伊莉娜．亞薩諾娃。費特在一旁看得興致盎然。

艾凱迪看起第二個卷宗。

美國護照。姓名：威廉．派屈克．寇維爾（William Patrick Kirwill）。生日：一九三〇年五月二十三日。身高：五呎十一吋。配偶：XXX　子女：XXX　出生地：美國紐約州

眼色：藍　髮色：灰　發照日期：一九七七年二月二十三日。

照片上是個中年男子，灰髮鬈曲，雙眼自然是深藍色。鼻梁短而下巴寬闊。面無笑容。合身的襯衫和外套伏貼著肌肉發達的胸膛和肩膀。名字簽得很大，字跡緊密。

觀光簽證。威廉．派屈克．寇維爾　公民身分：美國

出生日期／地點：同上　職業：廣告業

停留目的：觀光。同行人員：無。

過去來訪蘇聯日期：無。蘇聯境內親屬：無。

永久地址：美國紐約州紐約市巴羅街220號。

同樣的簽名，貼著同樣的照片。

入境蘇聯日期：一九七七年四月十八日
離境日期：一九七七年四月三十日
已透過泛美航空確認行程　已向大都會酒店確認預訂客房

艾凱迪拿著威廉．派屈克．寇維爾的照片。

「認得這個嗎？」

「就是他！昨天跟我在公園碰頭的就是這個人。」

「你剛說的——」艾凱迪再看了照片一眼，「——是個胖老頭。」

「欸，反正就是大個頭嘛，你明白的。」

「再說一次他穿什麼衣服？」

「俄國貨，很普通。但全是新貨。以他那口俄語，應該就是他自己去買的，可是，」戈洛欽哼嗤一聲，「怎會有人幹這種事？」

「你到底怎麼知道他不是俄國人的？」

戈洛欽彷彿同志私下交心般傾身向前說：「我算是作過一點研究，在大街上觀察過觀光客。為了找潛在的買家，你瞭的。是這樣，一般俄國人走路時重心總是放在上半身。而你的這個美國人，重心是在兩條腿上。」

「真的？」艾凱迪再次看向照片。他對美國廣告業不甚瞭解，但他確實看到一張透著野性力量的臉孔，這個人領著戈洛欽來到發現三具屍體，以及艾凱迪被人痛揍的空地。艾凱迪記得自己咬了那攻擊者的耳朵。「你有看到他的耳朵嗎？」

「應該沒有，」戈洛欽想了一下，「俄羅斯耳朵跟西方耳朵有什麼不同嗎？」

艾凱迪打電話去國際旅行社，他們告訴他，三天前的晚上，也就是艾凱迪被人老練地痛揍一頓那天，這位觀光客W．寇維爾訂了莫斯科大劇院的票。艾凱迪接著問要怎麼聯絡國際旅行社派給寇維爾的導遊。他們又說寇維爾是自由行旅客，而且國際旅行社也不為十人以下團體分派導遊。

艾凱迪掛上電話後，正對上費特那雙蚌殼般的眼睛，這時巴夏從外交部回來了。「我們現在有了個目擊者，可以證明兩位可能受害者與一個外籍嫌犯有直接連繫。」艾凱迪對這位警探加油添醋地說了目前的進展，好讓費特向皮布留達打小報告：「到頭來，這還是跟聖像有關。由我們來拘留外籍嫌疑人的確不太尋常，這點我會和檢察官討論。關於公園裡的第三位受害者，我們這位證人或許能提供一些二手情報。明白嗎，弟兄們，事情開始拼湊起來了。這位費爾多就是串連每一件事的關鍵。」

「我就說我跟你們是同一國的了。」戈洛欽對巴夏說。

「什麼嫌疑人？」費特忍不住問道。

「那個德國人，」戈洛欽迫不及待地答道：「溫曼。」

艾凱迪把費特連同那個公事包一起趕出門外。這並不難做到，因為這下子，皮布留達的金絲雀終於有歌可唱了。

「剛才說的溫曼的事是真的嗎？」巴夏問道。

「很接近了。」艾凱迪說：「我們來看看你拿到什麼好料吧。」

這位警探把奧斯朋和溫曼過去六個月在蘇聯境內的行程全都拿來了，但滿紙的外交部速記代號看得他們頭昏腦脹：

J．D．奧斯朋，奧斯朋毛皮企業總裁

入：紐約—列寧格勒，2/1/76（阿斯托利亞酒店）；莫斯科，10/1/76（俄羅斯酒店）；伊爾庫次克，15/1/76（伊爾庫次克皮貨中心訪客）；莫斯科，20/1/76（俄羅斯）

出：莫斯科—紐約，28/1/76

入：紐約—莫斯科，11/7/76（阿斯托利亞）

出：莫斯科—紐約，22/7/76

入：巴黎—格羅德諾—列寧格勒，2/1/77（阿斯托利亞）；莫斯科，11/1/77（俄羅斯）

艾凱迪心想，這有趣了。格羅德諾是個位於波蘭邊境的鐵路小鎮。奧斯朋有飛機不搭，卻坐火車一路直抵列寧格勒。

出：莫斯科—列寧格勒—赫爾辛基，2/2/77

入：紐約—莫斯科，3/4/77（俄羅斯）

預定出境：莫斯科—列寧格勒，30/4/77

H．溫曼，德意志民主共和國，C.P.G.D.R.[31]

入：柏林—莫斯科，5/1/76

出：莫斯科—柏林，27/6/76
入：柏林—莫斯科，4/7/76
出：莫斯科—柏林，3/8/76
入：柏林—列寧格勒，20/12/76
出：列寧格勒—柏林，3/2/77
入：柏林—莫斯科，5/3/77

其中沒有溫曼在俄羅斯境內旅遊的資料，但艾凱迪推想，奧斯朋與這個德國人可能於一九七六年一月曾在莫斯科有過十三天直接接觸，同年七月在莫斯科又有過十一天接觸，接著同年冬天，從一月二日到十日，兩人巧到不行地同時在列寧格勒，然後從一月十日到二月一日都在莫斯科（謀殺案即發生在此時期）。二月二日，奧斯朋飛往赫爾辛基，同時溫曼似乎去了列寧格勒。他們從四月三日起，兩人都在莫斯科。而過去的十二個月，奧斯朋只用公共電話與溫曼聯絡。

巴夏也拿出一張伊爾庫次克皮貨中心的光面照片。正是柯斯提‧波若丁照片中那棟土黃色現代建築。對艾凱迪來說，若不是的話才意外呢。

「開車送我們的朋友費爾多回去。」艾凱迪吩咐巴夏，「他那裡有個很特別的櫃子，我要你把它帶去烏克蘭酒店好好保管。鑰匙在這，錄音帶也帶走。」

他從機器裡拿出戈洛欽的自白錄音帶。巴夏挪動口袋裡那顆寶貝小鳳梨，好騰出空間放錄音帶。

「你也該弄顆來吃。」他對艾凱迪說。

---

31 Communist Party of German Democratic Republic之縮寫，表示此人為東德共產黨黨員。

「那只會浪費了。」

「組長同志，只要你一聲，」戈洛欽戴上帽子，穿上大衣，「隨傳隨到。」

他們走後又剩他獨自一人，艾凱迪體內的興奮像個運轉的引擎按捺不住。他做到了。這下子，有了戈洛欽的證詞，加上有個國安會最愛的美國人可能被他們逮捕的威脅，他就能把這案子直接塞給皮布留達了。

他穿上大衣，走到對街買瓶伏特加，同時開始後悔沒跟巴夏一起離開，不然他們就能一起喝一杯慶祝。「敬我們！」說到底，他們這幾個警探真不賴。他又想起那個鳳梨，巴夏顯然有必須迫切解決的性愛問題。這時艾凱迪發現自己盯著公共電話，而手中正好有兩戈比銅板。他心想，不知柔亞現在在哪裡。

高爾基公園命案的調查已變得太過奇怪。他一度想逃避，現在卻回到老路上。那具電話像是壓艙物，是讓他透過重力通向柔亞的連結。要是她已離開舒密特並回家了呢？他已連著幾天在好幾個地點之間來回奔波，不曾回家。這樣她就不可能聯絡到他。他不該躲著她，他們至少該當面談談。他咒罵自己竟這般懦弱，然後撥了電話。公寓的電話佔線中，她在家裡。

地鐵上全是下班返家的人群，艾凱迪也是其中之一。他感覺就像平常下班一樣，胸口幾乎不覺疼痛。這時他腦中演起小劇場：柔亞迷途知返，他大度不記前嫌；或是她憤怒依舊，他則寬大包容；又或者他偶然在公寓撞見她，說服她留了下來。各種變奏版本最後全都以床戲收尾。然而他並未因此興奮，其實這些小劇場情節全都沉悶、低俗而無趣。但他就是想在腦子裡演出來。

他回到塔甘斯基區，穿過公寓中庭，一步兩階地上樓，敲敲公寓的門。那聲音聽起來很空洞，於是他開門進屋。

很明顯，柔亞回來過。但屋內不管是椅子或桌子、地毯或窗簾、書本或書架、唱片或唱機、陶瓷器、玻璃杯或餐具，全都不見了。她可是賣力做了番大掃除，還連帶清理了所有物品。公寓的第一個房間裡只剩冰箱她沒帶走，而冰箱裡也空了，甚至連製冰盒都沒放過。他心想，這只是令人失望地顯示了她有多貪婪。第二個房間裡，床還留著，所以還能算是臥房。他回想當初費了多大勁才把這床弄進房間裡，如今床上只剩她沒帶走的床單和被子。

他感覺既受傷又空虛，彷彿有個竊賊潛入，但不是進入這間公寓，而是他的體內，還用那雙髒手撕毀他的十年婚姻。或者到頭來她所認定的，就是出身高貴的自己委屈下嫁於他？這段婚姻真的一直這麼糟嗎？這樣說來，她就是個高明的竊賊，因為他現在就已經不想再記得這一切。

電話的話筒沒掛好，所以他才會誤以為她在家。他把話筒掛好，在電話機旁坐下。

他到底怎麼了？一個曾經愛過他的人如今憎恨著他。如果是她變了心，那也是被他改變的。說到他，還有他完美的紀錄。他怎麼就不能當個中央委員會監察員，那有什麼大不了？當個人渣，卻能保住他的婚姻。他憑什麼就得純潔無瑕？瞧瞧他才剛做了什麼好事，一連串關於黑市、西伯利亞人以及美國人的幻想，一個接著一個虛假的連結，而這不是為了解決任何犯罪行為、不為正義、只為擺脫手上這幾具來自高爾基公園的屍體。他虛張聲勢、忸怩作態、閃閃躲躲，就為了不想弄髒這雙手。

電話響起。他心想，一定是柔亞。「喂？」

「藍柯組長嗎？」

「我是。」

「薩拉菲默街二號有間公寓發生槍擊。一名姓戈洛欽的男子死亡，帕弗洛維奇警探也死了。」

一排民警從公寓入口沿著樓梯上了二樓，穿過走廊，一扇扇破爛門扉內不時有人探頭張望。進入戈洛欽的公寓，這隔成兩間半的屋子裡，厚厚的東方地毯上堆滿了威士忌、香菸、唱片和罐頭食品。

列文正用某種工具探進戈洛欽的腦袋。巴夏．帕弗洛維奇倒在地毯上，他的深色長大衣背部有濕痕但不明顯；應該是當場一槍斃命。在他手邊和戈洛欽的屍身旁各有一支槍。

一個艾凱迪不認識的本區警探冒出來並遞上筆記。

「就我猜測，」他說：「這個嘛，很明顯是戈洛欽先從警探身後開槍，接著警探轉過身，倒下時開槍反擊殺了戈洛欽。附近其他公寓的人沒聽見槍聲，但子彈似乎和這兩支槍相符，也就是警探配發的馬卡洛夫手槍以及戈洛欽的柯羅溫手槍。不過我們當然還要做彈道分析來確認。」

「其他公寓裡，有沒有人看到任何人從這裡離開？」艾凱迪問道。

「沒人離開。他們是同歸於盡。」

艾凱迪看著列文，他把目光轉開。

「帕弗洛維奇警探是在結束偵訊後陪同這個人回家，」艾凱迪說：「你搜過警探身上嗎？有沒有找到錄音帶？」

「我們搜過他身上。但沒找到任何帶子。」本區警探答道。

「你們從這公寓裡拿走了任何東西嗎？」

「沒有。」

艾凱迪在戈洛欽的公寓裡到處翻找那個有聖像鑲板的教堂櫃子，他把一堆毛皮大衣和雪屐從櫃子裡往外扔，又割開幾個法國香皂的箱子。而那本地探員腳底生根似地呆看著，擔心的不只是這下他得計算造成的損失，更因為看到竟有人敢毀壞這些高價品而心生恐懼。當艾凱迪最後回到地上死去的警探旁邊，本地探員便趕緊指揮民警把其他物品搬開。

擊斃戈洛欽的那槍讓他的額頭為之凹陷。巴夏閉著雙眼，面容安詳，英俊的韃靼面孔陷入地毯的彩色織紋中，看起來就像乘著飛毯的沉睡騎士。戈洛欽的櫃子不見了，錄音帶不見了，戈洛欽也死了。

艾凱迪下樓回到街上，樓梯間的民警隊員正將一箱箱酒、手錶、服飾、一顆鳳梨和雪屐往下傳遞，這提醒了他，自己也是這些搬運麵包屑的螞蟻之一。

9

幾乎整個俄羅斯都很古老，而為其古老程度分級的冰河，留下了低丘、湖泊、河流等景觀，就像蠕蟲在軟木上的爬行痕跡。城市北邊的銀湖仍在結凍，湖畔所有的夏季別墅除了伊恩斯基的以外，全都空無一人。

艾凱迪停在一輛柴卡豪華轎車後方，走到屋子後方敲了門。檢察官出現在窗邊，示意艾凱迪等著，五分鐘後便穿著以狼毛飾邊的大衣和靴子出現，活像一幅大貴族的畫像。他的禿頂發出健康的粉紅色光澤，而他立刻沿湖濱行進。

「現在是週末，」他不悅地說：「你到這裡幹嘛？」

「你這裡沒有電話。」艾凱迪跟著走。

「是你沒有號碼。待在這裡。」

湖心的冰層厚而晦暗，邊緣則如玻璃般澄澈。夏天期間，每幢度假別墅都能看到家族羽球賽、鮮豔的陽傘以及大壺檸檬水。伊恩斯基去了離別墅約五十公尺遠的一間棚屋。他帶著一支鍍錫的小喇叭跟一桶魚粉飼料回來。

「我忘了。小時候你家在這裡一定也有間度假小屋。」伊恩斯基說。

「某個夏天來過。」

「我相信你家會來。吹一下這個。」他將小喇叭遞給艾凱迪。

「為什麼？」

「吹就是了。」伊恩斯基以命令的口吻道。

艾凱迪將冰涼的吹口放進唇間吹氣。一陣響聲在冰上迴盪。第二聲音量更大，還從另一端的柳樹迴響著。

伊恩斯基拿回小喇叭。「你那位警探的事真遺憾。他叫什麼名字？」

「帕弗洛維奇。」

「你的事也很遺憾。如果這個叫戈洛欽的奸商這麼危險，你就應該跟他們一起去，而帕弗洛維奇也還會活著。我整個上午都在接檢察總長跟民警團長官的電話；他們有我這裡的號碼。別擔心，我會保護你，如果你是想來問這個的話。」

「不是。」

「對，」伊恩斯基嘆息道：「你不會這樣。帕弗洛維奇是你的朋友吧？你們以前共事過。」他的目光從艾凱迪身上移向天空，一陣白色薄霧與銀色的樺木交融著。「不可思議的地方啊，警探。你今年也應該來一趟。這裡有些很棒的本地商店，從你還小的時候就開了。我們可以一起去逛，你可以挑點想要的東西。帶你太太來吧。」

「皮布留達殺了他。」

「等等。」

伊恩斯基聆聽從樹林左右傳來的一陣窸窣聲。樹梢上飛起了幾群絨鴨，飛高之後排成幾個V字形，白色的是雄鴨，腹部與頭頂為黑色，而灰色的則是雌鴨。牠們繞著湖盤旋，翅膀迅速拍打著。

「皮布留達找人跟蹤帕弗洛維奇和戈洛欽並殺了他們。」

「為什麼皮布留達少校會對這案子有興趣？」

「嫌疑犯是個美國商人。我遇過他。」

「你怎麼會遇到美國人？」伊恩斯基開始把魚粉飼料倒在地上。一陣低沉的咕叫聲與振翅的呼呼聲擾動著空氣。

「是你帶我見到他的。」艾凱迪提高音量，「就在澡堂。正如你說的，你一直很注意這案子。」

「我帶你見到他？那可是個非常大的假設。」伊恩斯基把飼料灑成一道宛如裝飾襯線的波浪。「我對你的能力敬重無比，還有別誤會，我一定會盡全力幫你，但可別假設我『帶』你去見了任何人。我連他的名字都不想知道。噓！」他阻止艾凱迪回答，然後放下空桶。

絨鴨以筆直路徑下降，成一縱隊滑行於結冰的湖面，在距離湖畔約三十公尺處停下。那些鳥類收緊脖子，懷疑地瞪視伊恩斯基與艾凱迪，直到這兩人退往棚屋的方向為止。放心之後，勇敢一點的絨鴨才搖搖擺擺地往前走。

「很漂亮的鳥兒吧？」伊恩斯基說：「在這個區域不常見到。牠們會在莫曼斯克過冬，你知道吧。戰爭期間，我曾在那看過一群這種鳥。」

在領頭的絨鴨踏上湖岸轉頭注意危險時，又有更多其他的飛了下來。

「在找狐狸，永遠都在找狐狸，」伊恩斯基說：「你一定有些該死的證據才會懷疑到國安會的官員身上去。」

「我們暫定了其中兩具高爾基公園屍體的身分。我們有捲帶子，證明戈洛欽確切指出那兩個人有跟美國人交涉。」

「戈洛欽還在嗎？帶子還在嗎？」

「在戈洛欽的公寓裡從巴夏身上被偷走了。在戈洛欽家還有一個櫃子。」

「一個櫃子。那還在嗎？我看地區檢察官的財產報告中並沒有提到啊。那麼，就這樣嗎？你想要指控一位國安會的少校，而根據的只是一捲遺失的錄音帶、一個櫃子，還有一個死人的證詞？戈洛欽提過皮布留達少校嗎？」

「沒有。」

「那我就不懂你在說什麼了。我同情你。你因為一位同志之死而心煩意亂。你私底下不喜歡皮布留達少校。但這是我聽過最誇張也最沒根據的指控了。」

「那個美國人跟國安會有關係。」

「那又怎樣？我也有，你也有啊。我們全都會呼吸跟撒尿。你這樣只讓我覺得那個美國商人不是笨蛋而已。老實說，你到底有多蠢？為了你好，我希望你還沒跟任何人提過這些荒謬的猜疑。這些最好都別出現在我辦公室的報告裡——」

「我想要獨自指揮調查巴夏的謀殺，這是高爾基公園案調查的一部分。」

「讓我把話說完。你暗示的那種美國人有很多資源，不只是你以為的金錢，還包括許多在這裡有影響力的朋友——」伊恩斯基溫和地說：「甚至比你還多。高爾基公園裡那三個人有什麼值得讓他花時間的，更別說殺他們的理由？一千盧布、十萬盧布對你可能是大數目，但對他那種人不是。性？有他那種影響力，就算是最稀奇古怪的醜事他也能掩飾。這樣還剩下什麼？事實是，什麼都沒剩。你說你們暫定了公園屍體的身分。他們是俄羅斯人還是外國人？」

「俄羅斯人。」

「看吧，你有進展了。俄羅斯人，不是外國人，跟皮布留達或國安會一點關係也沒有。至於帕弗洛維奇警探的死，他跟戈洛欽互相殺了對方，這是報告裡寫的。在我看來，那位地區檢察官在沒有你的協助下也做得很有效率。當然，他最後的報告會送到你那裡。可是我不會讓你干涉。我很了解你。首先，你想把這場調查扯到皮布留達少校身上。而你現在出於不合邏輯與私人的理由，認為他可能跟你同事的死有關，所以你是絕對不會放棄這案子的，對吧？一旦你咬上一件案子，就不會鬆口的。我坦白說吧——換作其他檢察官，早就讓你休病假了。我會折衷一點，我讓你繼續調查高爾基公園的受害者，不過從現在起，我會更加關注並掌控調查。還有，也許你應該休息個一、兩天。」

「如果我直接退出呢？」

「你是指如果？」

「我就是要這麼做。我辭職。去找另一位資深警探吧。」

艾凱迪不假思索脫口而出，就像一個人在掉進陷阱的同時發現了出口，有一扇門透出另一側的光線。這太明顯了。

「我老是忘記，」——伊恩斯基看著他——「你有這種不理性的傾向。我常常納悶你為什麼會這麼公然鄙視自己的黨員資格。我很納悶你為什麼想要當警探。」

艾凱迪不禁笑看這個簡單的情況，以及自己藉此獲得的特權。就這樣退出？要是在《哈姆雷特》劇情進行到一半時，王子認為情節太過複雜，所以拒絕鬼魂的指示而從容走下舞台呢；艾凱迪在伊恩斯基眼中看見如同看戲時劇情突然中斷的那種驚訝與憤怒。伊恩斯基以前從來沒有認真注意過他，然而艾凱迪還是繼續笑，直到檢察官咧開粉筆般的白嘴唇露出笑容。

「好，就當你真的辭職了，接下來會發生什麼事？」伊恩斯基問。「我可以毀掉你，但沒有必要那樣，你會失去黨員資格，然後你會毀掉自己。還有你的家。你覺得凶殺科調查組長辭職以後能找到什麼工作？守夜人，前提是你得夠幸運。雖然你也會讓我不太好看，不過我會撐過去的。」

「我也可以。」

「那就看看你離開調查之後會是什麼情況吧，」伊恩斯基說：「必須有另一位警探接手。這個嘛，假設我讓曲欽接手好了。這樣你也沒關係嗎？」

艾凱迪聳聳肩。「雖然曲欽沒受過凶殺案方面的訓練，但你說了算。」

「很好，那就敲定了，就讓曲欽接替你。一個貪贓枉法的白痴接手你的調查，而你同意了。」

「我不在乎我的調查，我會辭掉是因為——」

「因為你的朋友死了。是為了他。如果不這麼做就太虛偽了。他是位好警探，是個會替你擋子彈的人，對吧？」

「對。」艾凱迪說。

「那就辭職吧，以示你的心意，」伊恩斯基說：「但我得同意你的話，曲欽根本比不上你。事實上，考量到他處理凶殺案的經歷以及第一個案子必須成功的壓力，我猜他只會採取一種行動，那就是控訴戈洛欽犯下高爾基公園的謀殺案。戈洛欽死了，所以調查會在一至兩天內結束……你知道這一切會怎麼拼湊起來。不過我知道曲欽會怎麼想，而我認為這種結果還不夠。他喜歡為事情貼上標籤，讓局勢更加篤定。你知道的，我懷疑他會把你死去的朋友巴夏說成是戈洛欽的共犯。他們一起死在跟竊賊的槍戰之中。他這麼做只是為了對你洩憤；畢竟，要不是因為你，曲欽也不會失去他最好的線人。真的，我越想越確定他會這麼做。身為檢察官，我一直著迷於人性的一點，就是不同警探對同一件案子會有不同的解法。每一種都能讓人完全接受。不好意思。」

說到底還是沒有出口了。伊恩斯基去拿他的空桶，留下艾凱迪獨自站著。那群絨鴨沒有飛走，而是沿著湖濱跑或跑到結冰的湖上，在安全距離外悶悶不樂地咕咕叫，目光在艾凱迪和伊恩斯基之間迅速來回，對兩人投以同等的憎恨。伊恩斯基將桶子拿回棚屋。

「為什麼你這麼在意我要不要繼續處理這件案子？」艾凱迪走近他問。

「我就不演戲了，你是我最好的凶殺案調查員。我有責任讓你繼續處理這件案子。」伊恩斯基又變得和善了。

「如果高爾基公園的兇手是這個美國人——」

「那就帶證據來，我們還可以一起寫逮捕令。」伊恩斯基慷慨地說。

「如果是這個美國人，我就只剩九天了。他要在勞動節前夕離開。」

「或許你會有意想不到的進展。」

「九天。我絕對抓不到他的。」

「做你認為該做的事吧，警探。你很有天分，而我也仍然對這件事的結果有信心。更甚於你的是，我對這個體制有信心。」伊恩斯基打開棚屋的門放回桶子。「要相信體制。」

門關上前，艾凱迪看見陰暗的棚屋裡掛著兩隻翅膀和腳綁緊的絨鴨，牠們的脖子都扭斷了。空氣瀰漫著牠們腐敗的惡臭。絨鴨是受法律保護的動物；艾凱迪不解為何像伊恩斯基這樣的人要冒險殺牠們。他回頭望向湖濱，一群絨鴨再次聚集起來，爭搶著檢察官給得過多的飼料。

艾凱迪回到烏克蘭酒店就開始喝酒，後來才注意到從門縫底下滑進來的一個信封。他撕開信封，讀著裡頭的紙條，上面寫著巴夏與戈洛欽都是在不到半公尺的距離中槍而立即致死。這算什麼槍戰：一個人從背後被殺，另一個則是額頭中彈，兩具屍體被發現時距離三公尺。列文沒在紙條上簽名，艾凱迪對此並不意外。

艾凱迪不是愛喝伏特加的人。大部分的人都對伏特加有種信仰。有句俗話說：「伏特加只有兩種，好跟非常好。」

是誰跟蹤巴夏和戈洛欽到薩拉菲默街2號？是誰敲了那間公寓的門，亮出識別證讓巴夏放心又讓戈洛欽畏怯？一定是兩個人，艾凱迪心想。只靠一個人不可能來得及做完那一切，而三個人的話，就連容易輕信的巴夏也會起疑。是誰接著在巴夏背後射擊，再撿起他的槍殺掉更害怕的戈洛欽？所有答案都指向皮布留達。奧斯朋是國安會的線人。皮布留達少校想要保護奧斯朋並隱瞞奧斯朋跟國安會的關係，而要達到這兩個目的，他只能遠距離操作。只要皮布留達一接下案子，國安會就等於承認有外國人涉案。外國大使館——全是間諜的美國大使館——就會關注這件事，開始自我清查。不，案子必須留在檢察官辦公室的凶殺科調查組長手上，而且不能破案。

不喝醉的方法有很多種。某些人會在喝酒後立刻咬一口醃菜；某些人相信蘑菇有效。巴夏總是說訣竅在於讓酒精直接進到胃裡而不吸入氣味。艾凱迪猜想他現在就是這麼做吧，因為他正彎著腰咳個不停。

從某方面看，巴夏與柔亞之間有關聯。他們是調查組長的兩個象徵，亦即他值得欽佩的同事以及他忠實的妻子。如果他曾短暫以為她要拋棄他，那麼巴夏之死更讓他確信了這個疑慮。馬克思主義的歷史是以悶著音的鐘錘組成，由科學方式排列，一個接著一個撞擊下去，但其運動中具有一項致命的不穩定性——一個缺點——而艾凱迪現在已經無法掌握或挽回了。有缺陷的不是體制。體制會包容（甚至認為一定會有）愚蠢與酒醉、怠惰與欺詐。不會這樣的體制就是沒有人性，而這個體制比其他任何體制更具人性。不穩定性就是一個將自己置於體制之上的男人；缺陷就在調查組長身上。

巴夏的紙條是以印刷文字書寫。然而艾凱迪看得出書寫者刻意要寫得更潦草些，就像他的字跡。他知道他應該找另一位警探來處理剩下的德語跟波蘭語錄音帶與文字紀錄。當然，費特警探會繼續處理北歐語的帶子，中間還要向皮布留達報告。要做的事仍然很多，即使他什麼也沒做。

是誰一開始就要求這些帶子跟文字紀錄的？是誰勇敢地威脅說要逮捕國家安全委員會的外國線人？是誰真正殺了巴夏？

艾凱迪把一箱錄音帶丟向牆壁。他丟了第二個紙箱，讓盒子裂開了。他丟了第三箱，接著用手抓起捲盤，讓長長的黑色帶子飄在半空。「打倒弗倫斯基主義！」他大喊。

唯一沒受損的紙箱是當天才送來的。裡面全都是新的錄音帶。艾凱迪找到一捲奧斯朋在俄羅斯酒店套房裡的帶子，是兩天前錄下的。

他要做好他的工作。他要繼續下去。

第一捲帶子上的對話非常短。

艾凱迪聽見敲門聲，接著是門打開和奧斯朋的招呼聲。

「你好。」

「瓦蕾莉亞在哪裡？」

「等一下。我正要去散步。」

門關上了。

艾凱迪反覆重聽，因為他又認出了莫斯科製片廠那位女孩的聲音。

10

標語有一整個街區那麼長，紅色字母與人同高：**蘇聯是全人類的希望！榮耀歸於蘇聯共產黨！**

在標語後方是里卡契夫汽車廠（Likhachev works），廠內的工人為了滿足勞動節對車輛、牽引機、冷凍機的配額正在「猛攻」，用鎯頭錘進螺釘、用鎯頭錘緊冷卻劑盤圈、用鎯頭以手工製造整輛車，而焊工則帶著天賜般的吹管跟在一步之後，不過從標語之外，就只會看見煙囪產生驚人的鉛灰色煙霧，每根煙囪都冒著貨車車廂般大的煙，規律地點綴著早晨的天空。

艾凱迪帶史旺到一家餐館，給了他詹姆斯·寇維爾、大盜柯斯提、瓦蕾莉亞·戴維朵娃的照片。早晨的醉鬼們從桌面上抬起頭。史旺的黑色毛衣使得頸部與手腕更顯瘦弱，讓艾凱迪納悶他當線人怎麼活得下去。在工人喝醉的場所，民警都會成對行動。

「你一定很難熬。」史旺說。

「我？」艾凱迪很驚訝。

「我是指像你這樣感情豐富的人。」

艾凱迪好奇這是不是某種同性戀的勾搭手法。「去打聽這幾張臉就是了。」他將幾張盧布丟到桌上後就離開了。

伊莉娜·亞薩諾娃住在莫斯科中央賽馬場附近一間未上漆公寓的地下室。她走上階梯時，艾凱迪享受著她的全神注視，也看見她右臉頰上的淡藍色痕跡。那塊痕跡夠小，如果她要的話化妝就能蓋過；沒有遮住的話，這會為她的深色眼睛加上一道暗藍色邊緣。她那件縫補過的大衣在風中拍動。

「瓦蕾莉亞在哪裡？」艾凱迪問。

「瓦蕾莉亞……誰？」她結巴地說。

「妳不是那種會向民警通報自己冰刀鞋被偷的市民，」她說：「妳是會避開民警的那種人。除非妳怕冰刀鞋會追查到自己身上，否則一定不會報案。」

「你要指控我什麼罪名？」

「撒謊。妳把冰刀鞋給了誰？」

「我要錯過公車了。」她想要從他身邊過去。

艾凱迪抓住她的手，感覺溫暖而柔軟。「那就告訴我瓦蕾莉亞是誰？」

「哪裡？誰？我什麼都不知道，你也是。」她抽開手。

回去的途上，艾凱迪經過一群正在等公車的女孩。和伊莉娜．亞薩諾娃比起來，她們都是些單調無趣的傢伙。

艾凱迪對外貿部的葉夫根尼．曼德爾說了個故事。

「幾年前，有位美國觀光客去探訪距離莫斯科大約兩百公里的一座村莊，結果他暴斃了。那是夏天，當地人不想失禮，於是把他塞進冰箱。他們通報這裡，而外交部的人叫他們什麼都別做，直至收到登記觀光客死亡的專用表格為止。幾天過去，沒有表格。一個星期，沒有表格。這些表格需要時間整理。經過兩個星期，村民們受夠了冰箱裡的觀光客。畢竟那可是夏天。牛奶都要壞了，而那個美國人的大腿上也只放得下那麼多東西。這個嘛，你也知道村民是什麼樣子——有一晚他們喝醉後，就把屍體丟到卡車上，一路開到莫斯科，把屍體丟在你的大廳，然後就跳回卡車上開走了。這是真實故事。這裡的騷動令人難以置信。國安會的官員打電話來問屍體的事。凌晨三點，他們打給大使館的一位美國使館官員。那隻可憐蟲還以為是要跟葛羅米柯（Gromyko[32]）說什麼悄悄話，結果卻是關於這具屍體的事。他不肯處理——除非有適當的表格。但還是沒人找得到適當的表格。有人說其實並沒有這種表格，而這引起了恐慌。沒有人想要這個美國人。另一個人提議，也許他們應該直接丟了他。把他帶回村莊、或埋在高爾基公園裡、或在部裡替他安排個工作。最後，他們找了我跟主管病理學家。結果是我們有適當的表格，而我們把那個美國觀光客丟進了使館官員的後車廂。我上次到這棟建築裡就是來處理那件事。」

曾經跟奧斯朋一起去澡堂、也在奧斯朋錄音帶上多次出現的葉夫根尼·曼德爾，對詹姆斯·寇維爾或高爾基公園屍體的事一無所知，這點艾凱迪很確定。聽故事時，曼德爾的溫和表情並未因為焦慮或理解了什麼而有任何特殊變化。

「美國觀光客專用的正確表格是什麼？」曼德爾問。

「最後，他們勉強接受了死亡證明。」

然而葉夫根尼·曼德爾很困擾。他現在已經知道艾凱迪是個警探，雖然他可以不必理會一個從平民階層晉升的探員，但他也知道艾凱迪來自「上流社會」的莫斯科之紅二代那個神奇圈子，那是由相同的特殊學校與彼此認識的熟人所建立，而來自那個圈子的人不應該只是個調查組長而已。光是在那個圈子裡扮丑角的曼德爾，都能擁有一套英式西裝、一枝銀質鋼筆（就在衣領的黨員胸針旁）、一間大辦公室（能夠俯瞰斯摩棱斯克廣場，室內有三部電話，牆上還有一枚俄羅斯聯合毛皮拍賣會這個毛

32 蘇聯外交官，曾任外交部長。

皮出口機構的黃銅製紫貂徽章）。不知怎麼，這位調查組長墮落了，而其中的社交意涵讓曼德爾的下巴滲出汗水，有如高級奶油上的水珠。

艾凱迪趁機利用這種反應。他提及他們父親之間的深厚友誼，讚揚葉夫根尼．曼德爾父親於戰時在戰線後方的辛勞，並暗諷那個老畜牲是膽小鬼。

「但是他獲頒了英勇勛章，」葉夫根尼反駁：「我可以讓你看文件，我會寄給你的。他在列寧格勒受到攻擊！當時他跟你前幾天見過的那位美國人在一起，這不正是巧合嗎！他們兩個可是被一整班的德國人攻擊。我父親和奧斯朋殺了三個法西斯分子，並把其他人都趕走了。」

「奧斯朋？一個毛皮商在列寧格勒遭到圍攻？」

「他現在是毛皮商。他會買俄羅斯的毛皮並進口到美國。他在這裡買四百塊，然後在那裡賣六百塊。那就叫資本主義；你不得不佩服這點。他是蘇聯的朋友，這是經過證明的。我可以說個祕密嗎？」

「當然。」艾凱迪慫恿道。

葉夫根尼沒有惡意；他很緊張。雖然他想要警探離開，但必須先讓警探對他有很高的評價才行。「國際間的猶太復國主義者為了利益掌控了美國的毛皮市場。」他輕聲說。

「你是指猶太人。」艾凱迪說。

「國際間的猶太人。我必須遺憾地說，有好一段時間，俄羅斯聯合毛皮拍賣會中有一群人跟這種利益密切相關。我父親希望能為非猶太復國主義者保留某些特別具競爭力的價格，藉此打破這種關係。而猶太復國主義者不知從哪裡聽到風聲，於是用他們的錢襲捲毛皮市場，帶走了所有生產的貂皮。」

「奧斯朋是非猶太復國主義者之一？」

「當然。那大概是十年前的事了。」

望出曼德爾的窗外，湖面的冰露出深色裂痕。艾凱迪點起一根菸，將火柴丟進廢紙簍。

「除了跟你父親在列寧格勒的英勇戰鬥之外，奧斯朋要怎麼證明自己是蘇聯的朋友？」

「我不該告訴你的。」

「你最好說出來。」

「這個嘛」——曼德爾拿出菸灰缸給艾凱迪——「幾年前俄羅斯聯合毛皮拍賣會跟美國毛皮養殖場的場主有一場買賣。他們就是那樣稱呼的——養殖。就像牧場的牛仔那樣。這是用最棒的毛皮動物來做交易。兩隻美國水貂換兩隻俄羅斯紫貂。漂亮的水貂——目前還在我們一座飼養場生產呢。紫貂更漂亮；什麼都比不上俄羅斯紫貂。然而，牠們有個小缺陷。」

「告訴我。」

「牠們被閹了。哎呀，法律可是禁止從蘇聯出口有生育能力的紫貂。他們總不能希望我們違反自己的法律吧。美國的養殖場主很不高興。事實上，他們甚至還擬了個計畫，要派一個人滲透俄羅斯，從一座飼養場偷幾隻紫貂走私出去。結果有位真正的朋友向我們密告了自己同胞要做的事。」

「奧斯朋。」

「奧斯朋。為了表達謝意，我們便要那些猶太復國主義者從那時起把俄羅斯紫貂市場的一定比例分配給奧斯朋。做為服務的報酬。」

「班機延遲了。」

「延遲了？」

「一切順利。你太多心了。」

「你從來不會這樣嗎？」

「放輕鬆，漢斯。」

「我不喜歡這種事。」

「現在才要講喜歡或不喜歡什麼事已經有點遲了。」

「所有人都知道這些新的圖波列夫飛機是怎麼回事。」

「怕墜機？你以為只有德國人知道怎麼做東西？」

「就算延遲也一樣。你到列寧格勒以後——」

「我去過列寧格勒。我在那邊跟德國人打過交道。不會有問題的。」

艾凱迪再看一遍錄音帶上的日期：二月二日。奧斯朋離開莫斯科前往赫爾辛基那天跟溫曼說過話。艾凱迪記得溫曼的行程；那個德國人在同一天去了列寧格勒，顯然不是搭同一班飛機。

「我去過列寧格勒。我在那裡跟德國人打過交道。不會有問題的。」

艾凱迪好奇奧斯朋在列寧格勒是怎麼殺掉那三個德國人的？

聽著新的奧斯朋錄音帶時，艾凱迪認出了葉夫根尼．曼德爾的聲音。

「約翰，你能以部裡貴賓的身分在勞動節前夕來看《天鵝湖》嗎？你知道這是非常傳統、非常特別的活動。這很重要，你一定要來。我們會直接送你去機場。」

「這是我的榮幸。跟我說說細節吧。」

冬天變成了春天。冬天的奧斯朋惡毒到讓人覺得有趣；春天的奧斯朋變成了友善的討厭鬼，是個蠢生意人。艾凱迪聽著不停重複的舉杯敬酒、越來越長也越來越沉悶的無止盡對話。然而在聽了幾個鐘頭後，他對帶子產生了警覺。奧斯朋把自己隱藏在這些說不完的話語裡，有如一個人側身站在樹林之中。

艾凱迪想到了巴夏。

「有個鄉下人去了巴黎」——巴夏在他們開車四處尋找戈洛欽時說了個笑話——「他回來以後，所有朋友都聚在一起迎接他回家。『波里斯，』他們說：『跟我們聊聊你的旅行吧。』波里斯搖搖頭說：『噢，那座羅浮宮，那些畫，操你媽的。』『艾菲爾鐵塔呢？』有人問。波里斯把脖子伸到最長，然後說：『操你媽的。』『聖母院呢？』另一個人問。波里斯一想到那樣的美景就突然哭了起來，然後說：『操你媽的！』『啊，波里斯，』所有的人都嘆息著：『你的回憶多美妙啊。』」

艾凱迪很好奇巴夏會怎麼形容天堂。

革命廣場以前叫復活廣場。大都會酒店以前叫豪華酒店。

艾凱迪開了燈。床罩和窗簾材質都是同樣破舊的紅色棉紗布。波斯地毯的花紋已經磨損到無法辨認。桌子、寫字台、衣櫥佈滿斑駁的凹洞和菸頭烙印。

「這樣好嗎？」女服務生很焦慮。

「可以的。」艾凱迪說，然後當她的面關上門，獨自待在觀光客威廉．寇維爾的房間裡。他看著下方的廣場，看著國際旅行社巴士從列寧博物館排到酒店入口，而觀光客則是按語言劃分團體上車，去看晚上的芭蕾和歌劇演出。根據國際旅行社的紀錄，寇維爾訂了地方料理和戲劇。艾凱迪進入浴室。新穎、整潔；衛生是西方遊客的一項要求。艾凱迪將浴巾拿到臥室，包住電話，再用枕頭蓋住。

威廉．寇維爾的衣櫥裡有美國人的內衣褲、襪子、毛衣和襯衫，可是完全沒有戈洛欽描述的俄羅斯衣物。

床底下沒有藏著衣服。櫃子裡有一個鋁及乙烯基材質的上鎖手提箱。艾凱迪將它拿到床上，試圖用他的小刀橇開。彈簧鎖動都沒動。他將手提箱放到地上，重踩在鎖上，同時使用刀子。半邊的彈簧鎖彈開了。他用刀猛擊鎖的另一側，讓鎖彈開，然後將手提箱放回床上，查看內容物。

裡面有四本小書——《俄羅斯藝術簡史》、《俄羅斯觀光指南》、《特列季亞科夫畫廊導覽》、《納格爾的莫斯科及近郊》——全用一條粗橡皮筋綁著。修特茲的《蘇聯》，光是這一本就很巨大。兩條駱駝牌香菸。一台裝在把手上的三十五毫米美能達相機；另外還有一顆十吋長鏡頭、幾片濾鏡、十盒未開過的底片。旅行支票總金額一千八百元。三捲衛生紙。一根金屬管，其中一端有旋轉蓋，另一端則是有溝槽的柱塞，可以推出美工刀。穿過的襪子捲成一球。一個蓋得很緊的小盒子，用厚橡皮筋綁住；盒子裡是一枝金色的鋼筆與鉛筆組。一本方格紙。一個塑膠袋，內有一個開罐器、一個開瓶器、一個拔塞鑽，以及一根細扁的金屬棒，其中一端彎曲，另一端則是狗腿形，還有一根螺絲在狗腿上方穿過金屬棒。一本國際旅行社餐券。沒有俄羅斯人的衣物。

艾凱迪檢查掛在櫃子裡的衣服；只有美國貨。他查看了所有家具的後方及底下。最後他回到被破壞的手提箱前。如果這美國人對俄羅斯的產品這麼著迷，他可以去買個新的行李箱，某種用硬紙板材質製的好東西。艾凱迪拆下綁住旅遊手冊的橡皮筋，翻閱了一下。他拿起修特茲那一大本彩頁攝影集，這對輕裝的旅行者而言太笨重了。在中間部分，一幅橫跨兩頁、主題為阿拉木圖舉辦之馬節的相片中，有一張撕下的方格紙，上頭寫著一比六十的比例尺。紙上精確畫了樹林、步道、河濱、一片空地，以及在空地中央的三座墳墓。除了公制與英制的差別之外，這幾乎跟民警以基準線對高爾基公園那片空地所畫的素描一模一樣。在書中的接下來兩頁，他發現了整座公園的素描，比例尺為一比兩百四十。他發現一張右腿X光的描圖；脛骨上的陰影表示複雜性骨折，跟公園的三號屍體一樣。一份齒科紀錄表及一張牙齒X光描圖，顯示在右上門牙做過根管治療，但是沒有鋼製的假臼齒。

艾凱迪重新審視手提箱的其他內容物。那根裝著美工刀的金屬管很可疑；一個生意人打算在莫斯科切割什麼東西？他轉開管子的旋轉蓋，用管子另一端的柱塞推出刀片，看起來並未使用過。管子有一股淡淡的氣味。是火藥。他往下看進洞裡，認出了柱塞內側的尖端。這根管子是槍管。

在莫斯科很難弄得到槍，而最不可能出現的武器都是自製的。有個幫派用排氣管做出了霰彈槍。既然現在已經知道要找什麼，接下來就是他擅長的了；他只是很氣自己沒立刻看出來。

這位觀光客表面上是個極為熱衷的攝影師，卻沒拍過半張照片。艾凱迪從木製把手拆下相機。把手頂部的溝槽可以跟管子完全貼合組裝起來。前面是只突出一吋的槍管，後面則是柱塞。把手左側有一個螺孔。艾凱迪一度被難倒了。後來他撕開塑膠袋，倒出開瓶器與拔塞鑽，然後拿起他之前注意到那根形狀怪異的金屬棒。主軸的長度是十公分，一側的直角大約為三公分，另一側的狗腿則是四公分左右。他用拇指的指甲將金屬棒的螺絲轉進把手的孔洞，留下足夠空間讓金屬棒移動。原來狗腿部分是扳機，而另一端的直角穩穩地卡在撞針桿上，防止其往前滑動。他扣下扳機；直角升起，撞針桿便可以活動。他恢復原狀，接著將一條粗橡皮筋從把手前方到撞針桿後方纏了兩遍。彈藥。美國機場會以X光檢查行李；要怎麼藏起子彈？艾凱迪打開鋼筆及鉛筆盒。這是一組對筆，十四K金，X光無法穿透。他拉開筆蓋；在鉛筆蓋內有兩顆點二二口徑子彈，在鋼筆蓋中還有一顆。他用美工刀的長柄將一顆子彈塞進槍管，緊緊卡在撞針桿的撞針向前正好能敲擊到之處。太大聲了；他幾乎沒收到任何關於對方在鐵道橋下對他開槍的報告。某個地方有消音器。藏在底片盒裡？太短了。他撕開美國人的衛生紙。在第三捲內不是紙板製的圓筒，而是一塊黑色塑膠，周圍有排氣孔，一端有個帶螺紋的突出物。

組合起來，就是一把單發手槍，超過五公尺遠就不準了。在範圍內的話，還算堪用。艾凱迪將消音器裝上槍管時，門打開了。他用槍管對準威廉·寇維爾。

寇維爾以背部輕推關上門。他看著被破壞的手提箱、悶住的電話、那把槍。那雙敏捷的藍色眼睛洩露了一切——不然他看起來就像隻野獸：紅潤的臉，小而乾淨的五官，接近五十歲仍健壯如牛的身體，粗厚的四肢。乍看之下會以為是個士兵，再仔細看則像是軍官。艾凱迪知道這就是在高爾基公園揮拳的男人。寇維爾疲倦但警覺地回頭看，敞開的雨衣下是件粉紅色運動衫。

「提早回來了，」寇維爾以英語說：「又下雨了，免得你沒注意到。」

他摘下短邊帽，要甩掉雨水。

「不，」艾凱迪用俄語說：「把帽子丟過來。」

寇維爾聳聳肩。帽子落在艾凱迪腳邊。艾凱迪用一隻手檢查防汗帶。

「脫掉大衣丟在地上，」艾凱迪說：「口袋全翻出來。」

寇維爾照他說的做，讓雨衣掉在地上，然後清空褲子前後的口袋，把房間鑰匙、零錢和皮夾丟在大衣上。

「用腳推過來，」艾凱迪說：「不要踢。」

「你一個人吧？」寇維爾說。他輕鬆地用俄語說，同時輕推著地板上的雨衣。五公尺是槍的有效範圍；而艾凱迪覺得一公尺是寇維爾的有效範圍。他揮手要寇維爾後退到兩者之間的一點，接著自己將大衣拉過來。寇維爾的上衣袖子從粗厚的手腕往後捲，露出了雀斑以及正要轉白的紅色體毛。

「別動。」艾凱迪命令道。

「這是我的房間，我有什麼東西好動的[33]？」

雨衣中有寇維爾的護照與簽證。在皮夾裡，艾凱迪找到了三張塑膠信用卡、一張紐約的駕照與行照，以及一張紙條，上面有一組美國大使館跟兩組美國新聞處的電話號碼。另外還有現金八百盧布，是一大筆錢。

「你的名片在哪裡？」艾凱迪問。

「我是為了消遣而旅行。我過得很開心。」

「面向牆壁。雙手舉高，雙腿張開。」艾凱迪說。

寇維爾動作非常緩慢地照做，而艾凱迪從背後推著他以某個角度抵住牆面，然後檢查他的上衣和褲子。這男人的體型像隻熊。

艾凱迪往後退。「轉過來，脫掉鞋子。」

寇維爾脫下鞋子，一邊看著艾凱迪和槍。

「要我拿給你還是寄過去？」寇維爾問。

難以置信，艾凱迪心想。這男人還真準備要在大都會酒店的房間裡攻擊一位蘇聯警探。

「坐下。」艾凱迪指著衣櫥旁的一張椅子。

他看得出寇維爾正在估量襲擊成功的機率。警探會配槍，通常也會打靶練習；艾凱迪從沒帶過他的佩槍，而且離開軍隊後就沒射擊過。要射頭還是心臟？用點二二口徑不管打哪裡，連讓寇維爾這種人慢下來都沒辦法。

最後寇維爾坐到了椅子上。艾凱迪跪下來檢查鞋子，什麼都沒找到。寇維爾動了動，有如重量級拳擊手的肩膀向前傾。

「只是好奇，」他說話時，槍管猛指向他：「我是個觀光客，而觀光客本來就該好奇的。」

艾凱迪將鞋子丟向寇維爾。

「穿回去，把兩邊的鞋帶綁在一起。」

寇維爾照做之後，艾凱迪走近並踢動椅子使其傾斜，讓男人靠著牆面。從寇維爾進入房間以來，

---

33 此處原文用了move當雙關語，前句是指「移動」，這句是指「搬家、搬離」。

艾凱迪終於感到還算安全了。

「現在呢？」寇維爾問：「你要把家具堆到我身上壓住我嗎？」

「如果有必要的話。」

「哎呀，你可能需要喔。」寇維爾擺出一種帶嘲弄的輕鬆感，艾凱迪曾在其他權威人士身上見過這種漫不在乎的樣子，那是種自負，彷彿他們的力量沒有極限。然而艾凱迪不明白那對藍色目光中的憎恨。

「寇維爾先生，你犯了刑法第十五條，走私武器進入蘇聯，以及第兩百一十八條，製造危險武器。」

「是你製造的，不是我。」

「你打扮成俄國人在莫斯科四處來去。你跟一個叫戈洛欽的人說過話。為什麼？」

「你說呢。」

「因為詹姆斯．寇維爾死了。」艾凱迪刻意要讓寇維爾感到震驚。

「你本來就該知道的，藍柯，」寇維爾回答：「你殺了他。」

「我？」

「你不就是我那天晚上在公園裡揍過的傢伙嗎？你是檢察官辦公室的人，對吧？我回公園的時候，你不是派了個人跟蹤我和戈洛欽嗎？戴眼鏡的小個子。我從公園跟著他到了國安會辦公室。哪間辦公室有差嗎？」寇維爾懶洋洋地靠向一側。

「你怎麼知道我的名字？」艾凱迪問。

「我跟大使館談過。我跟記者談過。我讀過每一份過期的《真理報》。我跟街上的人談過。我看過你的檔案。我看過檢察官的辦公室。找出你的名字之後，我去看過你的公寓。我沒見到你，但我看見你老婆跟她男友在清理那地方。你放走戈洛欽的時候，我就在你的辦公室外。」

艾凱迪不相信自己聽見的。這個瘋子不可能監視過他、跟蹤費特到皮布留達的辦公室，還看過柔亞。他跟巴夏在街角那個攤位排隊買啤酒時，寇維爾也排在他們後方嗎？

「你為什麼選擇在這時候來莫斯科？」

「我總得在某個時間來吧。春天是好時機，這種時候屍體會從河底浮上來。對屍體而言是好時機。」

「而你認為我殺了詹姆斯．寇維爾？」

「也許不是你本人，是你跟你朋友。誰扣下扳機有那麼重要嗎？」

「你怎麼知道他是被射殺的？」

「在公園的空地，還有挖掘的深度。是要找彈殼，對吧？總之，你不能把三個人刺死吧。真希望當時我知道在公園的是你，藍柯。這樣我就會殺了你。」

寇維爾因為錯失了機會，所以說話時帶著懊悔與一些興味。雖然他的俄語沒有口音，卻保留了明顯的美式語氣。他雙手交叉抱胸，彷彿將手臂擱置一旁。這個具有智慧的特大號體型男人散發引力，有種將物質吸引過去的危險，尤其是在小房間裡。艾凱迪坐在對牆邊的一張床頭櫃上。他怎麼會沒注意到像寇維爾這樣的人？

「你來莫斯科是要在外國團體中詢問一件謀殺案的事，」艾凱迪說：「你有X光跟牙齒表格的素描。你一定是想要協助調查。」

「前提是你是真正的警探。」

「有一筆紀錄顯示詹姆斯．寇維爾去年離開了蘇聯；沒有他回來的紀錄。你為什麼認為他在這裡，還有你為什麼認為他死了？」

「但你並不是真正的警探。你的手下跟國安會在一起的時間和跟你在一起的時間一樣久。」

艾凱迪不可能向美國人解釋費特的事，所以連試都沒試。「你跟詹姆斯・寇維爾是什麼關係？」

「你告訴我啊。」

「寇維爾先生，我是奉莫斯科市檢察官之令辦事，不聽命於其他人。我正在調查高爾基公園的三屍命案。你大老遠從紐約帶了可能有幫助的情報來。告訴我吧。」

「不。」

「你沒有立場說不。你裝扮成俄羅斯人。你走私了一把槍，還曾對我開火。你在隱瞞情報，而這也是一項罪行。」

「藍柯，你在這裡有找到任何俄羅斯人的衣服嗎？再說，穿得跟你們一樣是犯罪嗎？至於那把槍，或是你用來瞄準我的東西，不管那是什麼，我從來就沒見過。你破壞了我的手提箱；我不知道你在裡面栽了什麼贓。還有你在說什麼情報？」

艾凱迪對如此蔑視法律的態度愣了一下。

「你對詹姆斯・寇維爾的陳述——」他又開口說。

「什麼陳述？麥克風就在電話裡，你已經處理好了。你應該帶一些朋友過來的，藍柯。身為警探，你的能力不太夠啊。」

「你畫了高爾基公園的犯罪現場，加上你帶來的X光與齒科紀錄，這些都會將你連結到詹姆斯・寇維爾——如果他是受害者之一的話。」

「素描跟紀錄都是用俄羅斯鉛筆在俄羅斯方格紙上畫的，」寇維爾回答：「沒有X光，只是描圖。藍柯，你現在應該想的，是美國大使館會對這件事有什麼看法；一個俄羅斯警察攻擊無辜的美國觀光客，想要掩飾」——寇維爾看著打開的手提箱——「自己明顯的盜竊行為。你沒打算拿走什麼東西吧？」

「寇維爾先生，如果你向你的大使館通報任何事，他們就會讓你搭下一班飛機回家。你來這裡不是為了直接回家吧？你也不會想在蘇聯的康復中心待上十五年的。」

「我能應付得來。」

「寇維爾先生，你的俄語怎麼會這麼流利？我之前在哪裡聽過你的名字，就在你跟詹姆斯・寇維爾的事之前？我現在覺得這名字似乎很耳熟。」

「再見，藍柯。回去找你正在祕密警察那裡的朋友吧。」

「告訴我詹姆斯・寇維爾的事。」

「出去。」

艾凱迪放棄了。他離開時將寇維爾的護照、皮夾和信用卡放在床頭櫃上。

「不必麻煩了，」寇維爾說：「你走之後我會清理的。」

皮夾在手中拿起來很沉，就算沒裝信用卡也很硬挺。皮夾的一處邊緣有手工縫過的痕跡。寇維爾的身體往前擺。艾凱迪揮動手槍。是間諜？艾凱迪心想。會有什麼荒謬的事，例如將祕密訊息縫進皮夾，讓叛徒與外國探員英勇地聚集，結果被一個調查組長在中間到處搞破壞？他撕開縫線，一邊注意著寇維爾。他從皮夾取出一枚金色的金屬盾形徽章，上頭的藍色浮雕是一個印第安人跟一個清教徒。圖案的上方是「紐約市」，下方是「巡官」。

「警察？」

「是警探。」寇維爾糾正。

「那你就一定要幫忙了。」艾凱迪說得好像理所當然，對他而言就是這樣。「你見過戈洛欽跟一位警探離開我的辦公室，那位警探是我的朋友，巴夏・帕弗洛維奇。」艾凱迪覺得這種名字對美國人不會有任何意義。「總之，我跟那位警探合作過很多次，是個非常好的人。一個鐘頭後，在戈洛欽的公寓裡，戈洛欽跟警探都被人殺了。我不在乎戈洛欽。我只想要查出是誰殺了那警探。這種事在美國一定也差不多。身為警探，你能理解當朋友被——」

「藍柯，操你的。」

艾凱迪不自覺舉起了臨時組裝的槍。他發現自己正將槍管對準寇維爾的眉心並扣下扳機，彎曲的橡皮筋和撞針桿便開始滑順地移動。他在最後一刻瞄向別處。衣櫥震了一下，在寇維爾耳邊的門片上出現一個兩公分的孔洞。艾凱迪很驚訝。他一輩子從來沒像現在這樣差點就殺了人，而這把武器的準度能讓他要殺人跟不殺人一樣容易。寇維爾的眼睛失去血色，露出蒼白訝異的表情。

「趁你還能走的時候快滾出去。」寇維爾說。

艾凱迪丟下槍。他不急不徐地從開著的手提箱拿起X光描圖和齒科紀錄表。他留下警徽，把皮夾丟到一旁。

「我需要我的警徽。」寇維爾從椅子上起身。

「在這座城裡不需要。」艾凱迪走出門口。「這是我的城市。」他喃喃自語。

實驗室裡沒人值夜。艾凱迪自己拿素描和齒科紀錄表與列文的資料比對，同時心想威廉・寇維爾大概正在城裡處理他的槍——握把丟這裡、槍管丟那裡。等他回到位於新庫茲涅斯科街的辦公室時，他知道寇維爾可能正在尋求美國大使館的庇護。很好；這樣就有更多證據可以呈給檢察官，因為現在已經可以確定詹姆斯・寇維爾就是高爾基公園的第三具屍體。艾凱迪將報告留在伊恩斯基的代理人桌上，隔天早上就會有人看見了。

一盞明亮的探照燈座落於莫斯科中心。不，它會動。有一種像是在搬移石頭的聲音。艾凱迪停下車，從堤岸看一艘破冰船鏟過，船的前方推著一道破碎的冰塊，後方則留下浮冰，在推力形成的尾波中浮沉。獲得自由的水像是黑色辮子一樣扭轉著。

艾凱迪沿著河開，直到抽完一整包菸。剛才在大都會酒店的那場遭遇讓他震驚。雖然他沒射殺威廉・寇維爾，但是他想這麼做，而且只差一根手指的寬度就做了。他很震驚是因為他其實不太在乎自己有沒有下手。他懷疑寇維爾也是如此。

經過高爾基公園時，他注意到在民族學研究所頂樓，安特列夫那間工作室的燈還亮著。雖然已經午夜了，人類學家還是歡迎艾凱迪來訪。

「我是在下班時間後為你做這件事的，所以你應該陪我才公平。來吧，晚餐夠兩個人吃。」安特列夫帶艾凱迪到一張桌子，上面的克羅馬儂人頭顱都被推開，為盤子挪出空間。「甜菜、洋蔥、香腸、麵包。沒有伏特加，我很抱歉。根據我的經驗，侏儒很容易喝醉，而我個人再也想不到比喝醉的侏儒更怪異的東西了。」

安特列夫的心情這麼好，讓艾凱迪遲疑是否該說出他認為調查差不多要結束了。

「啊，可是你想要見她。」安特列夫誤解了艾凱迪的猶豫。「那是你來的原因。」

「你完成了？」

「還早呢。不過你可以看。」他從陶輪上掀起一塊布，展示他的進度。

高爾基公園那位女孩的臉部重建進度到了一半，她的五官看起來像是正由雕刻家塑造，或是由解剖學家切開研究。她頸部的所有肌肉都在，形成一根雅緻的粉紅色圓柱，只差沒有皮膚。如翻線遊戲般的粉紅色肌肉從鼻骨空洞處散開，圍繞著裸露牙齒的牙床。扁平的顳肌成扇形散佈於她的顴骨和太陽穴。肌肉和緩了她下顎的角度。整體而言，交織的粉紅色黏土以及塗料都讓她頭骨的僵硬感變得柔和，也因此變得像一張死亡面具般陰森可怕。她的兩顆褐色玻璃眼珠直盯著看。

「你可以看到，我已經完成了下顎的大型咬肌跟頸部的肌肉。她的頸椎位置能讓我知道她的頭怎麼擺，同時也是一種心理線索。她習慣把頭抬高。我從脊椎右側較大的肌肉附著一看就知道她是右撇子。有些事非常簡單。女性的肌肉比男人更小。她的頭骨比較輕，她的眼窩比較大，骨頭較不突出。不過每條肌肉都必須個別塑造。你看她的嘴。看看牙齒有多整齊，突出程度中等，這是典型的智人，某些原始土著或北美印第安人除外。重點是，這種咬合方式通常會使上唇較為明顯。事實上，嘴部是比較容易重建的區域。等著看吧，她的嘴很漂亮。鼻子就比較困難了，要以臉部水平剖面、鼻骨開口輪部跟眼窩來做三角測量。」

以黏土固定的玻璃眼珠歇斯底里地突出。「你怎麼知道要嵌進多大的眼珠？」艾凱迪問。

「每個人的眼珠大小都差不多。你很失望吧。『靈魂之窗』之類的話？少了眼睛還能有什麼浪漫？事實上，我們在談論某個女人眼睛的形狀時，就是在描述她的眼皮形狀。『雖然她刻意遮蔽眼中的光芒，卻不由自主在隱約可見的笑容中閃爍著。』」

「《安娜・卡列尼娜》。」

「一個有文化的人啊！我一開始就這麼猜的。總之是眼皮，只有眼皮和肌肉附著而已。」安特列夫爬上一張凳子，替自己切了塊麵包。「你喜歡馬戲團嗎，警探？」

「不是很喜歡。」

「大家都喜歡馬戲團。你為什麼不喜歡？」

「有些部分我還算喜歡。哥薩克人和小丑。」

「你討厭看熊囉？」

「有一點。不過我前一次去的時候，他們用訓練過的狒狒來表演。有一個穿亮片服的女孩——不是她太肥就是衣服太緊——她會一隻接一隻呼叫狒狒，而牠們就會翻滾或翻跟斗。從頭到尾那些狒狒都在回頭看一個像野獸的大塊頭，那傢伙穿著水手服，從後面對他們甩鞭子。那簡直瘋了。這隻野獸不修邊幅，穿著像是小孩玩的水手服，只要狒狒錯過提示就會打牠們。最後那個肥女孩走出來行屈膝禮，所有人都在鼓掌。」

「你太誇張了。」

「我沒有，」艾凱迪說：「那是虐待狒狒的演出。」

「那你就不應該注意拿鞭子的男人——那正是他穿水手服的原因。」安特列夫咧嘴笑著。「總之，親愛的藍柯，你在馬戲團感到的不安跟我比起來算什麼？我都還沒到我的座位，孩子們就開始爬到父母身上看我。對他們來說，侏儒一定是表演的一部分。我應該告訴你，就算在最好的情況下，我也不喜歡小孩。」

「那你一定很討厭馬戲團。」

「我愛馬戲團。侏儒、巨人、胖子、藍頭髮紅鼻子的人，或是綠頭髮紫鼻子的人。你不知道能夠逃離正常讓我有多輕鬆。現在我真希望這裡有點伏特加。總之，那就是你會從我這兒得到的好處，警探。這個研究所的前任所長是個好人，身材圓胖，個性開朗，而且很正常。而就像所有的正常藝術家一樣，他重建的面貌都會很像他本人。不是從一開始就像，而是慢慢演變的。他重建的每張臉都會稍微圓胖一點，甚至稍微愉悅一點。這裡有個櫃子裝著穴居人跟謀殺受害者，還有一堆看起來更快樂、營養更充足的人，都是你從來沒見過的。正常人總是會在別人身上看見自己，你知道的。一定會。而我看得比較清楚。」安特列夫眨眼示意。「要相信怪胎的眼睛。」

電話在他睡覺時響起。來電者是雅庫茨基，他一開始先問莫科斯是幾點。

「很晚。」艾凱迪抱怨地說。他覺得，在莫斯科和西伯利亞之間的電話，以詢問時差開頭似乎成了一種儀式。

「我在這裡值早班，」雅庫茨基說：「我又有一些關於瓦蕾莉亞．戴維朵娃的情報了。」

「你可能會想保留。我認為過幾天就會是另一個人處理這案子了。」

「我有給你的線索。」一陣沉默後，雅庫茨基接著說：「我們在烏斯季—庫特對這件案子特別感興趣。」

「好吧。」艾凱迪回答，免得讓烏斯季—庫特那裡的男孩失望。「是什麼？」

「那個叫戴維朵娃的女孩有個很要好的朋友剛從伊爾庫次克搬到莫斯科。她的名字叫伊莉娜．亞薩諾娃。如果瓦蕾莉亞．戴維朵娃出現在莫斯科，她一定會去找那個叫亞薩諾娃的女孩。」

「謝了。」

「有其他線索我會馬上打來的。」雅庫茨基警探允諾。

「隨時都行。」艾凱迪說，然後掛斷電話。

他很同情伊莉娜．亞薩諾娃。他記得皮布留達破壞了高爾基公園那具屍體凍硬的衣服。還有那個叫亞薩諾娃的女孩很漂亮。總之，這不關他的事。他閉上眼。

電話再次響起時，他在黑暗中胡亂摸索，以為雅庫茨基又有更多沒用的情報。他找到了話筒，躺回床上咕噥著。

「我學會了俄羅斯人愛在深夜打電話的習慣。」約翰．奧斯朋說。

艾凱迪清醒了。他張開眼睛，而在這種非自願清醒的情況下，他清楚看見身邊黑暗中的所有細節：錄音帶紙箱、以不祥方式交叉的椅腳、一個摺疊在房間角落的陰影，而牆上那張航空公司海報也看得清清楚楚。

「我沒打擾到你吧？」奧斯朋問。

「沒有。」

「我們才剛在澡堂聊到一個有趣的話題，而我怕在我離開莫斯科之前，我們不會有機會再見面。所以明天十點鐘方便嗎，警探？就在貿易委員會外的碼頭上？」

「好。」

「太棒了。到時見。」奧斯朋掛掉電話。

艾凱迪想不到奧斯朋明天去碼頭的理由。他也想不到自己去那裡的理由。

11

今年第一波真正的露水，已經轉變成一件潮濕的外衣，籠罩著舍甫琴科碼頭。在美國—蘇聯貿易與經濟委員會的對街等待時，艾凱迪可以看見在人員辦公室中有俄羅斯祕書，在會員室則有美國商人和一部百事可樂販賣機。他咳出煙霧。

這仍是艾凱迪的案子。伊恩斯基一早就打電話來，說有一件令人關注的事：一位曾在莫斯科學習的美國人跟高爾基公園其中一具屍體有些類似的身體特徵，他要警探毫不猶豫地追查任何能夠從中建立連結的證據，但警探不得接觸外國人，而且從即刻起再也不會收到國安會的錄音帶或錄音謄本。

艾凱迪心想，好吧，是奧斯朋主動接觸他，不是他主動的。這位「蘇聯之友」得知自己是警探在拜訪外貿部長時談論的主題之後，想必很不高興。艾凱迪不確定要怎麼讓他跟奧斯朋的對話轉移到對方的貿易與行程；實際上，他懷疑奧斯朋根本不會出現。

約定時間的半個鐘頭後，一輛柴卡豪華轎車慢慢滑行停在貿易委員會前。約翰・奧斯朋從大樓出現，對轎車司機說了些話，接著就大步過街走向警探。他穿著一件絨面大衣。在他的銀髮之上是一頂黑色貂皮帽，價格一定超過艾凱迪一整年的薪水。固定他上衣袖口的不是釦子，而是金製鏈扣。在奧斯朋身上，這種特殊的裝扮彷彿稀鬆平常，有如皮膚般附屬在一種巨大且完全異質的自信心上。他擁有讓自己顯得格格不入的力量，但這是指讓他周圍的一切顯得不相稱又寒酸。他跟艾凱迪一起站了一會兒，接著商人便勾住警探的手臂，在碼頭上往克里姆林宮的方向急步而行。豪華轎車跟在後頭。

艾凱迪還沒能說些什麼，奧斯朋就開口了：「希望你不介意這麼趕，但我在貿易部有個招待會，而我知道你一定不希望我讓任何人等的。你認識外貿部長嗎？你好像每個人都認識，而且會在最意想不到的地方突然迸出來。你了解錢嗎？」

「完全不了解。」

「我告訴你關於錢的事吧。毛皮和黃金是俄羅斯人最古老的價值物。它們是俄羅斯人最古老的外匯物品，用來進貢給可汗和羅馬君主。當然，俄羅斯已經不再向任何人進貢了。現在，這裡一年會舉辦兩場毛皮拍賣，每年一月和七月，就在列寧格勒的毛皮市場。大概會有一百個買家參與，其中大約有十位來自美國。有些買家是當事人，有些是中間人；當事人買毛皮是給自己，中間人則是為別人買。我是中間人也是當事人，因為我會替別人買，但在美國和歐洲也有我自己的店。拍賣上的毛皮主要來自水貂、黃喉貂、狐、艾鼬、波斯羔羊、紫貂。通常，美國的中間人不會對水貂下標，因為在美國境內禁止俄羅斯的水貂——真是從冷戰殘留下來令人遺憾的一件事。由於我在歐洲有通路，所以我會對所有毛皮下標，不過大部分美國買家真正感興趣的是紫貂皮。我們會在拍賣開始的十天前抵達，以檢查毛皮。例如，我買水貂皮的時候，會仔細查看來自特定農場的五十條水貂皮。這五十條毛皮能讓我知道那個農場上千條毛皮的一『系列』價值。由於蘇聯每年有八百萬條水貂毛皮的產量，所以『系列』系統有其必要。

「紫貂皮就不一樣了。每年能達到出口品質的紫貂皮數量不到十萬。這就沒有「系列」了。每一條紫貂皮都必須個別檢查色澤跟肥厚程度。如果提早一週收成皮毛，就會缺乏厚度；晚一週的話就會失去光澤了。出價以美元計，做為交易的標準。我在每場拍賣大概都會花五十萬美元買紫貂皮。」

艾凱迪不知道該說什麼。這並不是談話；這是一種漫談式的獨白。他發現對方同時在對他說話卻同時無視於他。

「身為商業夥伴及長久以來的朋友，我很榮幸受邀到毛皮市場以外的不同蘇聯設施。去年，我飛到了伊爾庫次克參觀那裡的毛皮中心。我現在來莫斯科則是為了商業目的。每年春天，這裡的貿易部都會聯絡少數幾位買家，協商以折扣價售出他們剩餘的毛皮。我一直很喜歡來莫斯科，因為我可以認識許多不同的俄羅斯人。不只是我在部裡的好友，還包括舞蹈與電影界的人物。現在，又多了一位凶殺科調查組長。我很遺憾沒辦法待到勞動節，但我得在前一晚離開去紐約。」

奧斯朋打開一個金盒，拿出一根菸點燃，同時繼續邁著大步。艾凱迪明白了這場獨白並非漫談。是切中要點。奧斯朋那些活動的所有項目都是別人自願提供並分發給他的，而這使艾凱迪相形之下就只是個最低等政府僕役的角色。這種效果不僅限於表面。幾分鐘內，奧斯朋隨口就徹底展現了他的權威。警探的腦中已經不剩下任何問題，除了那些因為指控意味太明顯而無法提問的以外。

「是怎麼被殺的？」艾凱迪問。

「誰？」奧斯朋停下腳步，表情就跟艾凱迪談論到天氣時差不多。

「紫貂。」

「注射。沒有痛苦。」奧斯朋又開始走，速度稍微沒那麼快了。霧氣附著在他的貂皮帽上。「你對任何事都有專業的興趣嗎，警探？」

「因為紫貂太迷人了。要怎麼抓到牠們？」

「可以用煙把牠們從巢穴燻出來。或是由受過訓獵捕紫貂訓練的哈士奇將牠們趕上樹；然後所有附近的樹都會被砍斷，再張網捕捉。」

「紫貂會像水貂一樣獵殺？」

「紫貂會獵殺水貂。在雪地上沒有比那更快的了。西伯利亞是牠們的天堂。」

艾凱迪停下來，弄斷了三根火柴才點燃他的普利馬牌香菸。他露出笑容，讓奧斯朋知道這位警探只希望來場有趣的對談。

「列寧格勒，」艾凱迪嘆息說：「如此美麗的城市。我聽說又稱為北方的威尼斯。」

「有些人會那麼叫。」

「我想知道為什麼所有偉大的詩人都來自列寧格勒。我不是指葉夫圖申科或沃茲涅先斯基，或是像阿赫瑪托娃與曼德爾施塔姆那種偉大的詩人。你知道曼德爾施塔姆的詩嗎？」

「我知道他得不到黨的喜愛。」

「啊，可是他死了，而這大幅提升了他的政治地位，」艾凱迪說：「總之，看看我們的莫斯科河。像一條混凝土路面那樣破裂。然後再看看曼德爾施塔姆所謂『遲鈍如水母』的涅瓦河。一句話就能有那麼多涵義。」

「你可能不清楚」——奧斯朋看了他的錶一眼——「在西方幾乎沒有人會讀曼德爾施塔姆。他太俄國化了，沒辦法轉化。」

「這就是我的重點！太俄國化了。這會是種缺陷。」

「那就是你的重點？」

「就像你問過我，我們在高爾基公園發現的那些屍體。三個人被一把西方自動手槍極有效率地射殺？這根本無法轉化成俄羅斯人會做的事，對吧？

有時候，遊行的橫幅被風吹動時，畫在橫幅上的臉雖然表情沒有變化，但看起來會像是在顫抖。艾凱迪在奧斯朋的眼中看見了這種顫抖，一種興奮感。

「奧斯朋先生，你一定有注意到在你這種人跟我這種人之間的差別。我的思考方式是這麼的遲鈍，這麼像無產階級，因此能夠碰上這麼老練的人實在是種殊榮。你可以想像要試圖揣測一個西方人要這麼麻煩去殺三位俄羅斯人的原因，對我有多麼的困難。這不是戰爭或間諜活動。請容我坦承自己真的沒準備好。通常我會發現屍體。犯罪現場會是一團亂——血跡到處都是，指紋，或許還有兇器。只要心臟夠大的孩子就可以做我這種工作。動機呢？通姦、酒後衝突、幾盧布的債務，也許是一個女人因為孩子失蹤而殺了另一個女人。我得說，公共廚房[34]是個會引發激情的溫床。坦白說，要是我有腦袋可以當思想家、去管理某個部門，或是知道兩條毛皮之間的差異，我還不去做嗎？所以大家都應該同情我這個只會埋頭做苦工的警探，畢竟我遇到的這個案件牽涉了縝密的規劃、大膽的行動，除非我搞錯了，否則其中也包括了機智。」

「機智？」奧斯朋很感興趣。

「對。記得列寧說的吧。『工人階級不會被中國牆從舊中產階級的社會隔開。而革命發生時，當特定的個人死去，死人也不會埋葬自己。當舊社會死去，它不可能會將其屍體縫進裹屍布並置於墓中。這具屍體會在我們之中腐爛，會壓迫並汙染我們。』想想看，一位中產階級商人可以處死兩位蘇聯工人並將他們棄置在莫斯科的心臟地帶，這還能說他不是個機智的人物嗎。」

「你說是兩個人？我以為你在公園發現了三具屍體。」

「三具。你很了解莫斯科吧，奧斯朋先生？你喜歡去過的地方嗎？」

他們又繼續走，在石頭上留下深色的足跡。儘管還很早，駕駛都打開了車頭燈。前方，一道酸黃的薄霧籠罩在一座橋上。

「你在莫斯科過得開心嗎？」艾凱迪又問一次。

「警探，在我造訪西伯利亞的時候，有位村長接待我，帶我去看鎮上最現代化的建築。裡面有十六座馬桶、兩座小便斗跟一座洗手槽。那是公共廁所。村長們會聚集在那裡，脫下褲子，一邊拉屎一邊做出重要的決策。」奧斯朋停了一下。「當然，莫斯科大得多了。」

「奧斯朋先生」——艾凱迪突然停步——「不好意思。我是不是說了什麼話讓你不高興？」

「你不會讓我不高興的。我只是想到我可能讓你偏離調查了。」

「一點也不會，請別這麼說。」艾凱迪輕碰奧斯朋手臂上的絨面質料，兩人便繼續漫步。「其實呢，你能夠幫上忙。要是我能暫時不以俄羅斯人的方式，而是以商業天才的方式思考，就可以解決那些麻煩了。」

「這是什麼意思？」

「不是只有天才能夠看出殺掉俄羅斯人有什麼價值嗎？這不是奉承，而是欽佩。毛皮？不，他可以向你購買。黃金？他要怎麼帶出境？光是處理掉袋子就夠他麻煩了。」

「什麼袋子？」

艾凱迪大聲擊掌。「行動已經完成。兩個男人跟那位女孩都死了。殺手把食物、酒瓶、手槍塞進在開槍時被撕裂的皮袋。他滑冰穿越公園。當時在下雪，天色越來越暗。離開公園後，他必須把冰刀鞋放進袋子裡，希望在沒人注意到的情況下處理掉。不能丟在公園或廢紙簍裡，因為這樣袋子會被發現並通報，至少在莫斯科會。丟進河裡呢？」

「那條河整個冬天都結冰了。」

「一點也沒錯。然而袋子還是神奇地消失了，這表示他一定回到了河的這一側。」

「克林斯基橋。」奧斯朋指著他們正前往的方向。

「而且不吸引多疑的老太太跟民警注意？人們都很愛管閒事的。」

「計程車。」

「不，對外國人而言太冒險了。有個朋友在碼頭道路的一輛車上等著；就連我也能看得出來。」

---

34 communal kitchen，類似像紐約 Hell's Kitchen 那種聚集貧民、犯罪率高的區域。

「為什麼那個共犯沒參與殺人？」

「他嗎？」艾凱迪笑了。「不可能！我們在談的可是誘惑與魅力。那個共犯拿著布丁都沒辦法吸引到蒼蠅的。」艾凱迪變得嚴肅。「說真的，第一個男人，也就是兇手，確實非常仔細地考慮了這一切。」

「有人看見他拿著袋子？」

河面側進了濛濛細雨之中。奧斯朋擔心有目擊者；這可以晚點再談。

「那不重要。我想知道的，」艾凱迪說：「是原因。為什麼？我指的不是物體——例如聖像。我指的是，為何一位成功又可能比蘇聯任何人都富有的聰明人會想要謀殺以獲得更多？要是我能理解那個人，我就能理解這個案子。告訴我，我能夠理解他嗎？」

奧斯朋毫無破綻。艾凱迪感覺自己在搔抓著一塊沒有損傷且光滑的平面。絨面革、紫貂皮、皮膚、眼睛，這些全都一樣，都是……錢。警探在這種背景中從來沒用過這個詞。在抽象概念中，在小偷的幻想裡，有。但是他從來沒實際接觸到錢。而那正是奧斯朋的樣貌，這個男人全身所有毛孔都在神奇地滲出錢來。要理解像他這樣的人？

「我猜不行。」奧斯朋回答。

「性？」艾凱迪問。「一位孤獨的外來者遇見一個美麗的女孩，於是帶她回酒店的房間。女服務生會對這個外國人做的事視而不見。男人和女孩開始經常見面。最後她突然要錢，還變出了一個看起來很兇惡的丈夫。她是個徹底的勒索者。」

「不。」

「有漏洞嗎？」

「是觀點。對西方人來說，俄羅斯人是個醜陋的種族。」

「真的嗎？」

「通常，這裡的女人的吸引力就跟母牛一樣。所以你們的俄羅斯作家才會這麼煩惱要如何描寫筆下女英雄的眼睛、在面紗後的長相以及誘惑的眼神，因為其他身體部分都沒什麼能寫的。」奧斯朋還繼續說明：「是你們的冬天太長了。有什麼能比長著毛茸茸雙腳的胖女人更溫暖？雖然男人比較瘦，可是又更醜了。人們已經生不出長相好看的後代，所以唯一能刺激性慾的就只剩粗脖子跟厚眉毛了，就像公牛一樣。」

艾凱迪以為自己在聽穴居人說話。

「從你的名字來看，你有烏克蘭人的背景吧？」奧斯朋接著問。

「對。呃，我們先別談性了——」

「明智之舉。」

「——所以我們這件案子就沒有動機了。」艾凱迪皺眉說。

奧斯朋像鬥一樣緩慢轉過來看著他。「令人訝異。你真是讓人充滿驚喜。你是認真的嗎？」

「對。」

「難以置信。我是指」——奧斯朋精神大振——「真的無法相信，尤其是從像你這樣受過訓練的警探口中說出。另一種人還說的過去，但你就不行了。」奧斯朋深吸一口氣。「就當這種事發生了，一件沒有目擊證人的完全隨機殺人案，而你找出兇手的機率有多少？」

「零。」

「但你認為情況就是這樣。」

「不。我的意思只是我還沒找到動機。動機不一樣。就像你所謂的觀點。假設有個人偶爾會造訪一座住著原始人的島。石器時代的人。他會說他們的語言，是個諂媚的高手，還跟當地的酋長成為好友。同時，他也察覺了自己的優勢。事實上，他極度看不起當地人。」艾凱迪緩緩地說，同時一邊摸索，回想著奧斯朋和曼德爾殺掉德國士兵那個說得不清不楚的故事。「在初期的某個時候，他涉入了一位原住民被殺的事。那是在部落戰爭期間發生的，所以他沒受到懲罰，反而還得到了獎勵。後來他開始欣賞起自己所做的事，就像男人喜歡回憶關於自己第一個女人的細節。原始社會有一種吸引力，你不覺得嗎？」

「吸引力？」

「就是對這個人的一種啟示。他發現了自己的衝動是什麼，而他也發現了一個可以實現衝動的地方。一個在文明之外的地方。」

「如果他是對的呢？」

「從他的觀點來說，他也許是對的。那些土著很原始，這點無庸置疑。不過從他那副文明的外表來看，我懷疑他對所有人都一樣厭惡。只是他可以在這片原始的土地上公開這件事。」

「話說回來，如果他真的是隨機殺人，你就抓不到他了。」

「他不是。首先，他等了許多年才讓自己沉浸在暴力的衝動之中。而且他是個新手——就當是個受到啟發的新手好了——有趣之處在於，一旦成功犯下罪行的新手，幾乎總會想要複製自己的手法，彷彿只有他自己才擁有完美犯罪的祕訣。所以會有一種模式。此外，這還經過謹慎的計劃。一個有優越感的人當然必須覺得自己控制了一切。甚至包括了讓柴可夫斯基曲子中的砲聲在公園裡迴盪，對吧？他舉起袋子裡的槍，射殺了大個子，然後是第二個男人和那女孩，接著剝掉他們的臉皮和指紋再逃跑。然而，計畫就只能到這個地步。雖然這不公平，但運氣總會發揮作用。推著手推車到樹林裡休息的小販、躲在樹木之間的男孩、為了一點隱私哪兒都能去的情侶。畢竟情侶在冬季還能去哪裡呢？——你想想吧。」

「所以有目擊者囉？」

「目擊者有什麼用？他們的記憶經過一天之後就變得模糊了。經過了三個月，老實說，我想要他們指認誰都可以。現在只有兇手能幫得了我。」

「他會嗎？」

「有可能。我可以像隻青蛙躲在河底，而他會過來找我。」

「為什麼？」

「因為殺人還不夠。就連最愚鈍的人在最初的興奮感消退以後也會這麼覺得。殺人只是表演的一半。你不覺得一個有優越感的人為了得到真正的滿足，一定會想親自看著像我這樣的警探顯得無能又徒勞，或甚至對他感到欽佩嗎？」

「那不是很大的挑戰嗎，警探？」

「從各方面來看」——艾凱迪踩熄菸屁股——「不是。」

他們已經到了新阿爾巴茨斯基橋。橋的兩側，烏克蘭酒店和外交部的粉紅色星星宛如燈塔相互輝映。奧斯朋的豪華轎車停在旁邊。

「你是個正直的人，藍柯警探。」奧斯朋的語氣圓潤親切，彷彿他和艾凱迪經歷了一場艱鉅的旅程，發展出一種雖然疲累但自在而不拘小節的關係。這位性格演員在最後一幕出場時擺出一張笑臉。「現在我要祝你好運，因為我只會在莫斯科待一個星期，而我想我們再也不會見面了。不過，我不想讓你空手而歸。」

奧斯朋舉起頭上的貂皮帽，戴到艾凱迪頭上。「一個禮物，」他說：「你在澡堂跟我說你一直很想要頂帽子的時候，我就知道我一定要送給你。我得猜測尺寸，可是我對頭圍看得很準。」他從不同的角度看艾凱迪。「完美極了。」

艾凱迪摘下帽子。它的顏色黑得像墨水，有緞子般的紋理。「這太好了。可是」——他遺憾地遞回帽子——「我不能接受。關於收受禮物是有規定的。」

「如果你拒絕，我會非常不愉快的。」

「那好，給我幾天想想。這樣我們就有藉口再談一次了。」

「任何藉口都行。」奧斯朋有力地跟艾凱迪握手，然後坐進他的豪華轎車，上橋離去。

艾凱迪到烏克蘭酒店開他的車，前往十月區車站，詢問是否有人注意到案發時間左右在車上等待的外國人。

他離開時，一顆寬大的橘色太陽出來了。太陽在克林斯基橋的鋼索之間滑動。點點陽光在外交部的窗戶上閃耀有如硬幣。池水般的陽光則是燃燒著他和奧斯朋不久前才走過的碼頭道路。

調查組長伊利亞．尼季汀稀疏的油髮在圓頭頂上直往後梳，他瞇起眼睛，目光穿透嘴裡咬著那根菸所飄出的煙霧。他獨自住在阿爾巴特區的一棟窄房子裡，牆面剝落的漆片和天花板掉下的灰泥消失在一疊疊書籍之中，那些書布滿灰塵，夾著黃色條籤，堆起來有兩三公尺高、五冊的體積那麼厚。艾凱迪記得從三層窗框的窗戶可以看見外頭的河面與列寧山，但是那片景色只存在於記憶裡。書堆已經長到窗前、進入廚房、爬上樓梯，也滲進了二樓的臥房。

「寇維爾，寇維爾——」尼季汀小心推開「全蘇出版—聯合印刷特許狀之部分修正」的檔案，找出一瓶幾乎空了的「羅馬尼亞港」。他邊喝邊眨眼示意，接著開始爬上樓梯。「所以你還會在需要幫忙的時候來找伊利亞？」

艾凱迪一開始加入檢察院時，猜想尼季汀是個天才兼革新派分子，或是天才兼強硬派分子。是法律改革的作者或史達林主義者。是黑人歌手羅伯遜的酒友或反動派小說家肖洛霍夫的知己。至少是個會提出聰明暗示的天才。一個可白可黑的人物，取決於他所使的眼色，以及他丟出的那些名字。

無庸置疑，尼季汀是位傑出的凶殺科調查組長。雖然艾凱迪能讓案子有進展，但總是尼季汀帶著兩瓶酒跟一副斜視的眼神進入審訊室，在幾個鐘頭後跟一位溫順羞愧的兇手一同出現。「坦白最重要，」尼季汀解釋：「如果你不運用宗教或心理學，那至少讓他們坦承罪行。普魯斯特說過你可以誘惑任何女人，只要你願意坐下來聽她抱怨到凌晨四點就行了。在本質上，所有兇手都是愛抱怨的人。」「因為賄賂啊，小伙子。」尼季汀在艾凱迪問他從凶殺科調到政府聯絡事務的原因時這麼說。

「寇維爾。共產主義者。狄亞哥．里維拉。聯合廣場之戰。」尼季汀轉身回頭看，問道：「你的確知道紐約市在哪裡吧？」他滑了一下，碰掉了一本書，那本書又帶著另外兩本書掉下樓梯，然後又是另一本。在一陣不穩定過後，滑落逐漸停止了。

「告訴我寇維爾的事。」艾凱迪說。

尼季汀把頭當成手指搖晃。「更正：是寇維爾家族。《紅星》。」他使出力氣，緩慢爬過因為書牆而變窄的二樓走廊。

「寇維爾家有誰？」艾凱迪問。

尼季汀丟掉空酒瓶，結果絆到膝蓋，往後翻倒，肚子卡在書堆之間，動彈不得。「你從我辦公室偷了一瓶，凱沙。你是個賊。去你的。」

在與艾凱迪視線齊平處有一塊硬外皮乳酪和半瓶梅子酒，底下是一本書，標題為《1929—1941年美國境內之政治迫害》。他一隻手臂夾著酒瓶，翻看那本書的索引。「我可以借這本嗎？」

「幫我個忙。」尼季汀說。

艾凱迪把酒放到尼季汀手中。

「不。」尼季汀讓瓶子滑開。「留下那本書。別再回來了。」

畢洛夫的辦公室是座戰爭紀念館。由顆粒組成的小士兵行軍經過新聞照片。加了框的標題在面紙般薄的新聞紙上宣告：「英勇保衛伏爾加」、「激烈抵抗已鎮壓」、「英雄讚揚祖國」。畢洛夫張著嘴睡著了，下唇跟襯衫前面都有麵包屑。一罐啤酒豎立在他手中。

艾凱迪坐到另一張椅子上，打開他從尼季汀那裡帶來的書。

一九三〇年聯合廣場集會為美國共產黨所組織最大規模的公共集會。熱切想與社會主義先鋒互動的失業勞工蜂擁至廣場，數量甚至超過指揮者之預期。儘管紐約警察局局長格羅弗．A．惠倫下令不讓地鐵在鄰近廣場處停靠，估計人數仍超過五萬。警方及其探員採取其他方式以破壞、分裂或削弱參與者的意志。在唱〈國際歌〉時，來自所謂激進小隊的臥底探員滲透了廣場。奸細們並未成功挑起針對制服警察的攻擊。惠倫局長指示禁止使用底片相機記錄這場光榮的集會，隨後則氣急敗壞表示：「我看不出讓叛逆言詞成為不朽的理由，而我也無意執行審查。」他的聲明象徵了警察在資本社會中的矛盾角色：一個角色是和平的守護者，而這與其最重要的角色互相衝突：剝削者階級的兇惡看門狗。

艾凱迪跳過一段朗讀，那是讓興奮的人群聽來自史達林對於團結的談話。

發言人威廉．Z．福斯特隨後提議和平遊行至市政廳。然而，當群眾開始集中，一輛警方裝甲車卻阻擋了去路。此即惠倫對集中於後街之警力所下的信號。採取步行以及如同哥薩克人騎著馬的警察攻擊了手無寸鐵的男人、女人與幼童。黑人尤其為遭受襲擊的目標。有位黑人女孩被一名警員架住，任其同夥對她的胸部和腹部拳打腳踢。詹姆斯·寇維爾與艾德娜·寇維爾為天主教左派雜誌《紅星》編輯，兩人均被亂棒攻擊而倒臥於自身血泊中。騎警撞倒的人除了有舉著標語的黨員，也包含了只是路過的市民。黨的領袖人物遭到攻擊並逮捕，關入牢房，不得會見律師或保釋，其根據即為惠倫局長之聲明：「這些社會的敵人必須被趕出紐約，無論其憲法權利為何。」

產業案件科調查組長睜開濕黏的眼睛，舔了舔嘴唇並坐直身子。

「我只是在，」他邊說話邊抓好開始傾斜的啤酒，「研究一些工廠的指令。」他將吃剩的三明治揉成一團，丟進廢紙簍，這動作讓他打了個嗝，接著他瞪著艾凱迪。「你在這裡多久了？」

「我只是在看一本書，謝叔，」艾凱迪說：「這本書告訴我，『社會的敵人必須被驅逐，無論其憲法權利為何。』」

「那很簡單，」老人思考片刻後回答：「根據定義，社會的敵人不具有憲法權利。」

艾凱迪彈了一下手指。「厲害。」他說。

「那是小學生的東西。」畢洛夫揮揮手無視奉承。「你要幹嘛？現在你只在有所求的時候才會聽我的話。」

「我想找到在一月被丟進河裡的一把武器。」

「你指的是丟到河上。都結冰了。」

「對，但也許不是整條河。有些工廠還是會排放溫水到河中，那裡可能永遠都不會結冰。沒有人比你更清楚工廠的事。」

「汙染是備受關注的領域，凱沙。關於環境有很多強硬的指令。你小時候老愛跟我抱怨工廠的事。你真的是個討人厭的傢伙。」

「乾淨的溫水，可能是在特別的工業延期審理時排放的。」

「每個人都覺得自己很特別。在莫斯科市內排放廢水是嚴格禁止的，多虧了你這種人。」

「但是工業必須有進展。國家就像身體。一開始是肌肉，後來才有護髮霜。」

「確實，而你在說出真相的時候，就像是在取笑我，凱沙。你寧願待在像巴黎那種花俏的城市裡。你知道他們為什麼有那麼大的馬路嗎？這樣比較好解決共產主義者啊。所以別針對汙染的事來向我發牢騷了。哎呀！」畢洛夫揉了揉臉，臉上的肉像布丁一樣晃動。「你要找的是高爾基鞣革廠。在一件非常特別的延期審理案件中，他們確實會排放經過處理的水。你要知道，所有的染料都弄掉了。我有張地圖……」

畢洛夫翻挖桌子的抽屜，找出一張工業地圖，那是一件橘黑色的物事，展開來有桌布大小。

「手套、記事本、槍套，那類的東西。這裡——」他的手指放到高爾基公園旁的碼頭上。「放流管。雖然那裡的河水會結冰，不過只有表面一層。重物可以穿過，而冰層大概又會在一個鐘頭後再形成。那麼，凱沙，你覺得有人把槍丟到河中唯一結冰不到一公尺厚的地方，這種機率有多大？」

「你怎麼知道我是在找槍，謝叔？」

「凱沙，我只是上了年紀。我沒有老態龍鍾也沒聾。我聽得到一些事。」

「什麼事？」

「就一些事。」畢洛夫看著艾凱迪，接著將目光移向牆上裱了框的英雄。「我已經什麼事都不懂了。以前一個人可以相信未來。雖然有黨派，有錯誤的判斷，或是肅清異己可能做得太過火，但本質上我們都是同心協力的。現在呢……」畢洛夫眨了眨眼。老人從沒像這樣對艾凱迪吐露心聲。「文化部長因為貪汙被解職，她讓自己成了百萬富翁，她蓋了宮殿。一位部長啊！我們不是想要改變那一切嗎？」

莫斯科製片廠的外景拍攝日結束了。

艾凱迪跟著伊莉娜．亞薩諾娃經過一處布景：一座小木屋，以及由金屬線撐起的樺木。他感覺得到方形草皮底下有電線。儘管有塊牌子寫著**禁止吸菸**，女孩還是透過舊亮漆濾嘴抽著最便宜的紙盒裝papirosi香菸。在她那件俗豔的阿富汗大衣底下，是件輕薄的棉質洋裝，還有一枝鉛筆被細線繫著掛在她頸間，而這反而突顯了她優美的頸項線條。她的褐色長髮放下來，目光幾乎與艾凱迪齊平，大膽直視著他。她臉頰上的印記逐漸散發出紅色光芒，但與夕陽完全無關。這是托爾斯泰所描述在博羅金諾那些砲兵臉上的光芒，是一種在即將開戰之前因為興奮而有的泛紅。

「瓦蕾莉亞．戴維朵娃和她的愛人柯斯提．波若丁來自伊爾庫次克，」艾凱迪說：「妳來自伊爾庫次克，妳是瓦蕾莉亞在那裡最好的朋友，妳從這裡寫信給她，而她死在這裡時穿著妳『遺失』的冰刀鞋。」

「你要逮捕我嗎？」伊莉娜質問艾凱迪。「我上過法學院，我跟你一樣懂法律。如果你要逮捕我，必須要有一位民警在場。」

「妳之前告訴過我。跟瓦蕾莉亞和柯斯提一起被發現的男人是美國人，叫詹姆斯．寇維爾。妳在大學就認識詹姆斯．寇維爾了。為什麼妳要一直對我撒謊？」

她避開他的問題，帶他走了個圈繞過假木屋。她的虛張聲勢讓他覺得自己好像在追蹤一隻鹿。

「這不是針對你，」她回頭看，「我通常會對你這種人說謊。」

「為什麼？」

「我對待你的方式就跟我對待痲瘋病患一樣。你有病。你是一個痲瘋病組織的成員。我不想被傳染。」

「妳研究法律是想成為瘋瘋病患？」

「是律師。從某方面來看，也是醫生，這樣才能保衛健康對付疾病。」

「不過我們在談的是謀殺，不是疾病。」艾凱迪自己點了根菸。「妳很勇敢。妳以為會有像貝利亞[35]那樣的人來這裡在妳眼前吃掉嬰兒。我要讓妳失望了；我來這裡只是要找出誰殺了妳的朋友。」

「現在換你對我說謊了。你感興趣的只有屍體，不是某人的朋友。你只在乎你的朋友，不是我的。」

這是隨意拋出的指控，但她說中了。他來片廠的唯一理由就是為了巴夏。

他改變話題：「我查過關於妳的民警紀錄。妳犯了什麼反蘇聯誹謗罪而被大學開除？」

「講得好像你不知道一樣。」

「也許我真的不知道。」艾凱迪說。

伊莉娜．亞薩諾娃靜止了一會兒，就像他第一次來片廠時見過的那樣，沉浸在自信或是專注的世界中。

「我想，」她說：「我比較喜歡國安會的人。至少他們打女人耳光時很坦率。你的方式，你那種虛假的關心，都顯露了性格上的弱點。」

「這不是妳在大學說的話。」

「我告訴你我在大學說了什麼。我在自助餐廳跟朋友聊天，我說我願意不惜一切離開蘇聯。某些共青團的小人坐在隔壁桌聽到了。他們舉發我，然後我就從學生名冊中除名了。」

「妳一定在開玩笑。妳應該要解釋的。」

她走上前，兩人差點就碰觸到了。「但我不是在開玩笑，我是百分之百認真的。警探，如果現在有人給我一把槍，告訴我如果殺掉你就能離開蘇聯，我就會直接對你開槍。」

「真的？」

「我會很樂意的。」

她在艾凱迪身旁的樺木上捻熄了菸。白色樹皮變黑，在餘燼周圍冒出煙霧，還有一些樹皮著火捲曲了。艾凱迪感到一陣明顯的疼痛，彷彿那陣溫熱就刺在他胸口。他相信她。事實從她身上傳進了那棵樹，也傳進他的體內。

「亞薩諾娃同志，我不知道這件案子為什麼還在我手上，」他再次嘗試：「我不想要這件案子，它也不該由我處理。可是有三個可憐的人被殺了，我只要求妳現在跟我去認屍。或許可以從衣物或——」

「不要。」

「就讓自己確定他們不是妳的朋友。妳不會想要確定一下嗎？」

「我知道不是他們。」

「那他們在哪裡？」

伊莉娜．亞薩諾娃沒說話。那棵樹上有一塊烙印。雖然她沒說話，但通往事實的路仍然敞開著。艾凱迪不由自主笑了起來，訝異自己竟如此愚蠢。一直以來他都在問自己，奧斯朋想要從兩個俄羅斯人身上得到什麼，但他從來沒自問過，他們想從他身上得到什麼。

「妳覺得他們在哪裡？」他問。

他感覺得到她屏住呼吸。

「柯斯提跟瓦蕾莉亞要逃出西伯利亞，」艾凱迪自己回答：「對柯斯提這種大盜根本不是問題，即使他偷了俄羅斯航空的機票。如果付得起，就有可能在黑市買到工作文件和居留證，而柯斯提買得

35 Beria，史達林發起肅清運動時的重要幹部。

起。但是莫斯科還不夠遠。柯斯提想要一路逃出去。這是不可能的，因為他跟一個沒有再入境蘇聯紀錄的美國人死在一起了。」

伊莉娜．亞薩諾娃後退走進僅存的陽光下。

「事實上，」艾凱迪說：「那就是妳坦承認識他們的唯一理由。我知道他們死在高爾基公園，可是妳以為他們在國外活著。你以為他們離開了。」

她洋溢著勝利的笑容。

12

潛水伕踢起一陣旋轉的黑暗，是冬天的裂縫。密封的泛光燈下降到水裡。一隻手出現，接著是一塊鰭板；男人們在馬克西姆高爾基鞣革廠與莫斯科河交會的水下放流管附近探查。

堤岸道路上，拿著提燈的民警對早晨偶爾經過的卡車揮手。艾凱迪經過一片沒有燈光的區域，而威廉．寇維爾就坐在艾凱迪車子後座的陰影深處。

「我不保證任何事，」艾凱迪說：「如果你要的話，可以回酒店，或是去你的大使館。」

「我要待在附近。」寇維爾的眼睛在黑暗中閃爍。

堤岸那裡又一位潛水伕跳下水，濺起一陣水花。另一盞泛光燈隨著鏈條喀噠降下，民警們則是拿著竿子將鬆散的浮冰從牆邊推開。

艾凱迪拿出一個厚信封。「這些是高爾基公園三具屍體的驗屍報告。」他說。艾凱迪依賴著一種特殊的熟悉感：動作笨拙口出穢言的民警、探照且刺眼的民警提燈、遍布各處的環境調查探員。在未經打擾思考了一天後，寇維爾應該確定了艾凱迪不是國安會的人——國安會沒有人會真的這麼無知。

「讓我看看。」寇維爾伸出手。

「詹姆斯．寇維爾是誰？」艾凱迪問。

「我弟弟。」

艾凱迪將信封遞進車窗；第一次交易完成了。信封裡並未提及奧斯朋。如果威廉．寇維爾只想協助調查，他第一天到莫斯科時就會送來齒科報告與X光了。可是他也帶了一把武器，所以只要他還不知道該攻擊誰，就會願意交易。他已經沒了槍也不要緊。他還有雙手。

一位河上巡邏隊的警官過來告訴艾凱迪，潛水伕都凍僵了，而且在河底也沒找到任何袋子。艾凱迪走到對街牆邊時，被警察小隊長拉到旁邊，跟來自十月區一位負責巡邏碼頭的年輕民警說話。男孩記得一月某個晚上，有輛齊古立轎車停在堤岸道路上。也許是二月。他只記得駕駛是個德國人，別著一枚柏林「皮球」俱樂部的領針。「皮球」是共青團對青年足球的稱呼。民警會知道駕駛是德國人，是因為他很沉迷於收集領針，所以向那男人提議買下胸針，卻被對方濃厚的口音拒絕了。

「再繼續找半小時吧。」艾凱迪對潛水伕說，結果才經過十分鐘，他們就大喊起來，爬上堤岸的繩梯，拖起一個覆滿淤泥、漏出河水與鰻魚的袋子。

袋子為皮革製，連著一條繩圈。艾凱迪戴著橡膠手套，在一盞泛光燈下打開袋子，在分泌物、酒瓶和玻璃中翻找，最後抽出了一根槍管。他拉出一把細瘦的大型自動手槍。

「警探同志？」

費特抵達了。自從審問完戈洛欽之後，艾凱迪就再也沒見過他。警探站在泛光燈邊，調整一下眼鏡，緊緊盯著那把槍。「有什麼我能做的嗎？」他問。

艾凱迪不知道費特在巴夏之死中扮演著什麼角色。他只知道他想要這警探滾開。

「有，」艾凱迪說：「取得過去十六個月裡失竊的聖像清單。」

「在莫斯科失竊的聖像嗎？」

「還有莫斯科周圍的，」艾凱迪說：「還有烏拉山這一側的每個地方。另外，警探……」

「是？」費特緩慢向前。

「接下來，警探，去調查所有在西伯利亞失竊的聖像，」艾凱迪說：「你知道西伯利亞在哪裡吧。」

艾凱迪看著警探悶悶不樂地進入黑暗中；他會忙上一整週，而那些清單大概不可能會派上用場。他小心翼翼將槍放進一條手帕。民警之中沒有半個人認得出槍的型號，包括老鳥。艾凱迪拿了些錢給河上巡邏隊的警官去為潛水員買白蘭地，自己拿著袋子和槍回車上。

他載寇維爾到克林斯基橋下的一輛計程車旁。快要天亮了。車庫外，穿襯衫的司機們正在取出和重組快要瓦解的計程車之零件。做生意的人在車子之間晃盪，在尺寸過大的大衣底下販賣偷來的零件。

寇維爾檢查手槍。「好槍。七點六五毫米曼利夏（Mannlicher）的阿根廷版本。很快的槍口初速，精準，八發子彈容量。」他從握把滑出彈匣時，泥巴噴到了他的上衣。艾凱迪到寇維爾的酒店房間叫醒他時，沒注意到他又穿成俄羅斯人的樣子。「剩下三發子彈。」他滑回彈匣，歸還手槍。「曾經是阿根廷的軍用武器，後來他們換成了白朗寧手槍。曼利夏賣給了美國的槍店，所以我才會知道。」

「枕頭，」艾凱迪打量著寇維爾的衣褲，「我沒檢查你的枕頭。」

「沒錯。」寇維爾幾乎露出笑容。他交回信封，擦了擦手指，接著從上衣口袋抽出一張卡片。卡片上有十處墨水汙跡。是一張指紋卡。「你也漏掉了這個。」他搖搖頭，在艾凱迪伸手要拿時將卡片收起來。

「聽著，我不會給你看的」——寇維爾張開雙臂，蓋住了後車窗的窗台——「不過我一直在思考。也許你就是你所假裝的樣子，藍柯。也許我們可以一起做點什麼。你說你的一位警探被射殺，而且你也失去了戈洛欽。你非常需要幫忙。」

「所以？」

「你那份吉米的檔案——」寇維爾朝文件夾點了點頭。

「你叫他吉米？」

「對。」寇維爾聳肩。「驗屍報告還不算太差，但是沒有後續。」

「什麼意思？」

「警探工作。這叫做『起來動一動』。讓五十個人詢問今年冬天去過公園的所有人。問他們一次、兩次、三次。在報紙上寫這件事，並且在電視上公佈一支警方專線。」

「真棒的想法，」艾凱迪說：「如果我是在紐約，一定會這麼做。」藍色眼睛變得冷酷。「要是我真的指認了我弟的屍體，接下來會怎麼樣？」

「這就會變成國安會的案子。」

「KGB？」

「沒錯。」

「我會怎麼樣？」

「你會被拘留以提供證據。我可以隱瞞我們在公園見面的事，還有關於你的武器的事。拘留不會很難熬。」

「你可以讓它有趣點嗎？」寇維爾問。

「沒辦法太有趣。」這個突如其來的問題讓艾凱迪笑了。

「那麼」——寇維爾點了根菸，將火柴彈出車窗——「我想我比較喜歡這樣的安排。只有你跟我。」

有位計程車司機過街來問他們是否有要買或賣的汽車零件。艾凱迪打發他走。

「『安排』？」艾凱迪問寇維爾。雖然他心裡是這麼想，不過從寇維爾口中說出來讓他感到不安。

「一種共識——互助，」寇維爾說：「好了，在我看來，那個叫柯斯提的大塊頭最先倒下，對吧？吉米是第二個。他那條瘸腿，我很訝異他竟然會去溜冰。最後，那個叫戴維多瓦的女孩。我不懂的是對頭開槍，除非兇手知道吉米的根管治療，也知道這跟俄羅斯牙醫的處理方式不同。你可沒懷疑任何牙醫吧，藍柯？或是」——他露出微笑——「任何外國人？」

「還有其他的嗎？」艾凱迪以平淡的語氣問，不過他可是花了好幾天才找到根管治療的線索。

「好吧。衣物上的石膏粉。聖像，對吧？所以你才會叫那傢伙去弄清單。順帶一提，我就是跟蹤那傢伙到國安會的。也許你不是他們的走狗，但他是。」

「我們所見略同。」

「很好。現在，把我的警徽還給我。」

「還不行。」

「藍柯，你對我有所保留。」

「寇維爾先生，我們對彼此都有所保留。我們只差一步就是徹底說謊了，記住這點。由於我們都不知道對方何時會背叛自己，所以這件事我們必須一步一步來。別擔心，你會在回家之前拿回警察徽章的。」

「是警探徽章，」寇維爾又糾正他一次，「還有別開自己玩笑了，我不需要那個。如果那會讓你感到好過點，就多留個一兩天吧。同時，你知道『爛』這種表達方式嗎？這就是用來形容你在這件案子的外勤工作，更別提你目前在聖像方面的進展是零。我認為我們最好分開行動，只見面交換情報。聽著，只有這樣對你才有好處。給我可以聯絡到你的號碼。」

艾凱迪寫下他辦公室跟烏克蘭酒店房間的電話號碼。寇維爾將號碼塞進上衣口袋。

「女孩很漂亮吧？跟吉米一起被殺的那個？」

「我想是吧，為什麼問？你弟很喜歡女人？」

「不。吉米是個苦行專家。他不碰女人，可是他喜歡接近她們，而且他很挑剔。」

「說清楚點。」

「聖母瑪利亞啊，藍柯。你知道是誰吧。」

「我想我不明白。」

「哎呀，別逼這麼緊，」寇維爾打開車門，說：「我只是開始相信你是認真的了。」

艾凱迪看著寇維爾過街，在計程車司機之間移動，以一種很有自信的隨意感穿梭其中。在一處打開的車蓋邊，他靠過去說了些話。艾凱迪心想，下一秒他就會給菸了。寇維爾果然這麼做，而司機們開始聚集過去。

艾凱迪打算利用寇維爾。那個美國人腦中很顯然還想著別的事。

艾凱迪將袋子和槍交給雷歐丁處理之後，就前往中央電話電報局，下令監聽伊莉娜．亞薩諾娃住處周圍的公用電話。像她這樣沒有電話的人並不少見；人們要等上許多年才會有這種特權。讓艾凱迪感興趣的，是其他顯露出貧窮的特徵：她的二手衣物和靴子、紙盒裝的菸。莫斯科製片廠到處是領同樣薪水的女人，但都打扮得很時髦，好去參加製片人協會替外賓舉辦的宴會，而在那種地方，以有教養的方式鑑賞一瓶法國香水或是穿上免燙裙都是司空見慣的。伊莉娜．亞薩諾娃一定受過邀請；結果她卻在金錢上精打細算。他很欣賞她。

雷歐丁上校向艾凱迪講解在河裡找到那個已經弄乾並檢驗過的破袋子時，檢驗室的電話響起。一位助理接起，將話筒遞給艾凱迪說：「藍柯同志。」

「我晚點再回電給妳。」艾凱迪對柔亞說。

「我們現在就必須談。」她的聲音很刺耳。

艾凱迪示意雷歐丁繼續。「這個皮袋是波蘭製的。」法醫專家開始說明。

「艾凱迪？」柔亞問。

「一條皮繩穿過袋子頂部的金屬孔眼」——雷歐丁示範著——「這樣就可以手提或肩掛。非常輕便，只有在莫斯科和列寧格勒的民眾才買得到。這裡」——他用一枝削尖的鉛筆指著——「袋子底部角落有個洞，這個洞被不只一發子彈撐大了。洞口周圍有火藥痕跡，而袋子的皮革與在GP1彈頭上找到的皮革碎片相符。」

是殺了柯斯提．波若丁的那顆子彈。艾凱迪點頭要他繼續。

「我向市法院提交了一份離婚申請書，」柔亞說：「費用是一百盧布。我希望你付一半。畢竟我把公寓留給你了。」她停了一下等待回應。「你在聽嗎？」

「是。」艾凱迪斜著對話筒說。

雷歐丁在一張桌子上清點物品：「三個鑰匙圈，每個鑰匙圈上都有一把類似的鑰匙。一支打火機。一個日尼亞伏特加[36]的空瓶。半瓶馬爹利干邑白蘭地。兩隻斯巴達克冰刀鞋，尺寸為特大號。一罐破掉的法國草莓果醬。提醒一下，不是進口的；這一定是從國外帶進來的。」

「沒有乳酪、麵包、香腸？」

「河裡的魚和鰻魚在那個袋子進進出出了幾個月啊，警探，拜託。裡面有動物脂肪，顯示有其他

---

36 原文為Extra vodka，查無Extra這個牌子，但是有Zyntia Extra Vodka，應是指Zyntia這品牌（酒瓶上也有Extra字樣）。

食物。另外，還有微量的人體組織。」

「艾凱迪，你現在就得過來，」柔亞說：「這樣比較好看，而且我們可以跟法官閉門會談。我已經跟她談過了。」

「我很忙。」艾凱迪對電話說，然後問雷歐丁：「指紋？」

「你不會期望有任何指紋吧，警探。」

「現在，」柔亞堅決地說：「要不然你會後悔。」

艾凱迪一隻手摀住電話。「不好意思，上校。給我一分鐘。」

雷歐丁舉起手銬仔細查看，然後跟一群檢驗室助理離開了桌旁。艾凱迪背向他們，輕聲說：「妳到底是用什麼理由申請的？我打妳？我喝酒？」

「首先，」——他聽得出她喉嚨緊縮——「不合適。我有證人。娜塔莎和舒密特博士。」

「那麼……」他無法清楚思考。「妳在黨裡的地位呢？」

「埃文——」

「埃文？」

「舒密特博士說我不會受到負面影響。」

「謝天謝地。我們有多不合適？」

「看情況，」柔亞說：「要是我們得上公開法庭，你一定會後悔的。」

「我已經後悔了。還能後悔什麼？」

「你的言論。」她輕聲說。

「什麼言論？」

「你的言論，你整個人的態度。你所說的關於黨一切。」

艾凱迪注視著話筒。他試著在心中想像柔亞的樣子，結果想起了那張先鋒隊海報以及玉米一樣金黃的頭髮。然後是一面空白的牆。被洗劫過的公寓。他想到枯死的場景，彷彿他們的婚姻這些年來已被某種無形貪婪的動物啃食殆盡。不過這種思考方式很像雷歐丁，再說其實也沒什麼好挽留的；那些畫面已經變得模糊，而他正在跟一片空虛對話。在這個人與即將成為前妻的對象交談而形成的空虛中，對於政治、情感與嘲諷的分析全都消亡了。

「我相信妳的未來不會有負面影響，」他說：「只是我得等到五月。再過幾天。」他掛斷了。

雷歐丁拍了拍手。「回歸正題。槍必須浸過酸浴才能讓彈道部門試射。不過，我現在就能告訴你這些，警探。我們的軍火專家強烈認為那把槍是把曼利夏，口徑跟在高爾基公園殺人的那把槍一樣。明天我就能告訴你確切的型號。同時我們也會竭盡全力的。藍柯警探，你在聽嗎？」

艾凱迪順道經過新庫茲涅斯科街打聽寇維爾是否有來電，不巧被困在一場意識形態集會中。這種集會很少舉行，通常是由一個人從《真理報》的第一頁開始朗讀，其他人則翻閱運動雜誌。不過這次是來真的；一樓審訊室都是地區警探，面對著曲欽跟一位來自謝爾布斯基研究所的醫師。

「蘇聯的精神病學即將要有重大突破，而這項重大聲明完全以精神病為依據，」醫師說：「長久以來，負責健康與正義的機構都是以不協調的方式分別運作。今天，我很高興能夠說，這種情況就快結束了。」他停下來，在口中放了片糖錠，然後整理桌上的文件。「研究所發現，罪犯們受到一種心理困擾所苦，我們將其命名為非正統病變。理論上和臨床上都支持這項發現。在不正義的社會中，一個人可能會因為適當的社會或經濟理由犯法。在正義的社會中就沒有任何正當理由，除了精神病。認識這項事實，能夠保護違法者以及律法遭受其攻擊的社會。這能夠給予違法者機會，將其隔離，使其病症受到專業治療。因此你們知道這有多麼重要：探員必須提升自身的心理意識，這樣才能在偏離正常者有機會犯法之前察覺其非正統病變的細微徵兆。我們的職責是防止社會受到傷害，並且拯救病人，使其免於遭受自身行為的後果。」

醫師用雙手翻到下一頁。「你們會對謝爾布斯基研究所目前從事的研究感到驚奇。我們現在已經證明了罪犯的神經系統不同於正常人。他們一開始來會診時，不同對象可能會顯示出極為不同的行為，有時會說出不合理的言論，有時看似就和你我一樣正常。然而，在隔離病房待上幾天之後，他們就會陷入緊張症。我本人就曾經將針頭刺入這種非正統病變患者的皮下兩公分處，並觀察到對方毫無痛覺。」

「你是從那裡刺入針頭的？」艾凱迪問。

艾凱迪辨公室的電話響起，於是他溜到樓梯間。曲欽對醫師說了些耳語，而醫師寫下註記。

＊

「我小時候養過一隻貓。」娜塔莎．密柯言撫摸著蓋在腿上的馬海毛毛毯。「好柔軟，跟絨毛一樣輕，你幾乎摸不到她的小肋骨。我應該當隻貓的。」

她蜷縮靠著沙發一端，毛毯拉高到睡袍的皺衣領，裸露的小腳趾踩在沙發坐墊上。公寓的窗簾拉起，室內沒開燈。她的頭髮鬆散，一撮撮在脖子上形成小型的逗號。她啜飲著琺瑯杯中的白蘭地。

「妳說妳想要談一件謀殺案，」艾凱迪說：「什麼謀殺案？」

「我的。」她用佔有的語氣回答。

「妳懷疑誰想要殺妳？」

「當然是米夏啊。」她壓抑住輕笑，好像他問了個蠢問題。

儘管室內光線昏暗，他還是看出跟他上週過來吃晚餐時有所不同。變得不多，有一張照片歪了，菸灰缸塞滿了粉筆般的菸屁服，空氣中的灰塵，以及一種像是花腐爛的味道。一個手提包放在沙發和他椅子之間的桌上；那旁邊有唇膏和一面鏡子，而她移動姿勢時，膝蓋碰到桌子，使得唇膏來回滾動。

「妳最早是從何時開始懷疑米夏想要殺妳？」

「噢，好幾年了。」這像是事後想起的回答。「你可以抽菸，我知道你緊張的時候喜歡抽菸。」

「我們認識很久了。」他附和，然後摸索著菸。「妳怎麼會覺得他想殺妳？」

「我會殺死自己。」

「那不是謀殺，娜塔莎，那叫自殺。」

「我就知道你會那麼說，但這不是重點。我只是工具，他是兇手。他是個律師，他不會冒任何風險的。」

「妳是指他想要逼瘋妳，是這樣嗎？」

「如果我瘋了，我就無法告訴你他要做的事了。再說，他早就奪走了我的生命。我們現在只是在談我的事。」

「啊。」

她看起來不像瘋了。事實上，她在語氣之下做著白日夢，表面則是默許。現在他想了想，發現他和娜塔莎雖然一直是好友，卻從不真正親近。

「好，」他問：「妳要我為妳做什麼？我會跟米夏談談——」

「跟他談？我要你逮捕他。」

「因為謀殺？別自殺，就不會有謀殺了。」他試著露出笑容。

娜塔莎搖著頭。「不，我不能冒任何風險。我現在就得讓他被逮捕，趁我還可以的時候。」

「理性點。」艾凱迪失去了耐性。「我不能因為某個人還沒犯的罪就逮捕他，尤其這話還是來自一位要自我了結的受害者。」

「那你就不是一個好警探了，對吧？」

「妳為什麼叫我來？為什麼要跟我談？去找妳丈夫談吧。」

「我喜歡那聽起來的感覺。」她側著頭。「『妳丈夫。』有一種像是法官的好聽語氣。」她溫暖地縮起身子。「我認為你跟米夏完全一樣。他也這麼想。他總說你是他『好的那一面』。你做的事都是他希望自己能做的；所以他才會這麼崇拜你。如果我無法跟他『好的那一面』說他想要殺我，我就無法告訴任何人了。你知道嗎，我常納悶我們在大學時，你一直對我沒興趣是為甚麼。我以前很有魅力的。」

「妳現在還是。」

「你現在有興趣了嗎？我們可以在這裡做；我們不必去房間，我保證絕對安全，一點危險也沒有。不要？說實話，凱沙，你一直很誠實，這就是你吸引人的地方。不要？別道歉，拜託；我得告訴你，我也不感興趣。當我們再也不感興趣了，」——她笑著說——「我們之間還能有什麼呢？」

艾凱迪衝動地伸手抓起她的手提包倒出內容物，大部分是紙包的潘特吉諾（Pentalginum），這是一種含可待因和苯巴比妥的止痛藥，是成藥，也是這位家庭主婦的藥癮。

「妳一天吃多少這東西？」

「你注意到的是*modus operandi*[37]。你真專業。男人都這麼專業，這麼快就能讓人吐露真相。不過我讓你無聊了，」她爽朗地說：「你已經有些死者要處理了。我只是想要擴大你的範圍。你是我認識唯一可能在乎的男人。你現在可以回去工作了。」

「妳要做什麼？」

「噢，我只會坐在這裡。像隻貓一樣。」

艾凱迪搖著頭往門口走了幾步。「我聽說妳要在離婚法庭作證對付我。」他說。

「不是對付你。是為了柔亞。老實說，」娜塔莎溫柔地說：「我從來不覺得你們兩個是一對，從來不。」

「妳可以嗎？我得走了。」

「我好極了。」她故作端莊將杯子舉到嘴邊。

艾凱迪在大廳電梯遇到了米夏，他剛回來，不好意思地紅著臉。

「謝謝通知。我沒辦法早點走。」米夏想要直接經過。

「等等，你最好帶她看醫生，」艾凱迪說：「還有別讓她吃那些藥了。」

「她會沒事的。」米夏後退走向自己的公寓。「她以前就這樣過，她會沒事的。你不如管好自己的事吧？」

艾凱迪花了一下午處理文件，檢查漢斯．溫曼登記的齊古立轎車，並重新檢查奧斯朋的簽證。美國人從巴黎到列寧格勒是搭鐵路，一月二日抵達。好一趟旅程，即使搭「軟臥」車廂經過法國、德國和波蘭，想必也非常冗長乏味，尤其是像奧斯朋這麼有權力的生意人。不過列寧格勒在冬季會冰封而無法搭船，而機場通關時可能又會發現那把曼利夏。

下午稍晚，艾凱迪參加了巴夏．帕弗洛維奇的火化儀式，他的遺體終於被釋出，放進一個松木箱，推到了瓦斯噴嘴上。

---

37 拉丁語，指「犯案手法」。

＊

小流氓們踢掉了紅色招牌上的字，只留下一個詞：HOPE（希望）。

里卡契夫汽車廠的煙囪在夜裡消失了。街上商店都已關閉，賣伏特加的那家店外頭有鐵柵欄保護。醉鬼朝著一位民警背後大喊：「操你媽的垃圾東西！」民警離開人行道到街上，尋找巡邏車。

艾凱迪走進先前跟史旺碰過面的餐館。老顧客挨擠在圓桌旁，手放在酒瓶上，硬挺的外套掛在椅背，盤子裡有生洋蔥和刀。櫃台擺著一部電視機，正在進行非法娛樂：迪納摩vs.敖得薩的足球賽。艾凱迪直接進入廁所，而寇維爾正在對著尿孔撒尿。他穿著一件皮夾克，頭戴一頂布帽。儘管光線不足，艾凱迪還是能看見寇維爾的臉，除了平常那股危險的緊繃感，他看起來容光煥發。

「好玩嗎？」艾凱迪問。

「站在別人的尿裡？當然。」他拉起拉鍊。「就像《在他媽的底層》[38]。你遲到了。」

「抱歉。」輪到艾凱迪了，他站在尿孔兩呎外，沒踩到地板上積累的尿水。他好奇寇維爾已經喝多少了。

「曼利夏查到了嗎？」

「看起來會。」

「那你他媽的今天來這裡幹嘛？練習尿準一點嗎？」

「你還可以再尿歪一點。」他看著寇維爾的鞋子。

他們回到寇維爾原本在酒吧角落的桌子。半瓶伏特加立在桌子正中央。

「藍柯，你愛喝嗎？」

艾凱迪考慮離開。寇維爾還夠清醒但很難預料，而艾凱迪總聽說美國人的酒量很差。可是史旺會來，而他不想錯過。

「你說呢，藍柯？等一下我們來場撒尿比賽——距離、時間、準頭、風格。我讓你。一隻腳。這還不夠？不用手？」

「你真的是警察嗎？」

「在這兒我只見到一個而已。來吧，藍柯，我請客。」

「你很喜歡侮辱人，是吧？」

「只有靈感來的時候才會。你寧願我像之前那樣揍你嗎？」寇維爾往後靠，交抱手臂，欣賞地環視四周。「好地方。」他的目光回到艾凱迪身上，故意擺出一副受到傷害的幼稚樣。「我說這裡是個好地方呢。」

艾凱迪走到櫃台帶了一瓶酒回來，還替自己拿了個杯子。他將兩根火柴放在兩人酒瓶之間的桌面上，把其中一根對半折斷，然後兩根都蓋住，只讓火柴頭從手中露出，他說：「抽到短的喝。」

寇維爾皺著眉抽出一根。短火柴。

「狗屁。」

「俄語說得很好，但措辭不對。」艾凱迪看著寇維爾喝。「還有，你靠近兩側的頭髮應該要修剪。別把腳放到椅子上。只有美國人才會把腳抬起來。」

「噢，看來我們的合作會很愉快。」寇維爾一口氣喝完杯中的酒，頭往後仰，跟艾凱迪一樣。他們再抽一次火柴，寇維爾又輸了。「操你媽的流氓無產階級禮儀。不錯嘛，藍柯。除了讓你的血液從

38　指Maxim Gorky的知名劇作《底層》（The Lower Depths），此處讓主角說成「Lower Fucking Depths」。

大腦流向屁股以外，告訴我你還做了些什麼吧。」

艾凱迪不打算告訴他奧斯朋的事，而他也不想讓寇維爾去找伊莉娜．亞薩諾娃，於是他提起重建那個死去女孩頭骨的事。

「好極了，」寇維爾在艾凱迪講完時說：「我在應付一個他媽的瘋子。頭骨的臉？天哪。好吧，這很吸引人，就像在看古羅馬時期的警察程序。接下來是什麼，小鳥的內臟，還是你要丟骨頭？重建聖像，那是吉米在做的事。你的筆記也提到了一箱聖像。」

「是偷來或購買的，不是重建的。」

寇維爾搔抓著下巴和胸口；接著他的手移到夾克口袋，拿出一張明信片在艾凱迪眼前晃。在空白那面有一小段描述寫著「聖櫃，天使長大教堂，克里姆林宮」。另一面是張彩色照片，有一個鍍金的櫃子，裝著由水晶和黃金製的聖餐杯。櫃子周圍有聖像飾板，描繪白天使與黑天使之間的一場戰鬥。

「警探，你認為這年代有多久了？」

「四百年、五百。」艾凱迪猜測。

「試試一九二〇年吧。大教堂跟裡面的一切都是在那時修復的，同志。誰說列寧沒有品味？好，我說的只是櫃子的外框。那些飾板是真蹟。這可以當成一組在紐約賣到十萬塊以上。而且真的是這樣；這裡隨時都在運出飾板，但有時候不會以聖像的形式出去。也許某位商人會出口附聖像的二流聖櫃，但這只是故意變造成難看的樣子。於是我花時間依照我這個聰明的想法前往城裡每個該死的大使館，想要查出過去六個月裡誰在出口聖像，或是具有聖像的箱子或椅子。什麼也沒找著。後來我回美國大使館去找政治專員，他是中情局本地長官，也是個拿著鏡子都找不到屁眼的人，所以他在暗地裡只說走私一尊還不錯的聖像可以有效防備通貨膨脹。在那種地方光是要提起一包外交郵袋就可能害你得疝氣了。只是，這種東西是禁止私人經銷商的。當然，後來我才明白，你沒有黃金就沒辦法重建，而在這個國家裡又不能買到或偷到黃金，所以這整件事不了了之，而我又覺得有點渴，最後因為機緣來到你選的這間好廁所碰面。」

「柯斯提．波若丁可以。」艾凱迪說。

「在這裡買到黃金？」

「在西伯利亞偷到黃金。但是用新的櫃子裝舊聖像，這樣不會太明顯嗎？」

「他們會把櫃子弄舊。磨掉一些黃金露出紅玄武土。擦上一些棕土色。派一位警探去城裡每家藝品店檢查有沒有人買亞美尼亞紅玄武土、石膏、明膠顆粒、白粉、木工用皮膠、粗皮布、超細砂紙、羚羊皮——」

「你似乎有相關經驗。」艾凱迪寫了一份清單。

「隨便一個紐約警察都知道這些。還有，棉花、酒精、打孔器，還有一種平面拋光器。」寇維爾給自己倒了杯酒，艾凱迪則是潦草記下內容。「我很意外你們竟然沒在吉米的衣服上找到貂毛。」

「貂？為什麼？」

「要加上金色塗層只會用那種刷子，一種紅色的貂毛刷。這他媽的是搞什麼鬼？」

史旺出現時帶了位吉普賽人，是個老人，一張皺縮而警醒的老猴子臉，灰色捲髮上戴著一頂畸形帽子，脖子上綁了一條骯髒的印花大手帕。在蘇聯的所有統計調查中完全沒有失業人口，除了吉普賽人以外。儘管努力提拔他們或是送走他們，每個週日都還是可以見到他們在農夫市集賣護身符，每年春天他們都會像從地底迸出來一樣現身於市內的公園曬小孩，袒胸露背，乞討零錢。

「人們不會在藝品店買用品，」艾凱迪向寇維爾解釋：「他們會去二手市場、街角、某個人的公寓買。」

「他說他聽到一個西伯利亞人有金粉要賣。」史旺朝吉普賽人點了點頭。

「我還聽到有貂皮，」吉普賽人的聲音很粗：「一張皮五百盧布。」

「你可以在對面街角買到任何東西。」艾凱迪對寇維爾說，但是眼睛看著吉普賽人。

「任何東西。」吉普賽人附和。

「也包括人。」艾凱迪說。

「就像把我兒子送去勞改營，最後將會死於慢性癌症的那個法官。法官有考慮過我兒子留下的孩子嗎？」

「你兒子留下幾個孩子？」艾凱迪問。

「嬰兒。」吉普賽人的喉嚨哽咽，顯然充滿情緒。他在椅子上轉身往地板吐痰，然後用袖子擦嘴。「十個嬰兒。」

隔壁桌的醉鬼呻吟唱著一首情歌，他們互相搭肩，搖頭晃腦。吉普賽人動了動屁股，暗示般舔了舔嘴唇。「他們的母親非常美。」他輕聲對艾凱迪說。

「四個嬰兒。」

「八個是最後的——」

「六個。」艾凱迪把六盧布放在桌上。「如果你找到西伯利亞人的住處就是十倍。」他對史旺說：「有個紅頭瘦子跟他們一起。他們全都在二月初左右消失了。把美術用品清單抄下來，然後給吉普賽人一份。他們一定得向某個人買東西。他們大概住在郊區，不是市中心。他們不希望在躲藏的地方有一堆鄰居。」

「你會是個非常幸運的人。」吉普賽人把錢塞進口袋。「就像你父親。將軍非常大方。你知道我們跟著他的軍隊一路穿過德國嗎？他總會把好東西留給大家。不像某些人。」

史旺跟吉普賽人離開時，敖得薩隊在酒吧的電視上得了一分。迪納摩守門員皮爾蓋兩手叉腰站著，彷彿在環視一座無人的球場。

「吉普賽人查得到東西。」艾凱迪說。

「我也得讓我的線人去做那些事，別擔心，」寇維爾說：「選根火柴吧。」

艾凱迪輸了並喝酒。

「你知道」——寇維爾拿起杯子——「幾年前在德克斯朵公園有個案子，他們把一個女孩破碎的臉拼湊起來以識別。然後在紐約驗屍官辦公室有個傢伙的工作是重建臉孔，大部分處理的都是空難者。他會移除骨頭然後重新塑造皮膚。我猜你可以從另一個方向下手。嘿，這杯敬你那位死去的警探吧？」

「好。敬巴夏。」

他們喝著酒，抽火柴，然後又再喝了一些。艾凱迪感覺伏特加逐漸從胃部滲透到四肢。而他很高興見到寇維爾完全沒顯示出令人害怕的酒精痲痺現象；其實，他舒服地坐在椅子上，一隻手托著酒杯，顯示出他是個有經驗的酒客。他讓艾凱迪聯想到一位正要開始大步前進的長途跑者，或是一艘正在悠閒駛出波浪的駁船。光是這地方的臭味就會讓任何有教養的莫斯科人退避三舍。寧願死在莫斯科大劇院的階梯上，也不要在工人的酒吧裡活著。不過寇維爾似乎真的很自在。

「關於藍柯將軍的事是真的嗎？」他問：「烏克蘭屠夫就是你父親？那算是我們一個很重要的註解吧。我怎麼會沒注意到呢？」

艾凱迪在對方寬大紅潤的面孔中尋找刻意羞辱的表情。結果寇維爾展現出的只有好奇，甚至是友善的關注。

「你說得容易，」艾凱迪說：「對我就很困難了。」

「是啊。你怎麼沒當軍職？『烏克蘭屠夫之子』，你現在階級應該有一星了吧。怎麼，你是蠢蛋嗎？」

「你是指除了無能以外嗎？」

「是啊」——寇維爾笑了——「除了那以外。」

艾凱迪思考著。他不常這樣盡量顯得幽默，而他想要選擇對的答案。

「我的『無能』純粹就是訓練的問題；而你所謂的『蠢蛋』則是我本人的天賦。而且，我要再重複一遍，這非常困難。將軍在烏克蘭指揮戰車。今天總參謀部有一半的人都在烏克蘭指揮戰車。那場戰役的政委是赫魯雪夫。那是個如有神助的團體：全都是未來的黨委書記和元帥。於是我被送去對的學校，有對的家庭教師、對的黨資助人。如果他們讓將軍成為元帥，我是絕對逃不掉的。現在我在摩達維亞就會有我自己的飛彈基地了。」

「海軍呢？」

「去當那種有辮子跟配劍的花花公子？不，謝了。總之，他們沒讓他成為元帥。他可是『史達林的手臂』！史達林死後，其他人都無法信任他。陸軍元帥？門都沒有。」

「他們殺了他？」

「讓他退役。而我也能墮落成你現在看到的警探。挑根火柴吧。」

「這很有趣」——寇維爾抽到短的，喝了一杯——「人們老是問你怎麼當上警察的，對吧？有三種工作絕對會遇到這種問題：神父、妓女跟警察。這些是世上最必要的工作，可是人們老愛問。除非你是愛爾蘭人。」

「為什麼？」

「如果你是愛爾蘭人，你會出生在聖名會，而你只會去以下兩種地方之一：警察局或教堂。」

「『聖名』？那是什麼？」

「是簡單的生活。」

「有多簡單？」

「女人是聖人或淫婦。共產黨員是猶太人。愛爾蘭神父會喝酒；其他人都是娘砲。黑人對性瘋狂而且性能力很強。修女們會告訴你，有史以來最棒的書是約翰．J．華許寫的《最偉大的十三世紀》。胡佛是同性戀。希特勒有道理。地區檢察官會撒尿在你口袋裡，然後告訴你下雨了。這些就是生命的事實與黃金律；其他的都是屁話。你以為我是個無知的王八蛋，對吧？」

寇維爾臉上確實露出了輕蔑的神色。不久前還存在的友好——而且是真心的——現在已經消失了。艾凱迪什麼也沒做，那一副表情就出現了，或者也可以說另一副表情消失了。他無法影響寇維爾，就像他無法讓船的移動突然改變，或是變動行星的方位。寇維爾傾身向前，手臂圍住桌子，明亮的眼神靠得很近。

「我他媽才沒那麼無知。我很了解俄羅斯人，我就是被俄羅斯人養大的。所有被這個髒臭國家嚇跑的俄國史達林分子全都住在我家。」

「我聽說你父母是激進分子。」艾凱迪謹慎地說。

「激進分子？是該死的共產黨員。愛爾蘭天主教共產黨員。大吉米和艾德娜．寇維爾，所有你聽過關於他們的事都是真的。」

艾凱迪環顧酒吧。其他人都喝醉了，專心看著電視。敖得薩又得分了，那些還做得到的人都吹起了口哨。艾凱迪手腕突然被緊抓住，痛得他回頭看。

「大吉米和艾德娜，兩個裝腔作勢關心俄羅斯世界的人。無政府主義者、孟什維克[39]，隨你怎麼

---

39 Menshevik，俄國社會民主工黨其中一個派別，主張信任群眾行動的自發性。

說。這對被迫離開的共產黨員是個永久的好處。我告訴你，無政府主義者是最棒的汽車技工。對機械性思考真在行啊，那些無政府主義者——因為他們會製作炸彈。」

「美國左派的歷史似乎很有趣——」艾凱迪開口說。

「別告訴我美國左派的事，我來告訴你什麼是該死的美國左派。就是娘砲的天主教馬克思主義運動，他們會把雜誌名稱取得很可愛，像是《勞動》、《崇拜》、《思潮》——彷彿他們做了比舉起一杯雪利酒再放個屁更辛苦的事——要不就是在《請眾同禱》或《格里高利評論》裡哭哭啼啼喊著耶穌的名號。《格里高利評論》啊，我喜歡。用修道院的方式操馬克思弟兄。只不過大家的頭被打爆時他們根本不在，而動手的警察還集合上教堂讓他們的警棍獲得賜福。神父比警察更糟糕。見鬼了，教宗還是個法西斯主義者呢。在美國，要當教會的王子，你必須邪惡、無知，還是個愛爾蘭人，就是這樣。打爆艾德娜．寇維爾的頭——她身高四呎十吋——你的孩子就能在聖派翠克節受堅信禮。為什麼？因為二十年來，《紅星》是唯一有種敢自稱支持共產主義的天主教雜誌。開門見山表示出來。那就是大吉米的行事風格。他來自舊愛爾蘭共和軍家庭，體型像一輛啤酒車，兩隻手就能蓋住這張桌子」——寇維爾攤開自己的大手——「而且接受太多教育了，這對他不好。艾德娜是個愛漂亮的愛爾蘭人。她父母有座釀酒廠，而她原本要成為家中的修女，就是那種家庭。而大吉米和艾德娜從未被逐出教會，就是因為她老爸一直替教會買下靜修院的場地，哈德遜河有三處，愛爾蘭有一處。當然，我們有自己的靜修處——喬．希爾會所，在梅利農場——在壁爐旁的深度對話。德日進私底下是個資本主義者，對或不對？我們應該杯葛《與我同行》這部電影嗎？噢，我們是週末僧侶。在手鼓、彩色玻璃、鍍金聖像的背景中唱著〈光榮頌〉。我們的手足情誼濃到他媽的都發臭了，直到戰爭結束以及羅森堡的審判[40]開始。後來所有的僧侶都脫下兜帽，夾著尾巴逃難去了，只剩下大吉米、艾德娜跟我們一開始提到那些可悲的俄羅斯人——這並沒有讓我們跟麥卡錫[41]或是停車在門口的聯邦探員關係更好。吉米出生的時候，我正在韓國殺中國人。這是個家族笑話。胡佛把大吉米和艾德娜困在了屋裡，於是他們只好繼續回床上搞了。」

迪納摩終於得了一分，引起吧台一陣有氣無力的騷動。

「後來我就放了喪假可以回家，因為他們死了。兩個都自殺——嗎啡，這是唯一體面的死法。一九五三年三月十號，比史達林晚五天，而蘇聯當時正要脫離混亂，點亮成為社會主義者之耶路撒冷的道路。只不過那是不會發生的；還是同樣那艘載滿屠夫的舊船，在同樣的舊血池中航行，而大吉米和艾德娜則是徹底地在失望中死去。不過，我們還是辦了個有趣的葬禮。社會主義者不來，因為大吉米和艾德娜是共產主義者；天主教徒不來，因為自殺是種罪惡；共產主義者不來，因為大吉米和艾德娜不肯為喬大叔[42]鼓掌。所以就只有聯邦調查局、吉米和我。大概過了五年，蘇聯大使館有個人來問我們要不要將大吉米和艾德娜移到俄羅斯。他們不會在克里姆林宮圍牆墓園得到位置——不可能那麼好——不過可以葬在莫斯科一個好地方。現在回想起來還真有趣。

「這一切的重點，當我在說話而你坐在那裡像是嘴裡含了顆蛋的樣子——重點是我了解你和你的同胞。在這座城市裡有個人殺了我的小弟。雖然你現在跟我合作，但某部分原因是你想要追查解決了你手下那位警探的傢伙，或是因為你上司叫你這麼做，或者因為你他媽就是這一切的幕後主使，所以你想要阻礙我，然後用繩子勒死我。我只是想讓你知道，如果你要這麼做，我一定會比你先下手。我

40 冷戰期間美國共產主義人士 Julius Rosenberg 及 Ethel Greenglass Rosenberg 夫婦被指控為蘇聯從事間諜活動，是唯一在冷戰期間因判決從事間諜活動而被處死的美國公民。

41 美國參議員，任職期間大肆渲染共產主義入侵政治界及輿論界等，在無充足證據的情況下指控他人不忠或叛國。

42 Uncle Joe，美國人對史達林之稱呼。

只是想讓你知道而已。」

＊

艾凱迪漫無目的開著車。他沒喝醉。跟寇維爾坐在一起，就像是坐在一座敞開的火爐前，將伏特加燃燒成蒸汽，留下一種無用的能量。每隔一個街角，都有人在泛光燈下高舉掛起紅色橫幅。蝸形車體的垃圾車隨意翻找著排水溝。莫斯科正在夢遊著邁向勞動節。

後來他餓了，於是在彼得羅夫卡街停下來吃個便餐。民警餐廳沒人，只有一桌來自私人警報室的女孩。有些人就會為了專設的防盜警鈴一個月花上這麼多盧布。女孩們頭靠著前臂沉睡著。艾凱迪丟了零錢到罐子裡換取捲餅和茶，只吃了一根捲餅，留下其他的。

他感覺就要發生事情了，但他不知道是什麼或在何處。他的腳步聲在走廊前方迴響，聽起來像是另一個人。值夜班的警察幾乎都到外頭進行一年一度的掃蕩，要在勞動節之前清光市中心的醉鬼；而在勞動節當天喝醉反而將會是愛國的表現。時機就是一切。寇維爾口中的激進分子，那些不知來自何年何月的鬼魂，帶著艾凱迪懷疑美國人竟然知道或在乎的已逝熱情——他們怎麼會跟莫斯科的謀殺案扯上關係？

通訊室裡，兩位領口敞開的警官正在打出傳來的無線電訊息內容，這些訊息都是斷續破碎的片段，是外面世界明顯可見的廢棄物。雖然市區地圖上沒照明，艾凱迪還是盯著看。

他進入警探室。有個男人正獨自打出法庭上的文字紀錄。審判會以普通書寫記錄下來，並依類型歸檔。牆上布告欄敦促著大家「為光榮的一週保持警覺」，然後又邀請大家參與「高加索山滑雪團」。他在一張桌子旁坐下，撥給中央電話電報局。對方在第十二響接起，而他詢問了伊莉娜．亞薩諾娃公寓附近公用電話的事。

一陣被睡意哽住的聲音回答：「警探，我早上會送一份清單過去。我沒法現在把上百組電話號碼都唸給你聽。」

「有從公用電話打給俄羅斯酒店的嗎？」艾凱迪問。

「沒有。」

「等一下。」警探室裡有一本電話簿。艾凱迪匆匆翻至「R」開頭的頁面，尋找俄羅斯酒店。「有打給四五—七七—〇二的嗎？」

電話彼端發出一陣厭惡的鼻息聲，接著沉默許久才回答：「在二十點十分，有一次通話從公用電話九〇—二八—二五打給四五—七七—〇二。」

「通話時間？」

「一分鐘。」

艾凱迪掛斷，撥打俄羅斯酒店的號碼找奧斯朋。服務員說奧斯朋先生離開房間了。奧斯朋要去見伊莉娜．亞薩諾娃。

艾凱迪在停車場跑向他的車，開上彼得羅夫卡街南向的單行道。路上有些車。艾凱迪心想，假設她打給了奧斯朋，這就表示主動權在她，甚至是她堅持的。一分鐘超過了指定會面地點所需的時間；她要求的。在哪裡？不是在奧斯朋的房間，也不是會讓他格格不入並顯眼的地方。不是在車子裡——那會引起民警的注意，而如果不是在車上，那麼奧斯朋就不會載她回家。大眾運輸系統營運到十二點半。艾凱迪的錶上是十二點十分。事實上，他不知道他們是否會見面，或在何處何時見面。他只能嘗試明顯的選項。

他轉進革命廣場，關掉引擎，滑行停在街燈之間的陰影中。這是離俄羅斯酒店最近的地鐵站，也可以直達她住的地區。一輛民警救護車呼嘯而過，車頂的藍燈閃爍著，沒開警笛。就這一次，艾凱迪很後悔車上沒有無線電。他感覺到自己心跳猛烈。他輕敲著方向盤。他的激動讓他知道自己是對的。

革命廣場北側的開口是斯維爾德洛夫廣場，南側則為紅場。他注意從紅場光芒中出現的形體，那道光芒像一陣雪晶般明亮的薄霧，從國家百貨商場巨大的正面滲出。但是腳步聲從四面八方傳來，從各個方向拉動他的目光。腳步聲中，有些在散步，有些正奔跑趕向火車，而他認出了她的步伐聲。伊莉娜．亞薩諾娃從百貨商場的街角出現在他的視線中，她的雙手在大衣口袋裡，長髮如旗幟在後方飄動。她直接經過艾凱迪的車進入地鐵站的玻璃門。他看見入口兩側各有一個男人跟上了她。

進入站內的伊莉娜已經準備好了五戈比。艾凱迪進去後還得從機器換零錢。等到他搭電扶梯下樓時，她已經在前方遠處，後面跟著她沒注意到的那兩個男人。他們穿大衣戴帽子，而在電扶梯上每隔三或四層就可以見到這種單調的裝扮；所有人就這樣下降到城市地底兩百公尺——防空洞的深度。不過現在是浪漫時刻；一群神魂顛倒的情侶，男人們站在女人的下一階，將頭靠在她們的胸口。女人們像針織靠墊一樣無動於衷，直視著退繞開來的天花板，在伊莉娜推擠著通過時以占有的眼神瞪視她。兩個穿大衣的男人在她後方推擠前進，艾凱迪也在更遠的後方照做。電扶梯在低矮如白色食道的天花板底部結束下降時，伊莉娜一走出去就消失了，那兩個大衣男子緊跟上去。

地下車站的走道有大理石地板、水晶吊燈、圓形馬賽克牆，以及由血肉、槍砲、火焰顏色石頭構成的革命全景畫，而這隱藏了看不見的列車傳出的嘶嘶聲與震動。艾凱迪從兩位體型矮小的蒙古士兵旁跑過，他們正拖著一個沉重旅行箱經過一幅列寧對前蘇聯共產黨員演說的馬賽克畫。一位音樂家穿著光亮的淺口便鞋沿著列寧集結工廠的畫走。疲累的情侶們在列寧彎腰發表宣言的地方遊蕩。艾凱迪沒看見伊莉娜．亞薩諾娃，而在自己奔跑的腳步聲中，他也聽不見她的腳步。她就這樣不見了。

走道末端的低矮拱門通往乘客月台。一輛列車正要駛離，在那片鋼鐵和玻璃後方都是陌生人，老人和退伍老兵滑進他們的專用座位，情侶大膽地一起搖擺著，他們變成一團模糊，像隻鞭尾蜥蜴，接著是隧道裡的兩顆紅燈。艾凱迪不覺得她在列車上，但他無法確定。軌道上方一座大電子鐘以燈泡排成的數字從2:56變成0:00，然後又開始計算時間。在尖峰時刻，列車間隔絕對不會超過一分鐘，因此隧道中總會有陣壓低聲音似的持續顫動，到了晚上，即使營運時間進入尾聲，每班列車與前一班之間也不會超過三分鐘。月台乘務員是幾位健康結實的老太太，她們著藍色制服，手握金屬旗，一一走過長椅朝不情願離開的情侶輕聲說「末班車來了……末班車」。艾凱迪詢問是否看見一位高瘦、年輕、貌美並留著褐色長髮的女子，而乘務員誤會他的意思，同情地搖了搖頭。他從走道狂奔至對面月台，這裡的列車開往另一個方向。月台上的乘客有如方才那些人的鏡像，除了蒙古士兵以外，他們坐在旅行箱上，像一對等著讓人贏得的玩偶獎品。

艾凱迪離開月台，開始在走道往回走，再度經過光彩奪目的革命馬賽克畫，橫步避開最後幾個跑著想要趕上列車的人。他確定自己沒錯過她。一位女清潔工跪在一桶氨水旁擦洗大理石地板。列寧說過他要用黃金製作馬桶；地鐵裡的大理石已經夠接近這個目標了。女清潔工的頭模仿著手部旋轉的動作。沿著整條走道，可以看見石頭漫畫中的列寧在鼓舞、在斥責、在沉思。吊燈閃爍著，顯示接下來的列車將是今晚最後一班。在交錯的光影中，那些列寧時而活躍時而暗淡。

艾凱迪打開一扇有紅色十字標示的門，看見一整櫃的氧氣瓶、滅火器、繃帶、枴杖、急救用品。一扇標記著**禁止進入**的門鎖著。第二扇**禁止進入**的門很輕易就打開，於是他溜了進去。

他來到一片跟火車頭駕駛室差不多大的區域。一顆紅色燈泡映照在好幾堆儀表上。另一面牆有斜交的斷路器和粉筆字跡。他從地上撿起一塊看似破布的東西。是一條圍巾，在燈泡下是黑色的。

有一扇標示著**危險**的鐵門。艾凱迪推開門，走進了列車隧道。他在隧道內一條高度約到胸口的金屬狹道上。空氣迴響著，在遠處月台滲出的光線下呈現灰色。伊莉娜．亞薩諾娃就躺在下方軌道上，眼睛和嘴巴張開，同時有個穿大衣的男人在搬動她的腳。另一個男人在狹道上，拿一根棍子揮向艾凱迪。

艾凱迪用手臂接下兩次攻擊，從手肘以下發出一種溫熱的痲痺感。不過他在高爾基公園從寇維爾那裡學到了教訓。在男人舉起手準備直接揮向頭骨中央的囟門時，艾凱迪也抬起頭兇狠地踢向對方大腿之間那片更大、更柔軟的區域。男人像張椅子一樣摺疊起來並丟下了武器。艾凱迪拿起武器，接續著動作使勁揮擊，讓男人的頭猛向後仰。男人坐在狹道上，一手摀著鼠蹊部，一手抓著噴出深色血液的鼻子。艾凱迪望向隧道遠處的平台時鐘，訝異自己竟能看得非常清楚。2:27。

軌道上的男人看著他們扭打，露出些微失望的表情，就像經理看見助理剛被一位蠻橫的客人推開。他臉上的疤痕像是街上的雪：專業人士的臉。他的目光底下是一把短槍管的ＴＫ，那是國安會用的袖珍手槍，正瞄準艾凱迪的胸口。伊莉娜沒動。艾凱迪無法確定她是否還活著。

「不。」艾凱迪說，接著再望向乘客月台。「他們會聽見的。」

軌道上的男人認同地點點頭，把槍放進大衣口袋，望向平台時鐘，然後背對艾凱迪，暗示要向他講理。「太晚了。回家吧。」

「不。」

起碼，艾凱迪認為他還能阻止男人離開軌道爬上狹道，但是才走一步，男人已抓住狹道扶手，再下一步，他便敏捷地向艾凱迪揮擊。艾凱迪接連揮動剛到手的棍子，但是只打到大衣和扶手，而男人踢開了他，從倒下的同伴身旁擠過，以簡潔如機械般的步伐逼近，讓艾凱迪只能往後退。艾凱迪驚慌護住脆弱的胸口時，腹部中了另一腳，然後又一腳，讓他痛得悶哼一聲。專業人士的表情思索著，彷彿醫生在尋找血管。這裡？那裡？他的手腳不像寇維爾那麼有力，抽身的動作也沒那麼俐落。艾凱迪扔掉棍子，抓住踢來的下一腳並向後拉。男人抓住狹道扶手以維持平衡，讓艾凱迪有機會揮出一拳。第二拳瞄得更好，打中心臟部位，甚至讓男人倒下了。他彷如無事般起身，跟艾凱迪扭打，一開始想要用頭撞，後來則是想攻擊眼睛。艾凱迪扭動身體時，讓兩個人越過了扶手摔到軌道上。

艾凱迪壓在上方，但是感覺到某個東西壓進他的皮帶。他起身時，看見刀鋒刺穿了男人的大衣口袋。男人翻滾抽身，取出一把彈簧刀，拇指放在上方平握著。他的帽子掉了，露出尖V字形髮線，表情也初次顯露了對這份差事的私人興趣。刀鋒劃了個圈並往前刺，一開始鑿向眼睛，接著又刺向身體。刀鋒閃爍著，然後敲了敲扶手以示強調。艾凱迪後退時被伊莉娜的身體絆倒。不尋常的是，男人拿著刀上前時，發出了橘色的目光，就像從內部發亮的飛蛾眼睛。

軌道在艾凱迪的背部下方震動。男人用啞劇演員般的俐落手勢摺好了刀，撿起帽子，然後爬上狹道。艾凱迪看見遠處月台上的數字從2:49變成2:50，轉頭時便看見兩道垂直車頭燈的亮光。光暈在隧道壁面擴散開來。他感覺到一陣風，那是被列車向前推的空氣，而軌道也發出了呻吟聲。

伊莉娜的雙手軟弱無力，握起來很熱燙。他得抬起她的身體，並且扭頭不看列車，免得被強光刺得看不見。他從來沒被這樣照亮過。空氣中最後的微塵被擠了過來。她的手臂懶洋洋垂下，而他蹣跚移動著。煞車鎖死的尖細刺耳聲越爬越高，彷彿金屬達到了歇斯底里的頂點，接著又在列車衝過後戛然而止。

艾凱迪將伊莉娜推到狹道上，自己則是緊貼著牆面。

列文一打開公寓門，艾凱迪就把伊莉娜帶進去放在一張塑膠皮沙發上。

「她要不是頭部被擊中，就是他們給她注射了東西，我沒時間查看，」他說：「她很燙。」

列文穿著睡袍和拖鞋，睡衣下襬垂在跟鼻子一樣尖的小腿上。顯然他正在考慮是否要趕艾凱迪走。

「我沒被跟蹤。」艾凱迪主動說。

「別侮辱我了。」列文做出決定，拉好睡袍，然後坐下替伊莉娜量體溫。她的臉發紅而呆滯，身上那件阿富汗大衣被脫到頸背，而且真的到處是補丁。艾凱迪為她感到不好意思；他還沒想到自己現在是什麼模樣。列文舉起她的右前臂，露出一片被針孔弄出的瘀青。「注射。從她的體溫來看，大概是磺胺製劑。真不道德。」

「她可能正在掙扎。」

「對。」列文的語氣強調了那句話的愚蠢。他點了根火柴，慢慢從她眼前移過，先照一邊，再看另一邊。

艾凱迪仍然對這瀕死的經歷餘悸猶存。地鐵在月台前緊急停住，而在工程人員抵達以及月台乘務員通知民警時，艾凱迪已經將伊莉娜從車站帶回他車上了。逃脫應該是比較合適的描述；這個詞像失控的飛輪在他腦中流竄。為什麼一位調查組長要逃離民警？一個不省人事的女孩對列文而言有這麼危險？這真是個很棒的國家，每個人都很了解暗號。

他花了些時間看清楚列文的公寓。他從沒來過這裡。室內並沒有舒適的小擺設，架子和桌面反而擠滿上了亮漆的小人，擺在由象牙、柚木、彩色玻璃製成的棋盤上，每個棋組都排出一場進行中的棋賽。釘在牆面上的不是一般的繡花頭巾，而是拉斯克、塔爾、鮑特維尼克、斯帕斯基、費雪的相片，全都是西洋棋大師，全都是猶太人。

「如果你還有點腦袋，就把她帶回找到她的地方吧。」列文說。

艾凱迪搖頭。

「那你就得幫忙。」列文說。

他們帶她到列文的床上，那是張樸素的鐵架床。艾凱迪脫下她的靴子，再幫列文一起脫掉她的衣服和內衣。每件衣物都吸滿了汗水。

艾凱迪想到他和列文好幾次站在其他蒼白、冰冷而僵硬的屍體前。處理伊莉娜時，列文異常地猶豫，一點也不自在，還想加以掩飾。這是艾凱迪見過他最有人性的樣子；他在活人附近會緊張。因為伊莉娜．亞薩諾娃非常有活力，這點無庸置疑。雖然處於昏迷狀態，卻一點都不冰冷。她是個發燙的人。她比艾凱迪以為的更瘦，肋骨上方大大的乳房有橢圓形的乳暈，腹部凹陷直到一片長滿濃密褐色體毛的隆起。她優雅的一雙腿伸開。她向上注視艾凱迪，目光穿透了他。

他們以濕毛巾覆蓋她降溫時，列文指著她右臉頰上的淡藍色痕跡。「看到這個了嗎？」

「我猜是以前的意外。」

「意外？」列文冷笑著說：「去盥洗一下吧。你可以自己找到浴室，這裡可不是冬宮。」

在浴室的鏡中，艾凱迪看見自己全身上下都是泥土，一邊的眉毛像是被剃刀劃開。盥洗之後，他回到客廳，列文正用電磁爐熱茶。一個小櫃子陳列著蔬菜和魚罐頭。

「他們要給我一間附廚房的公寓或是附浴室的公寓。對我來說浴室比較重要。」他展現出許久未露出的親切感，接著說：「你要吃點東西嗎？」

「茶裡加點糖，這樣就好了。她的情況如何？」

「別擔心她。她年輕又健康。她只會不舒服個一天而已。拿去。」他給艾凱迪一杯溫熱的茶。

「所以你認為是磺胺製劑。」

「如果你想要確定，可以帶她去醫院。」列文說。

「不。」

磺胺製劑是國安會最愛用的麻醉劑；他只要一帶她上醫院，醫生就會通報。列文很清楚。

「謝了。」

「不必。」列文打斷他。「你說的越少，對我就越好。我相信我的想像力還可以；我只是不知道你的想像力怎麼樣。」

「什麼意思？」

「艾凱迪，你這個女孩可不是處女。」

「我不知道你在說什麼。」

「她臉頰上的痕跡。她以前曾在他們手上，艾凱迪。他們幾年前為她注射了氯丙嗪。」

「我還以為他們因為氯丙嗪很危險而不再使用了。」

「那就是重點。他們故意把那亂打進肌肉裡，所以不會被吸收。如果沒被吸收，它會形成惡性腫瘤，就像她那樣。醒醒吧。她一隻眼睛瞎了。不管是誰，割掉腫瘤的人也割掉了視神經，還留下那片痕跡。那是他們的記號。」

「你不覺得這麼說有點誇張嗎？」

「問她啊。看是誰瞎了眼！」

「你太小題大作了。有位證人受到攻擊，而我保護了她。」

「那你現在為什麼不在民警局？」

艾凱迪進入浴室。伊莉娜身上的毛巾變熱了；他去換上新的。她的手腳在沉睡時抽搐，這是她體溫變化時的反應。他輕撫她的額頭，將纏結的髮絲往後撥。在皮膚底下急促的血流，讓她臉頰上那片痕跡呈現一種淡紫色的色調。

他們想要什麼？他納悶著。從一開始，**他們**就在了。皮布留達少校翻查高爾基公園的屍體。戈洛欽被問話時的費特警探。戈洛欽公寓裡的殺手、地鐵隧道中差點成功的殺手。橡膠球、注射、刀子——這些特徵全都指向皮布留達，以及**他們**那一大群皮布留達。總之，**他們**會在她家附近部署，而現在**他們**也會擁有她的朋友清單。**他們**會停止監視醫院，而皮布留達也會很快想到病理學家列文的事。雖然列文很有膽量，不過她一清醒就得離開。

他回到客廳時，列文正在仔細檢查他的棋盤好讓自己鎮靜下來。「她看起來好多了，」艾凱迪向他報告：「至少她在睡覺。」

「我真羨慕她。」列文沒抬頭看。

「你想要下棋嗎？」

「你是什麼級別？」列文抬頭看。

「我不知道。」

「如果你有級別，你就會知道。不了，謝謝你。」然而這讓列文又失去了親切感，只想著有人正在尋找在他床上那個女人。他裝出笑容。「其實，這盤棋下到這裡是個很有趣的情況。博戈柳伯夫和彼爾茨在一九三一年的比賽。該黑棋走，只是他沒得走。」

只有在軍隊時，艾凱迪才會無聊到認真下棋，而他唯一在行的就是防守。這場棋賽的雙方都已入堡，而白棋控制了中心，正如列文所說。另一方面，艾凱迪注意到公寓裡沒有棋鐘，顯示這個人喜歡悠閒地分析而非在棋盤上廝殺。而且，可憐的列文已經因為預期要度過一個漫長緊張的夜晚而快崩潰了。

「你介意嗎？」艾凱迪動了黑棋。「主教吃掉士兵。」

列文聳聳肩。PXB[43]。

……QXP將軍！KXQ、N-N5將軍！K-N1、NXQ！黑騎士對白方的主教和城堡捉雙。

---

43 此處及後面幾句都是西洋棋術語縮寫，例如PXB=Pawn（士兵）(P) takes (X) Bishop（主教）(B)；QXP=Queen（皇后）(Q) takes (X) Pawn士兵 (P)、N-N5=Knight (N) moves to (-) Knight's (N) fifth square (5)，即騎士移動五步。

「你在移動之前有花時間思考嗎？」列文咕噥著說：「那樣會很有樂趣。」

B-N3、NXR。列文沉思要用他的城堡或是國王吃掉騎士。反正騎士都死定了；接著黑方就得放棄皇后、主教和騎士來交換皇后、城堡和兩個士兵。結果就看白方是否能在黑方連結起大部分的士兵並以雙城保護之前讓主教發揮作用。

「你只會讓情況變得複雜。」列文說。

列文考慮下一步時，艾凱迪瀏覽了書架，拿出一套愛倫．坡的作品集。沒多久，他就看見列文在椅子上睡著了。凌晨四點，他下樓回到自己車上，繞行街區，確認自己是否受到監視，然後回到列文的公寓。他等不下去了。他讓伊莉娜穿上她的濕衣服，用一條毯子包住她帶她下樓。一路上，他只看見為了勞動節「猛攻」的道路人員。一輛蒸汽壓路機上有個男人在指揮四個女人倒下溫熱的瀝青。他過了河，在塔甘區兩個街區外下車，獨自走回公寓，檢查每個房間確認沒人。他回到車上，開向公寓，在轉進庭院時關掉引擎和車燈。他帶伊莉娜上樓，讓她躺在床上，褪去她的衣物，用列文的毯子和他自己的大衣蓋住她。

他正要離開移走車子時，看見她的眼睛睜開了。她的瞳孔擴大，眼白帶有血絲。她沒力氣轉頭。

「傻瓜。」她說。

13

下雨了。地板懶散地吱嘎作響。艾凱迪偶爾會聽見樓上和樓下公寓打掃時的腳步聲。在走廊的樓梯間，有個老女人正側身爬上樓。到現在都沒人敲門，沒人打電話來。

伊莉娜．亞薩諾娃躺著面向他，她的皮膚現在變成象牙色，身體也退燒了。他還穿著外出的衣褲。一開始他想要找其他地方休息，可是家裡沒有椅子或沙發，連地毯都沒有，於是最後他們共用一張床。她其實不會知道，知道了也沒什麼關係。他舉起手錶。上午九點。他緩慢起身以免驚動她，下了床，穿著襪子走到一扇窗邊，看著下方的庭院。沒有人抬頭看。他得移走她，可是不知該去哪裡。不能去她家。酒店也不可能；在自己的城市住酒店是違法的。（一位市民有什麼好理由不回家？）一定會想到的。

四個鐘頭的睡眠夠了。調查讓他支撐下去。他覺得它像一股巨大的浪潮正在升起，載著他這副穿著皺衣服的骨肉與身體。

女孩將毯子拉到臉頰，他猜她還會好好沉睡四個鐘頭。到時他就會回來。現在該去找將軍了。

狂熱者公路是以前囚犯步行至西伯利亞的旅程起點，經過鐮刀與鎚子[44]牽引機廠至八十九號道

---

44 Hammer and Sickle，共產主義標誌。

路，狹窄的混凝土路面約為一輛卡車寬，平坦的鄉間泥地以及緊鄰著農地的村莊，跟馬鈴薯一起一路往東延伸至烏拉山脈。艾凱迪開了四十公里，然後往北轉上一條通往巴洛巴諾夫村的碎石路，經過正在播種秋葵和豆子的人影以及一律僅有褐色母牛的牧場，接著他開上一條泥路，兩旁的樹林非常濃密，讓太陽完全影響不到吹積於地面的雪堆。在枝葉之間，他能看見克利亞茲馬河。

他在一處鐵柵門前下車步行。最近沒車開進去過。去年的野草高高杵立在路中央。一隻狐狸差點從他腳下竄過，讓他下意識準備好面對將軍那些狗，但樹林裡很安靜，只有細雨聲。

走了十分鐘後，他來到一間兩層樓的屋子，屋頂是陡直的金屬。他知道在圓形庭院的另一側有一段向下通往河岸的長階梯，那裡有——至少有過——碼頭和一艘小艇，以及一艘以橘色油桶為底製作、安穩停泊在河面上的木筏。碼頭邊也會有裝著牡丹的木桶，另外還有一盆冰塊，由兩個穿白外套戴白手套的副官負責。宴會時，中式燈籠會沿著碼頭高掛，一路延伸上階梯，像一連串直接通往天空的月亮。它們的倒影會在水中浮沉，彷彿受音樂吸引的海洋生物。

他抬起頭看著屋子。鐵鏽從屋頂的導水槽延伸到地面。階梯旁的欄杆傾斜。雜草在庭院中茂盛生長，圍住一張生鏽的花園桌和一座空兔籠。枯瘦的松樹和榆樹聚集在屋子周圍和草地，擺出各種搖搖欲墜的角度，而且嚴重腐朽，更增添了整體的荒蕪氣氛。唯一有生命的跡象是一串死野兔，牠們被剝了皮，呈現藍色和黑紅色。

來應門的是個老女人，驚愕的表情轉變成惡毒目光，嘴上那團難看的口紅也扭曲了。她在油膩的圍裙上擦手。「真是驚喜。」她用帶有伏特加酒氣的語調含糊地說。

艾凱迪進了屋子。家具上蓋著床單。窗簾跟裹屍布一樣灰白。一幅史達林的油畫掛在散發出潮濕灰燼氣味的壁爐上方。室內有乾樹枝、裝著褪色紙花的瓶子，槍架上有一把莫辛・納甘栓動式步槍以及兩把卡賓槍。

「他在哪裡？」艾凱迪問。

她朝圖書室點頭。「告訴他我需要更多錢，」她大聲說：「還有一個幫手，不過首先是錢。」

艾凱迪抽身不讓她繼續抓著，然後走向一扇門，門後的樓梯通往二樓。

將軍坐在窗邊一張柳條椅上。他跟艾凱迪一樣，有張窄瘦英俊的臉，但皮膚已經變得緊繃而半透明，白色眉毛未修剪，蓬鬆白髮圍繞著高聳的額頭，太陽穴旁有突起的血管。他的骨架縮進一件寬鬆的農夫上衣、褲子和尺寸過大的靴子。擠花紙般蒼白的雙手磨擦著一根未裝菸的長型木製濾嘴。

艾凱迪坐下來。圖書室裡有兩尊半身像，一尊是史達林，另一尊是將軍，都是殼模鑄造。一塊加了外框飾板的紅色毛氈上展示著數排獎章，包括兩枚列寧勛章。毛氈覆滿灰塵，牆上照片被塵土遮得模糊不清，而釘在牆上一面師旗的摺痕裡也堆積了灰塵。

「原來是你。」將軍說。他往地上吐痰，沒吐中一個瓷碗，裡頭的褐色浮渣幾乎滿到邊緣。他揮揮濾嘴。「告訴那賤人，如果她想要更多錢，去城裡自己賣吧。」

「我是來問你關於曼德爾的事。我必須確定一件事。」

「他死了，這夠確定了吧。」

「他因為在列寧格勒附近殺了一些德國入侵者而得到列寧勛章。他是你的好友。」

「他是個爛貨。所以他才會進外交部。他們只收小偷跟爛貨，從頭到尾就只有那些人。膽小鬼，就跟你一樣。不，比你更好。他不是徹底的失敗者。這是個新世界，屎塊都會從天而降了。回去吧。去找你娶的那個白痴淫婦。你還是已婚？」

艾凱迪拿起將軍的濾嘴，放了根菸進去。他也放了根菸到自己嘴裡，把兩根都點燃，再將濾嘴遞回去。將軍咳嗽起來。

「家族十月聚會的時候我在莫斯科。你本來可以來看我的。畢洛夫就來過。」

艾凱迪細看一張模糊的相片。那些男人是在跳舞或廝混？另一張相片是剛翻過土的花園，或是一處萬人塚。已經過了那麼久，他都忘記了。

「你在聽嗎？」

「我在聽。」

將軍終於轉過來面向艾凱迪。他的臉上所剩無幾。皮膚和骨頭之間只剩下電線般的肌肉。黑色眼睛已經瞎了，因為白內障而呈乳白色。「你是個懦弱的傢伙，」他說：「你讓我噁心。」

艾凱迪看手錶。女孩再過幾小時就會醒來，而他想在回到莫斯科前先去弄點食物。

「聽說過新式戰車嗎？他們想要讓我們見識一下。操他媽的豪華轎車。柯西金那個王八蛋。由工廠廠長設計的。工廠廠長！一個是管核子反應爐的；我們把原子彈放進去吧。一個是做檸檬水的；我們放進化學噴灑器吧。另一個是做空調的；我們為那該死的東西加上空調吧。你是做馬桶的，我們就加上馬桶座吧。裡頭沒用的廢物比豪華遊艇還多，還以為我們會很驚訝！不，建造戰車就是盡量簡單以免出錯，而要是真的出錯，也要讓你可以在路上一邊修理。就像密柯言製造他那些飛機一樣，由一個聰明人領導一個好團隊。可是他們一直拿屎堆在我們身上，就像在墓地擺水果。他們現在全都很軟弱。你現在還是讓那個蠢蛋照料你嗎？」

「是。」

老人移動身體，幾乎沒擾動掛在他身上的衣物。

「你現在本來可以是個將軍的。戈洛羅夫的孩子可以指揮整個莫斯科軍區。藉由我的名號，你本來可以爬得更快的。哎呀，我就知道你沒種當裝甲指揮官，不過至少你可以當情報局那些混蛋的其中一分子。」

「曼德爾呢？」

「你就是沒種。是因為當初精子太弱還怎樣的。我不知道。」

「曼德爾殺了德國人嗎？」

「你十年都沒來過這裡，然後你現在又要問那個進了墳墓的膽小鬼。」

菸灰掉到將軍的衣服上。艾凱迪向前傾，抓起一小塊餘燼。

「我的狗死了，」將軍憤怒地說：「牠們在外面遇到一些開推土機的王八蛋。那些混帳射殺了牠們！那些鄉巴佬雜種！推土機來這兒幹嘛？哎呀，整個世界都……」他握起拳頭，看起來像顆白色的球。「一切都在播種。糞金龜。腐爛。聽啊，蒼蠅！」

他們安靜坐著，將軍側著一邊耳朵聽雨聲。有隻蜜蜂困在第二和第三片窗格之間，已經僵硬地躺著了。

「曼德爾死了。在床上，他老是說他要死在床上。他說對了。現在換我的狗死了。」他嘴唇往上揚出笑容。「他們要帶我去一間醫院，孩子。在里加有間醫院。非常昂貴，但對戰爭英雄不計費用。我想那就是你來的原因。我全身上下都是癌，跟著它一起腐爛了。我差不多了，你知道的。他們這間醫院有什麼放射跟熱療法，而我受到了招待。他們別想把我弄到那裡，因為我知道我會永遠回不來的。我在外面看過醫生。我不會去的。我沒告訴那個賤人。她一定想要我去，因為她以為可以得到我的撫恤金。你也是，對吧？我聞得出你是個窮光蛋，褲子裡還拉了屎。」

「我不在乎你死在哪裡。」艾凱迪說。

「沒錯。重點是，我會騙過你。聽著，我一直都知道你為什麼要加入檢察官辦公室。你想做的就只是撕裂我，帶著你那些警探來這裡到處打聽，再提起那整件事。將軍之妻是死於船難或被殺的？那就是你這一輩子的意義——抓到我。而我會在你成功之前死掉，然後你就永遠不會知道了。」

「其實我知道。很多年前我就知道了。」

「別想耍我。你說起謊來很差勁，以前就是這樣。」

「現在還是。可是我知道。那不是你做的，但也不是意外。她是自殺的。英雄之妻自殺了。」

「畢洛夫——」

「沒告訴我。是我自己想通的。」

「如果你知道不是我做的，為什麼你這些年都沒來看我？」

「如果你看得出她自殺的原因，就應該能知道我從不過來的原因。這不是謎團；這只是過去。」

將軍沉進椅子裡，表情像是要輕蔑地提出異議，不過後來他似乎繼續下沉，越過了自己、椅子和艾凱迪。他的臉變得呆滯。他縮小了。不是死去；而是靈魂撤退了。衣服和褲子好像就這樣被留在椅子上，未被動作或呼吸擾動，也未被他的頭或手擾動。

在靜默中，艾凱迪想到了亞洲人對於生命的民間故事——他不知道為什麼。或許是因為椅子裡那個人突然變得平靜了。故事說所有生命都是為了死亡的準備，死亡是一段路，就跟出生一樣自然，而一個人對自己生命所能做出最糟的事，就是掙扎著想避免死亡。在神話的某個種族中，出生的人不會有哭聲，死亡的人不會有痛苦。他忘記這些神話人物認為自己死後會去什麼鬼地方了。然而，他們比一般的俄羅斯人好，因為俄羅斯人的生命充滿掙扎，就像掉進一條正沖向瀑布的河。當下，他看得出父親越來越沒有生命力，體內的力量逐漸消退至最後一個中心要塞。接著，他也同樣看見了那股力量正痛苦地聚集起來。呼吸變得深沉，而被當成增援部隊召來的血液，在四肢中引起震顫。這個男人正在憑完全的意志力重建自己，在體內堅持下去。最後，惱怒的表情消失，乳白色眼睛直視前方，雖然腐敗但仍目空一切。

「曼德爾在伏龍芝軍事學院跟我同班，而史達林說『不准任何人後退！』時，我們兩個都是前線的裝甲指揮官。我知道德國人會分散開來，準備滲透。我從他們後方發出的無線電報告效果非常強烈。史達林每天晚上都在他的防空洞裡聽。新聞報導說『藍柯將軍就在敵人陣線後方某處』。德國人問『藍柯，這個叫藍柯的是誰？』因為我只是個上校。史達林已經將我晉升，而我根本不知道。德國人擁有我們整份軍官名單，而這個新的名字讓他們困惑，動搖了他們的信心。每個人開口都在談，是僅次於史達林最常被提起的名字。結果就是我一路打回莫斯科時受到史達林本人的歡迎，而且帶著武裝跟他到了馬雅科夫斯基站，站在他身旁聽他最偉大的演說，那些內容翻轉了法西斯主義者的浪潮，儘管他們正在上面轟炸這座城……四天後，我被指派到自己的裝甲師，是第一支行軍進入柏林的紅軍師團。以史達林之名……」他迅速伸出手阻止艾凱迪起身離開。「我給了你一個那樣的名號，結果你以一個下級警探身分來這裡問一個在戰爭期間躲在包裝盒裡的膽小鬼？你就只會刺探這種東西嗎？那樣算生活嗎？問曼德爾的事？」

「我對你瞭若指掌。」

「我對你也是。別忘了。又一個乳臭未乾的改革者……」將軍的手垂下來。他愣了一下，側著頭。「我說到哪裡了？」

「曼德爾。」

艾凱迪以為會聽到更多廢話，不過將軍直接進入重點。

「是個有趣的故事。他們在列寧格勒抓了幾個德國軍官，然後交給曼德爾審問。曼德爾的德語很——」他直接吐痰進碗裡。「總之這個美國人自願要做——我想不起他的名字了。以美國人來說，他很棒。有同情心，有魅力。德國人什麼都告訴了他。最後美國人帶德國人到樹林裡野餐，喝香檳吃巧克力，然後殺了他們。為了好玩。有趣的是他們不應該被殺，所以曼德爾不得不捏造一份報告說他們偷襲。美國人買通了軍方調查員，而曼德爾因此得到一枚列寧勳章。他我要發誓保密，不過你是我兒子……」

「謝謝。」

艾凱迪站起來，感到意外疲累，搖搖晃地走向圖書室門口。

「你會再來嗎？」將軍問道：「可以聊聊真好。」

硬紙盒裡有牛奶、蛋、麵包、糖、茶葉、杯盤、煎鍋、肥皂、洗髮精、牙膏和牙刷——全都是回程途中在莫斯科外買的——而他在盒子破掉之前打開冰箱。他跪在地上，放進食物，這時聽見伊莉娜出現在身後。

「別看。」她說，然後拿起肥皂和洗髮精就走了。他聽見水流進浴缸的聲音。

艾凱迪待在客廳，坐在窗台上覺得自己很蠢，因為他猶豫著是否要進臥室，而這裡又沒有可坐的地方。雨停了，街上還沒出現穿大衣的人。他很訝異皮布留達竟然這麼不細心。這讓艾凱迪回頭去想他跟父親的對話。奧斯朋殺了三個德國人（「我去過列寧格勒，」奧斯朋在錄音帶上這麼說過；「我在那邊跟德國人打過交道」），跟他在高爾基公園殺掉那三位受害者的方式幾乎一模一樣。艾凱迪對曼德爾和奧斯朋收買的那些軍方調查員很感興趣；他們是誰，還有他們後來得到了什麼光榮的戰後職業？

在看見伊莉娜之前，他就感覺得到她在臥室門口了。她披著一件床單，上面為她的雙手剪了開口，腰際繫著他的一條皮帶，而她用毛巾包著濕髮，腳上沒穿鞋。雖然她待在那裡的時間一定不到一秒鐘，可是他感覺她的目光在他身上停得更久，就跟他第一次見到她時一樣，彷彿她正在打量著視線裡某種奇怪的東西。她又再次讓最奇怪的裝扮成為時髦，好像身上穿著床單是今年的流行。而他現在也注意到她的臉稍微轉向一側；他記起列文說過她一隻眼睛失明的事，並看著她臉頰上那片無法掩飾的痕跡。

「妳覺得怎麼樣？」

「乾淨點了。」

她的聲音因為嘔吐而變得粗糙；磺胺製劑會有那種作用。不過她的臉上有了血色，甚至比大多數莫斯科人自豪的臉色更好看。她環顧室內。

「看起來她把自己帶走了。」

「沒錯。」

「我要對公寓的狀況道歉。」他循著她的目光。「我太太做了點春季掃除。她帶走了一些東西。」

伊莉娜交抱雙臂，走向爐子，那裡只有一個煎鍋，幾個杯盤。

「你昨天晚上為什麼要救我一命？」她問。

「妳對我的調查很重要。」

「就這樣？」

她往一個空櫃子裡看。「我不想讓你不高興，」她說：「可是你太太好像不會回來了。」

「我一向很感激能聽到客觀意見。」

她靠著爐子，站在他的對面。「現在怎麼樣？」

「等妳的衣物乾了以後，妳就走吧。」艾凱迪說。

「去哪裡？」

「由妳決定。回家——」

「他們會等我。多虧你，我連片廠也不能去了。」

「那就去找朋友。雖然他們大部分都會受到監視，不過一定有妳可以投靠的。」艾凱迪說。

「讓他們也有陷入麻煩的風險？我可不會那樣對我朋友。」

「呃，你不能待在這裡。」

「為什麼不行？」她聳聳肩。「又沒有其他人。調查組長的公寓對我而言很完美。這樣就浪費掉是種罪過。」

「亞薩諾娃同志——」

「伊莉娜。你已經把我衣服脫得夠徹底了；我想你可以直接叫我的名字。」

「伊莉娜，雖然可能很難理解，不過這裡是妳最不該待的地方。他們昨晚見過我，所以他們一定會先來這裡。妳沒辦法出去吃東西或買衣服。妳會被困在這裡。」

隨著他們交談，床單也越來越黏附在她潮濕的身體上，濕掉的地方變得透明了。

「我不會很常在家。」艾凱迪移開目光。

「我看見兩個盤子跟兩個杯子，」伊莉娜說：「事情非常簡單。要嘛你跟『他們』是同夥，這表示我逃到哪裡都不重要，因為我會被跟蹤，要嘛你跟『他們』不是同夥，這表示我可以拖朋友下水或拖你下水。我考慮好了。我要拖你下水。」

電話響了。它在臥室一個角落的地板上，黑色，引人注目。響到第十聲時，艾凱迪拿起話筒。是史旺打來的，他說吉普賽人找到柯斯提．波若丁處理聖像的地方了。

吉普賽人找到的地方是間車庫，位於河流南側的卡丁車賽道附近。一位叫「西伯利亞人」的技師幾個月前消失了。兩部卡丁車掛在天花板的鉤子上，像是標點符號中的撇號，下方則有一輛腐蝕的波貝達汽車，停放在滑輪上。地面覆滿鋸木屑和油。一具台鉗緊夾著一塊鋸到一半的木板。金屬和汽車零件堆在一個角落，另一個角落則是木頭廢棄物。一個用於伸展帆布的框架掛在牆上，另外還有裝著白色顏料、亞麻仁油、松節油的罐子。一個門壞了的衣物櫃，裡面有髒到沒人會偷的工作服。這裡沒有工具箱，也看不見有價值並可帶走的東西。外頭的賽道傳來加速和減速的嗖嗖聲。

「你知道怎麼做嗎？」艾凱迪問。

「我在指紋部門待了兩年。我會盡量跟上。」寇維爾說。

史旺和吉普賽人站到一旁，吉普賽人把口袋當菸灰缸用。艾凱迪擺好一盞泛光燈，在地上打開他的鑑識工具箱，拿出手電筒、薄橡膠手套、黑色與白色卡片、鉗子、粉末（黑色、白色、龍血紅）、駱駝毛刷、噴霧器。寇維爾戴上一雙手套，旋鬆吊掛在車庫的六十瓦燈泡，換成一百五十瓦的。艾凱迪從窗戶開始，一邊用手電筒照射骯髒的窗台，一邊刷上白色粉末，接著處理架上的杯子和瓶子，刷上白色粉末，並將黑色卡片放進杯子裡查看指紋。寇維爾拿著裝　三酮的噴霧器從有孔表面開始，在車庫門上順時針移動。

採指紋這種工作，做得好一天就能完成，做得不好則得耗上一個星期。處理過像是進入點、把手、玻璃這種明顯之處以後，探員必須考量人類手指不太可能碰到的所有地方：輪胎、相片背面、油漆罐底部。通常艾凱迪會盡量不做採指紋的工作。這次他很樂意；這種工作很標準，也能讓他專心不想別的。美國警探將肌肉和注意力集中於瑣細的差事，散發出一種有條理的幹勁，還有一種優雅感。沒人說話，以免糟蹋了沉浸在工作中的氣氛。艾凱迪刷了門把、車子的葉板和牌照，寇維爾則是噴灑了工作台，上下都有。吉普賽人指向一堆抹布時，艾凱迪和寇維爾互看一眼便無視他；在布料上無法找到完整的指紋。艾凱迪在牆面的一張相片邊緣刷上黑色粉末。相片裡的女演員在被海包圍的懸崖上，穿著純潔的外國內衣，露出一副嬉鬧的笑容。他盡量使用最少的粉末，沿隆起的方向刷粉，從指紋的迴圈頂部刷到出口處。

從車庫可以看出人的個性。車子和卡丁車周圍區域佈滿油膩的指紋；除非想要弄點油，否則一個人不會隨便就到油盤底下。另一方面，木工就比較講究些，幾乎像是外科醫生。還有其他因素。最完美的嫌犯要是個緊張的人，皮膚油膩，還會擦護髮霜。不過體質乾冷的人也可能會跟油性體質的人握手或共喝一瓶酒。還有，冬天也是個問題；寒冷會讓人類的毛孔緊縮。木屑會像海綿一樣吸收掉潛在的指紋。

艾凱迪將器具放回工具箱，拿出一支放大鏡和一張柯斯提．波若丁的指紋卡，柯威爾則插上泛光燈的延長線，打開燈光，開始追溯他的步驟，用酷熱的強光照射剛才噴灑過的地方。艾凱迪注意到波若丁的卡片在兩根食指上顯示出不常見的雙重迴圈，右手拇指上有一道受過傷的渦紋。要是為法院蒐集證據，他就得使用更緩慢的程序，將指紋照相並黏到膠帶上，盡量在卡片和刷出的指紋間得到最多的參考點。不過他現在講求的是速度，而寇維爾的動作也很快。少量噴灑的　三酮加上不經意觸碰時殘留的氨基酸，在燈光照射下乾成了紫色。接著寇維爾再次倒回剛才的路線，不拿燈也不拿放大鏡，用自己帶的詹姆斯．寇維爾指紋卡片比對那些　三酮指紋。他們沒交換卡片。艾凱迪對照好刷粉的指紋後，就轉往噴灑過的地方，寇維爾則開始查看艾凱迪處理過的部分。

在他們抵達的三小時後，艾凱迪重新整理好他的工具箱。寇維爾倚靠著汽車的葉板點起菸，而吉普賽人在最後一個鐘頭裡表現出想抽菸想到發慌的徵兆。艾凱迪自己點了一根。

車庫看起來像是被瘋子黏貼上數以千計的飛蛾翅膀，黑色、白色、紫色，他們到得了的地方都有。艾凱迪和寇維爾沉默著，共享著一種任性的滿足感，這正來自眼前做得很好卻徒勞無用的差事。

「所以你們找到了他們的指紋。」吉普賽人推測。

「不，他們從沒來過這裡。」艾凱迪說。

「那你們兩個為什麼看起來很高興？」史旺問。

「因為我們完成了**某件事**。」寇維爾回答。

「這個人是西伯利亞人，」吉普賽人說：「這裡有木頭和油漆，是你們告訴我的。」

「我們沒給他足夠線索繼續下去。」寇維爾說。有什麼好繼續的?艾凱迪自問。詹姆斯·寇維爾染了頭髮，不過艾凱迪猜想是女孩被叫去買染料的。

「再說一次法醫報告寫了什麼?」寇維爾說。

「石膏粉、鋸屑，正是我們在找的。」艾凱迪說。

「沒有其他的了?」

「血。畢竟他們被射殺了。」

「我記得他們衣服上還有別的東西。」

「動物血跡，」艾凱迪回答:「魚血和雞血。魚和雞。」他重複了一遍，然後看著史旺。

「好，我去過你們的食品店，可是從沒見過新鮮到能擠出一滴血的肉，」寇維爾說:「附近哪裡可以弄到鮮肉?」

流乾血和吸收大量水氣的劣質雞肉或凍魚很容易取得。但是剛宰殺的雞或活魚就非常昂貴，除了為菁英分子或外國人「關門」販售的店，就只有私人企業家、漁夫或後院有籠子的當地婦女才能弄到手。艾凱迪憎恨自己之前沒想到這點。

「他很厲害。」史旺朝寇維爾點頭說。

「查出他們從哪裡弄到鮮肉跟魚。」艾凱迪命令著說。

史旺跟吉普賽人離開了。另外兩人留下來，寇維爾壓在葉板上，艾凱迪坐在桌面。艾凱迪拿出紐約警徽丟過去。

「也許該由我來調查。我在這裡可以當個他媽的超人。」寇維爾說。

「好主意，那些其他的血跡。」艾凱迪試圖優雅地承認失敗。

「你眼睛上面怎麼割到的？昨晚我們離開酒吧後你去了哪裡？」

「我回去撒尿，然後摔到尿孔裡。」

「我可以把答案從你嘴裡踢出來。」

「萬一你腳趾弄斷了呢？你會在一間蘇聯醫院待到痊癒為止——至少六週。當然，不必付費。」

「那又怎樣？兇手在這裡，這樣可以給我多一點時間。」

「走吧。」艾凱迪從桌子上起身。「你贏到了獎品。」

在中央環球百貨公司，音樂是件嚴肅的事。室內散發一種令人沉思的氣氛，這裡的公定價格可以對年輕人發揮影響，官方認同的小提琴和弓只要二十盧布就能買到，不得喜愛的黃銅薩克斯風則要價四百八十盧布。一個戴帽穿大衣的麻臉男人拿起薩克斯風欣賞了一番，撥弄按鍵，然後對艾凱迪稍微點頭，就像經過同事身邊那樣。艾凱迪認出了在列車隧道的那張臉。他環視四周，發現另一位國安會便衣正在問手風琴的價格。他帶寇維爾進入家庭娛樂區時，那兩位音樂愛好者便放下他們的樂器，保持一定距離跟著，表現出興趣但又不冒失。

寇維爾轉動立體音響裝置的轉盤。「這傢伙在哪裡，藍柯？他在這裡工作嗎？」

「你不會真的以為我要讓你跟他握手寒暄吧？」

艾凱迪從外套口袋偷偷拿出一捲錄音帶，放進一部Rekord牌錄音機，跟他在烏克蘭酒店的那部一樣。機器有兩組耳機，可以享受音樂又不打擾到別人。寇維爾跟著艾凱迪做，戴上一副耳機。麻臉男人從一長排電視走道末端看著。另一個人不見了——艾凱迪推測是去打電話通報寇維爾的長相了。

艾凱迪按下播放鍵。那是奧斯朋跟溫曼在二月二日的電話錄音。

「班機延遲了。」

「延遲了？」

「一切順利。你太多心了。」

「你從來不會這樣嗎？」

「放輕鬆，漢斯。」

「我不喜歡這種事。」

「現在才要講喜歡或不喜歡什麼事已經有點遲了。」

「所有人都知道這些新的圖波列夫飛機是怎麼回事。」

「怕墜機？你以為只有德國人知道怎麼做東西？」

「就算延遲也一樣。你到列寧格勒以後——」

「我去過列寧格勒。我在那邊跟德國人打過交道。不會有問題的。」

錄音出現電話切斷聲及一片靜默後，寇維爾按下停止鍵、倒帶並播放。他播了帶子兩次，艾凱迪才收起來。

「一個德國人跟一個美國人。」寇維爾摘下耳機。「德國人名字叫漢斯。美國人是誰？」

「我想是他殺了你弟弟。」

在一部要價六百五十盧布的Padoga彩色電視機裡，有個女人正在一幅世界地圖前方說話。音量關掉了。艾凱迪查看製造廠的名稱；製造廠之間的品質差異很大。

「那等於什麼也沒告訴我，」寇維爾說：「你只是在耍我。」

「也許你晚點會感謝我。」艾凱迪轉到另一個頻道，打扮素雅的民俗舞者無聲地來回跳躍，用手拍打自己的膝蓋和腳跟。他關掉電視，螢幕暗掉時，他清楚看見走道另一頭那兩個大衣男子的倒影。另一個人已經回來了。「那兩個」——艾凱迪點著頭——「雖然我不認為他們會對美國觀光客做什麼事，但他們可能不知道你是。」

「他們從車庫就開著一輛車跟蹤我們了。」寇維爾看著螢幕。「我以為是你的人。」

「不是。」

「沒多少人站在你這邊，是吧，藍柯？」

艾凱迪和寇維爾在外頭的彼得羅夫卡街上分開。艾凱迪往民警總部去，寇維爾則是回大都會酒店。半個街區後，艾凱迪停下來點了根菸。街上充滿下了班的購物者，他們就像堅忍禁慾的大軍緩慢行進經過商店櫥窗。在一段距離外，艾凱迪認出了寇維爾寬大的身影，他就像位專橫的沙皇在人潮中遠去，跟蹤那兩個穿大衣的侍從。

艾凱迪去找吉普賽人。

卡車漆成橘色，底色為綠色，另外還有藍色的星星與猶太神祕哲學符號。一個赤裸的嬰兒搖晃著從卡車後方的階梯下來到火堆，爬上他母親穿著襯裙的大腿上，吸吮她的褐色乳房。六、七個醜老太婆和小女孩跟一個老人圍坐在火堆旁。家族的其他男人坐在一輛車上，他們全都穿著髒衣服，戴帽子留鬍子，就連當中最年輕的在嘴唇上方也有一撮細毛。太陽在莫斯科中央賽馬場後方沉下。

在賽道周圍的場地上到處都是吉普賽營地，就像蒼蠅一樣自然出現。不過艾凱迪沒看見那位吉普賽人，一如他預期的消失了。出於某種原因，他知道背叛他的人不是史旺。

公寓裡非常安靜，他進入時還以為她離開了，但當他走進臥房，她就盤腿坐在床上。她穿著自己的衣服，但因為他在洗衣方面很不熟練，衣服變得又短又緊。

「妳看起來好多了。」

「那當然。」她說。

「餓了嗎？」

「如果你要吃東西，我會吃一點。」

她餓扁了。她狼吞虎嚥解決了晚餐的甘藍菜湯，甜點則是一根巧克力棒。

「妳昨晚為什麼要見奧斯朋？」

「我沒有。」她沒問就直接拿走他手上的菸。

「妳覺得奧斯朋為什麼要叫那些人攻擊妳？」

「我不知道你在說什麼？」

「在地鐵站的時候。我在那裡。」

「那你就自己審問吧。」

「妳覺得這是審問？」

「而且樓下公寓還有人在為這場審問錄音。」她沉著地說，然後吹出煙霧注視著。「這棟房子是給國安會線民住的，地下室還有刑求用的牢房。」

「如果妳真的相信，妳早該離開了。」

「我能離開這個國家嗎？」

「我很懷疑。」

「那我在這間公寓或在其他地方有什麼差別？」

她將下巴靠在手上，用瞎了一邊的深色眼睛打量艾凱迪。「難道你真以為我在哪裡或我說的話有什麼重要……」

公寓很暗；他忘記買燈泡了。伊莉娜靠在牆邊時，就像靠著一片陰影。她抽的菸跟他一樣多。她的頭髮乾了，在臉上捲成小圈，濃密的長捲髮則垂到背後。她仍然赤著腳，皺縮的衣服被她的乳房和臀部被撐緊了。

她踱步、抽菸、設想謊言時，他的眼睛跟著她轉動。在庭院往上照進的微光中，他看見她分成幾個部分——臉頰的弧線、雕刻般明顯的嘴唇。她的五官顯著，長手指、長脖子、長腿。她的目光與他交會時發出閃光，就像水面映照出的光線。

他知道她很清楚自己對他的影響，就像他知道只要他有任何一點輕舉妄動就等於對她投降。到時她根本就不必撒謊了。

「妳知道奧斯朋殺了妳的朋友瓦蕾莉亞、柯斯提．波若丁以及那個叫寇維爾的美國男孩，但妳還是給他機會對妳做出一樣的事。妳等於是逼他這麼做。」

「我沒聽過那些名字。」

「妳自己也很懷疑；所以妳一聽說奧斯朋回來莫斯科就去酒店找他。從我出現在莫斯科製片廠時妳就懷疑了。」

「奧斯朋對蘇聯電影很有興趣。」

「他告訴妳他們安全到國外了。關於把他們弄出去的事，我不知道他是怎麼告訴妳的，不過他確實把詹姆斯．寇維爾弄進來了。妳有沒有想過離開蘇聯其實比較困難，尤其是一次三個人？」

「噢，我常常想到呢。」

「有想到殺掉他們比較簡單嗎？他告訴妳他們在哪裡？耶路撒冷？紐約？好萊塢？」

「這重要嗎？你說他們死了。無論如何，你現在都抓不到他們了……」

她在黑暗中被菸頭照亮，還散發著精神上的優勢。

「索忍尼辛和阿莫爾里克被流放。帕拉赫被迫自殺。范伯格在紅場被踢掉了牙齒。格里戈連科和格爾舒尼被丟進精神病院逼他們發瘋。有個別被丟進牢裡的：夏蘭斯基、奧洛夫、摩洛茲、巴耶夫。有一起被丟進牢裡的，例如波羅的海艦隊的軍官。有數以千計一起入獄的，像是克里米亞韃靼人……」

她一直說下去。艾凱迪知道這是她的機會。這裡有一個警探，而她連珠砲般吐出的話語，就像瞄準一支警探大軍的子彈。

「你們害怕我們，」她說：「你們知道你們無法永遠阻止我們。這股運動會一直擴張。」

「沒有什麼運動。對或錯並不重要。那就是不存在。」

「你太害怕了所以不敢談。」

「這就像在爭論我們兩個都沒見過的一種顏色。」

他認為自己太客氣了。她正在冷酷的拉開距離，很快就會完全搆不著了。

「妳在不及格被退學之前寫了信給瓦蕾莉亞。」他再次開口。

「我沒有一門課是不及格的，」她說：「你很清楚，我是被退學的。」

「不及格、退學，這有什麼重要的？妳因為說妳恨自己的國家而被趕出去？這個給了妳教育的國家？這就跟不及格一樣愚蠢。」

「隨便你怎麼想。」

「然後妳迎合一位殺了妳最好朋友的美國人。啊，不過那對妳而言是政治問題。妳寧願相信雙手血腥的美國人口中說出最不可置信的謊言，也不願相信自己同胞說出的真相。」

「你不是我的同胞。」

「妳是假貨。至少柯斯提・波若丁是個真正的俄羅斯人，無論他是不是大盜。妳知道自己是個大騙子嗎？」

她吸得太用力，讓菸燼照亮了她突然激動的面孔。

「如果柯斯提想要離開這國家，他一定有真正的理由，他要逃避法律制裁，」艾凱迪繼續說：「任何人都會尊重那個理由。否則他就會留下來。告訴我，柯斯提對妳的反蘇聯狂熱有什麼看法？他告訴瓦蕾莉亞多少次，說她的朋友伊莉娜・亞薩諾娃有多麼虛假？如果他還活著，現在一定會這麼說。」

「你真令人作嘔。」她說。

「拜託，妳告訴大盜柯斯提自己是個政治異議人士的時候，他說了什麼？」

「想到家裡有個異議人士讓你害怕了吧。」

「妳有讓任何人害怕過嗎？說真的！因為在國旗上撒尿而被趕出學校，誰會在乎那種所謂的知識分子？他們活該！」

「你從來沒聽過索忍尼辛？」

「我聽過他的瑞士銀行帳戶。」艾凱迪嘲弄她。她想要跟真正的怪物打交道？那就給她一個超出她預期的吧。

「聽過蘇聯猶太人？」

「妳是指猶太復國主義者吧。他們有自己的蘇聯共和國了；他們還想要什麼？」

「聽過捷克斯拉夫？」

「妳是指杜布切克把法西斯德國士兵當成觀光客帶進去，而捷克人要求我們幫忙？成熟點吧。妳從來沒聽過越南、智利或南美洲嗎？伊莉娜，也許妳的世界觀還不夠大。妳似乎覺得蘇聯是個巨大的陰謀集團，目的就是為了讓妳成為一個不高興的少女。」

「你才不相信自己說的。」

「那現在我來告訴妳柯斯提．波若丁是怎麼想的。」艾凱迪停不下來。「他認為妳想要享受被迫害的感覺，卻又沒種做出犯法的事。」

「總比你當個虐待狂又不敢用拳頭好。」她說。

她的眼睛因為憤怒而濕潤。他很驚訝。他聞得到那種鹽味。無論她想不想，都捲入了戰鬥之中。他甚至可以說地上都滴了一些鮮血。而就像真正的戰爭，這場戰鬥轉移到新的陣地，進入臥室以及公寓裡唯一一件家具。

他們坐在床的兩側，將自己的菸在盤子裡壓熄。她英勇地抬起頭，雙手交叉抱緊有如上鎖的柵門，準備好下一波攻擊。

「妳想要國安會。」他嘆息著。「妳想要酷刑、殺人犯、笨拙的大塊頭。」

「你要把我交給他們，對不對？」

「我本來要的，」他坦承：「至少我以為我會。」

她看著他的側影在窗前來回走動。

「我有告訴妳奧斯朋是怎麼做的嗎？」他問她。「他們辦了個溜冰派對，他和瓦蕾莉亞、柯斯提，以及那位美國學生寇維爾。不過那部分妳知道了——妳把冰刀鞋給了瓦蕾莉亞——妳也知道奧斯朋的生意是買俄羅斯毛皮，但妳可能不知道他私底下是國安會的線人。妳很討厭這樣。總之，在高爾基公園溜冰一陣子後，他們到了一片空地休息。富有的奧斯朋什麼都帶來了。」

「你是邊講邊捏造的。」

「我們有他裝食物的袋子；我們是從河裡打撈上來的。而大家都在吃東西的時候，奧斯朋將他的袋子舉向柯斯提。他在袋子裡有一把槍。他先對柯斯提開槍，射穿了心臟，然後是寇維爾，也射穿心臟。一、二，就這樣。很有效率吧？」

「聽起來好像你就在現場。」

「有一件事我一直無法想清楚，而妳可以幫我，那就是為什麼瓦蕾莉亞在看見另外兩個人被殺了以後不去求救。就算公園裡的喇叭在播放音樂好了，但她也根本沒呼救。她站著不動，面向奧斯朋，距離近到能夠碰觸他，但他把槍指向她的心臟。為何瓦蕾莉亞要那麼做，伊莉娜？妳是她最好的朋友，妳來告訴我。」

「你一直忘記，」她告訴他：「我懂法律。根據刑法中的一項條款，所有的叛逃者都是國家罪犯。為了抓到他們跟任何幫助他們的人，你什麼都說或做得出來。我怎麼知道地鐵站那次攻擊不是安排好的？那不是你策劃的嗎？或是你跟國安會一樣？就像你說的屍體——他們是從哪來的？你說奧斯朋射殺了某個人？你們會隨便找個無辜的觀光客，然後丟進盧比安卡監獄。」

「奧斯朋不在盧比安卡的牢房裡；他在盧比安卡有朋友。他們會保護他。他們會為了保護他而殺掉妳。」

「保護美國人？」

「他已經進出俄羅斯三十五年了。他帶來了好幾百萬的收益，他會告發蘇聯演員和舞者，他會將妳和瓦蕾莉亞這種愚蠢的小人物餵食給他朋友。」

她雙手摀住耳朵。「你的朋友，你的朋友，」她說：「我們在談的是你。你只是想知道要把你的刺客派去哪裡。」

「派去找瓦蕾莉亞？我想要的話隨時都可以找到，她就在彼得羅夫卡街一處地下室的冷凍庫裡。我有奧斯朋用來殺她的那把槍。我知道事後是誰在等待奧斯朋，也知道是在什麼車上。我有奧斯朋跟瓦蕾莉亞和柯斯提在伊爾庫次克的照片。我知道他們替他做的教堂聖櫃那件事。」

「像奧斯朋那樣的美國人可以從二十種不同的來源買到二十個不同的櫃子。」伊莉娜毫不退卻。「你曾經提過戈洛欽。戈洛欽就會給他一個，而且戈洛欽也不必離開國家。金錢不是問題，而就像你說的，奧斯朋有好幾百萬元。所以他為什麼要把瓦蕾莉亞和柯斯提・波若丁從伊爾庫次克帶來？為什麼是**他們**？」

他看得見她的眼睛深陷進橢圓形的臉孔，還有她一隻手放在臀部的曲線處。他感覺得到她在黑暗中精疲力盡。

「在戰爭期間，奧斯朋以同樣方式殺了三個德國囚犯。他帶他們到列寧格勒的樹林裡，讓他們吃巧克力喝香檳，然後射殺他們。他因此得到一枚勳章。我沒說謊；妳可以在書裡讀到。」

伊莉娜沒回應。

「如果妳從這件事脫身了，妳想要做什麼？」他問。「當一個重要的異議人士，然後譴責調查員？這妳倒做得很好。重新申請大學？我可以給妳一份推薦信。」

「你是指當律師嗎？」

「對。」

「你認為我那樣就會開心了嗎？」

「不。」艾凱迪想到了米夏。

「那個導演，」她咕噥著說：「要送我義大利靴子的那位？他要我嫁給他。你脫過我的衣服；我還不算沒有吸引力，對吧？」

「對。」

「我可能就會那麼做。嫁給某個人，住在家裡然後消失。」

爭執了幾個鐘頭後，她的聲音已經輕細到像是從另一個房間傳來。

「說到底，」艾凱迪說：「我告訴妳的一切要不是個特別精心策劃的謊言，要不就是最簡單的事實。」

他感覺到她有節奏的呼吸，知道她睡著了，於是替她蓋好毯子。他到窗邊站了一會兒，注意庭院對面的公寓或塔甘大道上是否有任何不尋常的深夜活動。最後他回到床邊，在另一側躺下。

14

街道上漆了通往紅場的紅線。軍官們測量著排水溝。電視塔四處林立。

十年婚姻裡，柔亞以一千兩百盧布的儲蓄帳戶在每年累積百分之二的利息，而帳戶裡的錢已被她提光，只剩一百盧布。一個男人可以搶先兇手一步，卻無法搶先他的妻子——是前妻，艾凱迪糾正自己。

從銀行出來的路上，他看見人行道上有人排隊，然後揮霍了二十盧布，買了一條紅白綠色相間並裝飾有復活節彩蛋的圍巾。

安特列夫完成了。

在高爾基公園遭到謀殺的瓦蕾莉亞．戴維朵娃又活起來了。她的眼睛閃爍，血液在臉頰流動，嘴唇很紅並焦慮地張開，就像要開口說話。雖然她緘默不語，但一個人必須喚起理性才能相信黏土並不是柔軟的皮肉，紅漆並不是膚色，玻璃也不是眼睛。令人難以置信的是這顆看來逼真的頭顱竟然沒有身體；它的脖子平衡地架在一具陶輪上。雖然艾凱迪不認為自己迷信，但他覺得身上起了雞皮疙瘩。

「我把她眼睛的顏色改成更深的褐色，」安特列夫說：「這樣可以更突顯她的臉色。這是義大利假髮，其實是真的做的頭髮。」

艾凱迪繞著頭走。「她是你的傑作。」

「是啊。」安特列夫驕傲地承認。

「我發誓她看起來就要開口說話了。」

「她正在說話啊，警探。她在說：『我在這裡！』帶她走吧。」

瓦蕾莉亞從陶輪往上抬眼。雖然不像伊莉娜那種絕色美貌，可是已經非常漂亮，鼻子較短，面孔較寬較樸實。就像是在雪花飄過的冬季旅遊中，戴著狐皮帽露出笑容的那種臉。是位很棒的溜冰者，很有趣，充滿生命力。

「還沒。」他說。

他整天都跟史旺一起找屠夫、農夫以及任何可能取得鮮肉的來源人士談話。四點過後他才回到新庫茲涅斯科街，然後就被叫到檢察官辦公室。

伊恩斯基在他的桌後等著，淺粉紅色的手指交握放在桌面上，剃過的頭發出沉思的亮光。

「我很關心高爾基公園那件事，你的調查顯然缺乏了有條理的進展。雖然我無意干涉警探辦案，但我的職責是監督人員到底無法控制自己或無法控制案情。你認為你的案子正在發生這種事嗎？請說實話。」

「我剛從安特列夫那裡回來，他重建了一位受害者的臉孔。」艾凱迪回答。

「你看，這是我第一次聽到重建臉孔這件事。這就是缺乏條理的範例。」

「我沒有失控。」

「你拒絕承認也可能是種症狀。好了，這座城裡有超過七百萬人，在他們之中有一個瘋子殺了三位受害者。我不指望你憑空揪出兇手。我**確實**指望一位探員能夠以健全思考、注重協調的方式做事。」

你不喜歡協調，我知道。你把自己視為一位專家，一位個人主義者。然而，就算是最傑出的個人主義者，也很容易受到主觀性、疾病或個人問題的影響。而你一直非常努力工作。」

伊恩斯基張開雙手，然後又交握住。「我了解你跟你太太有些難題要處理。」他說。

艾凱迪沒回答；這不是問句。

「我的探員就是我的倒影，你們全都是，而且各以自己的方式表現。你是最聰明的，一定知道。」伊恩斯基說。

他的語氣改變，像是下了決定：「你一直在壓力下工作。假期就要來了；現在也沒什麼能完成的。我要你做的，就是一離開這間辦公室，就去準備一份詳細的總結報告，要涵蓋目前這件案子的所有層面。」

「就算我其他什麼都不做，這份報告也要花上好幾天。」

「那就其他什麼都不做吧。慢慢來，寫得完整點。當然，我不想看見裡面提到任何外國人士或國安會官員。你在那些方面的推測根本沒幫助。提到他們不只讓你丟臉，也會讓這個單位丟臉。謝謝你。」

艾凱迪無視被停職的事。「檢察官，我想知道，這份報告是不是要給另一位即將接替我的探員？」

「我們想要你做到的，」伊恩斯基堅決地說：「就是合作。只要真心想合作，誰做什麼事有差嗎？」

艾凱迪坐在一部沒放紙的打字機前。

牆上一張相片裡，列寧戴了頂白帽，拿著杯子放在大腿上，在一張花園椅上休息。他的眼睛從帽緣狡猾地往上看。

報告。刪掉奧斯朋和認出寇維爾那個男孩的身分之後，報告就幾乎沒有內容了。對接手的探員而言，這件案子就會像是從未調查過。他可以跟新的警探重新開始。唯一的問題在於舊探員。

尼季汀拿著一個酒瓶和兩個杯子打開門。負責政府指令的調查組長愁眉苦臉，露出適度的同情。

「我剛聽說了。運氣不好啊。你應該來找我的。」伏特加倒進杯裡。「可是你都不說。我一直都這樣告訴你啊。別擔心，我們會查到東西的。我認識一些人；我們會讓你查到東西的。喝吧。當然，到時不會是一樣高的職位，但你還是可以再往上爬的。我會替你想辦法的。我從來就不覺得你是個天生的警探。」

艾凱迪很清楚自己錯過了所有重要的線索：那些訊息能讓更精明的警探知道該走哪幾條路，該避開哪些。列文、伊恩斯基，甚至連伊莉娜都試過要提醒他。這就像在直視太陽後，一個人就能看出採取正確途徑的好處，那些該走的路會被照亮，而所有表面上的矛盾都能夠互相符合並得到解釋。

「……不記得以前有過調查組長被停職的，」尼季汀說：「這個體制最值得誇耀的就是沒有人會失去工作。但你把那搞砸了。」

尼季汀眨眼示意時，艾凱迪閉上眼睛，而調查組長身子往前傾。「你覺得柔亞對這件事會有什麼反應？」他問。

艾凱迪睜開眼睛，看見尼季汀在一張椅子邊緣維持平衡等待答覆。他不知為什麼尼季汀在場，也沒聽他在說什麼，不過他確實突然明白了一件事，那就是他的前輩，這個圓臉、表情如虹魚般多變的機會主義者永遠都會在場。有些人死去，有些人被停職。尼季汀都會像個盜墓者去看他們。

電話響了，艾凱迪接起。外交部回電說，雖然沒有個人曾在一月或二月出口聖像或是宗教或迷信物品，但那段期間發出了一張特殊許可證，讓德國青年共產主義聯盟可以將一個「宗教櫃」做為禮物送給赫爾辛基黨藝術委員會。櫃子從莫斯科空運至列寧格勒，再從列寧格勒改以火車從維堡運至芬蘭。從莫斯科到芬蘭的整段旅程發生於二月三日，而貨單上的名字是「H・溫曼」。所以有個櫃子，而溫曼寄出去了。

艾凱迪打了通電話到位於赫爾辛基的芬蘭共產黨總部——這沒有問題，因為國際電話比本地電話可靠多了。他從赫爾辛基那裡聽到藝術委員會在一年多前就解散了，而且他們毫無預期會收到像「宗教櫃」之類的東西，也沒有這種東西寄到。

「有什麼我能做的嗎？」尼季汀提議。

艾凱迪打開桌子最下層抽屜，拿出他成為警探時配發卻從未使用過的馬卡洛夫半自動手槍，以及一盒九毫米子彈。他從槍柄滑出彈匣，從盒子撈起八顆子彈裝進去，然後滑回彈匣。

「你在幹什麼？」尼季汀看著問。

艾凱迪舉起槍，開保險，讓尼季汀的臉填滿凹字形覘孔，使得尼季汀目瞪口呆。「恐怕，」艾凱迪說：「我想要你怕我。」

尼季汀消失在門外。艾凱迪穿上大衣，將槍收進口袋，然後走出去。

他進入公寓時，伊莉娜查看他的身後，好像他還帶了其他人來。「我以為你現在要逮捕我了。」她說。

「為什麼妳覺得我想要逮捕妳？」他走到窗邊好查看街上。

「你遲早會的。」

「我阻止了他們殺妳。」

「那很簡單。你還以為殺死跟逮捕是兩碼子事。你果然還是個調查組長。」

她的衣服因為長時間穿著而塑出了身形。她赤腳輕巧地走著。他好奇皮布留達是否就在樓下的公寓，而他和伊莉娜是不是就站在一整片錯綜複雜的麥克風上。她掃過地板，有點掃過頭了；公寓乾淨空蕩，像是沒有顏色也沒有空氣。在這裡，她就像真空中的一團火焰。

「也許你今天會把我藏起來。這只是你生命中的一天，」她說：「當有人敲門，你就會把我交出去。」

艾凱迪沒問她為什麼不離開，因為他怕她可能會離開。

她的語調圓滑，爆發出一種輕蔑感。

「警探啊警探，如果你對我們的生一無所知，又該怎麼調查我們的死呢？噢，你在雜誌文章上讀過西伯利亞的事，而伊爾庫次克的民警跟你說過柯斯提．波若丁的事。你問我像瓦蕾莉亞這樣的猶太女孩怎麼會跟柯斯提這種罪犯扯上關係？像柯斯提這麼聰明的人怎麼會被奧斯朋的承諾給騙了？你以為要是我聽到那些承諾就不會上當嗎？」

她邊說話邊揉著手臂並在地板上踱步。「我的祖父是我家族中第一個西伯利亞人。首先，他是列寧格勒幾間水廠的總工程師。他沒犯過罪，可是你記得頒布『所有工程師都是破壞者』的命令那天吧，於是他被帶上往東開的火車，在五個不同的西伯利亞勞改營辛苦勞動了十五年，然後以永久流放的方式獲釋——也就是說他必須待在西伯利亞。他的兒子，也就是我父親，是位老師，甚至因為身為流放者之子而無法自願從軍對抗德國人。他們拿走了他的國內護照，讓他永遠不能離開西伯利亞。我母親是位音樂家，在基羅夫劇院獲得了一個職位，但是她不能接受，因為她是流放者之子的妻子。」

「瓦蕾莉亞呢？」

「戴維鐸夫一家人來自明斯克。他們的街區委員會有逮捕『猶太人士』的配額。所以猶太拉比跟他家人只好離開去當西伯利亞人。」

「還有柯斯提？」

「他比我們任何一個都像西伯利亞人。他的曾祖父因為殺人而被沙皇放逐。從那時起，波若丁一家就為勞改營做事，捕捉逃亡者。他們跟稱為馴鹿牧人的尤卡吉爾人住在一起，因為只要有囚犯想穿越凍原，那些牧人就會第一個知道。波若丁家抓到人時，他們會很友善，好像要幫助對方逃離。他們會讓他整晚說著在自由之後打算做的事，然後他們會在睡夢中殺了他，讓他至少在幻想中擁有一個鐘頭左右的自由。你連那樣都做不到。」

「在我聽來這很殘忍。」艾凱迪說。

「你又不是西伯利亞人。奧斯朋比你更了解我們。」

然而即使她如此藐視他，她還是謹慎地看著他，彷彿他可能會變成不同的模樣。

「波若丁一家不可能只靠抓囚犯過活。」艾凱迪說。

「他們會跟牧人交易、非法取得黃金、為地質學家當嚮導。柯斯提會設陷阱。」

「抓什麼？」

「紫貂、狐狸。」

「他是個大盜，要怎麼帶紫貂去賣錢？」

「他會到伊爾庫次克，把毛皮拿給別人賣。每條毛皮都值一百盧布，他拿九十。沒人會問問題。」

「現在有飼養紫貂的農場了；他們為什麼還需要設陷阱的人？」

「那些農場是典型的集體農場——徹底的失敗。紫貂必須吃新鮮的肉。要把肉分配到西伯利亞的農場，價格非常高，而當分配系統一如往常瓦解之後，農場就必須向食品店購買了。所以比起買一隻野生紫貂，國家得花上兩倍的價錢才能養出一隻。不過配額一直在增加，因為紫貂能帶來外匯。」

「那一定有很多人設陷阱了。」

「你知道在五十公尺外要用一顆步槍子彈打中紫貂哪裡嗎？要射中眼睛，否則毛皮就毀了。沒有幾個獵人做得到，而且沒人像柯斯提那麼厲害。」

他們吃了炸香腸、麵包和咖啡。

艾凱迪覺得如果他要打獵，就必須紋風不動，同時像誘餌一樣安排好問題，以讓野生動物進入範圍內。

「除了莫斯科我們還能逃去哪裡？」伊莉娜問他。「北極圈？中國？離開西伯利亞是西伯利亞人唯一能犯的罪。那就是你整個調查的重點。這些西伯利亞野人是怎麼來到這裡的？他們怎麼到國外去的？別告訴我你這麼大費周章只是因為兩個西伯利亞人死了。我們**生來**就已經死了。」

「妳從哪裡聽來這種廢話的？」

「你知道『西伯利亞困境』是什麼嗎？」

「不知道。」

「是要在兩種凍死的方式中選擇。那時候我們到冰湖釣魚，有個老師掉進湖裡了。他沒浸得很深，只到脖子，可是我們知道會發生什麼事。如果待在水裡，他會在三十或四十秒內凍死。如果他爬出來，就會立刻凍死——其實是他會結冰。我記得他教的是體操。他是鄂溫克族的，是教職員中唯一的原住民，很年輕，大家都喜歡他。我們全都拿著釣竿跟魚，站在洞口圍成一個圈。當時大概是零下四十度，晴朗有陽光。他有個妻子，是牙醫；她沒來。他抬頭看著我們；我永遠忘不了那種表情。他在水裡不超過五秒鐘就爬出來了。」

「然後呢？」

「他都還沒站起來就死了。可是他出來了，這才是重點。他沒有在那等死。」

太陽在她的眼中碎裂。夜晚讓她更蒼白，雙眼更黑暗。

「我來告訴妳一個『西伯利亞』困境，」艾凱迪說：「奧斯朋有可能在莫斯科從二十種不同來源買了宗教椅、宗教櫃和聖像。如妳所說，戈洛欽就給了他一個。所以他為什麼要冒險應付為了逃避法律制裁鋌而走險的兩個人？為什麼要替他們編織可以逃脫的美妙謊言？柯斯提和瓦蕾莉亞可以給他什麼別人都給不了的東西？」

「為什麼問我？」她聳聳肩。「你說有個叫寇維爾的美國學生被非法帶進了俄羅斯。奧斯朋為什麼要冒**那種**險？太瘋狂了。」

「這是必要的。柯斯提要活生生的證據，證據奧斯朋能夠帶人進出。那就是詹姆斯．寇維爾的功用。柯威爾是美國人，這就更完美了。柯斯提和瓦蕾莉亞不認為奧斯朋會背叛另一個美國人。」

「除非寇維爾覺得自己還能離開，否則為什麼要來？」

「美國人認為自己無所不能，」艾凱迪說：「奧斯朋認為自己無所不能。他有上瓦蕾莉亞嗎？」

「她才沒那麼——」

「她很漂亮。雖然奧斯朋說俄羅斯女人很醜，可是他一定會注意到瓦蕾莉亞。早在伊爾庫次克的毛皮中心時，他就注意到她了。柯斯提是怎麼想的？他跟瓦蕾莉亞要敲詐這個有錢的美國人嗎？」

「你講得好像——」

「那就是他們要給奧斯朋的嗎？性？柯斯提是不是推著她，說：『去吧，讓人搞一下又傷不了我或妳，我們好好敲這個觀光客一筆？』是這樣嗎？因為奧斯朋發現自己被騙，所以殺了三個人？」

「你什麼都不知道。」

「我知道柯提斯跟詹姆斯．寇維爾在雪中死去時，妳的朋友瓦蕾莉亞還活著，而且站在跟奧斯朋近到可以觸碰的距離，而她沒逃跑或大喊救命。那是個真正的『西伯利亞』困境，而且只暗示了一件事：她知道柯斯提和寇維爾會被殺，她跟奧斯朋是一夥的。可憐了她那位西伯利亞大盜。他怎麼能跟一位來自紐約的商人比呢？還真浪漫呢！也許奧斯朋告訴她，他只能把一個人弄出去。她必須選擇，而她是個機靈的女孩。在她跟奧斯朋一起策劃殺掉他們的時候呼救？她是打算跟她的美國人挽著手臂一起踩過他們的屍體！」

「住口！」

「想像她被他射殺時的驚訝。那時已經來不及向其他人呼救了。事後想起，這似乎很難以置信。那個美國人是冷血殺手的事有多麼明顯，而他的承諾是多薄弱。把這個漂亮又沒腦袋的女孩一路從西伯利亞帶到這裡殺掉，多殘忍啊。然而妳得承認，要是她親眼看見男友跟無辜的外國人被射殺卻不去求救，那她就真的太蠢了。她真的活該就這樣被殺。」

伊莉娜打了他一巴掌。他嘗到嘴裡的血。

「現在妳知道她死了，」他說：「妳打我是因為妳相信我。對！」

有人敲門。「調查組長藍柯。」一個男人在走廊上說。

伊莉娜搖頭。艾凱迪也不認得這聲音。

「警探，我們知道你在裡面，我們也知道女孩的事。」對方說。

艾凱迪示意伊莉娜進臥室，然後移動到摺放在排水板上的大衣旁，拿出他的槍。他看見她盯著槍看。他不喜歡拿這把馬卡洛夫手槍；他不想對任何人開槍，也不想在自己的公寓裡中槍，尤其是這裡連張能坐的椅子都沒有。他冷靜行事，但是大腦裡的思緒亂成一團。他應該射穿門嗎——間諜是不是都這麼做？他應該衝進走廊猛烈開火嗎？結果，他躡手躡腳到了門邊的牆面，用沒拿槍的那隻手輕輕解開門鎖，轉動門把。「進來。」他說。

艾凱迪一感覺有人握住對面的門把，就立刻拉開門。只有一個人重心不穩晃了進來。他一隻手臂勒住男人的脖子，然後用槍抵著頭，敲掉了一頂羊毛帽。

艾凱迪踢上門，將對方轉過來。他年約二十二歲，體型高大，一臉雀斑，露出一副帶醉意的笑，好像剛使出什麼驚人的招式。他是尤里·維斯科夫，曾讓伊恩斯基在最高法院為其辯護，維斯科夫上訴案裡的那個維斯科夫，也是自助餐館那對維斯科夫伉儷之子。

「我明天就要去西伯利亞了，」──他從防風衣裡拿出一瓶伏特加──「我想要你跟我喝一杯。」

艾凱迪在維斯科夫擁抱他時把槍收好。伊莉娜不安地從臥室出來。維斯科夫非常自得其樂。他謹慎平穩地帶著酒瓶去拿水槽裡的杯子。

「你放出來後我還沒見過你。」艾凱迪說。

「我早該過來感謝你的。」維斯科夫拿著裝得過滿的杯子回來。「你也知道事情就是這樣──出了獄就會有一堆事要做。」

他只帶了兩個杯子。雖然廚房裡還有兩個，可是艾凱迪感覺得出他刻意要排除伊莉娜，也看見她畏縮在臥室的門邊。

「你們認識？」他跟維斯科夫舉杯敬酒時問道。

「不太熟，」維斯科夫說：「她今天打電話給某人問妳的事，而那個人找我跟她講電話。非常簡單。我第一件事就是告訴他你救了我一命。我給你最高的評價──我稱呼你為蘇聯司法英雄，就是這樣。而且，這是事實。」

「我沒要你來這裡。」伊莉娜說。

「我不是來看妳的。我是個鐵路工人，不是異議分子。」維斯科夫背向她，說笑的情緒消失了，他一隻手放在艾凱迪手肘上，一副笨拙而真誠的態度。「擺脫她吧。她那種人就像毒藥。她有什麼資格問你的事？你是唯一肯幫我的人。我告訴你，如果沒有像她那種異議分子，就絕對不會有一大堆好人像我父母那樣受苦了。只要少數幾個人惹出麻煩，就會有很多正直的好人被逮捕。這不只發生在像我這種人身上。大家都要抓像你這樣的人。」他再次望向伊莉娜時，艾凱迪很清楚看見維斯科夫的視線範圍：伊莉娜、門口和那張床。「最厲害的毒藥也是最甜美的——對吧，警探？我們都是人，不過等你玩夠以後，甩掉她吧。」

他們都忘了舉杯。艾凱迪用杯子跟他相碰。「敬西伯利亞。」他說。維斯科夫繼續瞪著伊莉娜。「喝吧。」艾凱迪用更強烈的語氣說，然後從對方的手中抽開。維斯科夫聳聳肩，接著兩人一口氣喝完伏特加。

酒精燒灼著艾凱迪嘴裡的傷口。「你到底為什麼要來這裡？」他問。

「他們在新的貝加爾湖鐵路那裡需要線路工程師。」維斯科夫一開始很不情願地轉到新話題上。「薪水有兩倍額外津貼、三倍休假時間、一間公寓、裝了食物的冰箱——應有盡有。雖然那裡也會有黨的諂媚小人，可是不會有這裡多。我會開始新生活，在樹林裡建一棟小屋，打獵捕魚。你看得出來嗎，曾經被定罪的殺人犯現在有自己的獵槍？未來就在那裡。等著看，我有孩子以後，他們就會以不同的方式成長。也許再過一百年，我們就可以叫莫斯科滾他媽的蛋，然後有我們自己的國家。你覺得怎麼樣？」

「祝好運。」

沒什麼好說的了。一分鐘後，艾凱迪看著下方的庭院，維斯科夫步履艱難地抵著風行進，走向塔甘區的燈光。夜晚降臨地夠低，將雨雲壓到了屋頂。窗玻璃發出嗡嗡聲。

「我告訴過妳別用電話。」他看著維斯科夫消失在大門外。「妳不該打給他的。」

雖然他用手穩住窗格，可是他能感覺到皮膚上的顫動。伊莉娜是窗裡的一片白色倒影。如果是維斯科夫以外的任何人，她可能就死定了。艾凱迪發現，顫抖的是他的手臂而不是窗戶。

他看著窗玻璃上的自己。這個男人是誰？他看出他根本就不在乎維斯科夫，儘管他幾個月前才救了他一命。他只想要一件事：伊莉娜．亞薩諾娃。那種著迷明顯到就連喝醉的維斯科夫都看得出來。艾凱迪以前從沒想要過什麼；沒有什麼值得他要的東西。慾望這個詞根本無法形容。這太不公平了。生命如此單調無趣，令人倦怠，就只是一群平淡的暗影。她在這片黑暗中是如此明亮，甚至連他都被照亮。

「他看出來了，」艾凱迪說：「他說得對。」

「什麼意思？」

「關於我。我對妳朋友瓦蕾莉亞沒有興趣。我不在乎奧斯朋是不是嗜殺成性。沒有所謂的調查。我只想讓妳跟我在一起。」每個字都讓他感到訝異；他聽起來甚至不像自己了。「我相信我從第一次見到妳之後所做的一切都是為了讓妳來到這裡。我不是妳以為的那種警探，我也不是我以為的那種警探。我不能保護妳。如果他們之前不知道妳在這裡，他們一定會竊聽我的電話，所以現在就會知道了。妳想去哪裡？」

他面向伊莉娜。他過了一會兒才看見她手中那把槍隱約閃爍著。她沒說話，把槍放回排水板上。

「如果我不想走呢？」她問。

她走到房間中央，脫掉衣服。她赤裸著。「我想要留下來。」她說。

她的身體有種瓷器般的光澤。她的手臂垂在兩側，無意遮掩自己。她在艾凱迪走向她時輕啟雙唇，而她在他觸碰她時睜開眼睛，不是眼皮，而是眼睛的中心。

他站著進入了她，在他們親吻之前將她舉到他身上。一開始觸碰時她很濕，就像個攤開的祕密，而當他們終於親吻，她用手指抓住他的頭和他的背。他嘗到了她，加上嘴裡的伏特加和血，因此感到一股醉意。他們搖晃著，放低身子到地面上，而她用雙腿夾住他。

「那麼你也愛我了。」她說。

之後，在床上，他看著她的乳房隨著心跳顫動。

「這只是肉體的慾望。」她張開手放在他胸口。「我在片廠第一次見到你時就感覺到了。我還是恨你。」

雨水打在窗上。他用手輕撫她白皙的側身。

「我還是恨你做的事；我什麼話都不會收回，」她說：「可是你進入我的時候，一切都不重要了。從某方面來看，我想你已經進入我很久了。」

樓上跟樓下可能有人在聽；恐懼只讓感覺變得更加敏感。她的乳頭仍然堅挺。

「你說錯瓦蕾莉亞的事了，」她說：「瓦蕾莉亞無處可逃。奧斯朋很清楚。」她撥順他的頭髮。「你相信我嗎？」

「除了瓦蕾莉亞的事，其他的都不信。」

「為什麼你不信？」

「妳知道瓦蕾莉亞和柯斯提在為奧斯朋做什麼。」

「對。」

「我們還是敵人。」她說。

她的目光看穿了他，讓他像是被一塊石頭破壞的水面。

「我為妳買了這個。」他讓圍巾落在她身上。

「為什麼？」

「取代妳在地鐵掉的那條。」

「我需要新的衣服、大衣和靴子，不是圍巾啊。」她笑著說。

「我只買得起一條圍巾。」

她看著它，試著在黑暗中認出顏色。「這一定是條很棒的圍巾。」她說。

「如果謊言是能讓你逃離的唯一機會，那麼謊言有多荒謬就不重要了，」她說：「如果真相是你永遠無法逃離，那麼真相有多明顯也不重要了。」

15

米夏在電話中聽起來很驚恐。艾凱迪緩緩地穿上衣服。伊莉娜還在睡，手臂在床上伸到他剛才躺的地方。

「我得見一個朋友。我們會在路上停一下。」艾凱迪在寇維爾上車時說。

「我在這裡只剩四天，而我昨天為了等你出現浪費了一天，」寇維爾說：「今天你要告訴我是誰殺了吉米，要不然我就殺了你。」

艾凱迪駛離大都會酒店，在繞過斯維爾德洛夫廣場時笑著說：「在俄羅斯你得排隊才行。」

在薩拉菲默街2號，他們走上三樓。他們找到的門沒有門鎖，並貼著艾凱迪預期中的通告。他敲門時，有個老女人來開門，抱著一個嬰兒，嬰兒的頭蓋骨上沒有頭髮，只有纖細的血管。女人瞇起眼看著艾凱迪的證件。

「我以為這間公寓會被封鎖，」他說：「一週前有兩個人死在這裡，是屋主跟一位民警警探。」

「我只是個祖母。那件事我什麼都不知道。」她的目光從艾凱迪移到寇維爾身上。「總之，為什麼要浪費一間好公寓呢？人們需要公寓的。」

從門口看不到任何戈洛欽留下的東西。黑市商人的地毯、錄音機、成堆外國衣服全都不見了，那裡變成了一張仍然當作床用的沙發、一個裝碗盤的破紙箱、一個古老的俄式茶湯壺。巴夏和戈洛欽彷彿是死在另一間公寓似的。

「妳在這裡看過一個櫃子嗎？」艾凱迪問：「也許就在地下室的儲藏區？像個教堂櫃？」

「我們為什麼要教堂箱？我們要它做什麼？」她往旁邊讓開。「你們自己找吧。這裡住的是老實人，我們沒什麼好隱藏的。」

受到驚嚇的嬰兒像個蛹縮進老女人懷裡。嬰兒睜大的眼睛彷彿就要爆開。艾凱迪笑了，嬰兒也吃驚地露出牙齦和口水笑了。

「妳說的一點也沒錯，」艾凱迪說：「為什麼要浪費一間好公寓呢？」

艾凱迪在薩拉菲默街末端的一間小教堂跟米夏碰面。這間叫聖什麼的教堂很久以前就跟絕大多數教堂一起重新命名為「博物館」，被文化重建部門去神聖化並安樂死了。圍住碎裂牆面的鷹架腐爛了。艾凱迪推開門，踏入黑暗中，在門關上前瞥見石頭地板上的水坑和鳥屎。一根火柴亮起，點燃一枝蠟燭，照亮了米夏。艾凱迪看見教堂的四根中心石柱、一幅聖幛中斷裂的柵欄，以及來自圓頂天花板的微光。雨水滴落並沿著柱子流下。室內滿是基督、天使和天使長的聖像，可是灰泥已經龜裂，顏料已經褪色，就只剩盤旋於燭光中的形體。鴿子在圓頂的百葉窗中窸窣移動。

「你早到了。」米夏說。

「你提早到了半小時。」

「我們兩個都是。我們談吧。」

「是娜塔莎怎麼了嗎？為什麼我們不在你的公寓談？」

米夏很奇怪，他蓬亂的頭髮未經梳理，衣服看起來像是穿著睡過一夜。艾凱迪慶幸自己說服了寇維爾待在外面車上。「是娜塔莎嗎？」他問。

「是柔亞。她的律師是我朋友，而我聽到她要給法院的陳述。你知道你的離婚聽證會就在明天吧？」

「不知道。」艾凱迪不驚訝；他對這個消息不為所動。

「大家談論黨的方式都跟你一樣，可是不必在法庭上複述。你，調查組長。而我呢？」米夏問：「但你說過的那些關於我的事，我可是個律師！而那也在她的陳述裡。我會失去黨證。我會在法庭上完蛋，我回不去了。」

「我很抱歉。」

「唉，你從來就不是個好黨員。我試過用任何方式幫助你的事業，可是你卻不屑一顧。現在輪到你幫我了。柔亞的律師要在這裡跟我們見面。你要否認曾經在我面前發表過任何反黨言論。也許在柔亞面前有過，但不是在我面前。她或我。你得幫其中一個人。」

「你或柔亞？」

「拜託，看在老朋友份上。」

「我會說是『最好的朋友』。總之，離婚聽證會上甚麼話都說得出來，沒人會認真聽的。太遲了。」

「你可以為我做這件事嗎？」

「好吧，給我他的名字，我會打給他。」

「不，他正在過來的路上，他要在這裡跟我們見面。」

「他沒有辦公室或電話號碼？」

「我們現在聯絡不到他，而且他在路上了。」

「我們要在這裡談，在教堂裡？」

「是博物館。呃，他想要隱私，畢竟是要跟他客戶的丈夫談。他這麼做就當是幫我一個忙。」

「我不要等半小時。」艾凱迪想到車上的寇維爾。

「他會早到的，我發誓。如果沒這必要，我就不會問你了。」米夏緊抓艾凱迪的衣袖。「你會留下來吧？」

「好吧，我會等一下。」

「他不會太久的。」

艾凱迪靠著一根柱子，直到發現脖子被水滴弄濕。他就著米夏的蠟燭點了根菸，然後繞著柱子走。他在教堂裡待得越久，就越看得清楚。他心想，或許舊畫作在照明不佳的環境下最好看。牆上許多人物都有翅膀，可是他分不清天使和天使長。他們的翅膀纖細輕薄。那些天使就像鳥；他們的眼睛和劍發出閃光。聖壇不見了。墓石被拆掉了，留下像是墓穴的洞。眼睛和耳朵都適應了。他聽見一隻老鼠驚恐地移動。他覺得自己不只能聽見一滴水落到地面，還能聽見水滴離開圓頂時的聲音。燭光下，他看見米夏在流汗，可是教堂裡很涼。他看見米夏注視著那扇關著的門，那道淡藍色的輪廓。

「記得嗎，」艾凱迪突然說，他看見米夏嚇了一跳，「我們小時候——應該不超過十歲——我們進過一間教堂？」

「不，我不記得了。」

「我們會去是因為你要向我證明神不存在。那是一座正常運作的教堂，而且正在舉行儀式。那些老人站在附近，牧師留著大鬍子。你直接上前到他們後方大喊『神不存在』。所有人都很生氣，而我想我有點害怕。我知道我很害怕。後來你大喊：『如果有神，就讓他劈死我，也讓他劈死凱沙吧。』我非常害怕。可是我們沒被劈死，而我覺得你是全世界最勇敢的人。我們大步離開了那裡，對吧？」

「我還是不記得。」米夏搖頭，可是艾凱迪知道他記得。

「可能就是這座教堂。」

「不，不是的。」

在一面牆上，艾凱迪勉強認出一個坐著的人影，人影舉起一隻手。天使們似乎就從那裡冒出來。在那底下是兩個赤裸的形體，也許是一個男人和一個女人，他們在一隻看起來像是雙頭狗的生物上。或是一隻豬。或是一塊汙跡。殉教者在那裡集結，有個男人帶著一隻驢子，似乎到處都有種在暗中奔忙的感覺。

「沒有律師會來。」艾凱迪說。

「他就在路——」

「沒有律師的。」

他用第一根菸再點了根菸。米夏吹熄蠟燭，不過艾凱迪仍然看得見他。他們倆都看著門。

「我完全沒料到會是你，」艾凱迪說：「完全沒有。」

過了一分鐘。米夏沒說話。

「米夏，」艾凱迪嘆息著：「米夏啊。」

他感覺到水滴墜落，水珠擴散並重疊。他心想，外面的雨一定下得更大了。最微弱的光線橫過圓頂，在抵達牆面之前就逐漸暗去。米夏以懇求的表情看著艾凱迪。他的黑色捲髮弄濕了，看起來很可笑。淚水從他眼流下，在臉上畫出一把里拉琴。「快跑。」他輕聲說。

「誰要來？」艾凱迪問。

「快點，他們帶著那顆頭。」

「他們怎麼知道那顆頭的事？」

艾凱迪覺得自己聽見了腳步聲。他熄掉菸，背靠著牆，然後拿出手槍。米夏待在原地，軟弱地笑著。有隻鴿子在一座壞掉的洗禮盆中洗澡。牠甩掉水並飛起來，在柱子間拍動翅膀飛向圓頂。

「你會沒事吧？」艾凱迪問：「我晚點打給你。」

米夏點點頭。

艾凱迪沿著牆移動，拉開了門。又下起一陣春天的陣雨，傾注在鷹架上，追趕著將報紙和雨傘舉在頭上的人們。寇維爾在車上不耐地等著。

「凱沙，我常想起那間教堂。」米夏說。

艾凱迪開始奔跑。

堤岸道路淹水了，所以他得繞過高爾基公園。他抵達民族學研究所時，一輛黑色伏爾加在雨中打開車燈正要駛離。他認得駕駛。謝謝你，米夏，艾凱迪這麼對自己說。他經過研究所，在安德耶斯克街繞了一整圈，沿著公園轉回來，跟在伏爾加後方一條街外的距離。

「現在我們要幹嘛？」寇維爾問。

「我要跟蹤一輛車，你在下個紅綠燈下車。」

「下個屁。」

「那輛黑車上有個國安會官員。他偷走了為我重建的一顆頭。」

「那就阻止他，然後拿回來。」

「我要看他帶那顆頭去哪裡。」

「然後你要怎麼做？」

「然後我會帶幾個民警過去，以竊盜國家財產和妨礙檢察官辦公室辦案的名義逮捕他們。」

「你說過那是國安會。你沒辦法逮捕他們的。」

「我不覺得那是國安會的行動。國安會會直接宣布接管案子；他們不會偷走證據。我們去過的那間公寓應該要封閉一年的；那就是國安會的做法。公園裡的屍體應該在一天之內被『發現』。那就是國安會的做法，他們不會忘記教訓的。我認為國安會裡有一位少校跟他手下幾個官員正在私下行動，為了錢而保護某個人。而國安會不喜歡上流階層的實業家。總之，莫斯科市檢察官是國安會之外的法律，而我仍然是他的調查組長。你可以在這裡下車了。」他們在花園環道一處號誌停下，跟前方的伏爾加之間隔了三輛車。駕駛是跟著伊莉娜進入地鐵站的麻臉男人，他正低頭看著旁邊前座上的某個東西。他沒看後照鏡。艾凱迪心想，這種人不會想到有人在跟蹤他。

「我要兜兜風。」寇維爾伸直身子。

「好吧。」

燈號變了。艾凱迪預期那輛伏爾加隨時都會左轉開向市中心和皮布留達的辦公室。結果車子向右轉，往東方開，上了狂熱者公路。有些橫幅已經掛好了。**沒有人會落後！**其中一道這麼寫著。艾凱迪保持著三輛車的距離。

「你怎麼能確定他有那顆頭？」寇維爾問。

「這大概是我唯一能確定的事吧。我想知道他是怎麼發現的。」

他們越遠離市中心，路上的車就越少，而艾凱迪與黑車的距離也拉得越遠。鐮刀與鎚子牽引機廠已經在他們後方；伊茲邁洛瓦公園也是。他們正在離開莫斯科。

伏爾加往北轉上外環道，這是市區和鄉間的分界。遮蔽天空的陰雲分裂成雷暴雲頂以及一處處光源。他們突然看見公路路肩出現人員運輸車、有射擊窗的重型卡車、跟卡車一樣大的戰車、彈藥車、載運著由帆布蓋住某種物體的拖車。士兵們凝視著車燈。

「是為了勞動節遊行。」艾凱迪解釋道。

他在公路接近德米特洛夫路時放慢速度。在前方的車輛中，只有伏爾加下了匝道。艾凱迪在到匝道之前關掉車燈。騎摩托車值勤的民警查看了莫斯科的官方牌照後就揮手讓他通過。伏爾加大約在前方兩百公尺處。

公路和城市被拋在後頭。樹木讓道路的邊側變得朦朧不清。地勢變得更陡也更有起伏，前方那輛車的尾燈會消失，然後在路面拉直時再次出現。烏鴉迅速飛過。

「這地方叫什麼？」寇維爾問。

「銀湖。」

「然後這傢伙只是個少校？」

「對。」

「那麼我不覺得我們會見到他。」

水面在一片樗樹和花楸樹之間顯現。小路和泥濘的支流通往夏季別墅。他們開過一座木橋時，銀湖在左手邊。湖水已經融化，只剩下中央一座棲居著絨鴨的冰島。道路又回到樹林中。伏爾加的尾燈在每個轉彎處末端留下轉瞬即逝的記號。車子掠過將陽傘桌倒置的庭院、壞掉的涼亭，以及一座射箭場。

艾凱迪關掉引擎，滑行至旁邊一條小路，路面結束於一間小屋旁的車轍痕跡，而小屋被釘了起來，百葉窗也關上。草皮通往一片未修剪而蔓生的蘋果園，然後是邊緣的柳樹，再繼續延伸到湖濱。

「為什麼停在這裡？」寇維爾問。

艾凱迪一根手指放到嘴前，然後輕輕打開車門。寇維爾照著做，而在不遠處，他們聽見另一輛車的關門聲。

「你知道他們在哪裡？」寇維爾問。

「我現在知道了。」

地面浸了水，在艾凱迪腳下感覺很沉重。他跨越草地時，聽見說話聲透過樹林傳來，但聽不清楚內容。他穿過蘋果園，抓住樹枝，試圖穿過潮濕的葉子和冬天留下的碎屑。

他在樹與樹之間移動時，說話聲越來越大，似乎對某件事達成了共識。說話聲停住時，他也突然停住。接著他才開始繼續走近，然後趴到地上，爬向一片低矮的灌木叢。大約三十公尺外，他看見附近一間別墅的角落、黑色伏爾加、一輛柴卡豪華轎車、麻臉男人，以及莫斯科市檢察官安德列．伊恩斯基。麻臉男人拿著一個硬紙板箱。伊恩斯基穿著狼毛飾邊的大衣和靴子，就跟艾凱迪之前造訪別墅時一樣，而他的禿頭上戴了羔羊毛帽，還有說話時一邊脫下的皮手套。由於檢察官低聲說話，因此艾凱迪完全聽不清楚內容，不過從語氣中聽得出那股熟悉的權威，帶著深謀遠慮並具有說服力的感覺。伊恩斯恩摟住另一個人，帶他走上通往湖濱的小路，而艾凱迪曾在那裡吹過鍍錫的小喇叭引來絨鴨。

艾凱迪在灌木叢和柳樹中跟他們保持相同步調。他第一次到伊恩斯基的別墅時，沒注意到散落在樹林中的柴堆。麻臉男人在一處柴堆旁等待，伊恩斯基則是進了棚屋。艾凱迪記得小喇叭、裝魚粉飼料的桶子，以及裡頭腐敗的絨鴨。伊恩斯基帶著一把斧頭走出來。另一個男人打開箱子，抓出瓦蕾莉亞．戴維鐸夫的頭——或者該說是安特列夫栩栩如生的重建作品。他們把她一側臉頰朝下放，她的眼睛凝望前方，那顆已被處決過的頭顱在樹墩上等著再被處決一次。

伊恩斯基揮下斧頭，將頭顱劈成兩半。他享受著這種鄉村技能，精準地擺好兩側的半顆頭，再將它們劈開，然後再把更小的部分劈開。他喜歡這種令人振奮的勞動，仔細地將小塊殘骸剁得更小，然後將斧頭翻轉到較寬的一側，將碎片壓擊成粉末，再撥回箱子裡。麻臉男人拿著箱子到湖濱，把粉末倒進水裡。伊恩斯基從地上撿起兩顆彈珠——瓦蕾莉亞的玻璃眼睛——然後收進口袋。他在麻臉男人回來時拿起假髮，在空箱子裡裝滿木柴，接著兩人便一起沿小路回到別墅。

寇維爾一直安靜地跟著艾凱迪：「我們走吧。」他說。

寇維爾知道了。他笑得饒有興味。

「我監視過你的辦公室，記得嗎，」寇維爾說：「我之前見過那檢察官。你最好溜之大吉。」

「我要溜去哪裡？」

他們回到果園時，伊恩斯基別墅的煙囪冒出煙霧。透過別墅的窗戶，艾凱迪看見了火光。他心想，要是他可以站得夠直，說不定還能聞到頭髮燒焦的味道。

「告訴我是誰殺了吉米，」寇維爾說：「你永遠抓不到他的。你沒有證據，無法確認身分，而且現在你死定了。讓我解決他吧。」

艾凱迪靠著一處樹幹坐下，考慮這個提議。他點了根菸，用手擋住雨水。「如果殺了你弟弟的人住在紐約，而你殺了他，你覺得你能逃掉嗎？」

「我是警察——我做什麼都逃得掉。聽著，我是想要幫你。」

「不。」艾凱迪往後靠。「不，你不是。」

「什麼意思？我告訴過你關於他那隻腳的事。」

「他一隻腳瘸了，而他死了；除此之外我什麼也不知道。那好，告訴我，他是聰明或愚笨，勇敢或懦弱，幽默或嚴肅？關於你弟的事，你為什麼說得那麼少？」

寇維爾站在艾凱迪面前，看起來比那些樹更高大——一種比例上的錯覺：大塊頭周圍的小樹。雨水從他的肩膀滾下。「放棄吧，藍柯，你再也沒有主控權了。檢察官要接手，我也是。兇手叫什麼名字？」

「你不喜歡你弟？」

「我不會那麼說。」

寇維爾抬頭看著雨，再低頭看艾凱迪。他從口袋抽出雙手，握成兩顆大拳頭，然後緩慢張開，似乎是在讓自己冷靜。他望向屋子。如果那棟別墅沒這麼接近，他會怎麼做？艾凱迪納悶著。

「我討厭吉米，」寇維爾說：「驚訝嗎？」

「如果我討厭我弟，我才不會因為他可能死了而跑遍大半個世界。我只是很好奇。我們在車庫裡採指紋的時候，你有他的指紋卡——警方用的卡片。你曾經逮捕過你弟嗎？」

寇維爾笑了。他勉強將雙手放回口袋。「我會在車上等你，藍柯。」

他低下身子消失在樹林間，那副龐大的身軀幾乎沒發出任何聲響。艾凱迪恭喜自己排除了最後一個臨時盟友。

伊恩斯基。艾凱迪心想，那個男人會在他走上絞刑台時說，現在一切都拼湊起來了。除了艾凱迪之外，伊恩斯基拒絕讓任何人調查高爾基公園的屍體。伊恩斯基引導艾凱迪追查奧斯朋。皮布留達並未派人跟蹤巴夏和戈洛欽到戈洛欽的公寓；根本沒有時間射殺他們、偷走櫃子並處理好這件事。曲欽把戈洛欽正被審問的事告訴了伊恩斯基，而伊恩斯基有好幾個鐘頭的時間可以弄走櫃子並安排殺手在那裡等著。還有，是誰把瓦蕾莉亞的頭那件事告訴伊恩斯基？不是別人，正是艾凱迪．藍柯。畢竟那不是伊恩斯基而是他的發現，這個愚笨而盲目摸索的警探，又瞎又聾又蠢。一個傻瓜，就像伊莉娜說的。

別墅的門打開，伊恩斯基跟麻臉男人出現了。檢察官換上了平常穿的褐色制服與大衣。另一個男人在伊恩斯基鎖門時撥掉身上的煤灰。他們讓火繼續燒。

「那麼，」——伊恩斯基精神煥發地深吸了一口氣——「我今晚會等你消息。」

麻臉男人敬了禮，進入伏爾加，倒車上路。伊恩斯基開著柴卡跟在後頭。那輛豪華轎車壓過樹葉，沉到路面上，似乎因為做好了工作而散發出一種滿足感。

車子一離開，艾凱迪就在別墅外繞行。這是一棟有四個房間的小屋，擺設成芬蘭鄉村風格。前後門都有雙重鎖，窗戶連接著電線，因為住在銀湖的菁英分子都會裝設警報系統，直接連向當地的國安會站點以及定期巡邏車。

他走到湖濱。樹墩上有一隻手套、粉紅色黏土粉末，以及一兩根嵌進木頭裡的頭髮。地面上的鳥屎中還有粉紅色粉末，而更多的粉末都被吹散在風中。他刮擦樹墩。上面也有微粒般的黃金。

戈洛欽的櫃子就是帶來這裡。艾凱迪突然想到，說不定他第一次來的時候，箱子就在小屋裡；所以他才會被趕著帶去餵絨鴨。後來櫃子就在這塊樹墩上被劈爛。他好奇那個大櫃子也是一口氣燒掉嗎？

他查看柴堆，沒發現任何櫃子的痕跡。他踢開柴堆；在底部有些銀色的東西，可見伊恩斯基漏掉了——細木針與黃金。

「看吧，寇維爾，」艾凱迪對後方的腳步聲說：「戈洛欽的櫃子，或者該說是剩下的部分。」

「沒錯。」另一個聲音說。

艾凱迪抬頭看見剛才開伏爾加離開的麻臉男人。他拿著在地鐵站時的同一把短管TK手槍瞄準艾凱迪。「我忘記拿手套了，」他解釋道。

一隻手從麻臉男人後方出現，打掉了他的槍。另一隻手抓住他的喉嚨。寇維爾抓著男人的手臂和脖子，帶他到最近的一棵樹旁——湖畔的唯一一棵橡樹——握住他的喉嚨抵著樹，然後開始揍他。麻臉男人想要踢腳反擊。寇維爾的拳頭發出切肉刀的聲音。

「我們要跟他談談。」艾凱迪說。

麻臉男人的嘴開始冒出鮮血。他的眼睛脹大。寇維爾的拳頭加速了。

「放開他！」艾凱迪想阻止寇維爾。

寇維爾反手就把艾凱迪打倒在地。

「不！」他抓住寇維爾一隻腳。

寇維爾踢中他心臟上方還沒復原的那塊瘀傷，讓他彎起身子，幾乎窒息。寇維爾繼續將男人壓在樹上狂揍。男人嘴裡開始噴出鮮血，形成泡沫，他的雙腳被抬離地面。艾凱迪見過最接近這種場面的情況，是看著一隻獵犬兇猛亂咬一隻鳥。麻臉男人的臉被痛打著左右擺動，血像　沫般飛濺。他的腳跟踢著樹。每一拳的力道都比前一拳更強，而寇維爾的拳頭就像打在某種越來越軟弱無力的東西上。艾凱迪心想，寇維爾一定在一開始就弄斷了男人的肋骨。寇維爾繼續打，而那張麻臉變得越來越灰白。

「他死了。」艾凱迪起身將寇維爾向後拉。「他已經死了。」

寇維爾搖晃著離開。面孔變了色的麻臉男人跪在地上，然後往旁邊倒下。寇維爾倒在地上緩慢爬行，雙手都被染紅了。

「我們需要他，」艾凱迪說：「我們得問他問題。」

寇維爾開始想用小圓石洗手。艾凱迪抓住他的後領，像帶著一隻野獸般帶他到湖濱，然後返回那棵橡樹翻查死人的衣服。他找到一個廉價皮夾，裡面有些現金、一個零錢包、一把彈簧刀，以及國安會官員的紅色識別證。裡頭的名字是伊凡諾夫。他收起小本子和手槍。

艾凱迪將死人拖到棚屋。他拉開門時，有股熱流和一陣嗡嗡聲湧出。絨鴨成排掛到了天花板，牠們的雙腳被綁住，頭垂在骯髒的羽毛上。發出低聲的蒼蠅在羽毛間爬進爬出，空氣中有種液體腐爛的味道。他把死人丟進去，然後甩上門。

風將他們推回了莫斯科。

「一開始他要當神父，」寇維爾說：「去當那種會為盆栽心疼的小白臉，去了羅馬就憎恨義大利人，又愛巴結法國耶穌會信徒。雖然那很噁心，但還可以接受。他本來可以當工人教士，就只是個普通的討厭鬼。後來他眼界高了；他想當彌賽亞。他不聰明，也不強壯，可是他想要當彌賽亞。」

「他要怎麼做？」

「天主教徒沒辦法。如果你自稱東方瑜珈修行者或是大師，流著口水啃雞頭，然後永遠不換褲子，你想要吸引多少信徒都行。可是天主教徒不行。」

「不行？」

「如果你是天主教徒，你只能期待被逐出教會。反正美國已經有太多彌賽亞了。那裡是彌賽亞的超級市場。你根本不知道我在講什麼鬼，對吧？」

「對。」

他們從外環公路抵達展覽公園。黃昏圍繞著一座方尖塔。

「俄羅斯是彌賽亞的處女地，」寇維爾說：「吉米可以在這裡出人頭地；他有機會。他已經在家鄉搞砸了。他得在這裡做點大事。他從巴黎寫信給我，說他要來這裡。他說下一次我見到他的時候會是在甘迺迪機場。他說他要效法聖克里斯多福的精神做一件事。你知道那是什麼意思嗎？」

艾凱迪搖頭。

「那表示他要從俄羅斯走私某個人出來，然後在甘迺迪機場舉辦新聞記者會。他要當救星，藍柯——至少是個宗教名人。我知道他是怎麼進去的。他第一次從這裡回去的時候，告訴過我要找個長得像他的波蘭或捷克學生非常容易。他們會交換護照，而吉米會冒用另一個傢伙的名字回到這裡。所以教會才能從波蘭弄到那麼多聖經，這是他說的。除了俄語，吉米會說波蘭語、捷克語和德語；那一定不會很難。困難的是不在這裡被抓。還有離開這裡。」

「你說他在美國搞砸了。怎麼回事？」

「他跟那些在紐約市騷擾俄羅斯人的猶太小孩扯上了關係。一開始只是亂畫車子和抗議。然後是郵包炸彈。然後是在俄羅斯航空放管狀炸彈，還拿步槍射穿蘇聯大使館的窗戶。警局裡有個單位叫紅色小隊，會注意激進分子；小隊介入了，並且監視猶太人。其實，他們下一批雷管是我們賣的。在這個時候，吉米跑去喬治亞州替他們買了些步槍和彈藥。他跑了兩趟——一次帶一座聖壇的量。」

「雷管是怎麼回事？」艾凱迪問。

「那些有缺陷。我救了他一命。他本來要去幫忙製造炸彈的。那天早上我到他的公寓叫他別去。他不聽。我把他丟到床上，用床板弄斷他一條腿。所以他沒去。猶太人裝上壞掉的雷管後，炸彈就爆炸了。所有人都死了。重點是，我救了吉米一命。」

「然後呢？」

「你什麼意思，『然後呢？』」

「剩下的猶太人，難道他們不會覺得你弟是密告者嗎？」

「當然。我把他弄出城外了。」

「他完全沒機會向朋友解釋？」

「我告訴他要是他再回來，我就扭斷他的脖子。」

和平大道下起傾盆大雨。報紙散落在人行道上。

「在紐約有件案子。」寇維爾接過一根菸。「有個持刀的強盜，他會拿刀要脅人，等他得到要的東西之後，就會為了好玩切碎他們。我們知道他是誰，是個黑人——主要都搶珠寶。我要他在街上消失，所以我去找他。我把一位受害者的戒指丟到那個黑人背後，然後抓住他。那個白痴混蛋拿出一把槍開火，然後沒打中。我打中了。這是在哈林區。那裡有群人，其中某個傢伙拿起那混蛋的槍就跑了。這讓他成了殉道者，一位在前往教堂途中被射殺的市民。在一二五街上到處有遊行，只要腳還能動的黑人牧師都來了，加上一大群反戰的白人，還有吉米跟他那些基督見證人。所有的基督見證人都在唱著『寇維爾警官：通緝殺人犯。』我發現了是誰想出『寇維爾』這幾個字的。雖然吉米從來沒告訴我，可是我發現了。」

河水上漲了。高漲的黑色水流趕走了最後的浮冰。

「你知道他還喜歡叫我什麼嗎？」寇維爾問。「他喜歡叫我以掃。他的兄弟以掃[45]。」

抵達民族學研究所後，艾凱迪獨自上樓告訴安特列夫那顆頭發生了什麼事。他從安特列夫的工作室打電話到米夏的公寓和辦公室，結果都沒回應。接著他打給史旺，史旺說找到了柯斯提・波若丁、瓦蕾莉亞・戴維朵娃和詹姆斯・寇維爾待過的房子。帶史旺到那房子的女人說她每天都會賣新鮮的雞肉和魚給他們。

艾凱迪帶寇維爾去看那房子，那是一棟小屋，在柳布林斯基區的工廠和外環公路之間。那地方的一切幾乎都讓艾凱迪感到熟悉，彷彿進入了自己的想像中。寇維爾在屋裡安靜地移動，他出神了。

兩人去了一家勞工自助餐館。寇維爾點了瓶伏特加，繼續談他弟弟的事，但敘述的方式不同，就像在談另一個人。他告訴艾凱迪，他教吉米溜冰、開車、為相框加上金色塗層、怎麼應付修女、他們

45《舊約聖經》典故。以掃是亞伯拉罕之子以撒的長子，但次子雅各較受寵愛。某次雅各用計騙得以掃放棄應繼承的產業。以掃得知大怒，欲殺雅各，雅各便離家逃亡在外。

每年夏天都會去阿拉加平河、他們看到洋基隊球星羅傑．馬里斯揮出全壘打、他們埋葬了養大他們兩人的俄羅斯老奶奶。接二連三的故事；有些艾凱迪聽得懂，有些不懂。

「我告訴你，我從什麼時候知道你是認真的，」寇維爾說：「你在我的酒店房間對我開槍時。你往旁邊瞄，但沒差太多。你有可能打中我。你不在乎，我也不在乎。我們是一樣的人。」

「我現在在乎了。」艾凱迪說。

午夜時分，他讓寇維爾在大都會酒店附近下車。大塊頭虛弱地踩著醉意的步伐離開了。

伊莉娜在等他。她很溫柔地跟他做愛，似乎在說，對，你可以相信我，你可以進入，你可以把生命託付給我。

艾凱迪在睡去之前想的最後一件事，是他在餐館問寇維爾，他弟弟吉米有沒有抓過紫貂，以及寇維爾的回答。

「沒有。緬因州和加拿大有松貂，而松貂的毛皮叫做貂皮，可是那非常稀有。要抓到牠們得用螺旋鑽鑽洞。螺旋鑽是種鑽頭。如果他是真正厲害的混蛋，就會用螺旋鑽在樹幹上鑽出一個大約八吋深的洞。這麼深。他會在洞裡放些新鮮的肉。接著他會把兩根馬蹄釘以某個角度打進洞裡，讓兩個尖端在洞裡大約六吋的地方幾乎交會。松貂很會爬樹——機靈、聰明。牠聞到肉的味道，就會直接爬上樹幹，進入陷阱。牠可以正好讓頭擠過指著肉的釘子。牠吃到了肉——牠總會吃到肉的——不過到那時釘子就會困住牠了。牠會想要掙脫，而牠越掙扎要讓頭離開，釘子就會刺得越深。最後牠會流血而死，要不就是扯斷自己的頭。松貂剩得不多了。都被螺旋鑽鑽出的洞捉光了。」

16

艾凱迪在淩晨四點打電話到烏斯季—庫特。「我是雅庫茨基警探。」

「我是莫斯科的調查組長藍柯。」

「噢？你終於選對時間打來了。」雅庫茨基說。

艾凱迪在陰暗的窗邊閉上眼睛。「紫貂吃什麼？」他問。

「你打來問我這個？你找不到百科全書嗎？」

「波若丁的衣服上有雞血和魚血的痕跡。他每天都買雞和魚。」

「紫貂和水貂會吃雞和魚。如果我記得沒錯的話，人類也是。」

「但人不會每天吃，」艾凱迪說：「在你轄區裡有紫貂被偷的紀錄嗎？」

「沒有，一件都沒有。」

「在那些毛皮集體農場沒發生過不尋常的事件？」

「沒有不尋常的事。巴古津斯基有座集體農場十一月發生過火災，死了有五、六隻紫貂。不過紀錄上所有的牲畜都還在。」

「牠們被燒得多嚴重？」

「死了，就像我剛才說的。其實那已經算是相當可觀的損失了。因為巴古津斯基有最珍貴的貂皮。雖然做了調查，但找不到人為疏失的證據。」

「那些動物的解剖報告是否確認了牠們就是巴古津斯基紫貂，以及牠們死於那場火，或是死亡的確切時間？」

「警探，我向你保證只有莫斯科的人才會想到那些。」

掛斷電話後，艾凱迪安靜地著裝，離開公寓，走到塔甘廣場去打公用電話。米夏的公寓還是沒人接聽。他打電話叫醒史旺和安特列夫，然後走回公寓，站在臥室牆邊看著伊莉娜。

他可以去找檢察總長說莫斯科市檢察官是個殺人兇手嗎？就在勞動節前兩天？而且還沒有證據？他們會說他醉了或瘋了，然後讓他待到伊恩斯基抵達。他可以去找國安會嗎？奧斯朋是國安會的線人。而且，他手上現在有個國安會官員屍體的血，這都多虧了寇維爾。

黎明的曙光悄悄爬到伊莉娜身上。她是個淡藍色的形體，躺在一件淡藍色被單上，但他感覺得到她睡著時發出懶洋洋的暖意。他就這樣看著，彷彿只要專心就能將她的形象烙印在眼中。她的額頭被頭髮遮住，而太陽升起時將她的頭髮照成了漂亮的金黃色。

這個世界是顆塵埃，被她的呼吸擾動。這個世界是個膽小鬼，密謀要殺死她。他可以救她一命。他會失去她，然而他可以救她一命。

她醒來時，他煮了咖啡，並將她的衣服放在床尾。

「怎麼回事？」她問。「我還以為你喜歡我在這裡。」

「告訴我奧斯朋的事。」

「我們談過那些了，凱沙。」伊莉娜裸身坐起。「就算我相信你所說的關於奧斯朋的事好了，但如果我錯了呢？萬一瓦蕾莉亞很安全的在某個地方，我就等於出賣了幫助過她的人。如果她死了，她就是死了。沒有什麼可改變的。」

「我們走吧。」艾凱迪把衣服丟到她身上。「妳把死亡講得太容易了。我介紹死者給妳認識。」

前往檢驗室途中，伊莉娜一直看著他。他感覺得到她正在尋找他突然變臉當回警探的原因。艾凱迪帶著她進法醫檢驗室，向雷歐丁上校拿了個密封的證物袋，以及一個空的證物袋。雷歐丁以欣賞的表情看著伊莉娜；某種巧妙手法和那條新圍巾讓她的阿富汗大衣又暫時變得時髦了。

離開時，她直盯著窗外，對艾凱迪的粗魯表示惱怒。這是典型的情侶鬧彆扭，她的舉動這麼說著。一種氣味隱約滲入車內。她看著旁邊那個密封的大證物袋。味道很不明顯，幾乎不會注意到，但有種會停留在舌頭與喉嚨上的釀熟感。他們開到河邊時，她打開窗戶讓冷風進來。

到了民族學研究所，艾凱迪帶伊莉娜上樓進入安特列夫的工作室。她很高興能夠下車，刻意對櫃子裡的帕木兒和恐怖伊凡等頭顱表現好奇，艾凱迪則是去找人類學家。但是安特列夫不在，一如他的承諾。

艾凱迪在滿是頭顱的房間裡看著伊莉娜。

「你就是要帶我來看這個嗎？」她輕碰伊凡的櫃子。

「不。我希望我們可以見到安特列夫教授。可惜他似乎不在這裡。他是個很有趣的人，妳一定聽過他。」

「沒有。」

「他們在法學院會針對他的作品開課，」艾凱迪說：「妳應該記得吧。」

伊莉娜聳聳肩，離開櫃子到擺放陳列品的桌子邊，掃視著以粗眉毛和玻璃眼珠凝望的面孔。她靠上前。安特列夫的作品真神奇。艾凱迪發現伊莉娜愉快地看著一張猴子般的臉，那張臉以滑稽的方式皺縮著，另外還有一張臉擺出兇惡的表情。桌子末端有一具陶輪和一張高凳。陶輪上有顆用鐵絲架撐住的尼安德塔人頭骨，半邊已經覆上粉紅色黏土。

「我懂了。」她觸碰頭骨的部分。「安特列夫重建他們——」她突然把手縮回，剩下的話已說不出口。

「沒關係。」艾凱迪走近她。「他留給我們了。」

艾凱迪手中有根提繩，下方掛著一個圓形帽盒，材質是粉紅色亮漆硬紙板，看起來像是六十年前就已經過時了。

「我聽說過安特列夫。」伊莉娜擦著手指。

艾凱迪走向她時，帽盒以頭重腳輕的方式晃動著。

每位法學院的學生都知道安特列夫會重建謀殺受害者的頭顱。經過高爾基公園時，曾經的好學生伊莉娜．亞薩諾娃幾乎不敢呼吸車內被汙染的空氣。死亡從密封的證物袋滲透出來，也在後座上的帽盒裡擾動著。

「我們要去哪裡，凱沙？」伊莉娜問。

「妳會知道的。」艾凱迪選擇最普通的用詞，就像在回答一位囚犯。

他沒解釋也沒表示憐憫以讓她分心，沒握住她的手，沒有同情。不能做出殘酷的行為，就無法成為調查組長，他這麼告訴自己。

一整支軍隊揮著手從左方經過，伊莉娜的眼睛仍然直視前方不動，他知道這是因為害怕一不小心她的目光就會繞回那個可怕的彩色盒子。在一條不平坦的小路上，盒子震動著。那個盒子會對伊莉娜說話，對她而言，它有一段完整的歷史，足以從車子的後座上爆發出來。

「再等一下。」他對她說，然後轉過一處街角。盒子動了，伊莉娜的手像是被絲線拉扯突然抽了一下。

紅色的勞動節橫幅高掛在一間軸承工廠、一間牽引機工廠、一間電廠、一間紡織廠上。橫幅上有金色的人像、金色的桂冠、金色的口號。乾草堆升起鐵灰色的煙霧。他心想，她現在一定知道自己要被帶到哪裡。

他們沒說話，從東南方穿過柳布林斯基區，開了一個鐘頭，大型工廠變成較稀疏的小型工廠，變成工人住的灰色組合屋，變成因為開發而被拆毀的舊住家，變成被勘測員的繩子圍成迷宮的田野，他們顛簸開過突起的泥地，經過公車終點站，這雖然仍在廣義的市區範圍內，但在那之外已是另一個世界，矮房比小屋稍多，有傾斜的柵欄和拴了繩的山羊，穿著毛衣和靴子的女人抱著洗滌衣物，一座外表塗著灰泥的教堂，一個獨腳男人脫帽致意，過馬路的褐色母牛，一處有樹墩和斧頭的後院，而他們緩慢沿著車轍，來到一間屋子，庭院裡有斷掉的向日葵花莖，屋子正面兩扇窗後是汙穢的窗簾，雕刻屋簷上的漆面捲起——屋子後方有間廁所跟一間金屬棚屋。

他讓她下車，接著從後座拿了證物袋與帽盒。在屋子門口，他從一個袋子裡拿出三個鑰匙圈，這些鑰匙圈是在河中的皮袋裡找到的。每個鑰匙圈上都有一把看起來很像的鑰匙。

「看起來很合邏輯吧？」他問伊莉娜。

鑰匙插得進去。門卡住了，於是艾凱迪用臂部撞了一下，而門開啟時發出一種霉味。進去之前，他戴上一雙橡膠手套，打開電燈開關。一張圓桌上方的一顆燈泡仍然連接著電力。屋子有種陷阱的臭味，而且很冷，彷彿將冬天存放在這裡面。伊莉娜站在中央顫抖著。

屋裡只有一個房間，四扇三層窗全部關上鎖住。兩個睡覺用的隔間裡有馬毛被。一片灰燼上方有座煤爐。桌旁有三張不同風格的椅子。一個櫃子，裡面有發霉的乳酪，以及一個早就因為結冰而凍開的牛奶瓶。牆面有張馬龍·白蘭度的照片，還有許多從書裡撕下的聖像。在角落的一塊罩單下，有油漆罐、裝紅玄武土和亮光漆的瓶子、一個軟墊、幾支扁刷、打孔器、刷子。艾凱迪拉開一個櫃子的罩單，讓光線照著兩套男人的西裝——一中一大——三件同尺寸的廉價女裝，地上則有一堆雜亂的鞋子。

「對。」艾凱迪從表情看出伊莉娜的想法。「就像進入某個人的墓穴。一定都是這樣的。」

三個老式海軍用提箱置立在牆邊。艾凱迪使用每個鑰匙圈上的另一把鑰匙開啟提箱。第一個箱子裡有內衣、襪子、聖經和其他宗教違禁品；第二個，內衣、一個用瓶塞塞住裝著金粉的小瓶子、保險套、一把舊的納甘左輪手槍和彈殼；第三個，女性內衣、玻璃首飾、一瓶外國香水、沖洗器、剪刀、刷子、口紅、髮夾、一個罐子、一個幾乎沒有五官的陶瓷娃娃，另外還有瓦蕾莉亞·戴維朵娃的相片，其中大部分都是跟柯斯提·波若丁一起拍的，有一張則是她跟一位滿臉鬍鬚的老男人的合照。

「她的父親，對嗎？」他拿起相片給伊莉娜看。她沒說話。他關上箱子。「柯斯提在這裡時一定讓鄰居非常害怕。想想看他們這麼久了都還不敢闖進這裡。」睡覺用的隔間吸引了他的目光。「柯斯提一定是個難相處的人，而且還得跟另一個男人一起住？不過這就是我們生活的方式，所以……為什麼妳不阻止我，伊莉娜？告訴我他們在這裡為奧斯朋做什麼。」

「我想你已經知道了。」她輕聲說。

「那只是推測。一定要有證人。必須有人告訴我。」

「我不行。」

「妳會的。」艾凱迪將帽盒與證物袋放在桌上。「我們會互相幫忙，而且我們會解開幾個謎團。我想知道瓦蕾莉亞和波若丁在這裡為奧斯朋做什麼，而妳想知道瓦蕾莉亞現在在哪裡。一切很快就會真相大白了。」

他移開一張椅子，留下兩張在桌邊。他環顧室內。這裡實在太糟糕，幾乎就像個倒置過來的紙箱而已，裡面要擠三個人，只用一片薄床單隔出隱私，這些人還得往手裡呵氣以保持溫暖。

昏暗的燈泡讓伊莉娜發黃，也讓她的臉頰凹陷。他從她的眼中看見自己：一個憔悴的男人，凌亂的黑色頭髮，在一個粉紅色盒子上方露出狂熱的表情。他仔細看著這個可笑男人的倒影，這個伊恩斯基的傀儡，而伊莉娜從一開始就正確無誤看清了他。然而他可以從伊恩斯基和奧斯朋手中拯救她——甚至是從她手中，只要他撐得下去的話。

「好了，」——艾凱迪雙手一拍——「現在是黃昏時分的高爾基公園。正在下雪。美麗的毛皮分檢員瓦蕾莉亞、西伯利亞大盜柯斯提以及美國男孩寇維爾，他們來跟毛皮商奧斯朋一起滑雪，而他們離開小路，走了五十公尺，到一處空地吃喝東西。他們站在這個地方。柯斯提在這裡，」——艾凱迪指著桌子一側的椅子。「寇維爾男孩在這裡，」——他指向另一張椅子——「而瓦蕾莉亞在中間，」——他一隻手放在盒邊。「妳，伊莉娜，站在這裡，」——他要她更靠近桌子一些——「妳是奧斯朋。」

「只是單純為了說明而已，」艾凱迪說：「我沒辦法弄到雪或伏特加，所以就忍耐一下吧。試著想像那種氣氛，那種歡慶的感覺。這些人之中有三個相信一段新的生活就要開始——對其中兩個而言是自由，對第三個來說是名氣。這不只是溜冰派對，這是一場慶祝！妳——也就是奧斯朋——是不是要在這時候給他們指示，告訴他們如何脫逃？非常可能。只不過妳知道再過幾秒他們就會死了。」

「我——」

「妳不在乎什麼宗教櫃；任何人都可以幫妳弄到手——例如戈洛欽。如果這三個人就只為妳做了這件事，就只是偽造聖像和走私，那麼妳一定會讓他們活著。讓他們說出來，讓他們直接走進國安會的辦公室指控，還用相片證明他們的話；妳在那裡的朋友會笑著把他們趕回街上。然而還有另一件事，不是聖櫃，而是他們**真正**為妳做的事，這三個人絕對不能提起——在莫斯科不行，任何地方都不行。」

「別這樣對我。」伊莉娜說。

「正在下雪，」艾凱迪繼續說：「他們的臉因為伏特加而有點紅。他們相信妳；妳已經帶這個叫寇維爾的美國笨蛋進來了，對吧？等到喝完第一瓶伏特加的時候，他們很愛妳。對他們而言，妳是來自西方的救世主。大家不停歡笑與敬酒。聽見溜冰場傳來的音樂了嗎？柴可夫斯基！啊，我們得再喝一瓶。奧斯朋先生，你是個大方的人，你帶了一整個皮袋的伏特加、白蘭地還有各種點心。妳高舉袋子，好像是用手在裡面找東西，接著就拿出……另一瓶酒。妳先喝；假裝喝了真正的一大口。柯斯提在旁邊，如果我沒看錯他的話，他會想要跟妳較量。瓦蕾莉亞現在有點茫了，而且要拿酒瓶也不容易，因為她一手拿著麵包一手拿著乳酪。而且，她正在想自己一個星期後會在哪裡，穿著哪種衣服，天氣會有多溫暖。再也不去西伯利亞了——而是去天堂。穿著冰刀鞋的寇維爾已經重心不穩，他那隻腳不行，不過他也在想著回家的事，想著能夠證明他所有聖徒般的作為。難怪伏特加那麼快就喝完了。

「再一瓶？有何不可？雪下得更大了，音樂也更大聲了。妳舉起妳的袋子翻找，摸到了瓶子，摸到了槍的握把。打開保險。柯斯提是最渴的，妳轉向他，對這位有名的大盜露出笑容。」

艾凱迪將椅子重重踢倒在地。伊莉娜眨著眼睛，因為嚇到而輕微震了一下。

「很好，」艾凱迪繼續說：「自動手槍沒有左輪手槍那麼大聲，而且聲音又被皮袋悶住，再加上喇叭播放的音樂。一開始可能還沒有明顯的血跡。瓦蕾莉亞和年輕的寇維爾不太清楚為什麼柯斯提倒在地上。大家都是朋友。妳是來救他們，不是來傷害他們的。妳轉身面向美國男孩。將袋子舉高到他胸口。」

一滴淚水滑過她臉上那塊痕跡。

「這次沒有表情了。」艾凱迪說。

他踢倒第二張椅子。「這太簡單了。只剩下瓦蕾莉亞了。她低頭看著她死去的柯斯提，看著死去的美國人，可是她沒有逃離、呼喊或抗議。妳太了解她了。失去了柯斯提，她就跟死了沒兩樣；妳會替她結束痛苦。生命變化得如此之快。妳會幫她個忙。」艾凱迪撕開證物袋。他拉出一件廉價的深色女裝，空氣隨即瀰漫一股油膩的香氣，那件連身裙上沾染了泥土和血跡，左胸上還有個洞。伊莉娜的目光移向打開的櫃子又移回來；他知道她認得這件衣服。「儘管把槍拿近吧；瓦蕾莉亞會等妳的，她很歡迎那顆子彈。把槍口貼近她的心臟。真是浪費一個美人了，妳心想，」——艾凱迪讓衣服掉在桌上——「真是浪費一個美人了。死了，三個都是。沒有人來，音樂繼續播放，雪很快會蓋住他們的屍體。」

伊莉娜在發抖。

「他們或許是死了，」艾凱迪說：「不過妳還有事情要做。收好所有進口食物、酒瓶、屍體的證件。冒險再開了兩槍，因為美國人的牙齒是在外國處理的。妳在同樣的地方對柯斯提也開了一樣，這樣那些愚蠢的民警可能會以為那些是致命一擊。可是，他們還是會被認出身分。他們有指紋。簡單。用某種大剪刀就好了，用來剪雞肉的那種，然後在每個指節喀嚓、喀嚓。可是臉怎麼辦？希望會分解？可是他們會結凍；雖然他們會比雪更白，可是其他部分都會一模一樣。在他們的臉上塗果醬，讓公園的小動物吃掉？不，松鼠在冬天會躲起來，而莫斯科的狗又不夠多。但是毛皮商有了答案，因為他有一項特殊技能。他替他們剝皮：他把每顆頭的整張臉拿起來，就像一小塊粉紅色的毛皮——柯斯提的臉、寇維爾男孩的臉，以及最後也最好看的瓦蕾莉亞那張臉。真是個特別的時刻。有多少毛皮商能夠做這種事！他挖出他們的眼睛，然後他完成了。殘渣放進袋子裡。三條生命被消除，而且是雙重消除。夠了！妳回到酒店，去搭飛機，回到妳原來的另一個世界。一切看起來都很完美。」

艾凱迪在桌上擺好連身裙，將一邊的長袖摺到另一邊上方，讓裙襬在桌面邊緣垂下。「妳只能想到有一個人可以將妳與高爾基公園的三具屍體連結起來。可是她不會說的，因為她是瓦蕾莉亞最重要的朋友，她想要瓦蕾莉亞去紐約或羅馬或加州。那個幻想是她生命中最重要的東西。她可以在這裡度過愚蠢、危險、無聊到有壓迫感的每一天，只要她相信瓦蕾莉亞已經逃離了就好。只要想到瓦蕾莉亞正在別的地方呼吸著自由的空氣，就能讓這位朋友不會因為幽閉恐懼症而死。妳可以嘗試殺了她，而她還是不會說的。妳真的很了解俄羅斯人。」

伊莉娜搖晃著。他怕她會倒下。

「所以最重要的問題是，瓦蕾莉亞在哪裡？」艾凱迪繼續說。

「你怎麼可以這樣？」伊莉娜問。

「我們是……」——艾凱迪別開眼神，用不同的語氣說話——「是一種遲鈍、無知的人。我們好像一直都是這樣。我們有奇怪的天賦，伊莉娜。妳在大學的法學院聽過法醫學的課，認識了安特列夫教授的工作。也許妳看過一些照片。從頭骨重建臉孔是很單純但很辛苦的方法。完全不知道那張臉可能是什麼樣子或像什麼樣子，就只有臉。其他國家都沒有。這是一件需要小心處理的差事，要重建頭骨上的所有肌肉，然後加上肉、眼睛和皮膚。妳也知道，安特列夫是個大師，而妳一定也知道他能夠真實還原的名聲。」艾凱迪拿開帽盒的蓋子。「妳想知道瓦蕾莉亞在哪裡。」

「我了解你，凱沙，」伊莉娜說：「你不會這麼做的。」

「瓦蕾莉亞就在這裡。」

艾凱迪開始將頭顱拿出盒子。他放慢動作，好讓伊莉娜先在盒子上緣看見一堆深色捲髮交纏在他指間，接著頭髮被拉緊，一邊是他的手，一邊是正在上升的額頭，還帶有剛上色的皮膚。

「凱沙！」她閉上眼睛並用雙手遮住。

「看一眼吧。」

「凱沙！」她的手沒離開眼睛。「對，對，這裡就是瓦蕾莉亞住的地方。把那放回盒子。」

「哪個瓦蕾莉亞？」

「瓦蕾莉亞・戴維朵娃。」

「還有……」

「柯斯提・波若丁和那個叫寇維爾的男孩。」

「一個名叫詹姆斯・寇維爾的美國人？」

「對。」

「妳在這裡看過他們？」

「寇維爾一直躲在這裡。瓦蕾莉亞在這裡，除非她在，否則我不會過來。」

「妳跟柯斯提處不好？」

「對。」

「他們在這間屋子裡做什麼？」

「製作一個櫃子，你知道櫃子的事。」

「為誰製作？」艾凱迪在她猶豫時屏住呼吸。

「奧斯朋。」她說。

「哪個奧斯朋？」

「約翰・奧斯朋。」

「一位名叫約翰・奧斯朋的美國毛皮商？」

「對。」

「他們**告訴**妳，他們正在為奧斯朋製作櫃子？」

「對。」

「他們只為奧斯朋做那件事嗎？」

「不。」

「妳去過這棟屋子後面那間棚屋嗎？」

「有，一次。」

「妳見過他們從西伯利亞為奧斯朋帶來的東西嗎？」

「對。」

「請重複一次妳的回答。妳見過他們從西伯利亞帶給奧斯朋的東西嗎？」

「我恨你。」她說。艾凱迪關掉帽盒底部的攜帶式錄音機，然後放下頭顱。伊莉娜放下她的手。

「現在我真的恨你了。」

史旺從門外進來，他一直在等著。

「這個人會載妳回城裡。」艾凱迪打發她。「跟著他。別去我的公寓；那不安全。謝謝妳協助這次調查。妳現在最好離開了。」

他希望她會理解，而她會堅持要留下。如果她這麼做，他就會帶著她。

她確實在門口停下了。「關於你父親，關於那位將軍，有個故事，」她說：「他們叫他怪物，因為他在戰爭期間割下德國人的耳朵當戰利品。但沒人說過他曾經展示一整顆頭。他完全比不上你。」

她走出去了。艾凱迪最後看見她上了史旺的車，那是一輛很舊的齊古立轎車，他們開上了泥土路。

艾凱迪走到屋子後方，經過廁所到了金屬棚屋，用其中一把死人的鑰匙打開門鎖。他進入時，有某種東西撫過他的臉，是一條電線，從天花板的架子垂下。他拉了電線，接著就有好幾排強力燈泡將棚屋內部照得有如白晝。他發現牆上有個計時器。他轉了一下，聽見一陣細微的滴答聲，也注意到燈光的排列以幾乎無法察覺的方式移動。計時器會讓架子在十二小時內擺動將近一百八十度，以模擬日出和日落。另一條電線連接著兩盞紫外線燈。沒有窗戶。

一處圓形磚造熔鐵爐的遺跡，說明了這間棚屋的歷史。成堆的模具和廢鐵塊一起生鏽結合成金屬硬塊。所有可用空間都被與棚屋長度相當的兩個籠子佔據了。每個籠子各以木板隔成三段圍欄，每段圍欄裡都有一個木籠。籠子的側面和頂部都覆蓋著金屬絲網。在地面，金屬絲網是以石頭和水泥支撐住，即使是最細瘦最有決心的動物也無法逃出。

在兩個籠子之間的區域有張長椅，上面都是血和魚鱗。艾凱迪在椅子下發現一本祈禱書。他想像性格迥異的詹姆斯．寇維爾和柯斯提．波若丁看守並餵養他們的祕密，寇維爾向神祈禱，柯斯提則是趕走好管閒事的人。

他進入一段圍欄，從地上的金屬絲網和糞便中採集細毛。

他回到屋子，把提箱裡的東西裝進另一個空的證物袋。他將袋子放在桌面時，碰到了帽盒，讓裡面的頭滾了出來。那是一顆裝了鉸鏈的石膏頭顱，沒有眼睛、眉毛或嘴巴，完全沒有五官，只有顏色、最基本的臉形和一頂假髮。這是安特列夫在教課時用的假頭。艾凱迪將頭顱拿起來放回盒子時，頭顱的半張臉轉開了，露出頭骨內部窄小的斜眼。

安特列夫重建的瓦蕾莉亞頭顱，現在只不過是一堆肉色粉塵以及伊恩斯基別墅中燒頭髮的氣味。安特列夫向他確定是伊恩斯基本人打電話問頭顱的事，還派了麻臉男人去拿。從某方面而言，安特列夫的傑作被摧毀這件事解放了艾凱迪；他那時才想到要使用假的頭。他絕對不會讓伊莉娜看到真的頭顱，而他也很清楚她不會看的。情急之中，他有了個高明的主意。他騙了她。救了她，也失去了她。

艾凱迪進入烏克蘭酒店大廳時，正好看見漢斯．溫曼離開電梯。艾凱迪坐在大廳一張椅子，拿起一份被丟棄的報紙。他從來沒親眼見過奧斯朋的共謀。這德國人就像個稻草人，嘴唇細薄，骨瘦如柴，帽子下的金髮剪得很短。這種人會出於本能以目光壓過身邊其他人，而他十足是個惡棍，危險程度超越奧斯朋或伊恩斯基。等他經過後，艾凱迪就丟下報紙擠進電梯。

他以為航空公司辦公室不會有人，所以十分訝異地看到費特警探坐在一張桌子後方用手槍對準他。

「費特！」艾凱迪笑著說：「我很抱歉。我完全忘記你了。」

「我還以為是他又回來了。」費特說。他劇烈顫抖，還得用雙手才能放下槍。他的鋼框眼睛掛在被恐懼嚇白的臉上。「他在等你。後來他接到一通電話就跑出去了。他把槍還給我。我差點開槍了。」

謄本和錄音帶散落在翻倒的椅子和拉出的抽屜周圍。艾凱迪自問，他和巴夏及費特像孩子般在這間辦公室過著開心的時光，那是多久以前的事了？是伊恩斯基把他們安排在這裡的。這裡有麥克風嗎？現在有人竊聽嗎？無所謂；他沒打算待太久。他在地上的一團亂中翻看，確定了他的猜測：關於奧斯朋和溫曼的所有謄本和帶子都不見了，只剩艾凱迪留下的那捲二月二日奧斯朋與溫曼的通話。

「他闖進這裡，然後接手。」費特的精神和血色逐漸恢復。「他不肯讓我離開。他覺得我會警告你。」

「你不會那麼做的。」

在雜亂中，艾凱迪發現一本藍色冊子，是辦公室之前的人留下的航班時刻表。冊子是最新的。所有離開莫斯科的國際航班都會從謝列梅捷沃機場出發，而在勞動節前夕離開的唯一一班飛機，是泛美航空的一個夜間航班。奧斯朋和寇維爾會搭同一班飛機。

他還找到一個打開的包裹，是葉夫根尼從外交部寄來的。裡面有張他那個膽小鬼父親贏得的嘉獎令影本，而且為了消除疑慮，還附上一份冗長的完整報告，記載老曼德爾的英勇事蹟，署名的日期為一九四三年六月四日。難怪溫曼只撕開包裹看了一眼就丟到一旁；艾凱迪本來也要這麼做，但他注意到最後一頁，雖然內容因為時間久遠而有汙跡，加上外交部的影印機也印不清楚，不過他認出了調查官A・O・伊恩斯基中尉的明顯簽名。就這樣，他們在一處藏骸所買賣了一枚列寧勛章，而那個地方就是世界的藏骸所首都——戰時的列寧格勒！年輕的北方軍中尉安德列・伊恩斯基——當時一定不超過二十歲——在超過三十年前認識了年輕的美國外事官員約翰・奧斯朋，早在那時就認識並保護他了。

「你還沒聽說吧。」費特試探地問。

「聽說什麼。」

「檢察官辦公室一小時前針對你發出了一份全市警報。」

「什麼名義？」

「殺人。在薩拉菲默街的一間博物館發現了一具屍體。一個姓密柯言的律師。他們在那裡的香菸上找到了你的指紋。」費特拿起電話開始撥號。「也許你想跟皮布留達少校談談？」

「還沒。」艾凱迪拿走話筒，放回支架上。「現在你是被遺忘的人。通常被遺忘的人會成為英雄。無論如何，被遺忘的人總會活下來講述故事。」

「什麼意思？」費特很困惑。

「我要搶得先機。」

薩維洛斯基火車站一般多由通勤者使用——認真工作的店員以及好市民。但這輛火車很特別，通勤者紛紛把擠在裡面的乘客當成賤民避開。他們是工人，全都簽了一份為期三年的合約要到北方礦坑工作，有些甚至在北極圈內。他們會在蒸汽和冰塊中工作，在推車被冰冷毀壞時背起礦石，而且會因為爆炸、礦坑坍塌或體溫過低而死，要不然就是為了一雙靴子或手套殺人。他們抵達礦坑時，會被沒收國內護照，讓他們無法改變心意。他們會消失三年，其中某些人認為這樣很好。

艾凱迪融入勞工中。他在人群中拖著腳步走，一手抓著證物袋，另一手握住口袋裡的槍。到了火車上，他跟著人流進入一個隔間，裡面已經擠滿了人，瀰漫著汗水和洋蔥的臭味。十幾張臉打量著他。他們跟政治局的人一樣長著兇惡難看的臉，但比較粗暴也更有街頭味些。這些人炫耀著瘀傷和奇特的疤痕，指節和衣領都很髒，而且將所有物品捆成一包包隨身攜帶。基本上他們就是罪犯，在某個城鎮因為暴力或竊盜被通緝，但還不到全國等級。這些小魚以為自己正從社會主義者大網的漏洞中逃脫，結果卻只是被漏斗倒進了北方的社會主義者礦坑。兇惡的魚、職業罪犯、兄弟、無可救藥的人、帶著刺青和刀的男人。對他們而言，陌生人就是鞋子、大衣，也許只是支錶。艾凱迪在下鋪佔了個位置。

一整隊民警將最後的工人推上火車。隔間裡的空氣難以呼吸，不過艾凱迪知道他會習慣的。乘務員開始在外面月台跑上跑下，急著想讓這輛特案科的火車駛出他們的車站。全市警報也許會針對一位逃亡者封閉道路、機場和一般火車，但這可是一整輛載著逃亡者的火車。透過隔間的窗戶，艾凱迪看見特殊案件科調查組長曲欽正在跟一位乘務員領班爭論。曲欽拿出一張照片給乘務員領班看。其實他只要往隔間看一眼就行了。乘務員領班一直搖頭。曲欽揮手要民警上車。隔壁的隔間裡有人開始唱：「再會了，莫斯科，再會了愛人……」在月台上被民警推擠是一回事；在他們專屬的火車上，在他們自己的隔間裡被搜查，那就是另一回事了。威脅和咒罵拖延了搜索的進度：「你們不能打擾我，我已經在往地獄的路上了！」他們沒離開座位，而是對民警吐口水。通常，一位民警會以棍棒來回應這種事，然而合約勞工會得到特別考量；大家都明白聖人才不會自願到地獄待上三年。而且，民警的數量寡不敵眾。他們根本到不了艾凱迪的隔間；民警都被大笑聲趕下車了。乘務員領班推開曲欽，而其他乘務員又開始在月台跑上跑下擺出他們的手勢。火車動了起來，曲欽和乘務員領班向後滑開。月台的金屬天篷變成了煙囪以及國防工廠的雙凸形柵欄，亦即北莫斯科地帶。火車經過下個通勤車站時仍繼續加速，不為那些敢安心露出輕蔑表情的通勤者放慢速度，帶著自我意志般奔馳過一座民警月台，火車頭發出汽笛聲。再會了，莫斯科。艾凱迪深吸了一口氣；其實空氣也沒那麼差。

這輛火車也很特別，是交通部所能挖出最舊也最髒的。隔間內部被損毀破壞了不知道多少次，因此老早就沒有任何能夠毀壞或偷走的東西。此外，內部也幾乎沒有移動的空間。十五個人擠在四張硬木床和地板上，每個人的手肘都擠在鄰近人的手肘上。列車長把自己鎖進最末端的隔間，整趟旅程都不會出來。這應該不是前往列寧格勒最快的方式。紅箭特快車從列寧格勒車站離開，只需要半天。這輛火車從薩維洛斯基火車站的地方軌道出發，拖著古老的車廂，載運雜誌裡稱為改過自新的勞工，得花上二十個小時才會到達。列車長在他的避風港裡有自己的茶湯壺、硬麵包和果醬。在艾凱迪的隔間，他們得共用香菸與伏特加。天花板瀰漫著煙霧。有人叫他喝酒，他喝了，然後給了一根香菸當作回報。

拿酒瓶的是個奧塞梯人，長得像史達林——矮胖、黝黑，同類型的眉毛、鬍子和甲蟲般的眼睛。「有時候他們會在這種火車上安排告密者，你知道吧，」他告訴艾凱迪：「有時候他們還是想要抓到你，把你帶回去。我們要做的就是抓到告密者，割開他的喉嚨。」

「這輛火車上沒有告密者，」艾凱迪說：「他們不想要你回去。你正在前往他們想要你去的地方。」

奧塞梯人的眼睛閃爍著。「幹你媽的，你說得對啊！」

車輪駛進下午和傍晚。伊克薩、德米特羅夫、維瑞爾基、薩維奧洛沃、卡利亞津、卡辛、松科沃、克瑞斯尼霍爾姆、佩斯托沃。沒有理由不喝酒。他們要離開不只一天，而是三年。最好是純酒而不是伏特加。這些都是有才華的高手，而且總共有幾種語言？這是個多國隔間。一個盜用公款的亞美尼亞人——有些人覺得盜用公款和亞美尼亞人是同一個詞。一對來自土耳其斯坦的攔路強盜。一個來自瑪莉娜灌林區的討債打手。一位來自雅爾達的牛郎，戴著墨鏡，一身曬成棕褐色的皮膚。

「你的大衣下面藏了什麼？」牛郎問。

艾凱迪有個裝著小屋那些證物的袋子、他的槍、他自己的身分證，以及被寇維爾打死的那個國安會官員的證件。不會有人敢問寇維爾那種問題；獵人才會問獵物這種問題。

「從黑海收集到的幾根小屌。」艾凱迪回答。

他喝了濃茶。濃茶是一種茶，不是濃縮兩倍或十倍，而是二十倍。在勞改營裡，一個挨餓的人只要喝幾杯濃茶就可以連續工作三天。艾凱迪必須保持清醒。他一睡著就會被搶劫。他的皮膚因為腎上腺素變得濕黏；他的心臟似乎擴張了。然而他必須冷靜思考。有人殺了米夏。溫曼，那個稻草人嗎？艾凱迪錯過他兩次了。可是為什麼要發出殺人警報？為什麼伊恩斯基要冒險讓民警介入？除非這位檢察官已經清理了高爾基公園受害者住過的小屋。除非他很確定他的警探會在企圖逃脫時死亡。或者他會立刻被宣告發瘋了。也許他已經是了。

他心臟灌注的血液超過了血管負荷，因此他再喝了點伏特加讓血管打開。某個人有台電晶體收音機，正在播報海參崴的勞動節準備情況。

「鐵礦沒那麼糟，」一個老鳥說：「如果你在金礦工作，離開礦坑的時候，他們可是會把吸塵器插進你屁眼的。」

接著播放關於巴庫地區勞動節準備的新聞快報。

「我在家鄉，」奧塞梯人告訴艾凱迪：「殺了某個人。完全是意外。」

「為什麼告訴我？」

「你有張無辜的臉。」

世界各地都在為勞動節準備。隔間的倒影覆蓋著外面的夜晚。艾凱迪將窗板打開一條細縫；他聞到冬天的雪被犁成黑而肥沃的壤土。

他已經開始想念米夏了。奇怪的是他還能聽見朋友的聲音，彷彿他還活著，正在對火車上的人品頭論足：「那麼，這就是共產主義的重點，要讓人們聚集在一起。有點像是聯合國；你只是沒辦法那麼常替換衣服而已。好，那個亞美尼亞人，這男人要減肥了。或是他可以像變形蟲一樣直接分裂成兩半，變成兩個亞美尼亞人。他會得到雙倍薪水。我可不會相信亞美尼亞人。你看那個牛郎。我們討論過哈姆雷特，我們討論過凱撒，現在我們正看著一個即將再也無法擁有棕褐色皮膚的男人。唉呀，那真是悲劇。凱沙，你得承認現在這一切有點瘋狂了吧？」

伏特加消退了。為了補充水，火車在一座小鎮停靠——就只是一個車站和一條亮著燈的街道而已——工人下了車，闖進鎮上的商店，而一對當地民警只能無助地站在一旁。打劫者都回來之後，火車便繼續行進。

卡波札、切弗納捷、布得戈斯、普斯科夫、科爾皮諾。列寧格勒，列寧格勒，列寧格勒。沿著聚集電線運轉的晨間通勤列車發出火花。芬蘭灣反射著曙光。火車進入一座充滿公事包與運河的城市，在睡意矇矓的眼中像是一座灰白城市。

火車駛入芬蘭車站。艾凱迪於火車仍在行進時就跳了下去，揮動著從寇維爾打死的那人身上拿來的國安會紅色識別證。喇叭都在播放國歌。這是勞動節的前一天。

17

在列寧格勒北方一百公里，介於俄羅斯小鎮魯柴卡和芬蘭城市伊馬特拉的一處平原上，火車軌道跨越了國界。這裡沒有柵欄。兩側都有火車調度場、海關倉庫以及樸素的無線電碉堡。俄羅斯這一側的地面上是髒雪，原因是這條支線上的俄羅斯火車使用劣質的煤，而芬蘭側的雪較乾淨，原因是芬蘭人使用柴油。

艾凱迪跟蘇聯邊境巡邏站的指揮官站在一起，看著一位芬蘭少校從五十公尺外的芬蘭邊防哨所走回來。

「就跟瑞士人一樣，」指揮官唾棄地說：「如果他們夠不要臉，就會把所有煤灰掃到我們這邊。」他心不在焉試圖繫好衣領上的紅色垂片。邊境巡邏隊是國安會的一個部門，不過人力主要來自正規陸軍的退役軍人。指揮官的脖子太粗了，鼻子歪向一側，而且兩邊的眉毛很不相稱。「每個月他都問我要怎麼處理那個該死的櫃子。我他媽的怎麼會知道？」

他用雙手遮住艾凱迪的火柴，這樣兩人才能點菸。一位蘇聯守衛在軌道看守著，看起來像修水管工具的攻擊步槍掛在肩上。每次守衛移動時，武器就會在風中發出喀噠聲。

「你明白，從莫斯科來的調查組長在這裡的權力，就跟個中國佬差不多吧。」指揮官告訴艾凱迪。

「你知道勞動節時候的莫斯科吧，」艾凱迪說：「要是等所有人蓋好關於我的文件，我手上又要多一個受害者了。」

在國界另一側，少校帶著兩個邊防守衛到一間海關倉庫。後方的山麓小丘通往芬蘭這個千湖國。此處的土地像是被熨平，點綴著赤楊、樗樹、越橘灌木。是個適合巡邏的好地方。

「這裡的走私者會帶咖啡進來，」指揮官說：「奶油，而有時候只帶錢。你知道，是要給外幣商店的。他們從來不走私東西出去。我猜那是種羞辱吧。你的案子讓你大老遠來到這裡，很不尋常。」

「這裡很安靜。你可以遠離一切。」指揮官從外套裡拿出一個鋼製酒瓶。「你喜歡這東西嗎？」

「大概吧。」艾凱迪接過酒瓶，讓能夠暖身的白蘭地流滾到胃裡。

「守衛邊境讓有些人無法忍受——你知道的，要看守一條想像的界線。他們真的會發瘋。或者他們會讓自己墮落。有時候他們真的會試圖穿越邊境。我應該要射殺他們的，不過我只會把他們送回去檢查腦袋。你知道的，警探，要是我遇到一個從莫斯科來到這裡的人，沒有任何許可就要對邊境巡邏隊花言巧語，我一定也會讓他去檢查腦袋。」

「老實說」——艾凱迪跟指揮官對看——「我也會這麼做。」

「好吧」——指揮官揚起眉毛，用力拍了艾凱迪的背——「我們看看能怎麼應付這個芬蘭人吧。雖然他是共產黨員，不過骨子裡還是個芬蘭人。」

國界另一端的海關倉庫打開了。芬蘭少校拿著一個信封走過來。

「我們的探員說對了嗎？」指揮官問。

少校厭惡地將信封放到艾凱迪手裡。「屎塊。在櫃子裡的六個隔間裡都是動物的小屎塊。你怎麼會知道？」

「櫃子從外盒裡拿出來了？」艾凱迪問。

「是我們打開的，」指揮官說：「所有包裹都會在蘇聯這邊打開。」

「櫃子裡面檢查過嗎？」艾凱迪問。

「那樣做有什麼意義，」芬蘭人回答：「芬蘭跟蘇聯之間可是什麼關係？」

「那麼從海關倉庫取得物品的程序是什麼？」艾凱迪問少校。

「非常簡單。很少有物品會進那間倉庫；它們通常會待在火車上一路到赫爾辛基。少了身分證明、所有權文件以及進口關稅收據，任何人都不能拿走物品。雖然門口那裡沒人看守，可是如果有人想要拿走一個櫃子，我們一定會注意到。你要知道，這裡安排的人力非常少，而這是因為我們跟蘇聯有協議，以防跟好鄰居發生衝突。現在恕我失陪；我已經下班了，而且我得開一大段路回家過節。」

「是勞動節。」艾凱迪說。

「是沃爾普吉斯之夜，」芬蘭人得意地糾正他：「巫婆的魔宴。」

艾凱迪從接近邊界的維堡飛到列寧格勒，然後在那裡搭夜間班機到莫斯科。航班上大多數乘客都是放兩天假的軍人，而且都已經喝了酒。

艾凱迪寫了份調查報告。他將報告放進證物袋，裡面還有邊境指揮官的陳述、裝著櫃子裡糞便的信封、從柯斯提那個籠子裡採集的毛髮樣本、三位受害者在提箱裡的私人物品、伊莉娜在小屋裡的證詞錄音帶、二月二日奧斯朋和溫曼的通話帶子。他在袋子寫上檢察總長的地址。一位女空服員拿了些硬糖給他。

再過幾個鐘頭，奧斯朋和寇維爾就會搭上他們的飛機。艾凱迪從未像現在這樣如此佩服奧斯朋拿捏好的入出境時間。「就算延遲……」在藏著柯斯提．波若丁那六隻西伯利亞紫貂的櫃子從莫斯科寄出前一天，溫曼顯得很擔心。小動物可以被麻醉多久而不會有危險？三小時？四小時？在飛往列寧格勒的班機上，這樣一定足夠。接著在從機場到火車站的路上，溫曼可能會再對牠們下一次藥。櫃子不能空運出國，因為國際航空包裹會經過X光檢查。車輛和裡頭載的東西也會在檢查點被徹底搜查。於是答案是搭火車，一輛本地列車，開往人手不足的邊境車站，這時奧斯朋就從赫爾辛基開回芬蘭那一側的邊境車站，而櫃子甚至都還沒離開火車。蘇聯邊境巡邏隊會負責打開包裝盒。芬蘭人則是把櫃子放在無人看守的倉庫，幫了奧斯朋一個大忙。有任何人注意到他進去嗎？他是不是有一件特製加上了袋子的大衣？芬蘭守衛之中有沒有他的同夥？無所謂，奧斯朋根本就不必出示證件，而櫃子的旅程從開始到結束都跟他沒有任何關聯。

柯斯提．波若丁、瓦蕾莉亞．戴維朵娃、詹姆斯．寇維爾死在高爾基公園。而約翰．奧斯朋在蘇聯境外某處得到六隻巴古津斯基紫貂。

班機從日落處下降高度，飛向夜晚的莫斯科。

艾凱迪在機場寄出包裹。考慮到假日，他的報告會在四天後抵達目的地，無論屆時他會發生什麼事。

庭院有人監視。艾凱迪從巷子進入地下室，然後爬樓梯回到他的公寓，在黑暗中換上他的調查組長制服。制服顏色是海軍藍，肩章上有代表上尉的四顆黃銅星星，帽子的金色穗帶上有顆紅星。他刮鬍子時，聽見樓上和樓下公寓的電視聲。兩邊都在看莫斯科大劇院於克里姆林宮國會的勞動節前夕傳統表演《天鵝湖》。在序曲期間，他聽見一位播報員的聲音，提起今晚最光榮最敬愛的六千位賓客，可是他認不得那些名字。他將自動手槍塞進制服外套內。

他在塔甘大道上花了二十分鐘才揮手叫到計程車。進入市中心的路上隨處都有泛光燈和橫幅。一整年，莫斯科的紅色橫幅有如一種倔強的蛹，就在這一夜像趨光的飛蛾突然活躍起來。紅色翅膀覆蓋了每棟高樓，在大街上方波浪般翻騰。文字如行軍般經過：**列寧活過，活著，也將繼續活下去！**計程車超越了那些字。**勞工英雄……高尚且史無前例的……喝采……光榮……**

一般車輛不允許進入紅場周圍的街區。艾凱迪將他的最後幾塊盧布付給計程車司機，走到斯維爾德洛夫廣場，而威廉·寇維爾正好拿著一個手提箱走出大都會酒店，準備搭上一輛國際旅行社巴士。寇維爾穿著一件棕褐色雨衣，戴一頂短邊花呢帽，看起來就跟其他十幾位排隊等車的美國人沒兩樣。艾凱迪仍在穿越廣場中央的花園時，寇維爾看見他並搖了搖頭。艾凱迪停下來。他環視周圍，看見民警警探；在巴士後方一輛車上，在酒店咖啡廳，在街角。寇維爾放下手提箱；上面還有被艾凱迪踢過的凹痕。另一輛巴士離開了；車頭燈的強光掃過，讓寇維爾的存在更顯短暫。他刻意往每個警探的方向看，以防艾凱迪沒注意到其中一個。國際旅行社的司機從酒店漫步出來，將菸蒂丟到街上，然後讓觀光客開始上車。

「奧斯朋。」艾凱迪在廣場中央用唇語說。

威廉·寇維爾望向警探看了最後一眼。顯然，他沒看懂那個名字。他渴望想知道，但他也很清楚，要得到那個名字，他就必須殺掉廣場上監視他的所有便衣，以及隨後前來的所有便衣，還得擊垮廣場的建築跟市裡的所有建築，就算以他強大的力量也不可能辦到。

《天鵝湖》的旋律從巴士的收音機飄蕩出來。寇維爾是最後一個上車的。那時艾凱迪已經消失了。

以花排成的鎚子和太空船在翟金斯基廣場等待上午的遊行。艾凱迪跳上一輛運載士兵的人員運輸車，經過紅場上無人的正面看台。泛光燈讓克里姆林宮的牆面盤旋，使燕尾形的城垛顫動。

在克里姆林宮另一側的馬涅茲尼亞街上，豪華轎車排成黑色有光澤的斜線。不是一般的柴卡豪華轎車，而是主席團的齊古立轎車，配有裝甲以及突出的天線。步行的民警在街道中央維持一定間隔，其他則是騎著摩托車來回於空間較開闊的馬涅茲尼亞廣場與克里姆林宮的庫塔菲亞塔之間，而艾凱迪就在庫塔菲亞塔跳下人員運輸車。他的制服就是身分證明，而他向前來的國安會官員表明他有消息要告訴檢察總長。他在點菸時穩住雙手，接著從低窪花園湧出的泛光燈光線中，走上連接庫塔菲亞塔和克里姆林宮三一門的一座刷白短橋。他若無其事過街，進入馬涅茲廣場的高影中，過去沙皇曾在這個地方練馬。他從此處可以在克里姆林宮圍牆上方看見國會宮的白色大理石屋頂線條。一輛國安會官員的車經過時，他從車上收音機聽見了芭蕾舞的最後一個樂章，是華爾滋。沿著馬涅茲廣場移動，可以看見其他活動的人影——這裡看到一隻眼睛，那裡見到一隻腳。

在三一門上方，大量飛蛾——是真正的飛蛾，就像水晶一樣明亮——正往上飛向三一塔的紅星。兩位從大門出現的士兵因為背光而遮蔽於自己的陰影中，直到他們跨越小橋，看起來就像被光燒蝕的火柴頭。另一輛國安會的車經過，拖曳著收音機裡的掌聲。芭蕾舞結束了。

若要及時抵達機場，奧斯朋在表演結束後就不能參加官方招待會。即使如此，表演完還要謝幕、向女舞者及主席團獻花，而且一定也得在衣帽間人擠人。司機們從容地走向他們的豪華轎車。

賓客開始出現。艾凱迪看見一列中國人，接著是穿白色常服的海軍、一些笑得很大聲的西方人、笑得更大聲的非洲人、音樂家、穿招待員制員拿著花的女人、一位有名的諷刺作家。配有外交旗幟的豪華轎車載著乘客離開。提早離去的人越來越少，通往人行道的橋上也沒人了。艾凱迪沒什麼明顯的理由該從街上開始。

有個人影正輕快地走向三一門，動作俐落如刀。人影穿過橋的燈光，變成了奧斯朋，他拉上手套，目光直視前方那些表情警覺的便衣以及開著門的豪華轎車。他穿著素淨的黑色大衣，戴著他之前要送給艾凱迪的貂皮帽。深色毛皮與他的銀髮呈現對比。便衣的注意力移向跟著奧斯朋的賓客。他消失在庫塔菲亞塔中，再出現在階梯上，然後上人行道走向一輛為他停靠的豪華轎車，這時他才看見艾凱迪過來。

艾凱迪因為認出這位美國人而感到震驚，但很快就克制住那股震顫，因此最後就只是心跳加快了一下而已。他們在豪華轎車旁碰面，目光越過車頂對視。

奧斯朋露出開朗有力的笑容。「你都沒來拿你的帽子呢，警探。」

「對。」

「你的調查——」

「已經結束了。」艾凱迪說。

奧斯朋點點頭。艾凱迪有時間可以欣賞對方身上那些黃金與絲綢營造的風格；皮膚看起來像是木頭的棕褐色，五官完全不像俄羅斯人。他看見奧斯朋的眼神掃視街上，以確認艾凱迪獨自前來。滿意之後，目光又回到艾凱迪身上。

「我得去趕飛機了，警探。溫曼會在一星期內給你一萬美元。如果你想換成其他外幣也可以——漢斯會處理細節的。重點是大家都滿意。如果伊恩斯基失敗了而你能讓我清白，我會把這當成更有價值的人情。我要恭喜你；你不只生存下來，還充分利用了機會。

「你為什麼要說這些？」艾凱迪問。

「你不是來逮捕我的。你沒有證據。而且，我知道你們這些人運作的方式。如果這是要逮捕，我現在就會坐進國安會車子的後座，前往盧比安卡。就只有你，警探——你一個人。看看四周——我只看見我的朋友，沒有你的。」

目前那些便衣還沒特別注意奧斯朋被耽擱了。從近距離看，他們都是體格健壯的男人，正在積極催促一般賓客遠離菁英人士的座車。

「你想嘗試逮捕一個西方人，就在這種特別的地方，就在這個特別的夜晚，沒有國安會簽署的命令，連你的檢察官都不知道，沒有任何人幫忙，就只靠你自己？因為殺人而受到通緝的你？他們會把你放進精神病院的。我甚至不會錯過班機；他們會為我延遲那班飛機的。所以你會來一定是因為錢。

有何不可？你已經讓檢察官變成有錢人了。」

艾凱迪拿出他的自動手槍，放在左手肘彎曲處，只有奧斯朋看得到那沒有光澤的槍管。「不。」他說。

奧斯朋環顧四周。雖然到處都有便衣，但從泛光燈的光線中出現越來越多賓客，使得他們分心了。

「伊恩斯基提醒過我你就是這樣。你不要錢，對吧？」奧斯朋問。

「對。」

「你是想要逮捕我？」

「阻止你，」艾凱迪說：「首先，不讓你搭上飛機。接著，不在這裡逮捕你，也不是今晚。我們開你的車。我們今天去兜個風，明天我們再去某個小鎮的國安會辦公室。他們會不知道該怎麼做，所以會直接聯絡盧比安卡。小鎮的人很怕遇到國家犯罪、偷竊重要國家資產、破壞國家產業、走私、隱瞞國家犯罪——我是指殺人。他們會以懷疑的方式對待我，以客氣的方式對待你，不過你也知道我們是怎麼運作的。到時候他們就會打更多電話，徹底檢查籠子、調查某個被運送的櫃子。總之，一旦你錯過今晚的班機，你就會延遲了。這反正是個機會。」

「你昨天去了哪裡？」奧斯朋思考了片刻後問。「沒人找得到你。」

艾凱迪沒說話。

「我猜你昨天去邊界了，」奧斯朋說：「我猜你相信自己知道了一切。」他看了手錶。「我真的得趕快去搭機了。我不會留下來的。」

「那我就會開槍。」艾凱迪說。

「這裡的所有人馬上會對你開槍。」

「是的。」

奧斯朋往車門把伸手。艾凱迪開始壓緊馬卡洛夫手槍彎曲的扳機，將釋放桿向前拉，而釋放桿與彈簧一起滑動，抵住又離開葉片彈簧，就要讓毫無阻礙的擊鎚撞向後膛內的九毫米子彈。

奧斯朋放開車門把。「為什麼？」他問道：「你不可能只是要取悅蘇聯司法系統就願意為了逮捕我而死吧。每個人都可以收買，從上到下都是。整個國家都被收買了——而且很廉價，是全世界最廉價的。你不在乎違法，你不會再那麼愚蠢了。所以你是為甚麼而死？別人？伊莉娜．亞薩諾娃？」

奧斯朋指著大衣的一個口袋，接著慢慢伸手進口袋，拿出一條紅白綠色相間並裝飾有復活節彩蛋的圍巾，這是艾凱迪買給伊莉娜的。「生命總是比我們認為的更複雜也更簡單，」他說：「真的是——我從你的表情看得出來。」

「你怎麼會有這個？」

「一項簡單的交易，警探。我換她。我會告訴你她在哪裡，而你真的也沒時間擔心我是不是會說謊，因為她不會在那裡待太久的。要或不要？」

奧斯朋將圍巾放在車頂上。艾凱迪用左手拿起，舉到鼻子前。有伊莉娜的氣味。

「要知道，」奧斯朋說：「我們都有一項基本需求，而我們會為此不惜一切。你會為了那個女人拋棄生命、職業和理性。而我會為了不錯過班機而背叛我的同夥。我們兩個都快沒時間了。」

豪華轎車正在倒退。附近的便衣喊叫起來，揮手要奧斯朋上車。

「要或不要？」奧斯朋問。

沒什麼好猶豫的。艾凱迪將圍巾塞進制服。「你告訴我她在哪裡，」他說：「如果我相信你，你就自由了。如果我不相信，我就殺了你。」

「很公平。她在大學，就在水池旁的花園。」

「重複一次。」艾凱迪向前傾，增加手指在扳機上的壓力。

「大學，水池旁的花園。」

這次奧斯朋本能做好吃子彈的準備，把頭稍微往後傾，但目光還是鎖著艾凱迪的眼睛。這是他第一次讓警探看清自己。一隻野獸從奧斯朋的眼中望出來，彷如居住在他大衣和皮膚底下的生物正用一隻手抑制住自己。奧斯朋的眼神毫無畏懼。

「我要你的車。」艾凱迪將手槍收進大衣裡。「你大概可以再買一輛吧。」

「我愛俄羅斯。」奧斯朋輕聲說。

「回家吧，奧斯朋先生。」艾凱迪坐進豪華轎車。

大學發出亮光。在一個金色花環裡的一顆金色星星底下，有一座以泛光燈照亮的尖頂、數顆紅星，以及三十二層空蕩的樓層——學生都因為勞動節放假去了。在大學的側翼，有寬達五百公尺延伸至列寧山的巨大花園。這些花園在勞動節前夕被照成淺淺的暗綠色。夜半時分，泥土小徑如輪輻般從超大型噴水池向外擴張，有些蜿蜒穿越籬笆，有些消失在豎立的冷杉與雲杉之中，有些則隨機碰上了雕像。

面河的前花園有一座反射著光線的長型水池，水面布滿噴水形成的泡沫，被有顏色的燈光染上顏色。沿堤岸部署的防空設施揮動著一哩高的光束，照亮城市的夜空。

奧斯朋不費吹灰之力逃脫了。他用伊莉娜的圍巾讓艾凱迪動搖了。然而艾凱迪很確定伊莉娜就在這裡。這是陷阱，不是謊言。

從堤岸射出的燈光秀維持了半個鐘頭。最後，水池的彩色光線熄滅，水柱也停歇了，平靜如鏡的水池表面映照出大學的尖頂。

他在冷杉之中等待。奧斯朋的飛機現在應該升空了。樹林窸窣作響，一陣微風吹來樹脂的氣味。兩個人影從水池另一端走向他。

在到艾凱迪位置的半途中，人影往下掉落，破壞了水面的倒影。艾凱迪衝過去，一邊抽出手槍。他看見溫曼兩腿岔開站在水池邊緣的某個人上方，接著伊莉娜就從水面掙脫探出頭來。溫曼再將她壓下去，而她向後伸手一陣亂抓。溫曼將她的長髮扭成一團，這樣比較好抓住她。他聽見艾凱迪的喊聲而抬起頭看。德國人的眼睛空洞，齜牙咧嘴。他放開了伊莉娜。她從水面抽身，在水池旁窒息作嘔。濕髮橫貼在臉上。

「起來。」艾凱迪命令溫曼。

溫曼維持跪姿，咧嘴笑著。艾凱迪感覺溫熱的金屬輕撫過他後腦上的短髮。

「不如，」——伊恩斯基走了最後一步來到艾凱迪後方——「你丟下槍吧？」

艾凱迪照做，接著伊恩斯基一手放他肩上，像是在安慰他。艾凱迪看見粉紅色的指尖。那把跟艾凱迪一樣的公發手槍就停在他的後頸上。「別這麼做。」他對檢察官說。

「艾凱迪．瓦希列維奇，我要怎麼避免呢？如果你聽從指示，我們兩個現在就不會在這裡了。也不會有這種可悲的場合。可是你失控了。你是我的責任，而我得解決這件事，這不只是為了我自己，也為了我們兩個所代表的單位。這件事無關對錯。這並不是要侮辱你的才能。其他警探都沒有你的直覺能力、足智多謀，也沒有你正直。我很仰賴這些能力。」溫曼站起來，側身緩慢前進。「我認為我要向你學習，而你——」

伊恩斯基抱住艾凱迪，溫曼則往艾凱迪腹部打了一拳，抽開手時做了個奇怪的揮舞動作。艾凱迪往下看，發現一根細刀柄從他的腹部突出。他覺得體內像是有冰塊，而且不能呼吸。

「而你讓我很驚訝，」伊恩斯基接著說：「最重要的是，你來這裡是為了要救一個蕩婦，我太驚訝了。這很有趣，因為奧斯朋一點也不驚訝。」

艾凱迪無能為力地注視著伊莉娜。

「誠實面對自己吧，」伊恩斯基說：「還有承認我這是在幫你。除了你父親的名聲，你什麼也沒失去——沒有老婆、沒有小孩、沒有政治意識也沒有未來。你記得即將來臨的反佛倫斯基運動吧？你會是第一個被解決的人。這種事情會發生在個人主義者身上。我已經提醒你好幾年了。你知道忽視建議會有什麼下場。相信我，這樣比較好。不如你坐下來吧？」

伊恩斯基和溫曼往後退開，而艾凱迪的膝蓋發抖，開始失去力氣。他拔出刀子。這把雙刃刀又利又紅，好像永遠拔不完似的。艾凱迪心想：這是德國人的工藝傑作，一股熱流在他的制服內傾瀉而出。他毫無預警揮動刀子刺進溫曼的腹部，跟溫曼在他腹部造成的傷口位置相同。他往前衝的力道讓兩人都掉進水池。

他們一起從水池起身。溫曼企圖推開，但艾凱迪一心要將刀子刺得更深，並使勁往上拉。伊恩斯基在水池邊緣來回跑動，想要找到好的射擊位置。溫曼開始攻擊艾凱迪的耳朵，但他纏得更緊，將對方抱起來。溫曼無法掙脫，於是想要咬人，艾凱迪則向後退，抓著他一起掉進水裡。德國人坐在上方，緊掐住艾凱迪的喉嚨。他從水池底部往上看。溫曼露出奇怪的表情，那張臉拍動著，分離之後再組合，接著又像水銀再次分開，每次的畫面都越來越不協調。臉突然變成月亮，月亮又突然變成花瓣。接著一陣深色的紅雲遮住了溫曼，而他的雙手鬆開，整個人也滑出視線之外。

艾凱迪探出水面，上氣不接下氣。溫曼的身體在旁邊載浮載沉。

「待在那裡！」

艾凱迪聽見伊恩斯基大喊；反正他也動不了。

伊恩斯基站在水池旁瞄準他。這時傳來一把大型自動武器的轟鳴聲，在開放式花園發出震耳欲聾的聲響，但艾凱迪沒從他預期的那把槍看見閃光。他發現伊恩斯基的帽子不見了，那顆剃光的頭顱上像是戴了頂有尖突的皇冠。檢察官茫然地擦掉額頭上的血，但他的頭又冒出更多鮮血，像是噴泉。伊莉娜就在伊恩斯基後方，拿著一把槍。她再次開火，使得伊恩斯基猛然轉頭，而艾凱迪看見他一隻耳朵不見了。她開了第三槍，打穿伊恩斯基的胸口。檢察官試圖穩住重心。第四發子彈讓他摔進水裡沉了下去。

伊莉娜進入水池將艾凱迪拖出來。她將他抬出池邊時，伊恩斯基在他們身邊站了起來，水淹到他的腰部。他眼中無視他們，就往後倒下，眼睛直視上方的夜空，怒吼著：「奧斯朋！」

他再次下沉，彷彿正走下樓梯，然而艾凱迪在他消失許久之後仍然聽見他的吶喊。

第二部

沙圖拉

Shatura

1

他是一根導管。流進他體內的管子帶著血液和葡萄糖，從他身上流出的導管帶著血液和排泄物。每隔幾小時他就會害怕自己清醒，護士則是替他注射嗎啡，而他會立刻飄浮到床的上方，往下看著灰白色畫面的汙水處理工程。

他不太清楚自己為何在此。他隱約知道自己殺了某個人，而他突然想到那應該是場屠殺。他不確定自己是罪犯還是受害者；他有點擔心這件事，但不會太擔心。大多數時候他會坐在房間上方遠處的角落觀察。護士和醫生在床邊不停徘徊並低聲交談，接著醫生會去找坐在門邊兩個穿便服戴口罩的男人低聲交談，而他們會打開門跟在走廊上等待的其他人低聲交談。有一次有群訪客前來；他在其中認出了檢察總長。整隊人馬站在床腳邊，面色凝重打量著躺在枕頭上那張臉，有如一群度假者在某處外國地標試圖解讀他們無法理解的刻文。最後他們搖著頭，指示醫生要讓患者活下去，接著就離開了。另一次，一位邊境巡邏指揮官被帶進來指認他。他不在乎，因為這時他正忙著大量出血，這個祕密被所有流出他身體的導管洩漏了，每一根塑膠管都突然變成了鮮紅色。

後來他被帶子綁在床上，並以一片半透明的塑膠帳篷圍住。帶子並沒有束緊他——他並不打算使用手臂——可是不知為何這個帳篷讓他再也無法飄走。他感覺得出醫生正在減少嗎啡用量。他白天能遲鈍地感覺到有顏色在身邊移動，晚上則會在房門打開露出外面燈光時突然感到一陣恐懼。恐懼很重要；他能感覺出這點。在他陷入麻醉狀態的所有幻覺中，只有恐懼是真實的。

以注射針頭計量的時間並未消磨掉；那只是介於渾沌與疼痛之間的邊緣而已。一切就只剩下等待，不是指他自己，而是門口以及門外的那些人。他知道他們在等他。

「伊莉娜！」他大聲說。

他立刻聽見椅子刮擦聲，看見人影趕向他的帳篷。帳篷的牆面被拉開時，他閉上眼，用盡全力拉動被帶子綁住的手臂。一根管子鬆脫，鮮血從他手臂上的洞噴出。跑步聲從門口進來。

「我們沒碰。」

「我叫你們別碰他了。」一位護士說。她壓住血管，將管子黏回他的手臂。

「這可不是他自己做的。」護士很生氣。「他根本還沒清醒。你們看這一團亂！」

他閉著眼睛，想像床單和地板。護士只是憤怒，但醫院中鮮血淋漓的場面才會讓其他人感到害怕畏怯，即使是國安會那些遲鈍的人。他聽見他們跪在地上擦地。他們沒再提起他醒來的事。

伊莉娜在哪裡？她跟他們說了什麼？

「反正他們也會殺他的。」其中一個正在擦地的男人咕噥著說。

他在半透明的帳篷裡傾聽；他打算趁還可以的時候盡量聽。

在民警抵達大學的幾分鐘前，艾凱迪告訴伊莉娜到時候該怎麼說。伊莉娜沒殺任何人，艾凱迪殺了伊恩斯基和溫曼。伊莉娜知道瓦蕾莉亞、詹姆斯．寇維爾和柯斯提在莫斯科——帶子裡都有提到——可是她對變節或走私的事一無所知。她是傀儡、誘餌、受害者，不是罪犯。如果這個說法不夠合理或完整，就必須以他的立場來說，是他在伊莉娜扶持他時拼湊了這一切。而且，這個說法是她唯一的機會。

他們開始第一次審問的方式是唸出他被指控的罪行：罪行聽起來很熟悉，差不多就是他指控奧斯朋和伊恩斯基的那一些。帳篷的一面牆被拉開，讓那三個男人可以坐在床邊。儘管他們戴著口罩，他還是認出了皮布留達少校那張胖臉，以及口罩後方的笑容。

「你快死了，」最靠近的一個人告訴艾凱迪：「至少你可以洗刷那些無辜之人的名聲。在這件事發生前，你的紀錄很完美，而我們想要以那樣的紀錄懷念你。讓伊恩斯基檢察官的好名聲恢復清白，他可是你的朋友也提拔了你。你父親是位健康堪慮的老人；至少讓他平靜死去吧。擦去這份恥辱，以問心無愧之姿面對你的死亡。你覺得呢？」

「我不會死。」艾凱迪說。

「你知道，你復原得真好。」醫生拉開窗簾。他撫平灑在白袍上的陽光。帳篷已經拿走了，艾凱迪被兩顆枕頭撐住頭部。

「多好？」

「非常好。」醫生說，他的語氣很嚴肅，讓艾凱迪知道他為了聽到這問題已經等了好幾週。「刀子刺穿了你的結腸、胃跟橫膈膜，還切掉了一點你的肝臟。其實呢，你朋友唯一錯過的地方就是腹部主動脈，這大概也是他想瞄準的吧。總之，你來的時候已經沒有血壓；接著我們還得應付感染、腹膜炎，一方面讓你全身充滿抗生素，另一方面又要把你抽乾。你掉進的那個水池很髒。唯一幸運的是你在被刺之前二十四小時都沒吃東西；要不然感染就會直接透過你的消化道擴散，就連我們也救不了你。很神奇吧，生命就取決於吃一口食物這麼微不足道的小事？你真是個幸運的人。」

「我現在知道了。」

下一次來了五個人，全都戴著口罩，坐在床邊輪流提問，好讓艾凱迪感到困惑。不管是誰問，他只選擇回答皮布留達。

「那個叫亞薩諾娃的女人把一切都告訴我們了，」某個人說：「你跟美國人奧斯朋主使了陰謀，答應保護他不受伊恩斯基檢察官的追捕。」

「你有我寄給檢察總長的報告。」艾凱迪向皮布留達回答。

「你在多個場合被看見跟奧斯朋說話，包括勞動節前夕。你沒逮捕他。你反而直接去了大學，在那裡引誘檢察官掉進陷阱，並在那個女人的協助下殺了他。」

「你有我的報告。」

「你跟奧斯朋接觸有什麼理由？檢察官跟他的警探會面之後一定會記錄下來。在他的筆記中沒有記下你對那位美國人的懷疑。如果你提過，他一定會跟安全機關商量的。」

「你有我的報告。」

「我們對你的報告沒興趣。那份報告只會證明你有罪。沒有任何警探能夠查明西伯利亞的紫貂失竊事件，你那些薄弱的證據也無法證明紫貂被帶出國了。」

「我查出來了。」

這是他唯一說出不同答案的一次。他被指控為了錢與奧斯朋密謀；他的離婚被視為精神崩潰的證明；他們知道他去煩擾奧斯朋是為了得到一頂昂貴的帽子；叫亞薩諾娃的女人描述了他攻擊式的性癖好；他助長了奧斯朋的陰謀，希望以聳動的方式一舉遏止對抗他這種野心家的運動；他攻擊過前妻的一位朋友，是區黨部委員會的書記，而這證實了他的暴力本性；他與外國密探詹姆斯・寇維爾的關係，從他與其兄威廉・寇維爾密探的合作亦不證自明；他在檢察官的別墅亂棒打死了一位國安會官員；根據叫亞薩諾娃的女人之證詞，他與死去的女性歹徒瓦蕾莉亞・戴維多瓦之間有性關係；他因為父親的名聲而在心理上有嚴重殘缺——總結起來，一切都很清楚了。針對他們想要使自己憤怒、困惑、害怕的企圖，艾凱迪一律回應要皮布留達去讀他的報告。

皮布留達是唯一沒說話的人，滿足於以靜默來恐嚇，在濕髮下毫不遮掩他沉思的神色。艾凱迪對他最深刻的記憶，是高爾基公園第一天早上他在雪中穿著大衣的樣子。直到現在他才知道自己在皮布留達的心中佔據了多大的位子。皮布留達專注的眼神純潔到讓他吃驚。一切都不清楚；什麼都不知道。

＊

守衛被調離後，他們在房間裡放了一具電話。由於電話從未響起，也完全沒人使用過，因此艾凱迪推測那是用來監聽他的發話器。他第一次可以吃軟質食物時，聽見了推車一路從電梯到他門口的聲音。整層樓的其他房間都是空的。

那五個人又繼續審問了兩天，一天兩次，艾凱迪則是繼續重複同一個答案，直到他奇蹟似地突然明白了一件事。

「伊恩斯基是你們的人，」他打斷對方說話：「他是國安會的。你們讓自己的人成為莫斯科市檢察官，結果現在他就快要變成叛徒了。就因為他讓你們成了大蠢蛋，所以你們得殺了我。」

其中四個人突然彼此對看；只有皮布留達仍將注意力停在艾凱迪身上。

「就像伊恩斯基說的」——艾凱迪痛苦地笑著——「『我們全都會呼吸跟撒尿。』」

「閉上你的嘴！」

五個人暫時離開到走廊上。艾凱迪躺在床上，想著檢察官對於司法機關正確管轄權的見解，現在回想起來真是有趣多了。那五個人沒有回來。過了一會兒，守衛出現了，這是一週以來的第一次；他們將五張椅子擺到牆邊。

＊

他一被准許單獨拄著枴杖行走時，就立刻走到窗邊。他在六樓，附近有條公路，而且緊鄰著一間糖果工廠。他發現那是布爾什維克糖果工廠，就在列寧格勒路上，可是他不記得在這麼遠的地方有任何醫院。他試著打開窗戶，不過鎖上了。

一位護士走進來。「我們不想讓你傷害自己。」她說。

他不想傷害自己；他是想要聞工廠傳來的巧克力味。他可能會因為聞不到巧克力的味道而哭。

他會感到充滿力量，但下一刻又好像可以哭得淅瀝嘩啦。這部分是因為受到審問的壓力。審問者的標準程序是以團隊運作，將他們的意志力聚集在單一嫌犯身上，以莫須有的指控旁敲側擊並使他困惑，而且指控越誇張越好，就這樣霸凌他，直到他任他們擺布為止。那才是個誠實的人，要對他們俯首稱臣。在大部分情況中這麼做並不是壞事，所以他預料他們會使用這種技巧；這很正常。

另一部分的問題是他被隔離了。他不准有訪客，不能跟守衛或護士對話，沒有書，沒有收音機。他發現自己在讀著用具上的工廠標誌，也會站在窗邊看公路上的車流。他唯一思考的事，就是在眾多矛盾的問題中確認伊莉娜發生了什麼事。她還活著。她沒說出一切，而她知道他也沒說出一切；否則審問的內容就會更精準也更有殺傷力。為什麼他要隱瞞她知道走私的事？他是何時帶她回公寓的？在那裡發生了什麼？

經過沒有審問的一天之後，尼季汀出現了。精明的雙眼，一張圓臉，這位負責政府聯絡事務的資深探員看著他的同事兼前學生，發出了失望的嘆息聲。

「上次我們見面的時候，你用槍指著我，」尼季汀說：「那幾乎是一個月前了。你現在看起來平靜了點。」

「我不知道我看起來是什麼樣子。我沒有鏡子。」

「你要怎麼刮鬍子？」

「他們會把電刮鬍刀跟我的早餐一起送來，然後跟餐盤一起收走。」終於能跟人說話，即使對象是尼季汀，也讓他覺得自己肯定太過熱情了。而且多年前尼季汀還是凶殺科的資深警探，當時他們很親近。

「哎呀，我不能留下來。」尼季汀拿出一個信封。「辦公室裡一團亂啊，你應該明白吧。他們派我帶這些來給你簽名。」

信封裡有三份一樣的信，是從檢察官辦公室發出的辭呈，理由為健康因素。艾凱迪簽了名，差點因為尼季汀必須趕著離開的事而感到難過。

「我覺得，」尼季汀低聲說：「你讓他們吃了不少苦頭。要審問一位審問者可不容易，是吧？」

「我猜是吧。」

「聽著，你是個聰明的孩子，別謙虛了。不過也許你應該稍微聽進一點伊利亞大叔的話。我想要導正你。這都是我的錯；我應該要更堅決一點。有什麼我能幫上忙的，你儘管開口。」

艾凱迪坐下來。他突然感到消沉且疲累，也很感激尼季汀願意花時間留下。尼季汀正坐在床上，但艾凱迪不記得看到他移動過。

「說吧。」尼季汀說。

「伊莉娜……」

「她怎麼樣?」

艾凱迪難以集中精神。他想將自己隱藏的所有祕密一股腦兒告訴尼季汀。那天來的另一個人是一位護士，她就在尼季汀出現之前替他打了針。

「他們不知道……」

「只有我可以幫你。」尼季汀說。

「嗯?」

艾凱迪感到噁心頭暈。尼季汀伸出一隻跟嬰兒一樣小而圓胖的手放在他手上。

「你現在需要的是一個朋友。」尼季汀說。

「那個護士——」

「不是你朋友。她給你打了某種讓你說話的東西。」

「我知道。」

「什麼都別告訴他們，孩子。」尼季汀慫恿地說。

艾凱迪猜測是胺化鈉;他們用的就是那個。

「而且量很大。」

他知道我在想什麼，艾凱迪告訴自己。

「那是一種非常強的麻醉劑。你不必為無法正常控制自己而負責。」尼季汀安撫他。

「你不必帶那些信來，」艾凱迪刻意清楚大聲地說話:「沒人需要那些信。」

「那你就是沒好好看清楚內容了。」尼季汀再次拿出信封，替艾凱迪打開。「看到了嗎?」

艾凱迪眨著眼讀信。這些是自白，寫著他被指控在上星期犯的所有罪行。「我簽的不是那個。」他說。

「他們有你的簽名。我看見你簽了。別在意。」尼季汀把信撕成兩半，然後再對半撕掉。「我一個字也不相信。」

「謝謝你。」艾凱迪感激地說。

「我跟你站在同一邊；我們一起對抗他們。記住，我可是最高明的審問者，你記得吧。」

艾凱迪記起來了。尼季汀像是有什麼祕密而靠近，輕聲在艾凱迪耳邊說：「我是來警告你的。他們要殺你。」

艾凱迪看著關上的門。它的平坦有種不祥的預兆，背後就是另一邊的人。

「你死了以後，還有誰能幫伊莉娜？」尼季汀問：「誰能知道真相？」

「我的報告——」

「那是要騙他們的，不是騙你朋友。別為你自己想，要為伊莉娜想。少了我，她就會孤獨一人。想想她會有多孤單。」

他們說不定連他死了都不會告訴她，艾凱迪心想。

「她唯一能知道的方式，就是由你把真相告訴我。」尼季汀說。

他們毫無疑問會殺了他；艾凱迪想不出任何逃脫的選項。也許是從窗戶墜樓、給予過量嗎啡、注射空氣。到時誰來照顧伊莉娜？

「我們是老朋友了，」尼季汀說：「我是你的朋友。我想要當你的朋友。相信我，我是你的朋友。」他笑起來有如一尊佛像。

艾凱迪視線中的其他部分都被胺化鈉染成了灰色。他聽見走廊上那些呼吸聲。地板離他的腳很遠。屍體穿著紙拖鞋；他們給他穿紙拖鞋。他的雙腳如此蒼白無力，身上其他地方看起來會是什麼樣子？他的嘴是個會傳染恐懼的溫床。他雙手握成拳頭抵住額頭。不是恐懼——是瘋狂。要循序漸進思考是不可能的；最好趁他現在還行的時候說出一切。但是他緊閉著嘴擋住那些話。麻醉劑引起的汗珠從皮膚滲出，而他害怕那些話就要從毛孔洩漏出去。他緊緊併攏膝蓋直到抽筋，讓所有孔洞關閉。他想到伊莉娜時，那些話就變成蛇一樣想硬擠出來，於是他開始想著尼季汀——不是他身邊坐在床上那個尼季汀，因為那是個撕毀自白書又一臉急切的朋友；他是在想以前的尼季汀。舊尼季汀是個難以捉摸的對象，閃躲逗弄著艾凱迪短暫集中的思考。當下的偏執壓過了回憶。世上他唯一能夠信任的人是尼季汀，坐在他身旁的尼季汀堅決主張著。他顫抖著，試圖遮住眼睛和耳朵，倒著一一回想尼季汀剛才說過的話，藉由這種笨拙的方式檢查新尼季汀是否和舊尼季汀一樣。

「我是你最久、最親愛也是唯一的朋友。」尼季汀說。

艾凱迪放下雙手。雖然他臉上布滿淚水，可是他腦中有一道慰藉的光芒。他舉起一隻手，像是拿著一把槍，接著扣下想像的扳機。

「怎麼了？」尼季汀問。

艾凱迪沒開口，因為關於伊莉娜的那些話仍然等著從他口中迸出。但是他笑了。尼季汀在一開始進艾凱迪房間時就不該提上次他拿槍的事；那就是關聯。他瞄準尼季汀的臉，假裝再次開火。

「我是你的朋友。」尼季汀的語氣沒那麼肯定了。

艾凱迪將整個彈匣裡的隱形子彈射完，重新裝填，又繼續開了幾槍。他的瘋狂刺穿了尼季汀。在堅持又說了一些話之後，他沉默了；接著，他畏縮地看著艾凱迪的空手，慢慢從床上移走。他就像舊尼季汀，在靠近門口時加快速度離開。

2

夏天來臨時，艾凱迪被移到鄉間的一座莊園。那是個散發舊時貴族氣息的地方，正面很氣派，有白色柱子、落地門、通往玻璃溫室的門廊、當成車庫使用的小教堂，還有一座泥土網球場，而守衛隨時都在那裡打排球。艾凱迪可以自由閒晃，只要他來得及回去吃晚餐就行。

第一週，有架小飛機降落在簡易機場，帶來一對審問者、皮布留達少校、一個郵袋，以及只能從莫斯科取得的鮮肉和水果等。

審問一天兩次，地點在溫室。裡頭沒有植物，只有一些巨大的橡膠樹，那些樹彎成弓狀，看起來就跟正式僕役一樣不合時宜。艾凱迪坐在介於審問者之間的一張柳條椅上。其中一位是精神科醫師，問題也都很聰明；一如往常，審問的內容友善時，周圍會散發出一種奉承、歡樂的氣氛。

第三天午餐時間，艾凱迪在一座花園遇到皮布留達。少校的外套掛在一張鍛鐵椅上，而他正在清槍，用粗大的手指敏捷地處理撞針、彈簧和抹布。艾凱迪在桌子對面另一張椅子坐下時，他驚訝地抬起頭看。

「怎麼了？」艾凱迪問：「他們為什麼把你留在這裡？」

「我的工作不是審問你。」皮布留達說。他醜陋、真誠的眼睛對艾凱迪而言成了一種不變之物，也是在與國安會派來的其他官員相處一整個早上之後的慰藉。「總之，他們是專家；他們知道自己在做什麼。」

「那你為什麼會在這裡？」

「我自願的。」

「你會在這裡多久？」

「看審問者要待多久。」

「你只帶了一套衣服替換，所以不會很久。」艾凱迪說。

皮布留達點點頭，然後繼續清理，在陽光下開始流汗。他連袖子都沒捲起來，不過他的動作很小心，因此不會讓衣服被油弄髒。

「你的工作如果不是審問我，那是什麼？」艾凱迪問。

皮布留達將手槍的滑套和槍管組件推出機匣的滑軌。他從機匣仔細挑出次組件和撞針結構。一把拆開的手槍總讓艾凱迪想到不穿衣服的殘廢。

「這表示你的工作是殺我，少校。說出來吧——你自願的。

「你把自己的生命說得微不足道。」皮布留達把像是糖錠的子彈從彈匣接連滑出。

「那是因為它被微不足道地對待。如果你要在穿完乾淨衣服時殺掉我，我又能多認真？」

艾凱迪不相信皮布留達會殺他。毫無疑問，皮布留達是樂意自願的，也隨時準備好這麼做，但艾凱迪不相信會發生這種事。所以隔天早上審問者和皮布留達搭車趕往簡易機場時，艾凱迪便步行一公里的距離跟上去。他抵達時，正好看見機外的皮布留達在跟機內的審問者激烈爭辯。飛機留下他離開了，而他回到車上。當司機問艾凱迪是否要搭便車回去，他回答說天氣很好，他要走路。

除了最輕微的地勢地伏，周圍的鄉間都是一片平坦。在早晨的陽光中，他的影子在路上延伸了三十公尺長，附近一棵難得見到的樹則有超過一百公尺長的影子。這裡的樹很少，大部分都是偶爾見到的碎石與蓬亂的莓果灌木。野草叢生，其中有各式各樣的花，還有跟翠玉一樣明亮的小蚱蜢。艾凱迪躺在草地中，知道在主屋上方的步道有人正用望遠鏡看著他。他從來沒想過要逃跑。

艾凱迪和皮布留達在餐廳裡唯一一張餐桌吃飯，室內到處有鬼魅般的拭塵布。穿著髒衣服的少校變得煩燥，他鬆開了肩帶槍套，由下往上脫掉上衣。艾凱迪趣味盎然地看著。即將被射殺的人也總會對槍手感興趣，而在致命的那一槍被無限期延後時，艾凱迪也有機會能夠仔細看清楚他未來的劊子手。

「你打算怎麼殺我？從後面，還是前面？頭或是心臟？」

「嘴巴。」皮布留達說。

「到屋外？屋內？在浴室比較好清理。」

少校粗野地再將杯子裝滿檸檬水。屋裡禁止喝伏特加，而艾凱迪是唯一不會懷念它的人。在打了一整天排球後，守衛會打桌球打到深夜才去睡覺。

「藍柯公民，你已經不再是資深警探，你也不再有任何階級或地位，你什麼都不是。我可以直接叫你閉嘴。」

「哎呀，反之亦然啊，少校。既然我什麼都不是，我也不必聽你的話了。」

他心想，這幾乎就是伊莉娜對他說過的話。人的觀點這麼容易就改變了。「告訴我，少校，」他問：「有人試過殺你嗎？」

「只有你。」皮布留達推開椅子，留下未吃完的食物。

感到挫敗的皮布留達開始整理起花園。他上身脫到只剩汗衫，褲管捲到綁在膝蓋附近的手帕上方，兇猛地攻擊雜草。

「除了蘿蔔，要種別的已經太晚了，不過我們還是盡力而為。」

「你的配額有多少？」艾凱迪從門廊問。他瞇起眼睛在天空搜尋從莫斯科回來的飛機。

「這是樂趣，不是工作，」少校咕噥著：「我才不會讓你毀掉它。聞看看。」他把一些富含泥炭的土拿到大鼻子前。「世界上任何地方的土聞起來都不一樣。」

天空中沒有東西，於是艾凱迪將目光向下移至少校和那把泥土上。這個姿勢讓他清楚回想起皮布留達在高爾基公園翻挖屍體的樣子。艾凱迪接著又想到在克利亞茲馬河的少校受害者。然而這裡是一座鄉間花園，艾凱迪身上有從肋骨延伸到鼠蹊部的疤痕，而皮布留達跪在地上。

「他們找到伊恩斯基的錢了。所以一切才會暫停，」皮布留達主動說：「他們一片接一片拆掉了他的別墅，然後挖遍整個地方。我聽說他們最後是在某間棚屋底下找到的，他在那間棚屋裡放了死掉的鴨跟鵝。那是好一筆財富，可是我不明白他為什麼要大費周章。他要花在哪裡？」

「誰知道。」

「我說你是無辜的。我從一開始就說你是無辜的。費特警探是個差勁的線人，所以我敢驕傲地說我是根據直覺行事。每個人都說沒有任何資深警探能夠在違背檢察官命令之下完成你宣稱的那種調查。我說你可以，因為只有我知道你費了多大勁想毀掉我。其他人說，要是伊恩斯基像你說的那樣貪汙，那麼你一定也是，所以這件案子就只是小偷的內鬨。我說你可以不需要任何充分理由就毀掉一個人。我了解你。你就是最糟糕的偽君子。」

「怎麼說。」

「如果我依照命令做，你就會說我是兇手。我幹嘛在乎瓦迪米監獄的那些囚犯？其中沒有私人因素——我根本不認識他們。他們對我而言就只是國家的敵人，而我的工作就是解決他們。世上不是每件事都能在完全合法的情況下完成——所以我們才會是情報機關。你一定明白我是奉令行事的。但就因為一時興起，因為某種虛偽的優越感，你想要用一件案子對付我——換句話說，就是要因為我盡了職責而殺掉我。所以你比兇手更糟；你是個勢利小人。儘管笑吧，不過你得承認在職責和純粹的自我中心之間還是有差異的。」

「你說的有道理。」艾凱迪讓步了。

「啊哈！那你就知道我是依照命令——」

「耳語，」艾凱迪說：「你是聽命於耳語。」

「好，耳語——那又怎樣？如果我不做會發生什麼事？」

「你會離開國安會，你的家人不跟你說話，你會讓朋友丟臉，你再也無法去特供商店，你會搬到比較小的公寓，你的孩子會失去家庭教師並且無法通過大學考試，你再也沒車可用，無論獲得任何新工作你都不會受到信任——除此之外，就算你不殺他們，也有別人會做。我有一段很糟的婚姻，沒有孩子，而且我也不太在乎有沒有車。」

「這正是我的論點！」

艾凱迪視線回到天空看著一道噴射機凝結尾爬上天空。沒什麼能讓他擔心，除非他們打算轟炸他。他聽著皮布留達用鏟子挖土以及啪噠輕拍的播種聲。只要他活著，伊莉娜就會活著。

「如果我是無辜的，也許你就不必殺我了。」

「沒有人是完全無辜的。」少校繼續挖。

飛機載來更多審問者、食物以及供皮布留達更換的衣服。有時審問者不同，有時一樣；有些使用藥物，有些使用催眠，每個人都待了一夜就離開。現在有了新的衣物之後，皮布留達每天都會在看不見審問者時換上標準的園丁裝束：捲起的褲管、汗衫、綁在膝蓋和額頭上的手帕、磨損的鞋子。他把手槍留在身邊，掛在一根棍子上。堅韌的蘿蔔、萵苣和胡蘿蔔冒出來了。

「這個夏天會很乾，我感覺得出來，」他對艾凱迪說：「得種深一點才行。」

每當艾凱迪繞過土地外出長途散步，他就會咒罵著跟在後方。

「沒人會逃的，」艾凱迪說：「我向你保證。」

「外面有沼澤。可能很危險。」少校維持在後方十公尺距離。「你連該踩哪裡都不知道。」

「我又不是馬。就算我弄斷一條腿，你也不會殺我。」

這是艾凱迪第一次聽見皮布留達笑。不過少校說得對。艾凱迪偶爾會在戊巴比妥鈉效力還很強時就開始散步，很有可能連要撞上樹了都不知道。他就像一般人那樣走著路，他認為只有這樣才能找回自己。遠離那棟屋子，以及為了怕他有時會因注射嘔吐而在沙發上放的毛巾。審問大部分都是一種重生的過程，而且採用最笨拙的方式，這種系統就像一位助產士嘗試以十幾種不同方法生下同一位嬰兒十幾次。艾凱迪會一直走到當天的毒素被氧氣稀釋為止；接著他會坐在一棵有蔽蔭的樹下。一開始，皮布留達很堅持要坐在陽光下；他花了一週的時間才接受蔽蔭。

「我聽說這是你的最後一天」——皮布留達不自然地笑著——「最後一位審問者，最後一夜。我會在你睡覺時過來。」

艾凱迪閉上眼睛，聆聽昆蟲的聲音。每個星期天氣都會變得更熱，昆蟲也會叫得更大聲。

「你想要埋在這裡嗎？」皮布留達問：「拜託，我快沒耐心了，我們走吧。」

「去耕種你的菜園吧。」他緊閉雙眼，希望少校會離開。

「你一定很恨我。」皮布留達過了一陣子才說。

「我可沒那個時間。」

「沒時間？你除了時間什麼都沒有。」

「在我清醒以及沒被下藥這麼嚴重的時候，我會思考，我沒時間擔心你，就這樣。」

「你要擔心我；我會殺掉你。」

「別不高興了，你不會的。」

「我才沒有不高興。」皮布留達的音量越來越大。他克制自己說：「我期待了一整年。你瘋了，藍柯。」他很憤慨。「你忘了這裡誰是老大。」

艾凱迪沒說話。原野的小鳥在攻擊一隻烏鴉，發出了勝利的尖鳴聲；他們像一個音樂小節在空中移動。短程的安托諾夫航班從上空飛過，它們的頻率穩定，前往氣候宜人的南方，因此他判斷他是在多莫德多夫機場一個小時的路程範圍內，而機場就在莫斯科城外。被派來審問他的精神科醫師全都來自國安會在莫斯科的謝爾布斯基診所，所以他猜測伊莉娜也在那裡。

「怎麼樣，你在想什麼？」皮布留達惱怒地問。

「我想我從來就不知道該怎麼想。我覺得我好像一邊活著一邊捏造事情。我不知道。至少，這是第一次不是事情在捏造我。」他睜開眼露齒而笑。

「你瘋了。」皮布留達嚴肅地說。

「操你媽的，你知道我當然想。」

艾凱迪站起來伸展肢體。「想回去照顧你的種子嗎，少校？」

「說你是人。」

「什麼？」

「我們會回去的，」艾凱迪說：「你只要說你是人就行了。」

「我不必做任何事。這是哪門子遊戲？你太瘋狂了，藍柯，這讓我覺得噁心。」

「說出你是人應該沒多困難吧。」

皮布留達繞著小圈走，彷彿要將自己旋進地面。「你知道我是。」

「說吧。」

「我會為了這個殺掉你——就為了這個。」皮布留達允諾。「為了解決這件事，」——他的語氣變得單調——「我是人。」

「非常好。現在我們可以走了。」艾凱迪開始往屋子去。

新來的審問者是位手勢很多的醫師，曾在檢察官辦公室的集會中發表演說。

「讓我分析給你聽，」他在結束之後告訴艾凱迪：「你跟那個叫亞薩諾娃的女人告訴我們的一切都是謊言。你們兩個都不直屬於伊恩斯基和奧斯朋的派系，但你們都有非直接的關係，而你們以前和現在也都還有關係。以你身為警探的豐富經驗加上她身為嫌犯的長期經驗，你們希望能混淆我們，撐得比我們久。你們的期望太不切實際。所有罪犯的期望都太不切實際。你跟那個叫亞薩諾娃的女人都患了非正統病變。你太高估自己的能力。你感到與社會隔離。你的情緒從興奮轉為悲傷。你不信任最想幫助你的人。你憎恨權威，即使你自己就代表權威。你認為自己是所有規則的例外。你太低估集體智慧了。對的其實是錯的，而錯的其實是對的。那個叫亞薩諾娃的女人是個很明顯的典型案例，任何人都可以輕易了解她，所以也很容易處理。至於你則是更加狡猾和危險的案例。你一出生就帶有名聲與極大的優勢。儘管具有政治利己主義的強烈跡象，你還是在司法系統中爬到了重要地位。在與一位強大的上司英勇搏鬥後，你跟這個女人共同策劃了一起犯罪陰謀，以在這場調查中隱藏重要的事實。她和奧斯朋真正的關係是什麼？你和美國情報員威廉．寇維爾之間做了什麼交易？為什麼你要讓奧斯朋走？我聽過你的答案。我相信你心中正常的部分想要給我真正的答案，只要經過適當的治療你就會的。可是這樣沒有意義。我們有真正的答案。我確信，繼續這樣審問只會助長你病態的妄想。我們必須為大局著想。因此我建議嚴懲你以儆效尤，讓你以最快能夠安排的方式接受最極端的懲罰。你跟我明天上午還安排了一場會談，接著我就要前往莫斯科了。我對你已經沒有問題了。然而，如果你有任何新的情報，這將是你最後的機會。否則，再會了。」

皮布留達小心翼翼倒光水桶。如冰柱般閃爍的水流過一條溝渠，進入一排萵苣的引水道，直到艾凱迪從溝渠將土壤推至引水道牆面，使水源重新流向下一條引水道。他在一排排引水道間移動膝蓋，重新塑造出一連串的小型水壩，最後讓整片菜園都浸滿了水。「一條名副其實的尼羅河。」他說。

「哎呀，土地太乾了。這種大小的菜園就得用十幾大桶水？」皮布留達搖著頭。「這是乾旱。」

「國家安全委員會的私有農地永遠不會發生乾旱的，這點我敢肯定。」

「你笑吧。我是在農地上長大的。乾旱是一連串的，而我感覺得到就要發生乾旱了。我承認我加入軍隊是為了遠離農地，」——皮布留達聳起一邊肩膀，以他這種體型的人而言算是很優雅的動作——「但本質上我還是個鄉下人。你甚至不必思考；你可以感覺到就要發生乾旱了。」

「怎麼說？」

「你的喉嚨會發癢三天。那是因為灰塵落不下來。還有其他的方式。」

「像是？」

「土壤。土地就像鼓。這是真的——你可以聽得見。當鼓面變得更熱也更乾，會發生什麼事？就會變得更大聲。土地也是。你聽。」皮布留達用力踩了一腳。「有點空心的感覺。地下水位正在降低。」他在水桶之間重踩，很高興發現一件新的樂事，踩得越重，艾凱迪就笑得越開心。「這是鄉下人的科學。聽見土壤了嗎？你可以聽見它的喉嚨有多乾。你還以為你們這種世界主義者什麼都知道呢。」皮布留達跳了支難看的舞，一一踢倒水桶，直到把自己絆倒，坐在地上露出小丑般的笑容。

「少校，」——艾凱迪扶他起身——「你才是該看精神科醫師的人，不是我。」

皮布留達的笑容消失了。「你最後一場會談的時間到了，」他說：「你不去嗎？」

「不。」

「那我就得去了。」少校別過頭。他穿好上衣，拉下褲管，擦掉鞋子上的塵土並穿上外套，試著讓自己看起來夠體面。在此同時，他們看見了他的槍和槍套還掛在淹著水的菜園中央那根棍子上。

「我去幫你拿。」艾凱迪說。

「我拿就好。」

「別傻了。你已經穿鞋了，我還打著赤腳。」

艾凱迪在少校的叫喊聲中穿過泥地，從棍子上拿起槍套。艾凱迪遞過槍時，皮布留達立刻用槍管抵住艾凱迪的太陽穴。「別碰我的槍。」他很憤怒。「你不知道這裡的情況，你什麼都不知道嗎？」

艾凱迪和皮布留達再也沒在菜園一起工作，而且因為用水有限制，所以蔬菜都枯了。在空白的天空下，原野上的植物生長到一半便發黃了。屋子的所有門窗全都開著，希望能夠吹進微風。

柔亞來了。她變瘦了，她皺著眼，但還是擺出笑容。

「法官說我們應該再嘗試一次，」柔亞說：「她說一切都還沒定論，我還可以改變心意。」

「妳改變心意了？」

她坐在窗邊，拿出手帕搧涼。就連她那少女般的金髮辮子似乎也變得更稀薄、更蒼老——像一頂假髮，他心想著。

「我們只是有些問題。」她說。

「啊。」

「也許是我的錯。」

艾凱迪笑了。柔亞說也許是她的錯，聽起來就像一位官僚在討論部門政策的改變。

「你看起來比我預期的好多了。」她說。

「哎呀，在這裡除了讓身體變健康，其他也沒什麼能做的。我現在已經幾個星期沒接受審問了。不知道接下來會發生什麼事。」

「莫斯科非常熱。你很幸運能在這裡。」

柔亞繼續說下去，雖然他們再也無法回去住在莫斯科，但有人向她保證他可以找到一份合適的工作，住在某個不錯的小鎮，遠離首都的那些壓力。或許當個老師。他們可以一起教書。而且，也許他們該開始組織一個家庭了。事實上，她甚至可能可能回到這裡跟他同房一陣子。

「不，」艾凱迪說：「事實是我們沒有婚姻關係，我們也不在乎對方。我根本不愛妳。我甚至不想為妳的事負責任。」

柔亞停止搧風，目光呆滯地穿透艾凱迪，停在房間另一面牆上，雙手放在大腿上。奇怪的是，減去了體重與圓潤感後，讓她那副體操選手的肌肉變得更笨重了，小腿肚變成了二頭肌。

「是因為另一個女人嗎？」她很顯然想起了這個問題。

「柔亞，妳離開我是對的，而妳現在應該盡可能遠離我。我不會恨妳。」

「你不會恨我？」她似乎變得很激動，以更強烈更諷刺的語氣重複自己說的話：「你不會恨我？看看你對我做了什麼？舒密特離開我了。他要我調到另一個學校，這怎麼能怪他呢？他們拿了我的黨證；我不知道他們會怎麼處置它。你毀了我一生，而你從我們認識的那天起就這麼策劃了。你以為是我自己想來這裡的嗎？」

「不是。依妳的作風，妳一直都很坦率，所以我很訝異會見到妳。」

柔亞用拳頭抵住自己的眼睛，嘴巴用力緊閉到嘴唇都看不見；過了一會兒，她鬆開手，試圖再擺出笑容，那雙藍眼睛在她說話時顯得又濕又亮。「我們只是有婚姻上的問題。我的同理心不夠。我們重新開始吧。」

「不，拜託。」

柔亞抓住他的手。他已經忘記她的手指因為練習而長了多少繭。「我們已經很久沒有一起睡了，」她輕聲說：「今晚我可以留下來。」

「別這樣。」艾凱迪扳開她的手指。

「王八蛋。」她抓他的手。

他們在晚餐之前送走了柔亞。見到曾是自己妻子的女人在面前徹底變了個人，讓他感到非常沮喪。

那天晚上他醒來，對伊莉娜感到一股無法克制的慾望。他的房間一片漆黑，只看得見一窗星空。他站在窗邊，全身赤裸。只要觸碰一下，即使只是輕微磨擦到床單，就能帶來一陣愉悅滿足的快感，而他也不會有任何羞愧。但是消除那股慾望就會消除她的畫面。比畫面更強烈，那是一種幻影——伊莉娜就睡在一張藍色的床上。幻影本來在他的夢中，後來在他的房間；它穿過窗戶，在外頭盤旋著。他可以透過玻璃感受到她的溫度。她震撼了生命。

不是一般的生命。一般的生命是永無止盡地排隊，呼吸著旁人的空氣。在一般的生命中，人們會上辦公室做糟糕的事，回到家也還是在雜亂的公共宿舍中喝酒、罵髒話、做愛，因為一丁點尊嚴開戰，然後以某種方式生存下來。伊莉娜從這些人之中超脫出來。她穿著破爛外套炫耀自己非凡的美貌，她的臉頰上有一塊代表坦率的印記，她不在乎生存的瑣事。從許多方面來看，她根本就不像是人。艾凱迪很了解其他人；身為警探，這是他的才能。他並不了解伊莉娜，而他懷疑自己可能永遠無法穿透伊莉娜絕大多數不可知的部分。她的出現就像另一顆行星，拖行著他。雖然他跟著，但是並不了解她，而且是他改換了效忠的對象。

在過去幾個月裡，他讓自己幾乎死了，對審問者的刺探築起一道冷漠的防線。這是必要的自殺行為，是他對兇手的致敬。然而死亡都一樣。而現在她的畫面出現了，至少在這一夜他也活著。

隔月，發生了泥炭火。北方整條地平線都在一片紫色霧霾中晃動。某天下午，運送補給品的飛機在降落前就折返，隔天早上南方的地平線也覆蓋在煙霧裡。一輛消防車載了一位工兵與幾位消防員出現，他們穿戴著橡膠頭盔和斗篷，看起來就像中世紀的士兵。工兵命令大家放棄屋子。他們無法撤離到莫斯科；道路不是被切斷就是封鎖，而每個有能力的人都被徵召參與救火大戰了。

這真的是場大戰。在距離屋子三十公里遠處有一處指揮所，數百位消防員、軍隊工兵和「自願者」在行動水箱、挖土機與牽引機周圍組成一支部隊。來自屋子的人——艾凱迪、皮布留達、二十幾個守衛、女管家跟廚師——全都拿著鏟子組成一條後援陣線，由艾凱迪站在中間。不過他們一跨過防火線開始行動時，陣線就開始瓦解了。他們得應付分散並阻擋陣線的矮樹叢。風向和煙霧會突然改變，使人看不見或窒息，導致大家完全往不同的方向走。人們或整台牽引機掉進年代久遠的壕溝。陣線其他成員則是直接走向一堵剛出現的煙牆，從兩部牽引機後方離開，接著就不知道該跟誰走了。衣服燒焦的人不知從何處竄出，有些逃跑避難，有些則英勇地面對火焰鏟出一條新的防火線。在跟艾凱迪一起出發的人之中，他只認出皮布留達。

火勢無法預測。某處灌木叢會慢慢點燃，就像保險絲；另一處則是會爆發成一道火炬。問題是泥炭。現在艾凱迪才大概知道他很接近沙圖拉城。沙圖拉以在俄國革命後建立了第一座發電廠聞名，而發電廠的燃料就是泥炭。土地本身就會著火；在地面之下，火勢在泥炭間的縫隙燃燒，所以就算被撲滅，每一道火焰還是會在周圍產生一大圈新的火苗。一部挖土機掉進了底下燃燒成中空的草皮，因此釋放出甲烷，在消防員之間形成炸彈般的爆炸。高溫非常劇烈。所有人都咳出煤渣和血。直升機從上方飛過，倒下數噸的水，造成令人窒息的蒸汽和煙霧。人們流著眼淚抓住彼此的皮帶，有如一條失明的鎖鏈。

計畫是要控制火勢，可是泥炭的地形太龐大，防火線對於從地底攻擊的敵人完全派不上用場。隨著一道道防守陣線撤離，較早出發的陣線被圍困的情況也更加嚴重。艾凱迪已經不知道該往哪裡撤退了。困惑的叫喊聲透過煙霧從四面八方傳來。有道脊狀土壤的盡頭是一部正在燃燒的牽引機；鏟子靜置在原先被丟下之處。皮布留達的臉一片黑，伸開兩條肥腿坐在地上，精疲力盡地作嘔。少校無力地拿著手槍，聲音微弱到艾凱迪幾乎聽不清楚。

「離開這裡吧。救你自己，」皮布留達憤慨地說：「這是你的大好機會。要是沒燒死，你可以到某個死掉的可憐鬼身上找證件。這是你一直在等待的機會。反正我們會抓到你的；如果我不知道，就會殺掉你的。」

「你要怎麼辦？」艾凱迪問。

「我告訴你，我才不會蠢到在這裡等著被油炸。我才不是膽小鬼。」

皮布留達看起來就只像隻被挑斷腳筋的豬。高大的煙牆因為風向改變而逼近。艾凱迪總覺得皮布留達不會殺他；他不知道自己會不會死在這場火裡。至少這會是自然死亡，而不是被自己人從後腦打進九克鉛。

「快跑啊！」皮布留達咳著說。

艾凱迪拉起少校，用一邊肩膀扛著他。他已經看不見牽引機、樹木或太陽了。他開始往左走，這是他所記得最後一條還能走的路。

在皮布留達的重量下迂迴行進，不時被殘骸絆倒，讓他很快就無法分辨自己正往左、往右或是兜圈子，但他知道要是停下來，他們就死定了。他沒料到造成幽閉恐懼症的是他不能呼吸，必須緊閉嘴巴，像是用手緊摀住那樣。肺裡的真空吸拉著他的氣管。透過眼瞇成的細縫，他只看見一片有如金雀花的火焰。當他無法繼續前進，深陷在使他不得不閉上眼睛的濃煙中，他會強迫自己再走二十步，如果煙霧的情況更糟，就再繼續走二十步，接著再走十步，然後再五步。他摔進一處壕溝，裡面的水有鹹味。壕溝有一人高；水很淺，而在水面與壕溝開口之間有一道稀薄刺鼻的空氣。皮布留達的嘴唇都發紫了。艾凱迪將他翻身躺在水裡來回搖晃，讓空氣進入他體內。雖然皮布留達甦醒過來，但溫度變得更高了。

艾凱迪帶他在壕溝裡走。餘燼落在他們身上，有些掉進頭髮，有些在他們的上衣燒出花紋。壕溝逐漸上升到了盡頭，一開始在霧霾中，艾凱迪還以為他回到當天上午出發的那塊地。後來他看見了焦黑毀損的挖土機、水箱和消防車，其中有些是燃料引燃時的爆炸而傾覆，而在一片焦土上看似奇形怪狀的小山原來是在前一天死去那些人的屍體。有的人顯然是到泥炭採集者的豎井躲避煙霧；現在他們都成了骸骨。泥炭是一種由厭氧微生物形成的混合物，亦即一種有機腐爛物質，古老到其中包含的氧都用盡了。有少數微生物會在泥炭中生存——每立方公尺中或許只有二、三十隻。只要接觸空氣和水，微生物就會立刻繁殖至數百萬計，而這些飢餓的生物會像鹹液一樣鑽透血肉。豎井壁面上有人們想要逃出這個避難所時的挖痕。一件橡膠披肩覆蓋著一隻光滑的白色手臂和一隻手。艾凱迪從地面上兩具屍體那裡拿了兩個完好的水箱，用上衣當口罩，先浸水弄濕，綁住皮布留達和自己，於煙霧接近時再次出發。

他們背對著煙霧移動。艾凱迪一度差點摔進一座豎井，而前方的皮布留達轉過身來在他掉下去之前抓住他的手。他們繼續經過更多燃燒的曠野，看見更多災難的景象，也體驗到在隨機情況中大方伸出援手的英雄氣概；報紙永遠不會報導這場戰爭中的死者，只會用一段文字如實描述有些煤渣被風吹進了莫斯科區域。

最後他們來到了一排燃燒的樹木前。「沒地方可以去了，到處都是煙，」皮布留達看著包圍他們的黑暗說：「為什麼你要帶我們來這裡？你看，那些樹又燒起來了。」

「那不是煙，是夜晚。那些是星星，」艾凱迪說：「我們安全了。」

屋子未受火勢波及。幾天後下了雨，劇烈的風暴淹沒了火焰，接著守衛又開始打起排球，飛機帶來新的補給品，甚至還有冰淇淋。飛機也帶來了檢察總長，而他從沒脫下雨衣，說話時低著頭，雙手握在背後。

「你想要整個司法系統都屈服於你。你只是一個人，一位警探，甚至還不是重要職位。但是講理和勸說對你一點影響也沒有。我們完全清楚叫亞薩諾娃那女人跟外國間諜奧斯朋和賣國賊波若丁與戴維朵娃之間的串通。關於那個叫亞薩諾娃的女人，以及你和他之間的關係，我們知道你有所隱瞞。一位探員故意吐了國家一臉口水。在耐心結束之後就會是可怕的憤怒，你到時就知道了。」

隔週，謝爾布斯基那位醫師回來了。他完全沒有要分析艾凱迪的意思，而是跟著皮布留達去曾經是菜園的地方。艾凱迪從樓上的窗口看著。醫師對皮布留達說話、爭論，最後堅持著什麼。他打開一個公事包，讓皮布留達看見一根用在馬匹身上那種大小的注射針，接著將公事包交到他手中後就立刻回頭走向跑道。少校走出視線之外。

當天下午，皮布留達敲了艾凱迪的房門，邀他一起去採蘑菇。儘管天氣熱，他仍穿著外套，另外還帶了兩條大手帕裝蘑菇。

不到半小時的路程外有一座逃過火劫的小樹林，雨水神奇地從乾地上帶出青草、花朵，以及幾乎在一夜之間形成的蘑菇。大部分的樹都是超過一百年的老橡樹，在覆蓋苔蘚的地面上高高弓起。採蘑菇時永遠要注意觀察葉片轉折處、變色的樹幹、突然冒出的大量野花、勤奮的甲蟲。蘑菇本身像是動物；偽裝自己，像兔子一樣靜止，等待獵人經過。它們會突然出現在視線內，然後似乎又消失不見。它們最容易出現在眼角餘光裡——這裡一朵普通的褐色；在枝葉之間有一群不動的橘色蘑菇；另外一朵的環狀菌摺像隻小恐龍；又有一朵想要藏起鮮紅色的蘑菇頭。提起它們時，一般不常說到名稱，而是最好如何採集、鹽醃、烘乾、油炸、生吃、搭配麵包、搭配酸奶油、跟伏特加一起喝下去——但是要配哪種伏特加才好，純的、茴芹口味、藏茴香、櫻桃核？採蘑菇的人可是有一整年要想。

皮布留達開心地翻找時，艾凱迪仔細看著他的低額頭，褐色頭髮的邊緣正在轉灰；他那像俄羅斯人拇指般的鼻子、長了疣的雙下巴、像砧板的身體、蓋住槍套剪裁難看的外套。樹林已經深深籠罩在陰影中，艾凱迪才發現他們錯過了晚餐。

「沒關係，」皮布留達說：「我們明天可以吃蘑菇大餐。這裡，你看我找到了什麼。」他攤開大手帕，展示裡頭採集到的各個種類，還詳細告訴艾凱迪每一種該怎麼料理，以及該在什麼節日端上桌。

「讓我看看你的。」

艾凱迪打開他的大手帕，讓他一整天的成果散落在地上——全都是細長的綠白色蘑菇，在陰暗中看起來有種病態的亮光。

皮布留達往後跳。「它們全都有毒！你瘋了嗎？」

「醫師叫你殺了我，」艾凱迪說：「你沒在來這裡的途中動手，所以是在回去的路上嗎？你在等天黑嗎？是對著頭開槍還是在手上打針？為何不用蘑菇？」

「夠了。」

「明天不會有任何大餐的，少校。我已經死了。」

「他沒收到命令，他只是建議這麼做。」

「他是國安會的官員嗎？」

「只是個少校，跟我一樣。」

「他給了你一個公事包。」

「我埋起來了。我不會用那種方式殺人。」

「用什麼方式都無所謂；像那樣的建議就是命令。」

「我要求看到書面命令。」

「你！」

「對，我，」皮布留達不客氣地說：「你不相信我？」

「所以書面命令明天就會來，然後你就會殺掉我。這有什麼差別？」

「我覺得他們在這個決定上有爭執。醫師太急躁了。我要確定的書面指示。我不是殺手。我跟你一樣都是人。」皮布留達將蒼白的蘑菇從他腳邊踢開。「我是。」

回去的路上，皮布留達比艾凱迪更愁眉苦臉。艾凱迪深呼吸，彷彿能喝下這個夜晚。他想到自己的舊敵正步履維艱跟在身邊。雖然皮布留達會在書面命令抵達時殺了他，可是他願意冒險不在一開始聽到消息時就這麼做。雖然這對一位被判死刑的人是件小事，對皮布留達而言卻是件大事，那可是會留在個人紀錄裡的一項汙點。

「金星，」艾凱迪指著地平線上一顆明亮的星星說：「你是鄉下來的，少校，你一定懂星星吧。」

「沒時間看星星了。」

「那裡是昴宿星團，」艾凱迪指著說：「那是仙王座，雙魚座在上面，水瓶座在那裡。真棒的夜晚啊。除了那場火，這是我來到這屋子以後第一次在晚上出來。金牛座的尾巴在好遠那裡。」

「你應該當天文學家的。」

「看來是這樣。」

他們沉默地走了一陣子，只聽得見他們經過燒毀的土地、窸窣穿越草地時踩踏出的劈啪聲。屋子出現了，它發著光包圍在自身的黃霧中。艾凱迪看見有人拿著手電筒和步槍從屋子跑出來。他走出光亮區域，好看清楚夜晚。

「我們全都脫離軌道了，少校。我們都是一起的。有人拉我，我拉你，你會拉誰呢？」

「我必須知道一件事，」皮布留達說：「如果我們一年前就彼此認識，你還會對我窮追不捨嗎？」

「是指你在克利亞茲馬河殺了那兩個人的事嗎？」

「對。」皮布留達誠摯地注視著艾凱迪。

艾凱迪聽見叫喊，不過聲音太遠了，聽不清內容。他因為自己沉默太久而感到尷尬，皮布留達也等不及了。「說不定，」皮布留達回答自己的問題：「如果我們那時候是朋友，我就不會那麼做了。」

艾凱迪面向接近的腳步聲，手電筒刺眼的強光掃過他臉上。「任何事都有可能。」他說。

其中一名守衛記起了自己該做的事，用步槍槍托將艾凱迪擊倒在地。

「你有新訪客，」另一名守衛對皮布留達說：「情況有變。」

3

十月，艾凱迪飛往列寧格勒，被帶到一個看起來像是大型博物館的地方，但其實是毛皮市場。有人領著他到一座圓形露天劇場，一圈白色柱列包圍著層疊式的一排排桌子。舞台上有五位穿制服的國安會官員——一位將軍和四位上校——他們坐在講台後方。市場聞起來有死肉的味道。

將軍用挖苦的語氣說：「好，他們告訴我這是個愛的故事。」他嘆氣道：「我比較偏好這是個攸關國家利益的簡單故事。

「艾凱迪．瓦希列維奇，每一年都會有來自世界各國的人坐在這些桌子旁花七千萬元買蘇聯的毛皮。蘇聯是全世界毛皮出口的龍頭。我們一直都是。原因不是我們的水貂皮，那比不上美國人的水貂皮，比不上數量過少的山貓毛皮，也比不上其實是羊皮的卡拉庫爾皮；原因是蘇聯的紫貂皮。以克計算的話，紫貂皮比黃金還貴重。你認為蘇聯政府對失去紫貂皮這個壟斷商品會有什麼反應？」

「奧斯朋只有六隻紫貂。」艾凱迪說。

「我很訝異，我對你這麼不了解情況的事訝異了好幾個月。死了這麼多人——莫斯科市檢察官、德國人溫曼、國安會和民警官員——這都是因為你的緣故，而你竟然還這麼不了解情況？」將軍沉思著拔了一根睫毛。「六隻紫貂？藉由貿易部助理副部長曼德爾的協助，我們確認了他死去的父親——貿易部副部長——跟美國人奧斯朋共謀，大約在五年前就讓他偷帶走了另外七隻紫貂。那些是來自莫斯科附近集體農場的普通紫貂。曼德爾父子認為奧斯朋無法養殖出高品質的動物。小曼德爾絕對不敢幫那個美國人取得巴古津斯基紫貂。他是這麼說的，而我相信他。」

「葉夫根尼・曼德爾現在在哪裡？」

「他自殺了。他是個軟弱的人。然而，重點是奧斯朋在五年前就有了七隻普通品質的紫貂。我們保守估計一年平均會增加百分之五十的數量，假設他現在大約擁有五十隻紫貂。他和西伯利亞人柯斯提・波若丁的密謀又讓他多了六隻。巴古津斯基公紫貂。以同樣的方式估計，奧斯朋會在五年後擁有超過兩百隻高品質的紫貂，在十年後會有超過兩千隻。到時候，我認為我們就可以忘掉蘇聯壟斷紫貂的歷史了。藍柯公民，你覺得自己為什麼還能活著？」

「伊莉娜・亞薩諾娃還活著嗎？」艾凱迪問。

「對。」

艾凱迪完全明白了。他不會回到鄉間那棟屋子，也不會被殺了。「所以你們可以利用我們。」他說。

「對。現在我們需要你們了。」

「她在哪裡？」

「你喜歡旅行嗎？」將軍輕柔地問，彷彿這會造成他的痛苦。「你想去美國看看嗎？」

第三部

紐约

New York

1

在美國第一眼見到的，是油輪的航行燈，以及拖網漁船夜間捕魚的燈光。

韋斯利個子很高，年輕但已微禿，有著彷彿能像鵝卵石般滾動的圓滑五官，以及一副無力且無意義的友善表情。他穿著一套藍色的三件式西裝。韋斯利的嘴、臉頰和腋下散發出萊姆與薄荷味。整段航程他都蹺著腳抽菸斗，咕噥著回答艾凱迪的問題。韋斯利感覺笨拙而乳臭未乾，像隻呆頭鵝。

他們兩人獨自佔據著機上的一片區域。其他乘客大部分都是「有功績的演出者」，那些巡迴音樂家正議論著他們在中停法國奧利機場時買到的手錶和香水。艾凱迪在那裡被禁止下機。

「你了解『責任』這個詞的意思嗎？」韋斯利用英語問。

乘客們擠到飛機一側看農田，在黑色田地之間有隱約的線條。

「意思是你們會幫我？」艾凱迪問。

「意思是這是調查局的差事。意思是，」韋斯利語氣誠懇，像是要賣東西給艾凱迪：「我們有責任管好你。」

「你們對誰負責？」

飛機飛過第一個美國社區，讓機上瀰漫著孩子氣的興奮感。這似乎是個以汽車組成的社區。車子塞滿街道，也停放在給人們居住稍嫌過大的屋子附近。

「我很高興你問了那個問題。」韋斯利在扶手的菸缸輕敲他的菸斗。「引渡是件很複雜的事，尤其是在美國與蘇聯之間。我們不想讓原本就已經夠複雜的關係雪上加霜。你懂『複雜』吧？」

一段陡峭的下降讓人有種加速的錯覺。一條大型高速公路出現——沒有盡頭的路，佈滿了彩色燈號——接著又消失在一片迷宮般的公路之中。怎麼可能有這麼多鋪設的道路。它們能通往哪裡？到底有多少車輛？看起來所有人都在開車、移動或是撤離。

「在蘇聯，你最不想要的就是複雜。」艾凱迪說。

「一點也沒錯！」

縫線般的燈光結合成購物中心、大街、船塢。一張廣告牌上寫著**感恩節特賣**。飛機降得更低，從一片住宅區上方滑過。球場燈光照耀著漂亮的草地。後院的藍色區域是無人的泳池。第一個從飛機上可以看清楚的美國人站在屋子明亮的門外，正抬起頭看。

「我來告訴你一個我們不能有的複雜情況，」韋斯利說：「你不能投誠。如果這是國安會的任務，那你就可以投誠。你可以來找我們，而我們會很樂意給你庇護。例如，這架飛機上除了你之外的任何人都可以投誠。」

「萬一他們不想投誠而我想呢？」

「這個嘛，他們可以，而你不行。」韋斯利說。

艾凱迪感覺到輪艙開啟時的顫動。他在韋斯利的笑容中尋找一絲幽默感的跡象。「你在開玩笑。」他說。

「我希望不是，」韋斯利說：「這是法律。在任何叛逃者被准許留在美國境內之前，案子必須由調查局決定。而就你的案子，我們已經決定了你不能留下來。」

艾凱迪以為自己一定是在語言上有什麼誤會。「可是我還沒嘗試投誠吧。」

「那麼調查局就會很樂意為你的事負責，」韋斯利說：「直到你嘗試投誠為止。」

艾凱迪打量著這位探員。他以前從沒遇過這種人。雖然面孔長得夠像人類——眉毛、眼皮、嘴唇都會在適當的時候移動——可是艾凱迪懷疑在那頭骨內的大腦皮質只擁有單一模式的螺旋神經。

「你可以投誠，但你必須向我們投誠，」韋斯利說：「不管你去找誰，對方都會把你交給我們。當然，我們會把你直接送回蘇聯。所以當你在我們手中，其實也就沒什麼必要向我們投誠了，是吧？」

班機經過黃褐色的排屋，那些屋子都沐浴在可怕的公共照明中。街道逐漸延伸遠離，而飛機正要飛越好一段距離經過一處海灣，接著就有一座充滿亮光的島嶼豎向天空。像星星一樣揮霍著光芒的上千棟高樓從水面升起，見到這副景象的乘客放鬆心情發出此起彼落的讚嘆聲。

「所以你們不會幫我了。」艾凱迪說。

「當然會，我會盡力的。」韋斯利說。

降落燈在窗外陸續滑過。班機著陸並啟動反向推力。

飛機滑行至泛美航空的航廈時，走道上已經擠滿音樂家、樂器、禮物包裹、裝著食物的網袋。現在俄羅斯人正準備擺出對美國科技感到無聊的表情，而雖然大家都得從艾凱迪和韋斯利身旁經過，卻沒人看他們；大家已經這麼接近了，只差幾步就能走進那條直接從飛機通往航廈的管道，所以沒人想跟他們扯上關係。

其他乘客走光後，空服員就從後方的一道門跳進飛機，韋斯利則領著艾凱迪爬下伊留申客機後引擎下方的工作梯到跑道上。引擎嗖嗖作響，機尾的紅燈閃爍。這架飛機要直接回莫斯科嗎？艾凱迪好奇想著。韋斯利輕拍他的肩膀，指著正在跑道上繞行開向他們的一輛車。

他們並未經過美國海關。車子直接載他們到一座出入大門，然後開上一條高速公路。

「我們跟你的人有一項共識。」韋斯利跟艾凱迪一起坐在後座，他在陰影中調整成舒服的姿勢。

「我的人？」

「國安會。」

「我不是國安會的人。」

「國安會也說你不是他們的人。我們就料到他們會那麼說。」

路邊有廢棄的車輛。不是最近才廢棄的；看起來像是古代戰爭留下的殘骸。一輛車的側面寫著「解放波多黎各」。在路上行進的車子有上百種品牌與顏色。駕駛也有各種膚色。前方也是那片令人驚詫的天際線，跟他在飛機上見到的一樣。

「你們跟國安會有什麼共識？」艾凱迪問。

「共識就是只要你不向調查局投誠，這就是調查局的工作，」韋斯利說：「既然你只能向我們投誠，所以你就無法投誠。」

「我了解。而且因為國安會說我不是他們的人，所以你們認為我是他們的人。」

「他們還能說什麼呢？」

「不過要是你們相信我不是國安會的人，這會改變什麼嗎？」

「一點也沒錯！這表示國安會說的話就是事實了。」

「他們說了什麼？」

「他們說你被判了殺人罪。」

「又沒有審判。」

「他們沒說有審判。你殺了人嗎？」韋斯利問。

「對。」

「這就對啦。接納罪犯違反美國的移民法。法律非常嚴格，除非你是非法移民。但我們不太可能會接納直接找上調查局並說自己是兇手的人。」

韋斯利在陰影中友善地點著頭，等著回答更多問題，不過艾凱迪沉默了。車子開下一條通往曼哈頓的地道。在地道的綠光中，警察從裝設染色玻璃的崗哨中監視著。接著車子從另一端出現，開上比艾凱迪預期更狹窄的街道，而處在天際線明亮的薄霧底下，讓他們有種在水中迷失方向的感覺。路燈發出比鎢鋼更淺的灰白色。

「我只是想讓你完全清楚自己的立場，」韋斯利終於開口說：「你在這裡並不合法。你在這裡也不是非法，因為這樣你就會有法律依據了。總之你在這裡不存在，而你也沒辦法證明自己存在。我知道這聽起來很瘋狂，但法律就是這樣。而且，你的人也想要這樣。如果你有任何抱怨，就該去找國安會談。」

「我會見到國安會的人嗎？」

「我會避免讓這種事發生的。」

車子停在二十九街與麥迪遜大道的街角，就在一家飯店的玻璃門前方。仿造的瓦斯火炬設置於寫著**巴塞隆納飯店**的遮篷兩側。韋斯利交給艾凱迪一把鑰匙，鑰匙連著一塊印有飯店名稱的銘牌；但是他在艾凱迪接過鑰匙時沒放手。「她的房號在鑰匙上。」韋斯利鬆開手。「你是個幸運的男人。」

艾凱迪下車時有種奇怪的暈眩感。韋斯利沒跟上來。艾凱迪推開玻璃門。飯店大廳有褐紫紅色地毯、粉紅色大理石柱，以及有電蠟燭的吊燈。一個有黑色眼袋的男人從椅子起身，拿著報紙向外頭的韋斯利揮了揮，望向艾凱迪後便坐回去。艾凱迪一個人搭自助電梯上樓，電梯門內刻著「操你的」幾個字。

五一八號房位於五樓走廊的盡頭。五一三號門在艾凱迪經過時打開了一條縫，接著在他猛然轉身時關上。他繼續走向五一八號房，打開門鎖走進去。

黑暗之中，她就坐在床上。他看不出她穿得像是俄羅斯人或美國人。她赤著腳。

「我要他們帶你來，」伊莉娜說：「一開始我很配合，因為他們跟我說他們要殺掉你。後來我認為只要你待在那裡就跟死了也差不多。在他們帶你來之前，我甚至不肯離開房間……」

她抬起頭面向他，眼中帶有淚水。這是我們最後能為對方做的事，艾凱迪心想。他觸碰她的嘴唇，而她抵著他的手說出他的名字。然後他在一張小邊桌上看到電話。伊恩斯基正在竊聽他們，他不合邏輯地想著——是韋斯利，他在心裡糾正自己。他從牆上扯掉電話線。

「你一直沒告訴他們，」她在他回來時輕聲說：「你一直沒告訴他們是誰殺了伊恩斯基。」

她的臉變了，變得更細瘦，而這讓她的眼睛更大了。她還能變得更美嗎？

「他們怎麼可能會認為你是他們的人？」她問。

這裡的地板比較軟，床比較硬。她拉著他往一側倒下。「而你在這裡。」她親吻他。

「我們在這裡。」艾凱迪感到體內湧現一股躁狂的感受。

「幾乎自由了。」她輕聲說。

「活著。」他笑了。

2

韋斯利和另外三位聯邦調查局探員帶了一個紙袋到飯店房間，裡面有咖啡和甜甜圈當早餐。艾凱迪喝了一杯。伊莉娜在臥室換衣服。

「我知道紐約市警局的聯絡人是寇維爾巡官。」雷說。雷是個衣著整齊的小個子，墨西哥裔，而且只有他沒把腳放在咖啡桌上。「是麻煩嗎？」

「沒有麻煩，」韋斯利說：「只是因為私人因素稍微涉入而已。」

「我聽說是個神經病。」喬治說。喬治就是艾凱迪前一夜在大廳見過那個眼袋很深的男人。有時候其他人會叫他「希臘人」。他用一根紙板火柴剔牙。

韋斯利說的語言似乎是某種新形式的拉丁文，具有機械式的雙重意義，一方面清晰透明，另一方面又能有無限的解讀方式。

「你必須了解社會主義激進派在紐約市的歷史，以及愛爾蘭裔美國人在警察部隊裡的迷人傳統。否則你就什麼也別想懂了，」韋斯利說：「因為唯一重要的是寇維爾想要拯救紅色小隊。」

「紅色小隊是什麼？」艾凱迪問。

氣氛不安了一陣子，後來韋斯利才親切地說：「紐約市警局有個紅色小隊。他們大概每隔十年就會改一次名稱——激進分子事務處、公共關係部門、公共安全部門。現在他們叫做安全調查單位，但其實一直都是紅色小隊。寇維爾巡官在紅色小隊中負責俄羅斯事務。而你就是代表共產黨員的紅色。」

「你們是做什麼的？」艾凱迪問探員：「你們帶我們來美國幹嘛？我們要在這裡待多久？」

艾爾打破沉默，改變了話題。他在探員之中年紀最大，皮膚有著如百合葉片般那樣密密麻麻的斑點，行為舉止像個慈祥的長輩。「寇維爾因為他弟的臭名而被趕出小隊。現在他弟死於莫斯科，讓他又回到了小隊。」

「寇維爾會利用這次捲土重來讓我們付出代價，」韋斯利說：「雖然我們跟警局的關係非常好，不過只要我們給他們機會，他們絕對會在我們背後捅一刀──而我們也會對他們做一樣的事。」

「十年前，紅色小隊是警探中的菁英。」艾爾撥掉肚子上的甜甜圈糖粉。「他們會調查每一個人。還記得對蘇聯大使館開槍的那些猶太人嗎？紅色小隊阻止了他們。想要炸掉自由女神像的西班牙人？小隊滲透了他們。」

「他們非常成功，」韋斯利附和著：「麥爾坎．X被刺殺的時候小隊就在場。麥爾坎的保鑣是小隊的警探。」

「紅色小隊後來怎麼了？」雷問。

「水門案。」韋斯利說。

「靠，他們也有份啊。」喬治咕噥著說。

大家同情地沉默了半晌，接著艾爾才開口解釋：「在水門案的聽證會期間，查出尼克森的安全特別助理叫約翰．考菲爾德，這傢伙負責僱用其他人來做不法勾當。考菲爾德就是來自紅色小隊；尼克森成為總統前住在紐約時，他就是尼克森的保鑣。而考菲爾德進入白宮後，就從紅色小隊帶了個老友來，名叫東尼．烏拉塞維奇。」

「就是監視馬斯基的那個胖子？」喬治問。

「他為總統連任委員會做事。」韋斯利說。

「他這傢伙有趣嗎？」喬治問。「在皮帶上裝著零錢夾好打公用電話？一定是的！」

「哎呀，水門案為紅色小隊的光輝歲月畫上了句點，」艾爾說：「政治氣候在那之後就變了。」

「政治氣候隨時都會搞你。」喬治說。

「我們是囚犯嗎？你們害怕我們嗎？」艾凱迪問。

「紅色小隊現在會做什麼？」雷插進空檔問。

「他們追捕非法移民，」韋斯利看著艾凱迪說：「海地人、牙買加人，誰都抓。」

「海地人跟牙買加人？真可憐。」喬治說。

「想想小隊以前的樣子，」韋斯利嘆息道：「想想他們曾經在檔案中握有數百萬個名字，在公園大道有自己專屬的總部，還跟中情局一起祕密訓練。」

「中情局？」喬治問。「好啊，那可真是違法了。」

＊

從蘇聯大使館來的尼奇和盧瑞克堅持要見艾凱迪。他們跟他見過的任何國安會幹員都不一樣。他們穿著很好的西裝，比那些招呼他們的調查局探員穿得更好，而且舉止得宜，說話得體，像美國人一樣輕鬆友善。他們比那些美國人更像美國人。只有粗厚的腰部洩漏了他們的不同，那是從小吃馬鈴薯長大的緣故。

「接下來我會說英語，」——尼奇替艾凱迪點了根菸——「讓一切開誠布公。因為這是在實施緩和政策。透過適當的機構，我們兩國共同合作，要將一位令人髮指的兇手繩之以法。這個狂人將會接受司法審判，而你可以幫上忙。」

「你們為什麼要帶她來這裡？」艾凱迪用俄語問。伊莉娜目前還聽不見他們說話。

「請說英語。」盧瑞克說。他的個頭比尼奇高，一頭紅髮完全剪成美式風格。調查局探員都叫他「瑞克」。「是調查局這些朋友要求帶她來的。他們有很多問題。你得了解，美國人並不習慣腐敗的共產黨員和西伯利亞大盜這類故事。引渡是件棘手差事。」

「尤其是要引渡一位富裕且人脈又廣的人士。」尼奇看著韋斯利。「對不對，韋斯？」

「我猜他在這裡跟在那裡的朋友幾乎一樣多吧。」韋斯利讓蘇聯和美國幹員全都笑了。

「我們認為你過得很開心，」盧瑞克對艾凱迪說：「我們這些朋友對你很好吧？你在一條時髦大道上有個很棒的房間。我從你的窗戶可以看見帝國大廈頂端呢。好極了。所以我們認為你會讓那個女孩開心。更冷靜點，更好相處點？這應該會是很愉快的工作。」

「你能有這第二次機會，真是非常幸運，」尼奇說：「等你回家後，這會讓他們用非常不同的方式對待你。過幾天你就能拿回你的公寓、工作——說不定甚至有中央委員會的職務。你是個非常幸運的人。」

「為了這些我要做什麼？」艾凱迪問。

「我說過的，」盧瑞克回答：「讓她開心。」

「還有別再問問題了。」韋斯利補充道。

「對，」盧瑞克附和說：「別再問問題了。」

「讓我們提醒你一下，」尼奇說：「你已經不再是調查組長。你是一個蘇聯罪犯，而你能活著就是因為我們幫忙，還有，我們是你唯一的朋友。」

「寇維爾在哪裡？」艾凱迪問。

對話在伊莉娜從浴室出現時中止了；她穿了一件軋別丁材質的黑裙，一件絲質襯衫，敞開的領口有條琥珀項鍊。她的褐色頭髮一側用一根金髮夾夾住，一隻手上也戴了金手鐲。艾凱迪震驚了兩次：第一次，伊莉娜應該要有這種高貴的打扮；第二次，那些服飾在她身上看起來是如此適合。接著他發現自己沒看見她右臉頰上那片代表痛苦的淡藍色痕跡，因為她用淡妝遮住了。她很完美。

「好了，我們走吧。」韋斯利起身，然後所有人都拿起原本丟到床上的大衣與帽子。艾爾從櫃子取出一件全身式的毛皮大衣並幫伊莉娜穿上。艾凱迪發現那是一件紫貂皮大衣。

「別擔心。」伊莉娜被帶出去時用唇語對艾凱迪說。

「我們會派人來修理，」喬治指著電話說：「你別碰。那是飯店的財產。」

「私有財產，」——尼奇在離開時勾住韋斯利的手臂——「這就是我喜歡自由國家的原因。」

剩下自己一個人後，艾凱迪檢查了房間，這就像個夢，而夢中的一切都有點歪斜。他的雙腳陷進地毯。床的床頭板加了軟墊。咖啡桌是有木紋的塑膠材質，手指輕推就能夠移動。雷回來房間修好了電話。等雷離開後，艾凱迪發現電話只能接聽。他在浴室的天花板找到另一個麥克風。電視置於栓在地面的架子上，這樣他就無法偷走。往走廊的門從外面鎖住了。

門突然甩開，叫喬治的調查局探員被一隻手推著後退進了房間。

「這個人目前是由聯邦保護。」喬治用反對的語氣說。

「我是警方聯絡人，我必須確認你們找來的俄羅斯人沒錯。」寇維爾占滿了門口。

「你好。」艾凱迪在房間的另一邊說。

「這是調查局的工作，巡官。」喬治告誡說。

「這裡是紐約，混蛋。」他把喬治撥到一旁。寇維爾的裝扮跟艾凱迪第一次在大都會酒店見到他時一模一樣，除了現在他的雨衣是黑色而不是棕褐色。同一頂短邊帽向後斜戴在寬大有皺紋的額頭和灰髮上。他脖子上的領帶鬆開了。近看時，艾凱迪發現雨衣上有汙跡。寇維爾的臉因為酒精和興奮顯得紅亮。他滿意地拍著一雙大手，一邊開心笑著一邊用藍色眼睛掃視房間。跟調查局那些人比較起來，他顯得衣冠不整又不受控制。他咧嘴對艾凱迪投以邪氣的笑容。「王八蛋，是你啊。」

「沒錯。」

寇維爾露出一種帶有快樂又悲痛的滑稽表情。「承認吧，藍柯，你搞砸了。你只要告訴我是奧斯朋就好了啊。我在莫斯科的時候就能解決他了。一場意外——沒有人會知道。他會死，我會很開心，你也還會是調查組長。」

「我承認。」

喬治沒撥號就對著飯店的電話說話。

「他們認為你是個非常危險的人。」寇維爾彈起大拇指比向喬治。「你射殺了自己的上司。你刺死了溫曼。他們也以為你在湖邊殺掉了那個傢伙。他們以為你只是個殺人狂。小心點，他們很樂意對你開槍的。」

「可是我正由調查局保護。」

「我指的就是他們。那有點像跟扶輪社在一起，只是他們會殺你。」

「扶輪社？」

「算了。」寇維爾繼續在房間四處走動。「天哪，看看他們把你安排在什麼地方。這裡是個妓女窩嘛。你看床邊地毯上面的菸痕。感受一下這片壁紙上面的花紋。我認為他們要傳遞給你一個訊息喔，藍柯。」

「你說你是聯絡人？」艾凱迪改用俄語說：「你得到你要的了，你掌控了大局。」

「我是聯絡人，這樣他們才能監視我。」寇維爾繼續使用英語：「聽著，你從來沒給我奧斯朋的名字，可是你把其他所有人的名字都給我了。你搞我嘛，」他用清楚的發音說：「你搞我。她搞你。你覺得會是誰搞她？」

「你是什麼意思？」

「我對你有點失望，」寇維爾繼續說：「我覺得你跟不上這件事，就算來了這裡也一樣。」

「跟不上什麼？這次引渡——」

「引渡？他們是這樣告訴你的嗎？」寇維爾捧腹大笑，開心到都傻了。

三位艾凱迪沒見過的調查局探員衝進來，跟喬治一起鼓起勇氣將寇維爾擠到走廊。那位警員正忙著擦掉大笑而流出的眼淚，無暇反抗他們。

艾凱迪又嘗試開門。門還是鎖著，而這次走廊上有兩個人叫他別碰門把了。

他在房間裡來回踱步。從西南側角落走一步會到浴室，從浴室走一步會到床和床頭櫃，從床頭櫃走一步到西北側角落，走兩步到一對可俯瞰二十九街的單片玻璃窗，從窗戶走三步到放電話的小邊桌，走半步到東北側角落，走一步到房門，從房間走一步到沙發，從沙發另一端走兩步到西南側角落，走半步到櫃子門，從櫃子門走半步到衣櫥，從衣櫥再走半步就會回到西南側角落。房間裡有兩張木椅、一張塑膠製木紋咖啡桌、電視機、廢紙簍、裂掉的冰桶。浴室裡有馬桶、一座洗手槽，以及只有個頭非常小的人才能夠舒服伸展的淋浴間。所有設備都是粉紅色。地毯的顏色是橄欖綠。淡藍色壁紙冒出花一般的粉紅絨毛。衣櫥和椅子都漆成乳黃色，還有菸蒂燒過的汙跡。床罩是淡紫色。

艾凱迪不知道能從寇維爾那裡期望什麼。他認為他們在莫斯科達成了某種有人性的共識，然而在這裡他們似乎又重新變回了敵人。儘管如此，從某方面來看，寇維爾比韋斯利更實在。艾凱迪覺得飯店房間隨時都會像舞台上的布景那樣下垂崩塌。他對寇維爾感到憤怒，想要寇維爾回來。

他又在房裡踱步，比之前更緊張。櫃子裡只有兩套衣服，甚至沒有多一雙鞋。一件上衣有伊莉娜的氣味。他用力壓在自己的臉上。

白天是黃色的光線，有種以細絲與裂痕組成的硬脆感。

他往右望，最遠可以看見麥迪遜大道對街一塊寫著**快樂時光**的招牌。飯店正對面是家商店，販售來自中國的油紙傘。商店上方有十三層樓的辦公室。他向左望，看見一處教堂墓地上踩禿的草地和烏賊墨色的石頭。乾掉的葉子像煤灰一樣在街道上飄移。

對街辦公室的窗內，祕書正在打字，穿襯衫打領帶的男人則講著電話。辦公室裡有類似常春藤的植物以及畫作。走廊上有送咖啡的鋼製手推車。兩個黑人在艾凱迪正對面的辦公室裡塗油漆。他們的窗戶擺著一台看似手提式收音機的東西，大小跟公事包差不多。

他貼在玻璃上的手指周圍出現一陣凝結薄霧。

我在這裡了。

「你喜歡遊戲節目嗎？」艾爾打開電視；他為艾凱迪帶了個三明治。

「我沒特別喜歡遊戲。」

「可是這個很棒。」艾爾說。

艾凱迪一開始還看不懂節目。裡面並沒有遊戲；所有參賽者就只是猜測獎品值多少錢——烤麵包機、爐子、假期、房屋。除了貪慾之外，知識、體能、運氣——一切都被排除了。這種概念簡單到令人震驚。

「你是個不折不扣的黨員，對吧？」艾爾說。

外面的影子只會在他目光轉向別處時移動。然後它們會從窗台的一側移到另一側，或是全部一起跳到另一棟建築上。誰知道它們接下來會往哪裡去？

伊莉娜在黃昏時分回來，她將包裹丟到床上，然後笑了起來。艾凱迪的焦慮煙消雲散。她讓房間變得很活潑；甚至好像又變得有吸引力了。連最平庸的言詞都鮮活了起來。

「我想你，凱沙。」

她帶了紙盒裝的義大利麵，裡面有肉、蛤蜊和白醬。他們在太陽西沉時拿膠塑叉子吃著異國風味的食物。他突然想到，這是他這輩子第一次住在一棟沒有一丁點甘藍菜味的建築裡。

她打開包裹，驕傲地展示為他買的服裝。這些衣服就像她在櫃子裡的那些，有各種顏色與剪裁，以及艾凱迪沒見過的製造品質。總共有褲子、襯衫、襪子、領帶、一件休閒西裝外套、睡衣、一件大衣和一頂帽子。他們查看了縫法、襯裡、法國標籤。伊莉娜將頭髮綁成一個髮髻，表情嚴肅地裝成模特兒為他比試。

「那是我的樣子嗎？」艾凱迪問。

「不，不。是美國版的艾凱迪。」她的語氣果斷，接著拉低帽子遮住一邊眼睛，以漫不在乎的態度神氣行進。

她展示睡衣時，艾凱迪關掉了房間的燈。「我愛妳。」他說。

「我們會很快樂的。」

艾凱迪解掉睡衣上身的釦子，打開並親吻她的乳房、頸部和嘴。帽子掉落滾到了桌下。伊莉娜自己脫掉睡褲。艾凱迪站著進入她，就跟在他公寓裡的第一次一樣，只是這次更慢、更深也更甜蜜。

夜晚洗去了牆面上的俗豔色彩。

他躺在床上，讓自己又重新認識了伊莉娜的身體。在下方街道走動的那些女人看起來很小心眼。

伊莉娜更高，更性感，更像動物。她的肋骨不像在莫斯科時那樣因為受苦而突出；她的指甲變長，也塗了指甲油。然而從柔軟的雙唇到凹陷的頸部，從深色硬挺的乳頭到平坦的腹部，再到佈滿潮濕捲毛的隆起小丘，她感覺起來就跟以前一樣。她牙齒咬合的方式一樣；相同的汗珠出現在她的太陽穴上。

「我在牢房時會想像你的手」——她握住他的手「——那裡，還有那裡。感受它們，不是看見它們。這讓我感覺還活著。我愛上你是因為你讓我覺得自己活著，而你甚至不在我身邊。一開始他們說你把一切都告訴他們了。你是調查組長，所以你必須這麼做。可是，我越想到你，就越知道你什麼都不會告訴他們。他們問我你是不是瘋了。我說你是我遇過頭腦最清楚的人。他們問你是不是罪犯。我說你是我認識最正直的人。最後他們恨你比恨我還多。而我也更愛你了。」

「我是罪犯。」艾凱迪壓到她身上。「我在那裡是罪犯，在這裡是囚犯。」

「輕一點。」她幫他。

她帶回一台小型電晶體收音機，讓房間充滿一陣強烈有節奏感的音樂。盒子和衣物散落在地上。桌面上有立在紙盒裡的塑膠叉子。

「拜託，別問我在這裡待了多久，或是發生了什麼事，」伊莉娜說：「所有事情都是在不同層級處理的，是我們從來就不知道的新層級。別問問題。我們在這裡。我就只想要在這裡。而我有你一起在這裡。我愛你，凱沙。你千萬別問問題。」

「他們會把我們送回去。再過幾天，是他們說的。」

她緊抓住他，親吻他，低聲在他耳邊激動地說：「一切再過一兩天就會結束了，可是他們絕對不會送我們回去的。絕對不會！」

她的指尖在他臉上遊移。「你可以曬出像牛仔一樣的膚色，留鬢角，繫領巾，戴頂牛仔帽。我們要去旅行。每個人都有一輛車，你到時候就知道了。」

「如果我是牛仔，應該要有一匹馬。」

「你可以在這裡有一匹馬。我在紐約看過牛仔。」

「我想去西部。我想在牧場馳騁，當個像柯斯提．波若丁的大盜。我想要向印第安人學習。」

「或者我們可以去加州，去好萊塢。我們可以在海邊有棟平房，一片草坪，一棵柳橙樹。要是這輩子再也不見到雪，我一定會很開心。我可以整天穿著泳裝。」

「或是什麼都不穿。」他撫摸她的腿，然後將頭靠上去，而她用手指輕敲著他的胸膛。因為有麥克風，所以他們必須談論這些幻想。他不能問她為什麼這麼肯定自己不會回去。她懇求他其他什麼都別問。總之，只要聊到美國，他們也只能幻想。他感覺到她的指甲沿著他腹部的疤痕移動。「我會把我的馬栓在平房後面的柳橙樹上。」他說。

「其實，」伊莉娜邊用他的菸點燃自己的菸邊說：「在莫斯科想殺我的不是奧斯朋。」

「什麼？」

「全都是檢察官伊恩斯基和德國人溫曼做的。他們是一夥的；奧斯朋什麼都不知道。」

「奧斯朋企圖殺妳兩次。妳在場，我也在場，記得嗎？」艾凱迪突然感到很憤怒。「是誰告訴妳奧斯朋跟這無關的？」

「韋斯利。」

「韋斯利是個騙子，」他用英語重複說：「韋斯利是個騙子！」

「噓，很晚了。」伊莉娜將手指放在他唇上。她改變了話題；她很有耐心，而且雖然他勃然大怒，她的心情還是很好。

但是艾凱迪已經因此心煩意亂。「為什麼妳要遮住臉上的痕跡？」他用質問的語氣說。

「我剛決定的。美國有化妝品。」

「蘇聯也有化妝品，妳在那裡就沒遮住。」

「在那裡又沒什麼差別。」她聳聳肩。

「在這裡為什麼就有差別？」

「這不是很明顯嗎？」這下換伊莉娜生氣了。「這是蘇聯的痕跡。我不會用蘇聯的化妝品遮住蘇聯的痕跡，但我會用美國的化妝品。我要擺脫一切跟蘇聯有關的事。如果現在可以讓醫生打開我的大腦拿走一切跟蘇聯有關的東西，所有的記憶，我就會這麼做。」

「那妳為什麼要我來這裡？」

「我愛你，你也愛我。」

她顫抖到無法說話了。他用床單和毯子裹住她，然後擁抱她。他不該對她生氣的，他這麼告訴自己。無論她做什麼都是為了他們兩人。她救了他一命，還帶他一起來到美國，他不知道她付出了什麼代價，也無權爭辯。正如每個人都提醒過，他已經不再是調查組長，而是罪犯。他們兩個都是罪犯，唯一讓他們能夠活下來的就是彼此。他發現她的菸滾到地毯上燒出了一個洞，於是撿起來拿到她嘴邊。他們現在都可以享用優質的維吉尼亞菸草了。愛人的精準度真是不可思議，他提起那片被遮掩的痕跡，這麼輕易就傷了她。

「別再告訴我奧斯朋沒企圖殺妳了。」他說。

「這裡的事情很不一樣。」她說著，又開始發抖。「我沒辦法回答任何問題。拜託，別問我任何問題。」

他們坐在床上看彩色電視。螢幕上，一個像教授的人正在游泳池畔的一張草地桌旁看書。有個年輕人拿著一把水槍從灌木叢跳出來。

「我的天哪，你嚇到我了！」閱讀者差點摔下椅子，而他的書掉進了游泳池。他指著書說：「我已經夠緊張了，你還耍那種愚蠢的惡作劇。幸好那只是平裝本。」

「這是契訶夫嗎？」艾凱迪笑著說：「我們在莫斯科製片廠見面時，妳正好在拍同一個場景。」

「不是。」

在拿水槍的男人之後，接連出現了穿泳裝的女孩、一個拖著降落傘的男人、一組伴舞樂隊。

「不，這不是契訶夫。」艾凱迪附和。

「這很好看。」

他以為伊莉娜在開玩笑，不過她完全被螢幕吸引住了。他看得出她並不是沉浸在劇情中；她不必這麼做，因為螢幕裡就提供了罐頭笑聲。他看出吸引她的是池水的電藍色、鱷梨樹的絨綠色、車道周圍那些九重葛的紫色，以及一條公路的高速馬賽克影像。她以他永遠無法做到的方式發現了螢幕上最重要的東西。螢幕的光芒向外延伸，瀰漫了整個房間。一個女人在啜泣時，伊莉娜會注意她的衣服、她的戒指、她的頭髮、柳條編織家具上的絨毛軟墊、一座紅色西洋杉露台、太平洋上的日落。

她轉過頭，看見艾凱迪氣餒的神情。「我知道你認為這不是真的，凱沙。你錯了——在這裡是真的。」

「不是。」

「是，而我想要。」

艾凱迪變得溫和。「那妳就應該擁有。」他把頭放在她大腿上，閉起眼睛，電視機繼續低語並發出笑聲。

他發現伊莉娜身上有新的香味。俄羅斯的香水種類很少，而且都是不分濃淡的普通氣味。柔亞的最愛是莫斯科之夜。那可是香水中的重量級角色。莫斯科之夜曾被稱為斯維拉娜，以史達林最愛的女兒為名，直到她跟一位黑皮膚的印度人私奔。莫斯科之夜是種復興的味道。

「你可以原諒我想要那些嗎，凱沙？」

他聽得出她語氣中的焦慮。「我也希望妳能擁有。」

伊莉娜關掉電視，而艾凱迪讓遮光窗簾像爆炸般突然往上拉起。對街的辦公大樓像是由黑色無人窗戶組成的一片鐵絲網。

他因為伊莉娜的事而笑，然後打開她帶回來的電晶體收音機。一首森巴舞曲。她恢復了勇氣，接著他們就在灰色地毯上跳舞，他們的影子也在灰色牆面上跟著跳。他抱起她旋轉。失明的眼睛和正常的眼睛同時因為愉悅而睜大。所以雖然一眼失去視力，臉上那片痕跡也消失了，但靈魂仍會繼續存在。

她在上方，頭髮蓋住兩人的臉，像是隨著他動作擺動的床罩。

在下方時，她是一艘載著他們兩人離開的船。

「我們是被丟棄跟被遺棄的人，」艾凱迪說：「沒有國家肯讓我們落地生根。」

「我們就是我們自己的國家。」伊莉娜說。

「有我們自己的叢林，」艾凱迪指著花紋壁紙說：「有本土音樂」——他指著收音機和隱藏的麥克風——「還有間諜。」

3

一隻褐色蜘蛛下降到陽光之中，變成了白色。

伊莉娜很早就跟韋斯利與尼奇離開了。

牠的白色絲線掛在半空中。

「你們俄羅斯人怎麼能在吃早餐前就抽菸？」韋斯利問。

牠擺盪到高處角落的一面蜘蛛網。艾凱迪之前沒注意過那面蜘蛛網——直到它特別在今天的晨光中以傾斜的角度閃耀著。當然，蜘蛛一定是太陽的崇拜者。

「我愛你。」伊莉娜以俄語說。

蜘蛛在牠的絲線上下奔忙，前肢一下按這一下按那。沒人會讚美牠們；牠們可是如此講究的完美主義者。

而艾凱迪也以俄語回應「我愛妳」。

俄羅斯的蜘蛛跟美國的蜘蛛之間有多少差異？

「我們走吧，今天是大日子。」尼奇在打開房門時說。

牠們會以相同的方向織網嗎？牠們會以同樣的方式刷牙嗎？

這讓艾凱迪感到害怕。

牠們能溝通嗎？

＊

人行道擠滿穿著體面的人潮。太陽在他們的背後讀秒，直到他們都去上班為止。

伊莉娜已經在紐約多久了？艾凱迪問自己。為什麼她在衣櫃裡的衣服那麼少？

莫斯科一定在下雪了。如果他們有這種太陽，他們就會到堤岸去，脫掉上衣像海豹一樣作日光浴。

對面的油漆工又開始工作。下一層的服務員會接起電話，開口不說超過一、兩個字就放下電話。在莫斯科，辦公室電話是國家體貼提供用來聊天的工具；電話幾乎不會用於工作，但永遠都在忙線中。

他打開電視機，以蓋過他用髮夾開鎖的聲音。這道鎖真是做工精良。

為什麼油漆工要關著窗戶工作？

在教堂的花園中，衣著骯髒的老人以慢動作共喝一瓶酒。

電視上演的大多數是洗衣粉、除臭劑和阿斯匹靈。其中會穿插短暫的訪談和短劇。

艾爾帶著火腿乳酪三明治和咖啡來時，艾凱迪問他喜歡哪些美國作家——傑克．倫敦或馬克．吐溫？艾爾聳聳肩。約翰．史坦貝克或約翰．里德？納撒尼爾．霍桑或雷．布萊伯利？呃，我就知道這一些，艾凱迪這麼說，然後艾爾就離開了。

辦公室的人都出去吃午餐了。只要人行道上有陽光的地方，就會有人停下來從紙袋拿出東西吃。包裝紙在建築之間飄動到五至十樓高。艾凱迪打開窗戶探身出去。空氣很冷，有雪茄、廢氣和煎肉的氣味。

他看見同一個女人穿著黑白色假皮大衣跟三個不同的男人進出飯店。

車子很大，車身有凹痕，還有一種塑膠的光澤感。噪音非常強烈，聽起來有東西正被拖行、舉起、錘打，彷彿這座城市正在他看不見的地方被拆毀，車輛則是立即而草率地製造出來。

車子的顏色真是難以置信，好像要讓一個孩子可以隨心所欲上色似的。

要怎麼歸類教堂花園裡的那些人？社會寄生蟲？「三人一夥」的酒鬼？他們在這裡喝什麼？

傑克．倫敦寫阿拉斯加的開發，馬克．吐溫寫奴隸，史坦貝克寫經濟失調，霍桑寫宗教的歇斯底里，布萊伯利寫行星間的殖民主義，里德則是寫蘇俄。呃，我就知道這一些，艾凱迪心想。

人們帶著好多紙袋。這些人不只有錢，他們還有東西可買。

他洗了個澡，穿上新衣服。衣服完美合身，質料好到不可思議，讓他的鞋子立刻變得醜陋極了。

衣櫥裡有本聖經。比較令他訝異的是電話簿。艾凱迪撕下猶太人和烏克蘭人組織的地址，摺起來放進襪子裡。

他記得尼奇和盧瑞克戴著勞力士錶。

穿褐色制服的黑人警察在指揮交通。穿黑色制服的白人警察身上有佩槍。

伊莉娜藏匿了罪犯柯斯提．波若丁和瓦蕾莉亞．戴維朵娃。她涉入了走私和破壞產業的國家犯罪。她知道莫斯科市檢察官是國安會官員。在蘇聯等著她的會是什麼？

計程車是黃色。鳥是灰色的。

盧瑞克帶了禮物來，是幾個小伏特加酒瓶——他說是「航空公司酒瓶」。

「我們有個新的理論。不過在我開始之前，」——他舉起雙手——「我要你知道我並不是不敏感的人。我跟你一樣是烏克蘭人。我也是個浪漫派。讓我先坦白另一件事。我的這頭紅髮來自猶太人。我的祖母改信了宗教；她有一整頭紅髮。所以我可以跟各種人有關聯。可是從某些地方來看，這件紫貂的事似乎是猶太復國主義者陰謀的一部分。」

「奧斯朋不是猶太人。你在說什麼？」

「但瓦蕾莉亞．戴維朵娃是一位猶太拉比之女，」盧瑞克說：「詹姆斯．寇維爾跟這裡的猶太復國主義者有牽連，就是那些恐怖分子對蘇聯大使館的無辜職員開槍。美國的毛皮零售和服飾業基本上就是被猶太復國主義者壟斷的，而且把紫貂帶來這裡，最後獲得利益的就是他們。看出這有多合理了吧？」

「我不是猶太人，伊莉娜不是猶太人。」

「想想看吧。」盧瑞克說。

艾爾收走了所有小酒瓶。

「我不是國安會的人。」艾凱迪說。

艾爾對這樣的困境覺得很尷尬。「也許你是，也許不是。」

「我不是。」

「這有任何差別嗎？」

黃昏降臨，辦公室都空了，伊莉娜還沒回來。教堂正在舉行晚間禮拜。妓女正忙著帶男人進飯店。艾凱迪想著那些女人跟她們的生意正朝著他的方向上升，他們是街上最後一波活動的跡象。

一個鐘頭後，影子變成了街燈之間無法穿透的空間。街上的人影如夜行動物出沒。他們的頭轉向一陣正在出勤的警笛聲。

為什麼寇維爾要笑？

艾凱迪習慣看到不同探員了。新來的這個穿戴著深色西裝、領帶、鴨舌帽，他並不覺得奇怪，而且他也很高興終於能離開飯店房間了。沒人攔住他們。他們搭電梯下樓，走過大廳，往西上了二十九街並穿越第五大道，來到一輛深色的豪華轎車。艾凱迪被招呼獨自進入後座時，才發現另一個人是司機。轎車內部是一片淺灰色的絨毛，駕駛和乘客之間以一片玻璃板隔開。

美洲大道是一條陰暗無人的街道，只有亮著燈的商店櫥窗與一身奢華的假人，在離開飯店的第一趟行程中，那些東西看起來就跟這整座城市一樣，似乎都不屬於這個世界。他們在第七大道往南轉，經過了幾個街角，然後轎車轉進一條後街，進入一處卡車車庫。司機讓艾凱迪下車，帶他到一座門開著的電梯，以拇指用力按了一顆鈕。電梯上升到四樓，他們走進一條明亮的走廊，在另一端角落有好幾台小型電視攝影機。走廊末端的門喀噠一聲打開。

「你自己去。」司機說。

艾凱迪進入一間長而昏暗的工作室。分類桌沿著房間的長度排列，而在他眼睛適應之後，架上那些看似衣物或破布之間的東西變成了一堆毛皮。這裡可能有上百個架子，大部分都掛著又薄又黑的毛皮——紫貂皮或水貂皮——另外也有架子掛著被弄平的大張獸皮——依他看見的應該是山貓皮或狼皮。空氣中有一股刺鼻的鞣酸味，而每張白桌子上都有一盞低矮的日光燈。在房間中央，一盞燈亮起，約翰．奧斯朋將一張毛皮放在桌面上。

「你知道北韓人會賣毛皮嗎？」他問艾凱迪。「貓皮和狗皮。人們會買的東西太神奇了。」

艾凱迪在走道上走向那張桌子。

「好，這條毛皮光是這樣大概就值一千塊了，」奧斯朋說：「是巴古津斯基紫貂，不過你大概已經猜到了；你一定也算成為紫貂專家了。靠近一點，你可以看見軟毛上有像是結霜的外觀。」他在硬挺的毛皮上將軟毛刷回原位，然後拿起一把小型自動手槍對準艾凱迪。「夠近了。這會變成一件漂亮的大衣，長版，也許總共六十條毛皮。」他又用槍刷過毛皮。「我想有人會花十五萬買那件大衣的。可是這跟買貓皮和狗皮到底又有什麼差別呢？」

「你比我更清楚。」艾凱迪在距離奧斯朋一張桌子外停住。

「那就聽我的吧」——奧斯朋的臉隱藏在日光燈的陰影中——「因為這棟建築跟周圍兩個街區是全世界最大的毛皮市場。所以我告訴你，拿這個」——他撫摸著有光澤的毛皮——「跟貓皮相比，就等於拿伊莉娜跟普通的女人比較，或是拿你跟一般的俄羅斯人比較。」他讓燈傾斜，而艾凱迪不得不舉起手遮擋，以免被光刺得看不見。「你看起來很好呢，警探——穿了像樣的衣服更好。我真的很開心見到你活著。」

「你真的很訝異見到我活著。」

「我承認那也是。」奧斯朋放下燈。「你說過你能躲起來不讓我找到，你能躲在莫斯科河底下，而我會來找你。我當時不相信你，但是你說對了。」

奧斯朋把槍放在桌上，然後點了根菸。艾凱迪已經忘記他那幾乎像是阿拉伯人的黝黑膚色、精瘦的優雅感、銀色頭髮。當然，還有菸盒與打火機、戒指、錶帶與袖釦的黃金感，以及那雙眼睛裡的琥珀色火光，那副燦爛的笑容。

「你是個殺人犯，」艾凱迪說：「為什麼美國人會讓你見我？」

「因為俄羅斯人讓我見你。」

「為什麼我們要這麼做？」

「睜開你的眼睛吧，」奧斯朋說：「你看到了什麼？」

「毛皮。」

「不只是毛皮。藍水貂皮、白水貂皮、標準水貂皮、藍狐皮、銀狐皮、紅狐皮、掃雪鼬皮、山貓皮、卡拉庫爾皮。還有巴古津斯基紫貂皮。在這個房間裡就有價值超過兩百萬元的毛皮，而第七大道上還有超過五十個像這樣的地方。這跟殺人無關；這跟紫貂有關，而且一直都是。我並不想殺掉那個叫寇維爾的男孩，還有柯斯提跟瓦蕾莉亞。他們幫了我那樣的忙，我絕對會很高興他們能夠寧靜地住在世界上任何地方。可是你又能怎麼辦呢？寇維爾那孩子堅持要公開宣傳；他一直著迷於要在凱旋回到紐約時把自己的故事公諸於世。也許他不會在第一場記者會上說出紫貂的事，但到了第十場他就一定會說出來了。我可是在跟全世界最古老的壟斷行業對抗，我花了好幾年的心力並冒險；我要因為一個宗教狂熱分子的自我膨脹而暴露弱點嗎？腦袋正常的人會怎麼做？我坦承我也不介意解決柯斯提。沒錯，只要他一來到這裡，隔天就會敲詐我的錢了。不過關於瓦蕾莉亞，我很後悔。」

「你猶豫了？」

「對。」奧斯朋很愉快。「我在對她開槍之前確實猶豫了，你沒說錯。我發現這段自白讓我有食慾了。我們去吃點東西吧。」

他們搭電梯下樓，豪華轎車正在卡車車庫等待。車子載他們往北開上美洲大道。這個時刻的紐約比莫斯科清醒得多；艾凱迪在曲折急速的交通中感受得出來。過了四十八街，大道兩側就被玻璃辦公高塔圍住，很像莫斯科的卡里寧大道。

車子停在五十六街，奧斯朋帶艾凱迪進了家餐廳，有位經理過來叫了奧斯朋的名字招呼他們，領他們到一張鋪紅色絨毛的長椅。每張桌子上都有剛剪下的百合，壁面凹處有像是噴濺開來的巨大花束，牆上掛著法國印象派油畫，上方有水晶吊燈，桌面鋪著粉紅色桌布，還有一位奉承的侍者領班。其他用餐者都是穿細條紋西裝的老男人跟面容光潔的年輕女人。艾凱迪心中有一部分仍以為韋斯利或警察會衝進餐廳逮捕奧斯朋。奧斯朋問艾凱迪要不要喝點什麼；艾凱迪拒絕了，於是奧斯朋點了一瓶七六年的科通—查理曼白葡萄酒。艾凱迪會餓嗎？艾凱迪撒謊說不會，於是奧斯朋自己點了烤鮭魚佐蒔蘿醬跟馬鈴薯條。光是桌上的銀器就讓人眼花撩亂。我應該拿刀刺穿他的心臟，艾凱迪這麼想。

「俄羅斯的流亡者竄遍了紐約，你知道吧，」奧斯朋說：「他們寫著自己要去以色列，可是他們在羅馬就向右轉，來到了這裡。我幫過不少人，只要能幫的就盡量幫；而且，他們其中有些人對毛皮非常瞭解。可是有些人我就完全幫不上忙。我是指在俄羅斯當服務生的人。你認識有誰會僱用俄羅斯服務生的嗎？」

酒是金黃色的。「你確定你什麼都不要嗎？總之，流亡者太多了。他們大多數都很悲慘。蘇聯科學院的候選人在學校掃地，或是互相爭搶零碎的翻譯工作。他們住在皇后區跟紐澤西州，擁有小房子和他們無法負擔的大車。當然，我們不能批評；他們已經盡力了。他們不能全部都當索忍尼辛。我喜歡想成我在這個國家做了某些事推廣俄羅斯文化。我在文化交流方面貢獻了很多，你知道的。少了俄羅斯舞者，美國人的芭蕾還能看嗎？」

「那些你向國安會告發的舞者呢？」艾凱迪問。

「如果我不做，那些舞者的朋友也會做。那就是蘇聯令人著迷的地方：每個人從育嬰室開始就懂得告發了。每個人的雙手都很骯髒。他們把這稱為『警戒』。我愛死了。總之，那就是代價。如果我想帶蘇聯的演出者到美國以促進雙方的善意與理解，文化部就會要我告發我帶的人。我確實是得告發一些可能會叛逃的人，不過通常我只是想要淘汰越多差勁的舞者越好。我的標準很高。我可能對蘇聯的舞蹈有正面影響吧。」

「你的雙手並不是骯髒，而是沾滿血腥。」

「拜託，我們可是在飯桌上呢。」

「那就告訴我為什麼你是兇手，還是替國安局告密的人，但美國調查局卻讓你在這座城市裡自由來去，還能到這裡吃東西。」

「噢，我可是很佩服你的智慧喔，警探。思考一下吧。我知道你會想通的。」

在桌布、切花、一台點心推車細微的咯咯聲之間，周圍的對話逐漸飄散。奧斯朋很有信心地等著艾凱迪理解。真相出現了，一開始很模糊，接著就有更清楚的形狀，而艾凱迪對其全然的合理性及明顯的對稱性感到震驚，就像在鹿的眼中看見一隻半身在陰影裡的獅子完全走進陽光下。無論他抱持著什麼希望，都在他開口時瓦解了。

「你是調查局的線人，」艾凱迪在完全想通時說：「你向國安會以及調查局告密。」

「在所有人之中，我就知道你一定會明白的。」奧斯朋親切地笑著。「笨蛋才只向國安會告密而不向調查局告密吧？別這麼失望嘛；這又不會讓美國變得跟俄羅斯一樣糟。這剛好就只是調查局的行事方式而已。通常調查局會依賴罪犯，可是我幾乎不會跟那種行動扯上邊。我只要傳遞流言就好。我知道調查局會重視流言，因為同一個流言在莫斯科會非常受到重視。調查局甚至更急著想知道呢。胡佛實在太害怕犯錯，所以在他活著的最後十年裡幾乎等於是中止了監視俄羅斯人的行動。國安會派了個人滲透進調查局的中央檔案系統，結果胡佛因為害怕消息傳出去，甚至不敢肅清那個部門。我特別只跟調查局的紐約辦公室合作。這跟其他國家企業一樣，最好的人材都在紐約，而他們都是多麼令人同情的中產階級，多麼樂意跟我混在一起。有何不可呢？我又不是來自黑手黨的『職業殺手』，我也不要錢。其實，他們碰上私人財務問題時，一定都知道可以找我幫忙。我會讓他們以非常好的價格買大衣給他們的妻子。」

艾凱迪想起伊恩斯基的山貓皮大衣以及奧斯朋說要給他的那頂貂皮帽。

「我跟隔壁的人一樣愛國。」奧斯朋朝艾凱迪後方那桌的人點了點頭。「說得更確切點，隔壁那個人正好是一家穀物公司的董事長，而那公司才剛在大阪設立了一座名義上的釀酒廠，要將他的穀物匯集到蘇聯的太平洋港口，所以我甚至比隔壁的人更愛國呢。」

一盤烤鮭魚放到奧斯朋面前，旁邊的一碟馬鈴薯條幾乎跟俄羅斯的薯條一樣薄。艾凱迪餓死了。

「你確定不跟我一起吃這些嗎？」奧斯朋問。「這真的很好吃。至少喝點酒？不要？真是奇怪，」——他邊吃邊繼續說話——「以前只要俄羅斯流亡者到了美國，就一定會開餐廳。他們會提供很棒的食物——酸奶牛肉、基輔雞、甜奶渣蛋糕、布利尼餅加魚子醬、鱘魚子醬。不過那是五十年前的事了。新來的流亡者根本不會做菜；他們甚至連什麼是美食都不知道。共產主義消滅了俄羅斯菜。這才是罪大惡極。」

奧斯朋從點心推車拿了咖啡和一個水果塔。那些甜點上面有仿大理石花紋的糖霜和一團團柔軟的生奶油。

「你不吃吃看嗎？你的前檢察官安德列．伊恩斯基可是能解決掉一整台推車的。」

「他是個貪婪的人。」艾凱迪說。

「一點也沒錯。你知道，伊恩斯基就只會那麼做。好幾年來我一直給他各種報酬——引見某人、打小報告，從戰爭時就開始了。他知道我不會再回蘇聯，所以決定最後要來支大滿貫；所以他才會帶你去澡堂見我。每次我以為自己甩掉你了，他都會再多鞭策你一點。這並不是說你需要太多鼓勵。他說你是個固執的警探，而他說得對。伊恩斯基是個傑出的人，不過就像你說的，他太貪婪了。」

他們離開餐廳，沿著大道走，奧斯朋的豪華轎車則在街上以同樣速度跟在他身旁，就像在莫斯科河堤岸上跟著他們的另一輛豪華轎車。幾個街區後，他們看見一對豎立在一座公園出入口的騎馬雕像。中央公園，艾凱迪對自己說。他們進入公園，轎車仍然跟在後方，它的車頭燈前飄下幾片雪花。他們要在公園殺掉他嗎？艾凱迪納悶著。不，在奧斯朋的工作室裡下手會比較簡單。一輛漆成鮮豔顏色的馬車小跑著經過一盞老式路燈。艾凱迪抽起菸以壓抑飢餓感。

「下流的俄羅斯人習性。」奧斯朋自己也點了根菸。「這會害死我們的。你知道他為什麼恨你嗎？」

「誰？」

「伊恩斯基。」

「檢察官？他為什麼要恨我？」

「是關於最高法院的一件上訴案，他的照片上了《真理報》。」

「維斯科夫上訴案。」艾凱迪說。

「就是那件。那毀了他。國安會把他們的將官扶植成市檢察官可不是為了讓他開始宣傳罪犯的權利。畢竟國安會就跟其他官僚一樣，而擁有權力的人，尤其是明日之星，一定也會有強大的敵人。你正好提供了他們需要的武器。他們說伊恩斯基正在誹謗蘇聯的司法，或是在為自己培養一批私人信徒，要不就是有精神病。到時候會有一場大規模的運動。那件上訴案毀了他，而且是你逼他那麼做的。」

艾凱迪心想，一位前調查組長在中央公園知道了莫斯科市檢察官恨他的原因。然而奧斯朋說的話有道理。他記得在澡堂的對話，當時有伊恩斯基、檢察總長第一書記、院士與法官。原來對付弗倫斯基主義的運動是以伊恩斯基為目標，並不是艾凱迪！

他聽見搖滾樂，而透過枝葉，他看見遠處一座溜冰場的彩色燈光。他看得出冰上有動靜。

「你應該看看公園下雪的樣子。」奧斯朋說。

「現在就在下雪。」

「我愛雪。」奧斯朋吐露著。

雪片散落在每盞路燈和車燈的光束中。一尊黃銅人像在台座上向艾凱迪敬禮。

「我告訴你為什麼我愛雪，」奧斯朋說：「我從來沒跟別人說過這件事。我愛雪是因為它可以把死者藏起來。」

「你是指在高爾基公園。」

「噢，不是。我是指列寧格勒。我第一次到蘇聯的時候，是個充滿理想的年輕人。對，就像那個叫寇維爾的男孩，說不定更嚴重。沒人比我更努力要讓租借法案成功。在場的只有我是美國人，所以我必須跟上俄羅斯人，必須做得更多，每天晚上只睡四小時，連續好幾個月處在半飢餓狀態，而且只在前往莫斯科的克里姆林宮之前刮鬍子並換上乾淨衣服，就為了哀求史達林的某個書記——一臉肥油的油鬼——好讓我可以在我們試圖開進列寧格勒的卡車上多加一些食物和藥品。當然，列寧格勒圍城戰是場偉大的戰役，是人類歷史中的一個轉捩點，也是一個大屠殺者用軍隊對另一個大屠殺者的反擊。我的角色——美國人的角色——就是讓這場大屠殺拖得越久越好。我們也做到了。雖然有六十萬列寧格勒人死了，可是那座城市並未淪陷。這是一場挨家挨戶的戰爭；我們會在早上失去一條街，然後在晚上奪回來。或是在一年之後奪回，卻發現所有人在前一年都死了。你學會感激能有厚厚的積雪。停火的時候，他們會用擴音器對彼此喊話。俄羅斯人會用擴音器叫德國人射殺他們的軍官；德國人會用擴音器叫俄羅斯人射殺他們的孩子。『最好殺掉他們，別讓他們餓死。放棄吧，帶著你的步槍，我們就會給你一隻雞。』德國人會這麼說。或是『安德列誰誰誰，有人發現你的兩個女兒已經被你的蘇聯鄰居吃掉了。』這對我是種侮辱，因為負責將食物弄進城裡的人就是我。抓到幾個德國國防軍時，曼德爾跟我買了些巧克力和香檳帶他們去野餐。我們覺得我們等一下釋放他們之後，他們就會回去德國前線傳開消息，說我們在城裡吃得有多好。那些德國人嘲笑我們。他們有上千種故事，都是在說他們打進城裡時發現了怎麼樣的屍體。他們還特別嘲笑我。他們對提供俄羅斯人食物的美國人很好奇。他們問，我真的以為我們用空投或雪橇送來的口糧可以讓一百萬人活下去？他們狂笑不止。我不能想到更有效的辦法嗎？我不是已經有答案了嗎？他們說。我發現我明白了，然後我就殺了那些德國軍官。可是我有了答案。」他們離開公園，來到分隔一般民眾跟有錢人的第五大道。窗戶內的吊燈閃閃發亮；門房站在遮雨篷下方。豪華轎車滑行至一條後街等待，奧斯朋則是帶艾凱迪進入最靠近他們的一棟建築。一位穿制服的電梯操作員帶他們到十五樓，這層樓只有一道門。奧斯朋打開門鎖，示意艾凱迪進入。

充足的光線從窗戶照入，讓艾凱迪能看清楚自己就站在一間大公寓的門廳。奧斯朋按下燈光開關，但什麼也沒發生。「電工今天來過，」他說：「我猜他們還沒弄好。」

艾凱迪進入一個房間，裡面一張長形餐桌只放了兩張椅子，接著他通過一間餐具室，櫥櫃都打開並空著，然後他來到一間書房，有部電視機仍在包裝箱裡，燈座也像是從牆面扯下來的。他數了共有八個房間，幾乎全都空無一物，只有一張小地毯或椅子，表示之後還會有東西擺進來。這裡還有種熟悉的氣味。

他被吸引到了客廳，這裡的平開窗將下方公園框了起來，從高處看來更漂亮得多。他看見湖水與池塘的深黑色，以及溜冰場的白色橢圓形。公園周圍是一圈柵欄般的公寓和飯店，上方是一整片天空的雲。

「你覺得怎麼樣？」奧斯朋問。

「有點空蕩。」

「哎呀，在紐約視野是最重要的。」奧斯朋從他的菸盒裡又拿了根菸。「我賣掉了我在巴黎的沙龍。我得把錢放到某個地方，而在這裡買下第二間公寓已經算不錯了。老實說，歐洲對我而言並不安全。這是交易最困難的部分——人身安全的保證。」

「什麼交易？」

「紫貂。幸好，我偷了值得的東西。」

「那些紫貂在哪裡？」

「美國的毛皮農場主要在五大湖區。不過也許我對他們撒了謊；也許我把紫貂弄到加拿大了。加拿大是世界第二大的國家；他們會花上一段時間去找。或者我把牠們放在馬里蘭州或賓州了；那裡有些農場。問題是我那些新的軟毛小動物都會在春天出現，全部是由我的巴古津斯基紫貂生的，到時候就會有更多紫貂了。俄羅斯人就是因為這樣才必須趁現在交易。」

「為什麼告訴我？」

奧斯朋跟他一起站在窗邊。「我可以救你，」他說：「我可以救你跟伊莉娜。」

「你想要殺她。」

「那是伊恩斯基和溫曼。」

「你有兩次想要殺她，」艾凱迪說：「我就在場。」

「你是個英雄，警探。沒人想要搶你的功勞。畢竟是我讓你去大學救伊莉娜的。」

「你讓我去送死。」

「而我們救了她，你跟我。」

「你在高爾基公園殺了她三個朋友。」

「你殺了我三個朋友。」奧斯朋說。

艾凱迪感到冰冷，好像窗戶是開著的。奧斯朋的神志並不正常，他也不是人。如果金錢能夠長出血肉，就會是奧斯朋這個樣子。它會穿著同樣的喀什米爾羊絨西裝；它會以同樣的方式將銀髮分邊；它會擁有一張同樣精瘦的面具，露出一副優越高傲的娛樂表情。他們在很高的樓層。公寓裡沒有人。他可以殺掉奧斯朋，這點無庸置疑。他不必再多聽任何一個字。

奧斯朋彷彿能聽見艾凱迪的想法，再次抽出了手槍。「我們必須原諒彼此。墮落是我們的一部分，是我們的核心。伊恩斯基生來就是如此，不管有沒有發生俄國大革命都一樣。你跟我一樣生來就是如此。不過你還沒看完整間公寓呢……」

艾凱迪走在前方，和奧斯朋從走廊進入一個他剛才沒到過的房間，裡面的窗戶也可以俯瞰公園。房內有個衣櫥、一面鏡子、一張椅子和床頭櫃，以及一張未整理的大床。他一進公寓時認出的味道在這裡最為強烈。

「打開衣櫥的第二個抽屜。」奧斯朋說。

艾凱迪照做。裡面整齊擺放著新的男用內衣褲與襪子。「所以有人要搬進來。」他說。

奧斯朋指著一個櫃子的滑門。「打開右邊的門。」

艾凱迪滑開門。一個架子上掛著十幾套新的外套和便褲。儘管光線微弱，他還是看得出那些就是他身上外套和褲子的複製品。「不多準備幾套說不過去。」奧斯朋說。

艾凱迪滑開另一道門。裡面滿是洋裝、禮服、浴袍和兩件毛皮大衣，地板部分都是女人的鞋子與靴子。

「你要搬進來，」奧斯朋說：「你跟伊莉娜。你們要當我的員工，而我會給你們很好的報酬——比很好更好。這間公寓所有人是我的名字，不過第一年的貸款跟維護費用都已經付了。任何紐約人都會羨慕你們。你們會有新的生活。」

這段對話不可能發生，艾凱迪心想；一定是某種超自然力量讓情況轉變。

「你想要伊莉娜活下來嗎？」奧斯朋問。「這就是交易；以紫貂交換伊莉娜跟你。換伊莉娜是因為我要她，而換你是因為她少了你就不肯來。」

「我不要跟你共享伊莉娜。」

「你已經跟我共享伊莉娜了，」奧斯朋說：「你跟我在莫斯科共享過她，而你從來到這裡以後就一直在跟我共享她了。那天早上你在她公寓外面找她談話的時候，我就在她床上。她昨晚跟你睡，今天下午就跟我睡了。」

「在這裡？」艾凱迪注視著明顯凌亂的皺被單。

「你不相信我，」奧斯朋說：「拜託，你這麼厲害的警探不可能這麼驚訝吧。沒有伊莉娜，我要怎麼認識詹姆斯．寇維爾？或是瓦蕾莉亞跟柯斯提？你把她藏在你公寓的時候，伊恩斯基跟我並沒有去找你們，這不是很奇怪嗎？我們根本不用找；她從你公寓打過電話給我。不然你去芬蘭邊界的時候，我是怎麼找到她的？她是直接來找我的。你沒問自己這些問題嗎？因為你已經有答案了。我坦白了——現在換你了。可是你不喜歡那樣。在調查的最後，你只想找到一個怪物，以及精心分類好的死者。但願你發現的不會是自己。你會慢慢心安理得的，我保證。俄羅斯人只會把你跟伊莉娜算進他們的猶太人配額中；他們很多想要擺脫的麻煩都是這麼解決的。」

奧斯朋將槍放到床頭櫃上。「我不想要你，可是伊莉娜少了你就不肯留下。這真是快把人逼瘋了。她這輩子就只想來到這裡，可是她又威脅著要回去。現在我很高興你來了；這樣一切都圓滿了。」他打開床頭櫃，拿出一瓶俄羅斯蘇托力伏特加和兩個酒杯。「我發現這個情況非常吸引人。有哪兩個人可以像一位兇手跟調查他的警探一樣彼此熟識？定義犯罪是你的職責；你可以定義罪犯。早在我們還沒見面之前，我就在你的想像力中成形了，而當我逃離你，你反而對我著迷了。我們一直都是犯罪的夥伴。」

他將伏特加倒滿到杯緣，讓液體稍微浮出頂部，接著把一杯遞給艾凱迪。

「而哪個兇手與警探又能夠比共用同一個女人更親近呢？我們也是感情的夥伴呢。」奧斯朋舉起他的杯子。「敬伊莉娜。」

「你為什麼要在高爾基公園殺掉那些人？」

「你知道為什麼；你已經破了這案子。」奧斯朋仍然舉著杯子。

「我知道你是怎麼做的，可是原因呢？」

「如你所知，是為了紫貂。」

「你為什麼想要有自己的紫貂？」

「為了賺錢。這一切你都很清楚。」

「你已經有這麼多錢了。」

「為了擁有更多。」

「就只是更多？」艾凱迪問。他把自己杯裡的酒倒在臥室地毯上，以伏特加畫出一個螺旋。「那你就不是具有豐沛感情的人了，奧斯朋先生；你只是個殺了人的商人。你是個笨蛋，奧斯朋先生。伊莉娜是為了我把自己出賣給你。商人只會看到表面嗎？你應該知道光看表面的後果。我們會花你的錢住在這裡，當著你的面嘲笑你。誰知道我們什麼時候會消失？到時候你就會失去紫貂、失去伊莉娜，一無所有。」

「所以你肯接受我的幫助了，」奧斯朋說：「今天是星期三。蘇聯人跟我會在星期五交易——用你跟伊莉娜交換紫貂。你肯讓我救你嗎？」

「好。」艾凱迪說。還有什麼選擇的餘地？只有奧斯朋能救伊莉娜。等到安全之後，他們就可以逃離。如果奧斯朋想要阻止他們，艾凱迪就會殺了他。

「那麼我敬你，」奧斯朋說：「我在列寧格勒待了一年，知道人類為了生存能夠做出什麼事。你只在這裡待了兩天，就已經變了個人。再過兩天，你就會變成美國人了。」他一口飲盡。「我很期待接下來的幾年，」他說：「能有個朋友真好。」

艾凱迪獨自在電梯裡，被真相壓得站不直身子。伊莉娜是個妓女。為了獲得從俄羅斯來這裡的機會，她跟奧斯朋睡過，天曉得她還跟誰睡了。她張開雙腿就像翅膀一樣。她對艾凱迪撒謊——以指控和親吻撒謊——罵他傻瓜，也讓他真的變成了傻瓜。更糟的是，他早就知道了。從一開始就知道，時時刻刻都知道，他越愛她就知道得越多。現在他們兩個都是妓女了。他穿著新衣物，不再是調查組長，不再是罪犯——然後呢？高爾基公園的那三具屍體。「他們怎麼樣？」奧斯朋這麼問。那麼巴夏呢？他因為自己犯下的所有欺騙行為而步履蹣跚。這案子的第一項欺騙是為了逼迫皮布留達接手。第二項是為了救伊莉娜，最後一項則是為了讓奧斯朋擁有她。

電梯門打開，接著他穿過大廳。我是奧斯朋的夥伴，他這麼回答自己。他一到人行道上，豪華轎車就開到他面前。他茫然地上了車，車子接著往南開，朝著飯店的方向前進。

然而他還是愛她。他可以不管高爾基公園的屍體。她出賣自己好來到美國，而他會出賣自己幫助她留下。巴塞隆納飯店對他們而言真是絕佳的選擇。他無力地讓頭靠在座位上。雪花在車窗外移動的陰影中顫動。她懇求他不要問任何問題，所以他不會問任何問題，他會讓自己的思緒一片空白。她擁有幾個櫃子的衣服？她在紐約待了多久？

他的思緒回到了過去。他從來沒崩潰過，他從來沒洩漏過。可是國安會、調查局以及其他所有人全都知道伊莉娜跟奧斯朋的事。除了伊莉娜，還有誰會告訴他們？他再往前想。她跟奧斯朋睡了多少年？不，不會有其他男人的。奧斯朋對於這點太驕傲了。

他們在百老匯大街經過像猩猩咧嘴而笑的電影院遮篷。色情影院展示著身體被模糊呈現的看板宣傳照。「現場演出！」一塊招牌上面寫著。一位門房正在招呼一個戴金色假髮的女黑人、一個戴紅色假髮的女白人，以及一個戴牛仔帽的年輕男子。在時代廣場，每個街角都有一對緊張不安的警察。告示牌發出各種色彩與煙霧。雪如灰燼般紛飛於人群之上。一位慢跑者邊跑邊避開流鶯。

可是伊莉娜愛他。她要回到俄羅斯或待在美國，完全取決於他怎麼做。他記得她在莫斯科製片廠的樣子，她穿著阿富汗人衣和裂開的靴子。所以她在莫斯科會跟奧斯朋睡，卻不收任何禮物。她就算有一半時間都在挨餓也不肯拿錢。她唯一接受的禮物就是美國。艾凱迪給了他什麼，一條有復活節彩蛋的圍巾？只有奧斯朋能給她美國，只有奧斯朋能給他真相。奧斯朋有給予的能力。

美國，俄羅斯，俄羅斯，美國。美國是所有幻覺中之最。它會使期望落空。即使在這裡處於它的光影之中，手裡就要拿到了錢，這還是一場幻覺。如果他知道伊莉娜跟奧斯朋之間的事就不會來這裡了，他這麼告訴自己。可是他一直都知道伊莉娜跟奧斯朋之間的事，他這麼回答自己。他有什麼資格談幻覺？

她會聽艾凱迪的話回去；就連奧斯朋也承認。

伊莉娜跟奧斯朋在床上是什麼樣子？

伊莉娜，奧斯朋，奧斯朋，伊莉娜。他彷彿看見他們就在床上，兩個人交纏在一起。他們三個人。

當車子停在人行道邊，他也跳出了幻想。他發現他們距離二十九街很遠。兩邊的後門都打開了；兩側各有一位年輕黑人探身進來，一手用左輪手槍瞄準艾凱迪頭部，另一手拿著警徽。後座與駕駛座間的玻璃板向下滑，寇維爾就坐在方向盤後方。

「司機怎麼了？」艾凱迪問。

「有個壞蛋敲了他的頭，然後搶了他的車。」寇維爾咧嘴笑著。「歡迎來到紐約。」

寇維爾吃掉熱牛肉三明治，喝了威士忌再搭配啤酒。兩位黑人警探比利和羅尼在另一側的位子上喝了自由古巴調酒。艾凱迪坐在寇維爾對面，他的杯子是空的。他不在酒吧裡，他不是自由的，他的眼睛還看得見那間公寓床上散亂的床單。他坐在寇維爾對面，就像一個男人淡漠地坐在火堆前那樣。

「奧斯朋可以說『我殺了他們』，」寇維爾解釋道：「他可以說『我二月一號下午三點在高爾基公園殺了他們。是我做的，而且我很開心。』他不會被引渡的。只要找個能力足夠的美國律師，這件案子就可以拖上五年。光是把一個納粹戰犯弄出這裡就要二十年了。你看，第一審就五年，另一次上訴又要五年。到最後他還可以到聯邦上訴法院收買他們讓審判無效。不管輸贏，都要十五年。紫貂會互操；雖然不像水貂那樣互操，但牠們還是會互操，而俄羅斯壟斷的紫貂生意在十五年後就會變成歷史了。那等於是五千萬元的外匯。所以忘掉引渡的事吧。另外兩個選擇是殺掉奧斯朋並偷回紫貂，要不然就是交易。調查局在保護奧斯朋，然後俄羅斯人又不知道紫貂在哪，所以他們會交易。聽著，給那個人一點掌聲吧。奧斯朋尿在國安會的人身上，他對他們撒尿，還甩了甩那話兒。那人真是個他奶奶的美國英雄呢。你算什麼，某個他媽的俄羅斯破壞分子嗎？不過我會幫你的，藍柯。」

寇維爾跟他帶的兩位黑人警探看起來就像外國小偷，一點也不像莫斯科民警。那輛偷來的豪華轎車就在幾條街區外。

「你在莫斯科就應該幫我了，」艾凱迪說：「那個時候我就可以阻止奧斯朋。你現在幫不了我的。」

「我可以救你。」

「救我？」這個笑話讓艾凱迪激動起來。昨天他可能還會相信寇維爾的話。「少了紫貂你是救不了我的。你有紫貂嗎？」

「沒有。」

「你想救我，可是你救不了我。這聽起來沒什麼希望。」

「離開那個女孩吧——讓國安會處理她。」

艾凱迪揉揉眼睛。他在美國而伊莉娜在俄羅斯？這會是多麼荒謬的結果啊。

「不。」

「我想也是。」

「嗯，謝謝你的好心。」艾凱迪準備起身。「你現在最好帶我回飯店了。」

「等等。」寇維爾拉他坐下。「看在以前的份上喝一杯吧。」他在艾凱迪面前的杯子倒酒，從口袋裡翻找出用某種玻璃紙袋裝的花生，在桌面上推過去。比利和羅尼非常好奇地看著艾凱迪，好像他可能會用鼻子喝酒一樣。他們又高又黑，穿戴著鮮豔的上衣和項鍊。「如果調查局可以把你借給公認的兇手，那麼也可以再把你借給紐約市警局五分鐘吧。」寇維爾說。

艾凱迪聳聳肩，一口氣喝光威士忌。「為什麼杯子這麼小？」他問。

「那是神父設計的一種折磨方法。」寇維爾說。他看著其他警探。「嘿，至少讓我們有個碗裝堅果吧。你們哪位可以去跑個腿？」比利去吧台時，寇維爾頭轉回來對艾凱迪說：「很棒的黑桃。」

「黑桃？」艾凱迪問。

「黑人、黑鬼、黑人同胞、兄弟、椰子[1]。嘿，好啦，羅尼啊，」寇維爾在另一位警探發笑並搖頭時說：「如果這老兄想成為美國人，他得學些詞彙才行。」

「你為什麼不喜歡調查局？」艾凱迪問。

狂躁的寇維爾突然有了些變化。他的笑臉扭曲了。「這個嘛，有很多原因。以專業角度來說，因為調查局不會執行調查，他們只會付錢給線人。無論是哪種案件——間諜、公民權、黑手黨——他們只知道找線人。大多數美國人對告密都很敏感，所以調查局就專攻這點。他們的線人都是神經病跟殺手。當調查局接觸到真實世界，你就會突然發現有一堆這種知道怎麼用鋼琴弦殺人的怪人。比如有個怪人被抓了，他馬上就會很樂意出賣他的朋友。他會對調查局說他們想聽的話，然後捏造自己不知道的事。你看，這就是最基本的差異。如果是警察就會親自到街上挖掘情報。他不介意弄髒自己，因為他畢生的志願就是當個警探。調查局探員其實就只是律師或會計師；他想在辦公室工作，穿得很體面，也許還會投入政治圈。那些狗娘養的傢伙就只會每天付錢給不同的怪人。」

「不是所有告密的都是怪人。」艾凱迪咕噥著說。他看見米夏站在教堂裡，然後喝了口酒，將腦中那副畫面推開。

「他們的怪人作證完後，他們就會安置那些人，給他們新的名字。如果那個怪人殺了別人，調查局就會再安置他一次。有些神經病就被安置了四、五次——完全無罪。我不能逮捕他們；他們得到的寬恕比尼克森還多。那就是你利用怪人，不自己解決事情所會發生的情況。」

警探從吧台拿了個木紋塑膠碗回來。寇維爾打開花生倒進去。「既然你都起來了，比利，」他說：「不如你去打給監獄問他們放走我們的朋友老鼠了嗎。」

「雪特！」比利說，但還是去了電話亭。

「『雪特』是什麼？」艾凱迪問。

「狗屎的意思。」羅尼說。

「奧斯朋說他是調查局的線人。」艾凱迪說。

「對，我知道。」寇維爾眼神往上移，彷彿正看著月亮。「你簡直可以想像奧斯朋走進調查局的那天。他們可能為了急著站起來還踢到自己的屌呢。像他這種人——去過克里姆林宮、去過白宮，這種上流社會人物——他不拿一分錢，可以在調查局買賣任何人。到處跟各種左傾分子和共產黨員交好。他就是你夢想中最完美的怪人。」

---

1 指棕皮白心的黑人，比喻受白人文化影響的黑人。

「他為什麼不去找中情局？」

「因為他很聰明。中情局有幾千種俄羅斯情報的來源，還有上百個人進出俄羅斯。調查局被迫關閉他們在莫斯科的辦公室了。他們就只有奧斯朋。」

「他只能給他們小道八卦。」

「他們就只要那個。他們只想爬到某個國會議員大腿上，用熱情的雙唇在議員耳邊輕聲說他們從特別消息那裡聽說布里茲涅夫得了梅毒。他們也是這樣用耳語說著甘迺迪家男孩與金恩的事。國會議員願意為這付錢，聯邦的預算全都是為了這些事。只不過，現在調查局得付出代價了；奧斯朋亮出借據。他要調查局保護他，但是他不要改名換姓躲起來。他抓住了調查局那些人跟彈珠一樣小的卵蛋，就要開始擠壓了。」

艾凱迪在寇維爾說話時吃完了花生。他自己倒了一杯。「可是他偷了紫貂，他必須歸還。」

「真的嗎？如果是國安局偷的，蘇聯會歸還嗎？他是個英雄啊。」

「他是殺人兇手。」

「那是你說的。」

「我不是國安會的人。」

「那是我說的。在這個世界裡我們都是不合群的人。」

「他們沒放他走。」比利講完電話回來了。「現在他們要以酒後鬧事的名義拘留他。他們再過一小時就要控告他了。」

比利的聲音讓艾凱迪聯想到薩克斯風。「你們兩個……」——他看著比利和羅尼——「他們不是在我飯店對街油漆辦公室的人嗎？」

「看吧，」寇維爾對他們說：「我就說他很厲害。」

他們離開酒吧後，比利和羅尼開一輛紅色敞篷車走了。寇維爾與艾凱迪走過一連串以奇怪角度連接的街道，在城裡穿越一片寇維爾所謂村莊的地帶。雪量已經讓街燈突顯出來，也讓夜晚的空氣聞起來更舒服。到了巴羅街，他們在一間三層樓的磚造樓房前停下，房子有大理石階梯與藤蔓，就插在兩旁幾乎一模一樣的房間中間。艾凱迪不必問也知道這是寇維爾的家。

「那片紫藤在夏天會失控，變成一片紫色的地獄，」寇維爾說：「大吉姆和艾德娜讓一個英語不太好的俄羅斯人跟我們一起住在這裡。如果他的朋友要來拜訪，他就會叫他們找一間『被歇斯底里蓋住』的房子。夠像了。」

房子看起來有點像是懸浮在黑暗中。

「我們有一堆俄羅斯人。照顧我們的老太太常在我腳趾上玩五隻小豬。她會說：『這隻小洛克斐勒去市場、這隻小麥爾倫待在家、這隻小史丹佛吃烤肉……』

「調查局以前會派兩個傢伙到這裡在車上待整天整夜。他們會竊聽電話，他們會從我們家隔牆的鄰家安裝竊聽器，他們會審問所有到我們家的人。無政府主義者會在頂樓製造炸彈。整個地方都有種懸疑感，這在其他家庭中可不常見。後來吉米住進了頂樓。與主更親近。他在那裡弄了座祭壇——十字架、聖像。基督就是吉米的炸彈。大吉姆和艾德娜爆炸了，吉米爆炸了，而我，就只剩下我一個俄羅斯人了。」

「你還住在這裡？」

「就在這間操他媽的鬼屋。這整個國家就是一間操他媽的鬼屋。來吧，我們得去找個人。」

寇維爾的車子是藍色，很舊，乾淨得一塵不染。他開上瓦里克街，若無其事對經過的一輛巡邏警車揮手。艾凱迪現在才突然想到，韋斯利一定知道他不見了，在巴塞隆納飯店一定也造成了一些恐慌。他們會向警車發布通告嗎？他們會懷疑寇維爾嗎？

「就算奧斯朋是個重要的線人，我也不明白為什麼調查局肯讓他見我，」艾凱迪說：「不管怎麼樣，他還是個罪犯，而他們是司法機關。」

「其他城鎮都會照規定行事。在紐約沒有規定。如果有個外交官撞你的車、射殺你的狗、強暴你老婆，他還是可以安然回家。外面有一小支以色列軍隊、一小支巴勒斯坦軍隊、卡斯楚的古巴人、調查局的古巴人——我們就只能當個女服務生收拾殘局。」

車子在夜晚穿越一座奇怪的城市，他的想像填滿了看不見的空缺。在暗影中，艾凱迪放進了里卡契夫汽車廠的煙囪、馬涅茲廣場的牆、新庫茲涅斯科街的後街。

「不過調查局這次處理的方式不一樣，」寇維爾說：「他們在華爾道夫飯店有安全的房間，為什麼要讓你住在巴塞隆納飯店？那樣很好，因為他們的維安很爛，我可以讓比利跟羅尼直接到你上面的房間。但是這很可疑，因為這表示韋斯利根本不想在調查局裡留下你來過這裡的紀錄。奧斯朋跟你說了什麼？他有提到什麼交易嗎？」

「我們就只是講點話。」艾凱迪說。謊言毫不猶豫地出現，彷彿來自另一組神經，另一張更能言善道的嘴。

「以我對他的了解，他應該會講他自己跟那個女孩的事。他那種人非常享受在傷口上灑鹽。他就交給我吧。」

曼哈頓下城的公共建築在夜間聚集了羅馬式、殖民地式和現代主義的建築，其中只有唯一一棟以泛光燈照亮的巨大建築除外，這棟建築佔據了一整個街區，而且似乎讓艾凱迪備感眼熟。這是一棟史達林主義的歌德式建築，卻沒有史達林式建築那些東方風格的多餘裝飾，像一隻更加油亮且沒有紅星的骨巨人，並從其光亮中升起而超出了視野之外。寇維爾在前面停車。

「這是什麼地方？」艾凱迪問：「現在有什麼地方還會開著？」

「是墳地，」寇維爾說：「夜間法庭現在開著。」

他們推開黃銅大門，進入滿是乞丐的大廳，這些人身上有紫色瘀傷，外套的口袋和領口都爆開了，而且像被踢過的狗一樣帶著斜視懷疑的眼神。莫斯科也有乞丐，可是只會在火車站或是在民警一鼓作氣掃蕩時看得到。大廳一側長邊上有寫著審判時間的紙張；另一側有一排鋁製電話。大型燈具掛在無法搆及的高處。一對年長的男人注視艾凱迪，他們穿著破舊大衣，手拿公事包。

「律師，」寇維爾解釋道：「他們以為你可能是客戶。」

「他們應該更了解自己的客戶。」

「他們要到通過這些門之後才會知道誰是客戶。」

「他們應該在辦公室見客戶。」

「這裡就是他們的辦公室。」

寇維爾帶艾凱迪穿過人群以及一道雙扇黃銅門，他馬上就認出了法庭。現在已經接近午夜了；怎麼會有法庭還在開庭？

一位身著法袍的法官坐在一張高桌子後方，再往後則有一塊刻著「我們信靠上帝」的木板跟一面用塑膠布蓋起的美國國旗。一位速記員跟一位書記坐在較低的桌子後方，還有一個男人坐在一張桌子後面翻看幾疊覆滿藍色的控告紀錄。律師從文件桌漫步到法官那裡，或是到罪犯旁邊的長椅。這些人男女皆有，遍布各年齡層，大部分都是黑人；所有的律師都是年輕白人男性。

一條絲絨繩隔開了訴訟庭與前面一排穿著皮外套和牛仔褲的人。他們的皮帶上有警徽，臉上露出無聊到極點的表情，有些人翻白眼，有些則是閉上眼睛。被告的家屬坐在後排，旁邊還有進來打瞌睡的乞丐。這裡是城市的睡眠中心；睡意從這個法庭開始並擴散，那種疲累感壓過了所有不法行為，甚至比玩世不恭的表象更持久。法官、罪犯、朋友，每張臉都很呆滯。一個咖啡色皮膚的年輕女子抱著一個穿雪裝的嬰兒，平靜地坐在艾凱迪身邊。嬰兒的眼睛反射著天花板明亮的正方形燈光。百葉窗收了起來。偶爾會有法警將打鼾的人趕出去；其他時候法庭幾乎都很安靜，因為在罪犯和執行逮捕的警員被叫到桌前站著時，律師會去找法官，以細微到聽不見的聲音交談。接著法官就會確定價格。有時候價格是一千元，有時候是一萬元。法官的頭從不抬起，只在雙方律師之間轉來轉去，聽他們說話。他們在講價，艾凱迪明白了。確定價錢之前，一件案子可以花上五分鐘或只需要一分鐘。在莫斯科，他見過酗酒的案子也會這麼快就解決，不過這些可是有關搶劫和襲擊的指控。下一位罪犯被叫到時，前一個就會在絲絨繩內對著外面假笑，然後拿出梳子梳頭，比逮捕他的人先離開。

「什麼是『保釋』？」艾凱迪問。

「就是你要離開監獄所付的錢，」寇維爾說：「你可以把它當成保證金，或是貸款，或是稅金。」

「那就是審判？」

「不，但那是法律。他們還沒帶老鼠出來——很好。」

有些警探走到法庭後方帶著敬意向寇維爾打招呼。他們都是高大、不修邊幅的男人，肌肉與肥肉塞在格子襯衫裡，繫著有警徽的皮帶——跟調查局那些細瘦的探員完全不一樣。其中一人指著懶散站在法官面前的被告說：「那混蛋在巴特里公園襲擊搶劫了一位小姐，所以由搶案組負責。後來他們覺得她被強暴了，所以把案子交給強暴組的女孩們處理；接著她們覺得她快要死了，所以把她又交給我們凶殺組。可是她沒死也沒被強暴，所以他們又把她交回搶案組手裡——只是他們值班結束了，文件又他媽的散布在每個地方，如果文件再過一分鐘沒送來，他就可以走了。」「是個神經病，」第二位警探說：「少年時期就殺過人，燒死了他媽。我們得保護所有會讓他聯想到他媽的人？」「這有什麼意義？」第一位警探問：「這他媽的到底有什麼鬼意義？」艾凱迪聳肩，他不知道。寇維爾也聳肩。他的智慧，他寬大的肩膀，他那雙酒精洗過的藍色眼睛，都是其他警探致敬的目標。「沒有意義，」他說：「這就是意義。」

寇維爾領著艾凱迪離開法庭，回頭穿過大廳。「我們現在要去哪裡？」艾凱迪問。

「去把老鼠弄出大牢。你有更重要的事要做嗎？」

寇維爾在一扇鋼門前按鈴。兩隻眼睛從一道狹縫看出來，接著曼哈頓監獄的門就打開了。監獄就是法庭的拘留室。從某個角度看，綠色柵欄像是伸出手的實心牆壁。從正面看，牆壁打開變成了鋪著黃色磁磚的牢房，裡面十幾個人溫順地等著輪流上法庭，他們唯一的動作就是在艾凱迪和寇維爾經過時移動目光。寇維爾在一間牢房停下，裡面有個穿著奇怪的白人男子：剪掉手指部分的羊毛手套、沾滿爛泥的靴子、有許多口袋的大衣、戴在纏結頭髮上的羊毛帽。他的臉上有泥巴，臉色因為喝酒與曝曬顯得通紅，而他正試著控制左腿的顫抖。牢房外有個鬍子警探跟一位穿西裝打領帶皺著臉的年輕人。

「準備好回家了嗎，老鼠？」寇維爾問牢房裡的男人。

「瑞克先生哪兒也不能去，巡官。」打領帶的男子說。

「這位是地方檢察官助理，他會長大並成為一位高薪辯護律師，」寇維爾向艾凱迪解釋：「而這是一位非常懦弱的警探。」

警探看起來確實想要躲到自己的鬍子後面

「瑞克先生再過幾分鐘就會被傳訊了。」律師說。

「以酒後鬧事的名義嗎？」寇維爾笑著說：「他喝醉了，你以為他還能做什麼？」

「我們想從瑞克先生那裡問出一些事。」律師像隻小狗一樣緊張。「我希望巡官知道最近在哈德遜灣公司發生了一件重大竊盜案，目前還不知道犯罪者的身分。我們有理由相信瑞克先生打算販售那次搶劫中的物品。」

「證據在哪裡？」寇維爾問。「你不能拘留他。」

「我才沒偷！」老鼠大喊。

「總之，他因為酒後鬧事被拘留，」律師說：「寇維爾巡官，我聽說過你的事，我不介意跟你正面對決。」

「你用酒後鬧事的名義把他關進去？」寇維爾看了警探警徽上的名字。「凱西是嗎？我是不是認識你父親？是個警探。」

「老鼠已經在裡面了，而他們需要有人陪他上法庭——」凱西不敢看著寇維爾的眼睛。

「如果是穿制服的這麼做我還能理解，可你？」寇維爾問：「是錢的問題嗎？你想要加班？為了什麼，贍養費嗎？」

「凱西警探正在幫我的忙。」律師說。

「看在你父親份上，我會給你錢，」寇維爾說：「只要能讓來自愛爾蘭的好孩子別去拍馬屁就好。我可不想讓這種事傳開。」

「寇維爾巡官，這件案子無須多做說明，」律師說：「警探已經同意在傳訊時擔任執行逮捕的警員了。我不知道你為什麼關心這件事，不過我們肯定要拘留瑞克先生。事實上，我們應該要上法庭了——」

「幹。」凱西揮揮手就走開了。

「你要去哪裡？」律師問。

「我要走了。」警探沒回頭。

「等等！」律師跑過去，想要擋凱西跟門之間，但警探沒停下來理他。

「你不必跟這些操蛋的愛爾蘭混帳打交道。」他邊說邊甩上門離開。

律師回來了。

「你還是輸了，巡官。就算我們無法傳訊瑞克先生，以他的狀態還是不能自己回家，而且也沒人來帶他走。」

「我要帶他走。」

「為什麼？巡官，你這麼大費周章有什麼原因？你打斷了法庭工作，你威脅一位警探同伴，你還跟檢察官辦公室作對——就只為了一個醉鬼。如果警官可以這樣，那法庭還有什麼意義？」

「沒有意義，這就是意義。」

寇維爾和艾凱迪帶老鼠一路到了大廳，接著他就開始發酒瘋尖叫起來。大廳的乞丐都被嚇到了，有些夢遊者也被吵醒。寇維爾一手摀住老鼠的嘴，而艾凱迪扶著他。老鼠是他遇過第一個真的很臭的美國人。

他們讓他上了車，寇維爾在桑樹街進了一間熟食店，帶回各一品脫的威士忌與波特酒，以及好幾袋堅果。「在熟食店買酒是違法的，」寇維爾說：「所以味道才會這麼棒。」老鼠喝光波特酒，立刻就在後座上睡著了。

「為什麼？」艾凱迪問：「我們為什麼要這麼麻煩把一個酒鬼弄出來？韋斯利跟調查局一定在找我了——也許還有國安會。你會有大麻煩的。到底為什麼？」

「有何不可？」

堅果讓舌頭有鹹味，而威士忌蔓延到了艾凱迪的四肢。他看得出寇維爾相當自得其樂。這是他第一次開始看出情況的有趣之處。「你是想說這其實一點意義也沒有？」他問。

「此時此刻沒有。我帶你參觀一下吧。」

「萬一他們在你讓我回去之前發現了我們呢？」

「藍柯，你又沒什麼好損失的，而且天曉得，我也沒有。我們帶老鼠回家吧。」

艾凱迪看著後座上那個包覆著骯髒外殼的人影。他跟奧斯朋吃過晚餐，見識了美國司法，而且還不想面對伊莉娜。「有何不可？」

「這才對嘛。」

雪和鍍金的中文字在運河街上擺動。

「我從一開始就想不通，」寇維爾說：「你是怎麼當上警察的。」

「你是指警探。」

「警察。」

「隨便。」艾凱迪意識到對方是以奇怪的方式表示讚美，甚至有可能是道歉。「我小時候見過一個案子——本來會是殺人或自殺的案子。」他驚訝地愣了一下，因為他沒打算要說這些。對於這個特定的問題，警探都受過訓練死記答案：提及自己認識如父親般的警探，為了阻止遊手好閒與破壞制度的人，以及為了保護革命。今晚他的腦中有惡魔。「當時戰爭才剛結束，他們的名聲岌岌可危，」艾凱迪繼續說：「我從來沒聽過這麼多人脫口就說出真相。因為受害者她就是一種無法逃避的真相，所以他們無法讓她重新再站起來，而且也因為警探有處理真相的特權。」

他們經過一些名稱神祕的商店，像是Joyeria[2]、Knights of Columbus[3]、Head Shop[4]。

「我表達得不夠清楚。」艾凱迪說。

「再試試。」

「假設一位受人敬佩的藝術家請他太太下車推開在路上的玻璃，結果開車輾過她。一位身為年輕共產黨員並即將結婚的女孩為年邁的祖父母蓋好被子，然後在晚上出發前密封了窗戶並打開瓦斯。一個辛勤工作的農夫兼備受敬重的農學家在莫斯科殺了一位跟自己調情的人。這些都比犯罪更嚴重；這些都是不應該發生的事。它們是真相。這些真相就是關於一種全新的俄羅斯人：一個可以負擔一位情婦和一輛車的男人；一個帶丈夫回家跟兩位老人共居一室的年輕女孩；一個徹徹底底的農夫，他知道自己永遠不會離開距世上其他地方數千哩遠的村莊。我們不會把這些寫進報告裡，可是我們應該要知道。正因如此，我們才有處理真相的特權。當然，我們會玩弄統計數字。」

「你是指讓殺人案變得更少？」寇維爾問。

「當然。」

寇維爾遞來酒瓶，然後用手背擦擦嘴。「為什麼要這樣？」他問。「我們愛死了。在美國，年輕人的死因第一名就是謀殺。屍體都還沒倒地就會在電視上成為明星，每個人都有機會成為大明星。我們有戰爭，還有比戰爭更棒的東西——神經病、強姦犯、酷兒、條子、電鋸殺人狂。走到外面被槍殺，待在裡面看電視。我們在談的可是藝術形式。這比底特律還大，比打砲更棒，是將原生藝術和產業合為一體，就像文藝復興之於義大利、筷子之於中國佬、哈姆雷特扣掉緩慢的部分——我們現在談的可是汽車追逐啊，艾凱迪，我的好孩子。真正被殺掉的人不會得到注意，就只是生活中失去了特技演員。如果你能以慢動作看見更棒的殺人方式，再加上特效，而且一手拿啤酒另一手抓著奶子，你還會在乎嗎？那可是比真正的警察更棒呢。真正的警察都在好萊塢；我們其他人都是冒牌貨。」

荷蘭隧道讓他們進入哈德遜河底下。艾凱迪知道自己應該要覺得焦慮，因為現在韋斯利一定認為他要投誠了；然而他卻有種奇怪的興奮感，彷彿他發現自己正在說一種從來沒學過的語言。

2　販售珠寶。

3　哥倫布騎士會，會員限制為十八歲以上男性天主教徒。

4　出售大麻等麻醉物品及用具的商店。

「我們蘇聯的殺人案都是祕密，」他說：「在公開消息方面，我們算是退步的。就連我們的意外事件都是祕密，無論官方或非官方。我們的兇手通常只會在被抓到時自誇。我們的目擊證人會說謊。有時候我覺得我們的目擊證人比較害怕探員而非兇手。」他在河的紐澤西這邊回頭看著曼哈頓。在百萬個光點的盡頭，有兩座白色的高塔伸進夜空。要是他在雙塔上方看見兩個月亮也不會驚訝。「我曾經以為我想要當天文學家，不過後來我覺得天文學很討厭。星星會讓我們感興趣，只是因為它們很遙遠。你知道什麼才是我們真正感興趣的嗎？在另一個行星上發生的謀殺案。」

路標指向紐澤西收費高速公路、甘迺迪大道、貝永。

艾凱迪的喉嚨很乾，於是喝了一大口酒。「你知道嗎，在俄羅斯沒有太多路標，」他笑著說：「如果你不知道一條路通往哪裡，你就不該上那條路。」

「我們在這裡靠路標過活。我們吃的是地圖。我們從來就不知道自己在哪裡。」

威士忌喝完了。艾凱迪將空酒瓶輕放在車地板上。「你有一個奶奶！」他突然說出口，彷彿寇維爾才剛提到這件事。

「她的名字是尼娜，」寇維爾說：「從來沒成為美國人，直到她死的那天都是。關於美國她只喜歡一件事。」

「是什麼？」

「約翰·加菲爾德。」

「我不認識他。」

「跟你完全不同，比你更像無產階級。」

「這是讚美嗎？」

「他是很棒的情人。到他死的那天都是。」

「你弟弟是怎麼樣的人？」

寇維爾開了一陣子才回答。艾凱迪喜歡看著路面白色虛線像是在跳進車頭燈的樣子。

「可愛。很純潔。他有那種父母很辛苦，他們死了讓他更辛苦。他對神父而言簡直是大餐，他們會把聖杯放到他手裡，然後把通往天堂的護照塞進他屁眼。每次我回家都會去拆掉他的祭壇。我會讓他吞下馬克．吐溫和伏爾泰。但這就像對聖塞巴斯蒂安丟石頭。不過把他趕到俄羅斯這件事，我要怎麼原諒自己？」

貝永充滿了油槽以及鍍銀且打光照亮的分餾塔，有如一座月球營地。

「吉米跟我，我們以前常去緬因州的阿拉加什釣魚。那裡全是木材公司，只有一條路進出。很棒的釣魚場所——狗魚、鱸魚、鱒魚。有沒有在獨木舟上釣過魚？我們甚至會在冬天上去那裡。我把大吉米那台老帕卡德換上特大號輪胎。我們就開著那台車在雪上漂浮。聽過冰上釣魚嗎？你在冰上打個洞，然後把釣魚線放下去？」

「西伯利亞會這樣。」

「要喝得夠多才能保暖。被雪困住？沒問題。小屋有罐頭食物、壁爐、燒柴爐，而且還有你他媽根本砍不完的木頭。那裡有鹿、麋鹿，每一千平方哩才一個狩獵監督官。除了伐木工跟法裔加拿大人，其他什麼人也沒有，而且你英語還說得比他們好。」

他們從橋上經過一條叫凡庫爾水道的河。下方有艘油輪滑行著往大海而去，一隻眨也不眨的紅色眼睛照著它的水路。

「史坦頓島，」寇維爾宣布：「我們回到紐約了。」

「這裡不是曼哈頓？」

「不，當然不是曼哈頓。非常近但又非常遠。」

他們經過成排的房屋。一座石膏聖徒像在為一片草坪祈福。

「吉米能把那些人弄出去嗎，艾凱迪？告訴我事實。」

艾凱迪記起了公園中埋在雪裡的屍體，全部排成一排，連一步都沒逃出去，還有那間木屋，床單蓋住睡覺用的隔間，而柯斯提在那裡騎著瓦蕾莉亞時，吉米．寇維爾就讀著他的聖經。「當然，」他撒了謊：「他夠勇敢。為什麼不能？」

「你說得對。」寇維爾過了半晌才說。

一座橋帶他們經過一片狹長水面回到了紐澤西，路標把那裡稱為亞瑟水道。沿著水道有碼頭、軌道以及煉油廠的火光。艾凱迪失去了方向感，不過由於月亮在他的左側，所以他猜他們正往南走。他們已經在紐約發布通告找他了嗎？他們也會找寇維爾嗎？伊莉娜在想什麼？

「還有多遠？」

「我們快到了。」寇維爾說。

「你朋友老鼠住在這裡？我沒看到任何屋子。」

「這裡全是沼澤地，」寇維爾說：「以前這裡會有鷺、魚鷹、橫斑林鴞。多年前在在這裡可以撈到一堆蛤蜊。還有青蛙。到晚上那些吱喳叫聲就會把你吵到快聾掉。」

「你常來這裡？」

「以前會帶船來。我會跟我們那裡其中一位無政府主義者過來。他愛上了船外機。他也愛上了大麻。當然，我們大部分時間都被困在這。對我來說那就是典型的俄式郊遊。」

現在他們上了一條從工廠旁邊經過的產業道路。在車頭燈的光線下，沼澤顯現出調色盤上所有黏稠的色彩，有各種綠色、黃色、紅色。

「你很擔心，我看得出來，」寇維爾說：「別擔心。奧斯朋我來處理。」

那麼伊莉娜和我會怎麼樣？這是艾凱迪第一個的念頭。被奧斯朋拯救是件多麼古怪的事；他希望他活著。

「在這裡轉。」老鼠突然在後座清醒過來，坐起身。

寇維爾轉進一條通往水道的柏油路。

「除了你跟奧斯朋之外，還牽涉到很多事。」艾凱迪說。

「你是指調查局嗎？他們可以在任何地方保護奧斯朋，但在紐約不行。」

「不，我不是指調查局。」

「國安會嗎？他們也要他死啊。」

「停車！」老鼠說。

他們下了車。沼澤地的一側延伸通往在一條收費公路上移動的微光；另一側則往下連接到船塢。他們跟著老鼠走上一條小徑，踩著如海棉般下陷的路面。

「我帶你們看。」老鼠回過頭。「我才不是小偷。」

在船塢中有以木頭支柱立起的小船。看門狗在一盞燈下方吠叫，而另一處場地的狗也跟著叫了起來，那裡有浸了木餾油的木材，排成好幾座金字塔。水道上一艘載垃圾的平底駁船正要夜間航行。對面史坦頓島上有幾盞燈光、一扇窗戶、一座蹲伏在樹林中的藍色儲槽，而沿著水面則有看似層疊上去的房屋、小船、卡車、起重機。

艾凱迪比寇維爾先走上鋪在泥地相對安全的厚木板。雪花在莎草與燈心草上閃爍。精力充沛的老鼠雀躍到了前方一間鋪防水紙並有火爐煙囪的棚屋。艾凱迪走近時踩到一些小骨頭，像是從泥地裡冒出的牙齒。老鼠打開棚屋的門，點燃一盞煤油燈，邀他進去。

艾凱迪猶豫了。這是他來到美國之後第一次沒被光線環繞。這裡只有公路的亮光、遠處被史坦頓島遮擋住的另一道薄霧，以及頭頂上那片熟悉的半球形黑暗與使人頭暈目眩的雪花閃光。空虛感襲捲了他。

「為什麼我們要來這裡？」他問寇維爾：「你想要我做什麼？」

「我想救你，」寇維爾說：「聽著，巴塞隆納飯店住滿了妓女；調查局不可能掌握進出的人。明天晚上我會讓比利跟羅尼住進你樓上的房間。他們會等到天色變暗的好時機，放下梯子到你窗戶外面。你跟那女孩就換上不顯眼的衣服，在準備好的時候敲打天花板。他們會帶你們搭貨用電梯到地下室。簡單的行動——上去跟出去，紅色小隊以前就做過。」

「紅色什麼？」

「紅色小隊。他們跟你說過我們的事。」

「你怎麼知道他們跟我說過紅色小隊的事？」艾凱迪在等待答案，接著自己說了出來：「你在我們的房間裝了麥克風。那就是你的警探比利和羅尼在對面做的事；他們窗邊的收音機是接收器。」

「大家都在你房間裡裝了發射機。」

「但他們不是我的朋友。身為朋友，告訴我，大家是不是都貪婪地聽著每一個字？有可能以冷淡的態度監聽嗎？原諒我這麼蠢，我現在必須問你在奧斯朋帶我去的那間公寓做了什麼？為什麼那裡沒電？如果我沒猜錯，你是要在那間公寓裝更多麥克風——隨著配線在所有的房間裡都裝一個？哎呀，巡官，你一直很忙呢。你也沒漏掉臥室，對不對？」

「他們要陷害你，艾凱迪。調查局跟國安會一起。這個國家沒有你存在的紀錄——我查過了。這國家沒有，巴塞隆納飯店沒有，到處都沒有。不管我做什麼，都是為了保護你。

「騙子！你為了保護親生弟弟就弄斷了他的腿。你完全知道奧斯朋跟伊莉娜和我的事。」

「可是我能救你們。我可以把你們兩個弄出去，而韋斯利要到早上才會知道你們不見了。在飯店外幾條街外有輛車等著你們，上面有錢、新證件、地圖。你們可以在九小時內到緬因州。我還擁有那間小屋。我為你們準備了補給品，而且把帕卡德換成一輛吉普車。那裡有滑雪板跟步槍。如果情況不妙，你們可以去加拿大──不會很遠的。」

「這是你說的瘋狂笑話，因為你幫不了我們。」

「我可以。你看，這麼一來吉米還是贏了。他還是把兩個俄羅斯人弄出來了。要不然，他這一輩子跟他的死全都白費了。這樣至少能讓吉米活得還有點意義。」

「沒有意義。他死了。」

「我們這是在吵什麼？那就讓我為你做吧。我們是朋友。」

「不，我們不是。帶我回飯店。」

「等等。」寇維爾抓住艾凱迪的手臂。

「我要走了。」艾凱迪拉開手，開始走向車子。

「你要照我說的做。」寇維爾又抓住他。

艾凱迪給他一拳。寇維爾的嘴角裂開流血，而他驚訝的程度彷彿與那一拳的力道相當。寇維爾仍然握著艾凱迪另一隻手臂。

「放開，現在。」艾凱迪警告說。

「不，你必須──」

艾凱迪又給了寇維爾一拳，讓他嘴唇上滿是鮮血。艾凱迪預料這位巡官會展現專業：力道大到能夠擊碎肋骨並讓心臟停止的雙手，可以弄斷膝蓋的踢擊，那股傳說般的暴怒。可是他從高爾基公園之後學會了某件事，所以他認為這次會有點不一樣。搏鬥到死的吸引力越來越大，而寇維爾（Kirwell）──他親弟弟還稱他為**殺威爾**（Killwell）──可以幫得上忙；這可是他最在行的。

「反擊啊。」艾凱迪命令著。「我們一開始就是這樣，記得吧。」

「不。」寇維爾說，但他還是沒放手。

「反擊。」他把寇維爾踢跪在地。

「拜託。」寇維爾用請求的語氣說。

寇維爾在泥地中哀求，這是個他沒見過的怪異人物。

「放手！」艾凱迪大喊。他垂下雙臂。「讓我走吧。不會有什麼逃離到童話小屋那種事的。你很清楚。你很清楚我們可以躲上十年，但國安會如果沒取回紫貂，他們還是會找到我們並殺了我們。沒有紫貂，他們是永遠不會放過我們的。為了紫貂，他們會把我們交給奧斯朋。所以別告訴我你的故事了——你誰也救不了的。」

「你看著就是了。」寇維爾說。

艾凱迪看著棚屋。老鼠還在門口等著，害怕到不敢動。

「看裡面。」寇維爾說。

艾凱迪感覺自己的胸口大量冒汗。他的臉凍僵了。每走一步，地面就吸住他的腳。

老鼠舉起燈光。艾凱迪彎腰通過矮門，推開一張懸掛的捕繩紙。棚屋的牆壁和屋頂是木板與塑膠布，中間以報紙和破布隔著。地板是鬆散的木板。地上一側有一條小地毯與毛毯。室內中間的大肚爐上有一個平底鍋，裝著已經凝結的豆子。無窗的建築內瀰漫著令人難以忍受的腐肉味。

「我沒偷。」老鼠往後退開，顯得很怕艾凱迪。「懂英語嗎？我會設陷阱。那是我的職業，那是我做的事。」

以柳橙箱充當的架子上有成排的油脂和獸脂罐。另外還有一架藥品：毛地黃、硝化甘油、盛裝亞硝酸戊酯的安瓿瓶、康泰克感冒藥、漱口水。

「麝鼠是好食物，自然食物。只是那種名字會讓人猶豫。毛皮是一流的。人們很笨；他們穿的大衣幾乎都是麝鼠毛皮。我一星期會帶十件、二十件皮去城裡。我被陷害了，我才不需要偷東西，也真的沒偷。」

老鼠被爐子絆了一下，平底鍋內的豆子掉到一個裝著金屬用具的硬紙箱上。清潔劑和萬用擦拭布。他拖著腳步後退經過了鬆餅粉、狗糧、蟑螂屋等盒子，以及一張以圖釘固定在防水紙上的約翰・葛倫明信片。罐裝凡士林、A&P即溶咖啡、從紅玫瑰茶製成的鞣酸溶液。涉水靴和一張網子。

「那是我的，在我的陷阱裡。從沒見過那種東西。不是水貂，那不一樣。所以我才會帶牠到城裡，要查出是什麼。」

他後退經過棉花糖、麵包和乳粉的塑膠包裝袋。一條繩子上掛著有髒汙的衣服。一件掛在鉤子上的軍裝外套、一份花旗銀行日曆，以及更多張變得硬捲的捕蠅紙。接著是一條曬衣繩，有光澤的麝鼠毛皮從平坦裸露的尾巴懸掛著，頭部和有蹼的短腳都還連接在上面。

「市場那個人說牠根本不是美國來的。所以說不定是你的。我要說的是我抓到牠，才不是偷的。我帶你去看，就在水道對面。我是滿足的人，我不想要麻煩。」

老鼠從掛鉤取下軍裝外套。

「如果是你的，就是你的。」

鉤子上有一條毛皮，比麝鼠毛皮更長也更窄，毛髮是光亮的藍黑色，尖端部分還具有獨特的「結霜」感，牠的尾巴圓而多毛，獸皮部分硬挺並已鞣製過，但一隻腳爪幾乎被咬穿，可見這隻動物曾經拚命想逃出陷阱。是一隻紫貂。

「我直接帶你去，」老鼠對剛進門的寇維爾說：「一有光我們就去。天亮，就你跟我去。」他傻笑著，目光從艾凱迪身上迅速移向寇維爾，準備好把他們當成可以信任的朋友。「我有祕密。我是從哪弄到那件毛皮的？還有更多呢。」

韋斯利拉下緊急停止桿，電梯廂便懸停在巴塞隆納飯店的四樓與五樓之間。電梯裡有艾凱迪、韋斯利、喬治和雷。時間是清晨三點。

「我們確實發出了一小時的通告，」韋斯利說：「寇維爾巡官完全瘋了，竟然攻擊一位平民司機還奪走他的車。誰知道你會有什麼危險？後來我才想到沒有什麼好擔心的；只要亞薩諾娃小姐在我們手上，你就絕對不會輕舉妄動。只要我們擁有她，我們就擁有你。於是我們等著，然後你就出現在這兒了。你去哪裡了？」他放開緊急停止桿。「我保證，沒關係的。」

喬治和雷在五樓走廊上一路推著艾凱迪前進，直到他擺脫他們並轉過來，而他們回頭望向在電梯等待的韋斯利。「放輕點。」韋斯利說。

艾凱迪獨自走完剩下的路。艾爾在房間裡等著。艾凱迪把他趕出去，用一張椅子抵住門口。

伊莉娜坐在床上看著，顯得疲憊而害怕。他從沒見過她這麼害怕。他注意到床單與她身穿的綠色絲質睡袍有部分重疊，注意到她的長髮散落在肩上。裸露的手臂帶著情色的意味，她的眼睛睜得很大，臉頰上的淡藍色痕跡沒有遮住，這代表誠實。她不敢說話；她幾乎不敢呼吸。一個白痴不該這麼恐懼的，艾凱迪心想。他坐到她身旁，試圖讓自己的手不再顫抖。

「妳在莫斯科跟奧斯朋睡過。妳在這裡也跟他睡。他讓我看了那張床。我要妳告訴我這件事。妳確實打算找時間告訴我，對吧？」

「凱沙。」她的聲音輕微到他幾乎聽不清楚。

「一個男人對妳還不夠嗎？」艾凱迪問。「還是奧斯朋會為妳做某件我做不來的事？某種特別的事，像是特殊的體位？從背後來，從前面來？請告訴我吧。還是他有種妳沒法抗拒的性吸引力？妳對雙手沾滿血的人感興趣嗎？妳看，我的雙手現在也沾滿了血。不是妳朋友的血，抱歉——只有我朋友的血。」

他舉起自己血腥的雙手讓她看。「不，」——他解讀她的反應——「不滿意，不夠刺激。可是奧斯朋曾經想殺妳；說不定這就是差異。對了！一個女人除了想要受到傷害，否則怎麼會跟兇手上床？」他將手指滑進她的頭髮，用力扭轉讓她抬頭。「這樣好一點嗎？」

「你弄痛我了。」伊莉娜輕聲說。

「妳似乎不喜歡這樣。」他放開她的頭髮。「所以不是這個。說不定是金錢讓妳興奮；我知道這會讓很多人興奮。奧斯朋向我介紹了我們的新公寓。我們就要成為有錢人，住在這麼棒的公寓，裡面裝滿了禮物和衣服呢。但那些是妳賺來的，伊莉娜。妳付出的是妳朋友的生命。難怪妳會有這麼多禮物。」他撥弄她睡袍的衣領。「這是禮物嗎？」他撕開衣領，將睡袍扯到半身，從她的乳房處拉開。他在她左乳上方看見了恐懼的脈搏，這就是他跟她做愛時感受到的相同脈搏。他用一隻手輕撫過她的腹部：他的枕頭，奧斯朋的枕頭。

「妳是個妓女，伊莉娜。」

「我跟你說過，為了來到這裡，我願意做任何事。」

「現在我來到這裡，現在我也成了妓女。」艾凱迪說。

她的觸碰讓他同時感到憤怒與虛弱。他強迫自己站起來別過頭；他這麼做的時候，發現自己的淚水傾瀉而出，就像他的動作晃動了一個裝滿水的杯子。殺掉她或是哭泣，他這麼對自己說。熱燙的鹹水灌注到他嘴裡。

「我說過為了來到這裡我願意做任何事，」伊莉娜在他背後說：「你不相信我，可是我告訴過你。我不知道瓦蕾莉亞跟其他人的事。我很害怕，可是我並不知道。我什麼時候才能告訴你奧斯朋的事？

在我開始愛你之後，還是我們待在你公寓之後？原諒我，凱沙，原諒我在開始愛你之後沒告訴你我是個妓女。」

「妳跟他在那裡睡過。」

「就一次。這樣他才會把我弄出去。那時候是你第一次出現，我很怕你要逮捕我。」

艾凱迪舉起一隻手，然後又因為沉重的負擔而垂下。

「妳跟他在這裡睡過。」

「就一次。這樣他才會一起帶你跟我來。」

「為什麼？妳可以獲得自由，擁有自己的公寓、自己的衣服——為什麼要我？」

「他們要在俄羅斯殺掉你。」

「也許吧。他們還沒殺我。」

「因為我愛你。」

「妳應該把我留在那裡的！我在那裡比較好。」

「我沒有。」伊莉娜說。

他從不知道自己有這麼多淚水。他記得溫曼那把刀從他腹部突出的時候——那是唯一另一次有這麼多東西從他體內強烈湧出。但痛苦的感覺沒有多大差異。

「你在那裡我不會比較好。」伊莉娜站起來時，撕開的睡袍從她身上滑落。

他們在聽嗎？艾凱迪納悶著——那些微型的耳朵在床內，在沙發中，在藥櫃裡。遮光窗簾像難看的眼皮垂掛著。他用力拉起，關掉燈光。

「如果你回去那裡，我會跟著你。」伊莉娜在黑暗中說。

他的眼淚像狂暴的噴泉，跟鮮血一樣溫熱。盲目之中，他在腦海裡看見波弗勒斯基火車站附近那間自助餐館的維斯科夫伉儷，老男人端著一盤魚子醬，笑的時候露出鋼牙，他的啞巴老婆則是笑容滿面。「他們一定會殺了妳的。」他說。

「不管你做什麼，我都照做。」

他無力地跪在床邊。「妳不必為了我而出賣自己。」

「我還能出賣什麼呢？」伊莉娜問。「這並不像我把自己當成一雙靴子賣掉。我出賣自己是為了逃離，是為了能夠真正的活著。我並不感到可恥，凱沙。如果不這麼做我才覺得可恥。我絕對不會說我很遺憾做了這件事。」

「可是跟奧斯朋——」

「讓我告訴你吧，我在事後並不感到骯髒，不像年輕女孩那樣。我感到的是燒灼，就像被撕掉了一層皮。」

她把他的頭拉過來靠在自己雙乳之間。他用一隻手抱住她。他的衣服又重又濕，而他脫下了它們，就像擺脫回憶。

至少這張床是他們的，他心想。或許世上其他一切都不是他們的，但照理說這張床是，還有在它上面那件撕破的睡袍與大衣的軀幹部分，以及它上方的那片黑暗。從某方面看，他們對彼此的愛又更深了。他們已經精疲力盡，已經死去，而現在又在這張妓女的床上，在這個外國的夜晚中活了起來。

艾凱迪感覺到伊莉娜在他身旁熟睡。

老鼠一早就會帶寇維爾去找紫貂。

「牠們在亞瑟水道上，」寇維爾在回途中說：「我告訴你，把牠們藏在這裡比藏到上千哩遠的地方合理多了。首先，每個人都會自動假設他把牠們藏在出產水貂的區域。其次，把牠們藏在這裡可以讓他親自掌控情況；他不必依賴某個接起長途電話的人。第三，或許五大湖區周圍有十萬平方哩的面積，但是那裡也有許多水貂農場。這是個巨大的水貂企業合作社，你知道嗎？紫貂需要新鮮的肉。大企業會發現有人正在把那種食物運進他們的森林中。然而紐約可是全宇宙的鮮肉中心；你無法追蹤流向。而且史坦頓島的西側全是樹林跟沼澤，有幾座煉油廠，有一些只管自己事情的本地人，沒有警察。唯一可能出的差錯就是有座籠子破了個洞，一隻紫貂逃了出去，有人抓到牠想要賣掉，所以在曼哈頓的一位毛皮商報了警，而在所有人之中，我正好聽到消息。唯一可能出的差錯。命運對你很好，艾凱迪。好運現在朝著你來了。」

下午，比利和羅尼就會登記入住樓上的房間。等到天黑，艾凱迪和伊莉娜要做的就只有爬上垂降到他們窗外的梯子。只要選擇街上沒人的時間，然後敲打天花板。不會有人從空蕩的辦公大樓裡看見他們。接著他們會搭貨梯從六樓到地下室，再從後門出去找一輛等著他們的車。手套箱裡會有鑰匙、錢以及仔細標記好的地圖。等他們上路之後，寇維爾就會聯絡國安會，跟奧斯朋一樣向尼奇與盧瑞克提出交易：用紫貂交換伊莉娜與艾凱迪。盧瑞克和尼奇還能怎麼做？囚犯早就不見了。一旦調查局發現他們逃離，舊交易就會取消，而奧斯朋不知又會將紫貂藏到哪裡去。重點就是紫貂。國安會一定會立刻跟寇維爾交易，然後趕往史坦頓島。

他點起菸，一邊擋住火光不照到伊莉娜的臉。

伊莉娜並不知情。他們被麥克風包圍住，他要怎麼向她說明逃脫計畫？而且，她活在對奧斯朋交易的期望之中，那種期望就像從黑暗深淵見到日光。沒理由在新計畫開始運作之前讓她害怕；到時候他只要示意她跟著他就好。在她了解情況以前，他們就會在車上了。

一切就靠一個酒鬼。或許老鼠發現了紫貂皮而捏造了整個故事。或者他又發酒瘋，結果無法帶寇維爾找到紫貂。奧斯朋一定知道有隻紫貂不見了；他已經移走其他紫貂了嗎？

那麼他和伊莉娜就有可能走不了。或許調查局隨時都在監視他們房間的窗戶。艾凱迪從來沒開過美國車；誰知道會不會順利？他們可能會迷路。地圖都會刻意畫得不精確，至少在蘇聯是這樣。或許他和伊莉娜一看就知道是俄羅斯人，大家馬上就會認出他們是逃犯。而且，他在外國是個無知的人。

至少，他不必再相信奧斯朋了。正如伊莉娜所言，你只能相信你必須相信的。她並沒有假裝；她想從奧斯朋那裡得到的就只有美國。警探對兇手要的更多，從更高的角度看清黑暗，一片由裹屍布構成的景觀，與邪惡的靈魂接觸。艾凱迪要的，奧斯朋都能給。

煙霧在天花板如思緒擴散成一團積雲。

俄羅斯人／警探／兇手／美國人。沒人像他這麼了解奧斯朋——即使是伊莉娜或寇維爾。艾凱迪知道奧斯朋已經花了一大筆錢暗中把他的紫貂帶出蘇聯。他絕對不會歸還的。如果他把牠們留下，他就會是美國英雄。奧斯朋唯一犯的罪就是在高爾基公園，而唯一能將他連結到那裡的人只有伊莉娜。他在莫斯科曾經試圖殺掉她。一切都沒變，除了現在他也得一起殺掉艾凱迪。奧斯朋會讓尼奇和盧瑞克往錯誤的方向去，並且在艾凱迪和伊莉娜一離開調查局的監督時就殺掉他們。這是艾凱迪唯一確定的事。可是奧斯朋會晚上一天。

熟睡的伊莉娜臉貼著他胸膛。就像她正把生命吹進我的體內，艾凱迪心想。他拈熄了菸。

進入睡夢前，他想像在寇維爾那間小屋生活會是什麼樣子。緬因州有凍原嗎？他們得弄到大衣和茶——能買多少茶就買。還有菸。寇維爾說「就像有啤酒罐的西伯利亞」是什麼意思？無所謂；艾凱迪發現自己因為這些可能性而笑了。雖然他不太喜歡打獵，但是他很樂意去釣魚，而且他從來沒坐過獨木舟。他們還要做什麼？他會要伊莉娜把她這輩子的事從頭開始告訴他，毫無遺漏。等她覺得累的時候，就換他說自己的事。他們的生命會是兩個故事。他不知道他們得等待多久。奧斯朋一定會想找到他們，但是他也會忙著躲起來不讓寇維爾找到——他們可以等。他們會找些書。美國作家。如果他可以弄到發電機，他們就可以有燈光、收音機、電唱機。菜園的種子：甜菜根、馬鈴薯、蘿蔔。他可以邊種東西邊聽音樂——普羅高菲夫、紐奧良藍調。天氣熱時他可以去游泳，到了八月就會有蘑菇可採。

他夢見自己正在黃昏時分的克利亞茲馬河岸邊。遠處的中式燈籠沿著長階梯向下連接至一座碼頭以及裝了各色牡丹的木桶。以橘色油桶為底製成的木筏吸引著泳客前往。

所有人都離開碼頭到了岸上——賓客、音樂家、副官。他的父親和一些朋友在一艘小艇上，小艇正在河中央不停繞圈。他父親拿出一把刀，然後跳進河裡。

雖然河水是不透明的黑水，但艾凱迪可以清楚看見他的母親，因為她穿了她最漂亮的白色洋裝。她看起來像是在俯衝時暫停了，她穿著長襪的雙腳正好在水面之下，身體與水面垂直，一手伸向河底。他們把她帶回來時，他看得出她的手腕被他父親亂砍過，但最後他還是放棄，離開了綁住她手腕的那條繩子。這是艾凱迪第一次見到死人。他母親很年輕——他父親也很年輕，不過已經是位出名的將軍了。

雖然這些夢一向令人痛苦，但他還是分析了這件罪行。一開始他相信是他父親殺了她。她會跳舞、嘻笑，比他最近幾週見過的樣子更快樂，而她獨自離開時看起來正暈眩著。可是她很強壯，也是整群人之中最會游泳的，等於是隻美人魚了。她沒有任何被迫下水的跡象；船沒用過，身上沒有瘀傷。後來他才逐漸明白，那個裝滿石頭的木頭和那條向上升起一公尺長的繩子——末端綁了一個帶有期望的活結——不是別人，就是他母親自己放到河底的。夏季的每一天，他都會在桶子裡多放一塊石頭，讓它更加穩固。等到時機成熟，亦即那場夜間餘興進行到一半時，她就帶著明亮的眼神離開，進入河中順流而下，游到她的繩子那裡往下潛。

他在小時候完全不知道肅清工程師、軍隊、詩人、共產黨的事，也不知道史達林的妻子自殺了，但就算是個孩子也能感受當時那種異樣的恐懼，那些燈籠都變成了小妖怪。最親切的叔父都變成了叛徒。女人們無來由地哭泣。這張照片被裁剪，那張被燒了。大家很難接受她追隨了那些消失之人後卻沒有消失；她要所有人都看見她在水裡。正因如此，他父親才會不顧一切消除證據，也就是那根嘲弄人的繩子，並且將她的死營造成意外——就像史達林對他妻子所做的——甚至是謀殺。在黑暗的水中，她似乎仍然強調著她的指控，藉著往下方游去而逃離，至少在夢中是如此。

4

艾凱迪醒來時，窗外的雪被吹得平飛，看起來像是整個房間都在旋轉。韋斯利、喬治和雷站在床邊。他們全都穿著厚重的大衣。擋在門邊的椅子倒在地上。雷拿著一個公事包，喬治拿著一把槍。伊莉娜一醒來就拉高床單蓋住身體。

「你們要做什麼？」艾凱迪問。

「穿上衣服吧，」韋斯利說：「我們要走了。」

「去哪裡？」

「就是今天了。」韋斯利說。

「奧斯朋的交易應該是明天才對。」艾凱迪提出異議。

「已經提前了。就是現在。」韋斯利說。

「但應該是明天才對。」艾凱迪又說了一遍。

「已經改過了。」

「凱沙，有什麼關係？」伊莉娜抓著床單坐起身。「我們今天就能自由了。」

「你們現在就自由了。照我的話做就是了。」韋斯利說。

「你要帶我們去見奧斯朋？」艾凱迪問。

「那不正是你要的嗎？」

「下床。」喬治說。

「給我們一點時間穿衣服。」艾凱迪說。

「不行，」韋斯利說：「我們必須確認你們沒偷藏任何東西。」

「你們在這裡她不能下床。」艾凱迪說。

「如果她不能我就殺了你。」喬治將槍口對準艾凱迪。

「沒關係的。」伊莉娜在艾凱迪正要移動時握住了他的手。

「這是預防措施。」韋斯利說。

「我帶了你們的新衣服。」雷在床腳邊打開公事包。裡面有給他們兩人穿的全套衣物。

「國安會探員的卵蛋有多大呢？」喬治問艾凱迪。

伊莉娜裸身下了床，眼睛一直注視著艾凱迪。她走到窗前，雙手張開緩緩轉了一整圈。

「我不是國安會的。」艾凱迪說。

「我想妳會發現尺寸很剛好。」雷對伊莉娜說。

「藍柯同志？」韋斯利示意艾凱迪下床。

艾凱迪站起來，眼睛看著伊莉娜。他有過的脂肪都在醫院時消失了；跟皮布留達的鄉間生活增添了肌肉。艾凱迪的疤痕從肋骨開始一路延伸消失在陰毛之中，而喬治將短管左輪手槍瞄準了疤痕的中點。

「你現在要對我開槍解決這件事嗎？」艾凱迪問。

「這只是要讓我們不必擔心你們在自己的衣服或鞋子裡藏了任何東西，」韋斯利說：「這樣對大家都輕鬆點。」

伊莉娜開始穿衣服，她完全無視美國人，彷彿只有她跟艾凱迪在場。

「是我自己緊張。」韋斯利對艾凱迪說。

伊莉娜要穿的有襯衣、胸罩、上衣、長褲、毛衣、襪子、鞋子、雪衣；艾凱迪的則是內褲、襯衫、褲子、毛衣、襪子、鞋子、雪衣。

「我們在美國的第一場雪。」伊莉娜說。

全部都很合身，就跟雷說的一樣。艾凱迪伸手拿他的錶時，韋斯利給了他一支新的。

「時間是六點四十五分整。」韋斯利將錶戴在艾凱迪手腕上。「該走了。」

「我想要梳頭髮。」伊莉娜說。

「請便。」雷把自己的梳子給她。

「我們要去哪裡？」艾凱迪問。

「你很快就會到那裡，你很快就會知道了。」韋斯利說。

寇維爾已經找到紫貂了嗎？艾凱迪納悶著。他要怎麼在這場雪中找東西？「我想要留言給寇維爾巡官。」他說。

「好。告訴我吧。」韋斯利說。

「我是指打電話給他跟他說。」

「噢，我真的覺得那會讓事情變得複雜，尤其是發生過昨晚的事以後，」韋斯利說：「你不會想讓事情變複雜的。」

「有什麼關係呢，凱沙？」伊莉娜問。「我們自由了啊。」

「這位小姐說的一點也沒錯。」喬治邊說邊移開槍口證明。

雷幫忙艾凱迪穿上派克大衣。

「沒有手套。」他摸了口袋裡。「你們忘了手套。」

探員們一度不知所措。

「你可以之後再買手套。」韋斯利說。

「什麼事之後？」艾凱迪問。

「真的該走了。」韋斯利說。

昨晚又小又硬的雪花現在變得鬆軟潮濕。在莫斯科會有好幾大群老女人去掃雪。艾凱迪和伊莉娜被安排跟喬治一起坐進一輛雙門轎車後座。韋斯利跟開車的雷在前座。

暴風雪產生了一片水氣濛濛的騷動。裝了掃雪機的垃圾車開在列隊行進的車頭燈前方，警察揮動橘色的指揮棒，路燈的輪廓被削切了一半。車流緩慢到聽得見輪胎費力前進的吱嘎聲；行人們駝著背。車內的窗戶起霧了；厚重的大衣彼此貼近。艾凱迪必須從韋斯利身上爬過才能開門；喬治拿著槍在伊莉娜的另一側。

「抽菸嗎？」韋斯利打開一包菸遞向艾凱迪。他的表情稍微像少女般臉紅興奮。

「我以為你不抽菸。」艾凱迪說。

「從不。是給你的。」韋斯利說。

「不了，謝謝你。」

「如果你不收下就浪費了。」韋斯利似乎很悲傷。

喬治憤怒地收下菸。

他們在西城公路時，上方有一條高架公路替他們擋住了部分的雪。船隻突然在碼頭之間顯現。

「你跟寇維爾昨天晚上去了哪裡？」韋斯利問。

「這就是我們今天出來而非明天的原因嗎？」艾凱迪反問。

「寇維爾是個非常危險的人，我很訝異你竟然還活著，」韋斯利講完後又對伊莉娜重複：「我很訝異他竟然還活著。」

伊莉娜握住艾凱迪的手。雪偶爾會從上方公路的大洞穿越而下，而她靠著他看，彷彿他們在搭雪橇。

在艾凱迪的雪衣內那件新襯衫感覺很硬，就像他們讓死者穿上的拖鞋。菸是劊子手給的東西，他心想；手套則是他們忘記了。

他應該告訴伊莉娜嗎？他納悶著。他記得她提過柯斯提父親的事，就是那個在西伯利亞追蹤逃亡者的混帳；這位獵人會假裝自己是一般設陷阱捕獸的人，然後跟逃亡者交朋友，分享熱食跟伏特加，等到逃跑者滿懷著夢想睡去時，再人道地割開對方的喉嚨。艾凱迪記得伊莉娜認同這麼做。她覺得帶著自由的幻覺死去總比什麼都沒有好。還有什麼能比奪走這個更殘忍？

要是他錯了呢？要是奧斯朋真的用他的紫貂換取伊莉娜和艾凱迪呢？有那麼一刻他還真騙過自己了！

開槍的會是奧斯朋，艾凱迪很確定。那樣很乾淨俐落，而探員們也是乾淨俐落的類型。艾凱迪和伊莉娜會是侵入者？敵方探員？勒索者？都無所謂。奧斯朋是這方面的專家。相比之下韋斯利就只是個坐辦公室的。

高架公路在他們後方逐漸消失，而天空顯露出來，傾倒著乳白色的雪，這時伊莉娜興奮地更加緊握艾凱迪的手。她是如此的美，讓他有種愚蠢的驕傲感。

也許會發生什麼事；也許車子會永遠開下去。接著他想到了寇維爾在飯店房間裝的發射機。也許比利和羅尼已經聽見了一切，他們就在後面那輛車上。他想到寇維爾和老鼠打算乘一艘小船越過水道。他們在這種天氣下不可能辦到的。如果寇維爾放棄了，也許他正跟比利和羅尼在一起。

「你為什麼笑？」伊莉娜問。

「我發現我得了一種無法治癒的病。」艾凱迪說。

「聽起來很有趣，」韋斯利說：「是什麼？」

「希望。」

「我想也是。」韋斯利說。

車子停了，接著雷從一棟寫著**航海與航空部**的綠色建築前方一間售票亭買了一張票。艾凱迪可以直接從建築底部看見海港的黑色水面。他們已經到了曼哈頓的盡頭。側面有一間舊碼頭屋，典雅的鑄鐵柱覆蓋了雪。一輛車停在柱子後方，駕駛是個女人，拿起一份報紙擋在面前；她的另一隻手上有一杯咖啡和一根菸。

「如果他們停駛渡輪，你們要怎麼辦？」艾凱迪問。

「如果有颶風，他們在停船水域才會有麻煩。下雪絕對不會讓渡輪停駛的，」韋斯利說：「我們的行程剛剛好。」

一艘渡輪比艾凱迪預期得更快出現並連接至那棟建築。柵門打開後，出現了官員與工人，他們舉高雨傘和公事包遮擋暴風雪，試圖一邊在雪中行進一邊閃避開下船的車輛。接著換等待的車輛上船。韋斯利的車在前三排的中間，直接在船上開到另一端。行人則從上方的斜坡登船。渡輪仍然緊靠著碼頭屋；入港用的引擎讓水面沿著碼頭的木樁漲高。船很快就滿了。大部分的駕駛都走階梯上去有餐廳的樓層。兩聲鈴響後，一位穿水手短外套的船員從甲板抬起一個圓柱體，接著讓它落下歸位，解開了入港用的舵。入港用的引擎停止，出港用的引擎啟動。渡輪慢慢離開碼頭進入大海。

艾凱迪猜測能見度為一公里。渡輪駛進一片面紗般的靜謐之中，連引擎的噪音都被悶住了。他們被像是拌進水裡的雪包圍。渡輪一定有雷達，所以不會有碰撞的危險。海上掀起一陣大浪，也許那是船的尾跡；渡輪只像嘆了口氣就穿越過去。寇維爾在哪裡？艾凱迪記起他在結凍的莫斯科河上奔跑。

雷轉下車窗，然後深呼吸。「生蠔。」他說。

「什麼？」喬治問。

「這味道讓我想起生蠔。」雷說。

「你是餓了還是慾火中燒？」喬治問，然後看著伊莉娜。「我知道我在想什麼。」

渡輪內部漆成貽貝般的亮橘色。船上有一具錨、一條纜索，成排的車子之間有岩鹽與輸送管，頭頂有裝著救生圈的箱子，階梯上有救生艇。紅色字體寫著**車輛駕駛務必引擎熄火拉手煞車關閉燈光禁按喇叭禁止抽菸美國海岸防衛隊規定**。整艘船就只靠一條鬆弛的鋼索防止車輛從前方直接滾落。有一扇可摺疊的柵欄門連小孩都能拉開。

「你介意我們出去嗎？」艾凱迪問韋斯利。

「外面那麼冷，你們為什麼想出去？」

「看風景。」

韋斯利那光滑如卵石的額頭懶洋洋地靠向一側。「景色真是美極了。我特別喜歡像今天這種幾乎什麼都看不見的景色。這讓景色有某種意義，」他說：「不過我是宿命論者。有些人就是注定碰不到晴天。我也是個悲觀主義者。你們知道這艘渡輪的甲板是全紐約最受歡迎的自殺點嗎？真的。或者你們也可能不小心從那道柵門底下滑下去。看見甲板有多濕了嗎？想想在下面被吸到推進器裡或是在水中凍死的樣子。哎呀，我負責的時候一定要安全第一才行。」

「那我就抽菸吧。」艾凱迪說。

這是一場俄羅斯式的雪，跟棉花一樣厚。暴風雪這一刻是圍繞著船的單一環狀實體；下一刻，它又碎裂成分離的雪颮，像陀螺一樣在黑色的水面上旋轉。船首的鋼索凍上了一層霧。

瓦蕾莉亞、大盜柯斯提、詹姆斯・寇維爾並不知道在高爾基公園有什麼在等著他們。至少他們到死前都還在溜冰，什麼都不知道。如果他告訴伊莉娜，他們兩個能做什麼？制伏三個有武器的探員？製造騷動？誰會注意到紐約港灣區中央在暴風雪裡一輛車上共五個人的其中兩位乘客？如果他告訴伊莉娜，她會相信他嗎？瓦蕾莉亞、柯斯提和詹姆斯．寇維爾溜冰經過的時候會相信他嗎？

暴風雪的東側分離開來。一尊站在石頭台座上的銅綠巨像從他們旁邊滑過，她舉著一根火炬，頭上戴著放射狀的皇冠，就連艾凱迪也意外地感到熟悉。接著暴風雪閉合起來，她又消失了。

「你看見了嗎？」伊莉娜問。

「一下子。」艾凱迪說。

「別走開。」韋斯利下車，走上階梯消失了。

海灣的表面就像沉重呼吸時的動作。火車車廂從一艘由拖船推行的駁船上方越過；海鷗從漂浮的垃圾中飛起。

艾凱迪發現雷焦慮地盯著一邊的側視鏡。他正看著某個人。所以有人跟來了。艾凱迪親吻伊莉娜的臉頰並望向排在後方的車輛。在渡輪的遠端有兩個人影。突然一陣大雪遮掩住他們，而當艾凱迪再望過去，他們已經消失了。不過他看出了其中一個人是韋斯利，另一個則是叫盧瑞克的紅髮國安會幹員。

大雪紛飛，黑色水面流過，一顆紅色浮標在兩者之間舞動，拉動著鈴鐺。韋斯利回來時，一座島的山丘上有個小鎮從暴風雪中顯現出來。

「到了。」他上車時對伊莉娜說。

「我們在哪裡？」她問。

「這片區域叫聖喬治。」韋斯利說。

「是史坦頓島。」艾凱迪說。

「呃，是沒錯，」韋斯利說：「不管人們怎麼說，這裡還是紐約市的一部分。」

艾凱迪看出伊莉娜似乎將破舊碼頭和積雪的屋頂看成了一座有棕櫚樹跟蘭花的熱帶島嶼。或是擠在大海上的生奶油。她已經接近一趟美妙旅程的終點了。

前方碼頭的水面洶湧起伏，而船員們將斜坡走道勾上了船頭。鋼索放下時，柵欄門往上轉開，車子接連駛下船。

聖喬治差不多就是個俄羅斯村莊。積雪的街道上有深陷的車轍，而車流幾乎是靜止的。車輛老舊生鏽，人們單調地穿戴著兜帽與靴子。房屋很小，有真正的煙囪與真正的煙霧。一座雕像的肩章上積了雪。可是商店有賣鮮肉、禽肉與海鮮。

一條鏟過雪的大馬路從鎮上延伸至較新穎的郊區——以鐵絲網隔開的組合屋。有座教堂看起來像是一艘正在上升的太空船；有間銀行看起來像是加油站。

他們抵達了艾凱迪前一夜到過的高速公路。路上的車非常少。他們後方有三部車，艾凱迪認出了尼奇和盧瑞克。他沒看見寇維爾的警探們。

雨刷在擋風玻璃上以稍微不同步的速度拍打雪花。是雪在落下還是車子在上升？艾凱迪感覺到冰涼的車殼和輪胎的每次轉動、胃裡殘留的威士忌、腋下的汗、喬治手心上的汗、車子裡每個人體內奔流的深色血液、大家呼氣時吹動著浮脹的煙霧。

雷在跨越亞瑟水道的橋之前轉彎。有一輛車跟著。他們在沿著水道的一條狹路上破雪前進，經過儲氣蓋與電線並穿越一片鍍上銀色光澤的燈芯草地。

艾凱迪覺得他的生命簡化了，而且生命的兩半正在閉合。外在的元素不復存在，像是比利與羅尼。雖然一路上的標誌都寫著一種奇怪的語言，但這條路通往哪裡是必然的。

艾凱迪明白了。奧斯朋要在國安會探員被引到距離紫貂千哩之外的地方時殺掉他和伊莉娜。然而尼奇與盧瑞克卻被帶到這裡了。不只明白，艾凱迪還看出來了。所有雙邊線人對雙方而言都是可以犧牲的。一個人對兩邊都幫過太多的忙卻又因此要求太多，這才是更糟的。韋斯利還能有什麼選擇？奧斯朋拒絕躲藏；調查局不只得保護他，還有一整個正在成長的紫貂事業。最後，艾凱迪看出了這當中的對稱性。正如雙眼和雙手一樣，在兩支精力充沛的軍隊之間，一定也有像鏡子般對稱的心。奧斯朋會殺掉他和伊莉娜，然後韋斯利、喬治、雷、尼奇、盧瑞克會殺掉奧斯朋。

他們經過一座畜欄，裡面有匹黑馬站在雪中看著他們離開。

伊莉娜的手指穿過他的指間。雖然她顯得很熱情，但慈愛的他卻未多作回應，讓她就像抓著沒有形體的水。

一座穀倉外有幾輛生鏽的卡車，在雪中剝落的車漆有如橘色雪片。

即使最瘋狂的兇手——奧斯朋——也只是一個人，雖然難以捉摸，終究還是會有弱點。政策和雪一樣，都會將世界簡化為最基本的樣貌。在一片田地上有一具農場機械，一整排彎曲的刀片變成了像是一片亂塗的痕跡。

現在那些被重壓的樹就像在奉承人似的鞠躬著。

第二輛車落後了一大段距離。然而艾凱迪感覺得到它，就像背上的一滴汗珠。

他很好奇，如果看出了生命的輪廓，心裡就會好過一點嗎？

他的汗跟雪一樣冰涼。

雷轉進一道柵門，進入一座廢車場。這裡看起來像是有一大片雪從水道拍打過來並攜帶了所有的鐵製物品。整艘船、挖空的船體、火車頭全乘著一股白色浪潮出現。公車堆疊在卡車上，紐約中央鐵路公司的車廂以一端站立著，船錨放置在活動房屋上。到處都漆著標語：**不得擅自進入這是指你而且內有惡犬**。雖然有一間以汽車牌照鋪成屋頂的辦公室，但是沒人出來阻止他們。艾凱迪發現他們正跟著輪跡走，看起來像是三、四個小時前出現；雷開車時看起來好像少了那些痕跡就會迷路似的。車子猶豫不決地在貨車車廂、配重塊、起重機組成的環礁之間擺動，繞行由不規則形狀之渦輪機與螺旋槳堆疊並覆蓋著雪的小山，並經過以鏈條和廢棄物排成的鬆散斜坡。車轍離開廢車場，穿越梧桐和椴樹，接著進入一片有機械式起重機與藤蔓的地帶。穿過樹林之後，又有更多像是從天而降的廢棄汽車與公車。

由於背景是雪，所以豎立的鐵絲網看起來彷彿是要衝向他們。網子頂部有三股帶刺鐵絲，而在網內二十公尺範圍裡的所有樹木都被砍到只剩樹墩。艾凱迪確定鐵絲網的底部是混凝土。而且立柱上有絕緣體，表示鐵絲網通電了。他盯著一隻褐色小鳥從鐵絲網跳到絕緣鐵絲網上。電源關了。一座電話亭上有句標語：**狗群攻擊，有郵件打電話，小心惡犬**。柵門大開著，顯然是要他們進去。

道路似乎刻意要在樹林中曲折行進。在一處轉彎，他們跟隨的輪胎痕跡分成了兩路。一輛較早出現的車繼續開在路上；另一輛則是改變了方向，逕自穿越灌木叢。

寇維爾在下個彎道等待著。他面向他們，高舉一隻手臂，背後有棵大樹，是榆樹。雷在他前方一公尺處停車。寇維爾沒動，他的視線鑽進車內，然後又穿透出去。他的肩膀、帽子、舉起那隻手的袖口上都積了厚雪。在他腳邊的雪地上，有兩隻伸長身體死掉的大灰狗。艾凱迪發現從寇維爾敞開大衣突出的那一團東西原來是他的內臟，那些內臟是被人拉出來的，現在覆著一層雪。雪也遮掩了他胸口上兩個粉紅色的洞口。他的臉一片蒼白。現在艾凱迪看見了他的腰部和手腕都被繩子固定在樹上。他們下車後，看見血噴濺得到處都是。那兩隻狗類似西伯利亞哈士奇，但是比較精瘦，腿更長，看起來比較像狼。其中一隻狗的頭被壓碎了。寇維爾的眼睛比以往更加黯淡，虹膜也萎縮了。他的表情很疲倦，像是被判處了這輩子都要背著一棵樹。

「老天！」雷說：「這不在計畫中啊。」

「別碰他。」喬治提醒。

艾凱迪施力讓寇維爾的眼睛閉上，替他扣上大衣，然後親吻他冰冷的臉頰。

「拜託遠離他一點。」韋斯利說。

艾凱迪往後退。伊莉娜看起來幾乎跟寇維爾一樣蒼白，而她臉上的痕跡變成了明顯的深色。她終於明白了嗎？艾凱迪問自己。寇維爾讓她想起柯斯提了嗎？她知道瓦蕾莉亞變成什麼了嗎？她終於明白了他們還是沒擺脫高爾基公園？

奧斯朋從他們後方的樹林出現，他帶著一把步槍，旁邊有第三隻灰狗。狗有黑眼圈，頸部一圈環狀毛，口鼻部分有乾掉的血。

「他殺了我的狗，」他一手拿槍指著寇維爾向艾凱迪解釋：「所以我才挖出他的內臟，因為他殺了我的狗。」

他對艾凱迪說話時彷彿目無旁人。他穿著打獵服、綁鞋帶的靴子，戴一頂綠色獵人帽和豬皮手套。他的槍是栓動式狩獵用步槍，有一支瞄準鏡和帶著樹疤圖案的漂亮槍托。一把大刀插在他皮帶上的刀鞘裡。艾凱迪注意到已經沒下雪了；沒有半片雪花落下，連被雪重壓的枝葉上都沒有。整個場面有一種陶瓷般的清晰感。

「嗯，你的朋友帶來了。」韋斯利說。

然而奧斯朋卻注視著死人。「你們應該要讓寇維爾遠離我的，」他對韋斯利說：「你們應該要保護我的。要不是有這些狗，他可能就解決我了。」

「可是他沒有，」韋斯利說：「而且他現在已經不會礙事了。」

「這可不是你的功勞。」奧斯朋說。

「重點是，」韋斯利說：「我們帶來了你的朋友。他們就交給你了。」

「他們也帶來了國安會的人。」艾凱迪說。

韋斯利、喬治、雷本來已經要後退離開艾凱迪和伊莉娜，現在全都停下腳步。

「這招不錯嘛。」韋斯利對艾凱迪說。他看著奧斯朋。「你對了而我錯了。這個俄羅斯人很聰明，不過他很絕望，所以才會說謊。」

「你為什麼那麼說，凱沙？」伊莉娜問。「你會搞砸一切的。」

不，艾凱迪心想，結果她還是沒明白。

「你為什麼那麼說？」奧斯朋問艾凱迪。

「韋斯利跟他們其中一個人在渡輪上見過面。他下了車去找他談。」艾凱迪說。

「渡輪上有大風雪，」韋斯利用合理的語氣說著：「他很難看清楚車外，更別提什麼祕密會面了。」

「你有認出誰嗎？」奧斯朋問艾凱迪。

「很難看清楚。」艾凱迪坦承。

「你幹嘛還要問他？」韋斯利說。

「不過當我看見一個紅頭髮、反猶太主義的國安會幹員，我會認得出來，」艾凱迪說：「即使是在暴風雪中。」

「很抱歉，」韋斯利對艾凱迪說：「可是沒人會相信你的。」

艾凱迪完全無視韋斯利；奧斯朋也是。這裡就像只剩他們兩人。兇手跟追查他的探員，還有誰比他們更適合獨處呢？他們從死者的兩端接近彼此——也從床的兩端接近彼此。這種雙重的親近感是連伊莉娜都無法擁有的。還有誰能夠感受到仍在天空裡那些雪的沉重，並且幾乎聽見空中傳來的柴可夫斯基樂聲？艾凱迪讓奧斯朋從自己的眼睛進入。測試我說的話吧，艾凱迪心想；嗅聞它們，咀嚼它們。我感覺你在我體內移動，就像一隻狼的肉趾踩在雪上。現在感受那股憎恨吧；它就暫留在心臟的後方。必然性一向就在我的胃裡。那正是寇維爾缺乏的。我有。你現在知道了嗎？

韋斯利注視兩人，接著在最後一刻向雷示意。

奧斯朋沒做出明顯的瞄準動作就開槍了。韋斯利的頭突然後仰，光滑的額頭有一半不見了；他的膝蓋先著地，然後是胸部。雷試圖從夾克與大衣內的肩帶皮套抽出一把左輪手槍，但奧斯朋在此時彈出了彈殼，在步槍後膛裝填了一發新子彈並再次開火。雷坐到地上，看著自己滿是血的手。他緩慢抬起手，看著穿透胸口中央的孔洞，然後就鬆軟地倒向一側。奧斯朋的狗攻擊喬治。喬治在狗跳到半空時開槍，而牠在落地之前就死了。奧斯朋的肩膀在流血。艾凱迪意識到有人從遠處開了另一槍。喬治翻滾到一棵樹後方。艾凱迪將伊莉娜拉倒在雪地上，接著奧斯朋便消失在樹林中。

他們面朝下趴在雪地裡，直到聽見喬治和別人的腳步聲跑過。他們用英語來回喊叫，其中有些帶著俄羅斯口音。他認出了盧瑞克和尼奇的聲音。艾凱迪爬行到雷身旁，從他的大衣甩出左輪手槍。車鑰匙也掉了出來。

「我們可以開車，」伊莉娜說：「我們可以離開。」

他把鑰匙放到她手裡，自己留著手槍。「妳離開吧。」他說。

他朝其他人消失的方向跑進樹木。他在手槍的旋轉彈膛左側找到保險並打開。雪地上的足跡很好辨認：喬治、奧斯朋，還有另外兩個人從相反方向過來。他聽見他們就在前方大喊並用力撥開樹枝。步槍射了一發，接著就是手槍迅速開火的聲音。

戰場移開了。艾凱迪再次往前爬行時，發現尼奇仰躺在雪中，已經死了，他的雙腿扭曲，像是在摔下時轉了身。他再往前一點，發現奧斯朋的足跡是個U字形，顯然他是沿原路返回偷襲的。

槍戰停止了，四周很安靜。艾凱迪在樹與樹後方移動。他的呼吸聽起來太大聲了。偶爾有風將樹枝上的雪掃落，而雪撲通掉到地上時都會讓他嚇一跳。他聽見了其他聲音，一開始還以為是鳥——激動的尖銳聲，隨著風飄來又遠去。樹林的盡頭是第二道鐵絲網，就在這片設施的範圍內，並且加上了帆布阻隔。寇維爾的車有一半穿透了鐵絲網，跟帆布與絕緣體纏結在一起。駕駛被困在裡面。後車窗在一個洞口周圍結晶了，而老鼠就在前座上筆直坐著。他死了；血從他破掉的羊毛帽湧出，乾涸成了數道條紋。

艾凱迪來到另一處柵門。柵門開著，地面有幾乎被雪填滿的胎痕通過，以及有人奔跑的新足跡。奧斯朋的紫貂就在裡頭。

整片場地呈長方形，大小約為一百乘六十公尺，布局很簡單。在接近他的那端，有一座用來裝廢棄物的圓形波狀鋼製裝置，還有一間給狗住的披棚；一個圓環上掛著三條鏈子。車輪痕跡通往較遠的那端，而奧斯朋的豪華轎車就停在一座單層水泥碉堡外。碉堡的長度似乎足以容納幾座冰箱、一片準備食物的區域以及一片用於隔離檢疫的區域。足跡跑向紫貂的棚屋。在毛皮市場的那些將領低估了情勢；艾凱迪數了有十間加高並敞開的棚屋，每一間都有二十公尺長，上面的木頭屋頂遮蔽著兩排獸籠和一條中間走道。每一排有四個獸籠，這表示總共大概有八十隻紫貂：在紐約市的八十隻紫貂。他無法看清楚那些動物；牠們因為興奮而移動得太快了。他也沒看見奧斯朋、喬治或盧瑞克，不過這裡可以躲的地方很少——只有擺放在每間棚屋末端的塑膠筒，以及每排獸籠下方的混凝土排水槽。美國人的左輪手槍感覺很怪，而且槍管很短，顯然不是用於精準射擊的，而且他的槍法本來也就很糟；他絕對沒辦法從碉堡或棚屋那裡擊中任何人。他跑向最靠近自己的一間棚屋。

他先聽見槍聲，然後才感覺到子彈。他覺得應該是反過來才對。雖然他絆了一下，但還是站穩了腳步。他心想，要讓手槍子彈從一個蹲伏著的人胸口穿透非常困難；不過現在用步槍子彈就能做到。他撲身到棚屋底下時，肋骨部位的疼痛呈一條線擴散開來。

他上方的紫貂激動地尖叫。牠們爬上鍍鋅的網牆，一下踱步，一下跳躍，完全無法安靜下來。

牠們看起來像貓，再看更像鼬鼠，長著軟毛的耳朵警覺地轉動，尾巴憤怒地豎直，動作快到在籠子裡只是一片黑影。令人訝異的是牠們的生命力。牠們是野生的，未經馴化，非常激動活躍，一邊發出嘶聲一邊想要透過銀色網子抓到他。躺在地上的艾凱迪從棚屋下方望去，看見了兩個人的腳。其中一雙腳邊出現了一張顛倒的面孔，對方的眼睛黑而陰鬱；一把左輪手槍跟著出現。是喬治。他開了一槍，排水槽裡的動物糞便隨即爆開噴濺到艾凱迪身上。艾凱迪也舉槍瞄準。還是太遠了。他在排水槽上翻滾到下一間棚屋，更接近喬治一些，再次瞄準，這時傳來了一聲步槍的槍響。艾凱迪看見喬治的腳往後走，他的頭還低著，手槍則掛在一根手指上。喬治的另一隻手似乎想抓他的背。他的腳步越來越僵硬，頭越來越低，最後倒著摔進了棚屋末端的一個塑膠筒。筒子翻倒了，將魚頭和馬肉混合而成的粉紅色湯汁濺在雪地上。喬治就躺在裡頭。

「艾凱迪．瓦希列維奇。」盧瑞克說。

盧瑞克從艾凱迪所在的棚屋走出，站在他上方，手裡拿著一把馬卡洛夫自動手槍。現在我們要一起獵殺奧斯朋了，艾凱迪這麼想著，但盧瑞克更會判斷誰是敵人，也受過訓練毫不遲疑。國安會幹員將自己當成最後仲裁者，表現出諷刺般的同情心——我們都是人，尤其我們都是烏克蘭人——接著舉起槍，用雙手拿著瞄準艾凱迪。盧瑞克還沒開火，頭皮就在頭骨上往後翻開，灰白色的微粒黏在他的紅髮上，接著他往下倒，膝蓋和臉接連埋進了雪中。這一次步槍響聲是後來才出現的。

艾凱迪往背後沿著棚屋的方向看，發現奧斯朋的腳距離他至少有六間棚屋遠。是瞄準鏡。奧斯朋可以隔著一整排棚屋看見並精準打中目標。艾凱迪猜測他也可以非常輕易地打中在棚屋底下的目標。他在地上繼續翻滾到另一座棚屋下方，更接近奧斯朋，然後站起來。

艾凱迪再拉近兩間棚屋的距離，經過躺在紫貂食物那堆水坑中的喬治。到了下一間棚屋時，奧斯朋出現並舉起步槍，於是艾凱迪蹲伏躲進獸籠之間的木頭走道。欄舍中有些紫貂在籠子裡躲藏；其他的則是跟著艾凱迪，從一端網牆跳到另一端。他注意到每個籠子都有獨立的表格、食物槽和掛鎖。只要他跟紫貂一直在移動，他就有機會。如果能夠拉近距離，他就可以用左輪手槍的五或六發子彈對付一把栓動式步槍。他跑動時以一隻手拍擊獸籠，刺激紫貂。他感覺得到步槍的瞄準鏡，以及對方企圖瞄準他又不想打中這些動物時的挫折感。

艾凱迪跑了兩步距離到下一間棚屋，跳進下一條走道，一邊拍打獸籠一邊對紫貂大喊。牠們拖著尾巴從牆面跳到天花板再到地板，同時發出叫聲，有些還憤怒地尿了出來。他的手流血了；一隻紫貂透過網子咬了他。接著他中彈了，一顆子彈射穿他的大腿，讓他倒在走道地板上。子彈直接穿過，情況還不算太糟；他又站了起來。他發現自己經過了一座空的籠子，而奧斯朋決定冒險開火，不過子彈一定有偏斜，否則他早就死了。棚屋的屋頂鋪了新的木板，籠網也重新漆過，走道上有一根鐵橇和一個工具箱。這個籠子裡面一定是之前逃掉的那隻紫貂。他從棚屋末端離開時，看見奧斯朋追趕過來。艾凱迪本來要撲身到獸籠下方的汙水槽先開槍。可是他一隻腳突然一陣劇痛而無力，讓他因此絆倒了。

接著他聽見了伊莉娜的喊叫聲。她站在設施柵門內呼喊著他的名字。她看不見他。奧斯朋大聲叫她留在原地。

「警探，」奧斯朋大喊：「出來吧！你可以留著槍，我會讓你們兩個走。出來，否則我就射她。」

「快跑！」艾凱迪向伊莉娜呼喊。

「我會讓你們兩個走，伊莉娜，」奧斯朋說：「你們可以開車走。警探受傷了，需要就醫。」

「沒有你我不走！」伊莉娜大聲對艾凱迪說。

「你們可以一起走，艾凱迪，」奧斯朋說：「我答應你。可是現在就要出來，就是現在，否則我就對她開槍了。就是現在。」

艾凱迪回到空籠子旁。他拿起鐵橇，用窄的那端穿過隔壁籠子的掛鎖。裡面的紫貂靜止不動看著。艾凱迪將全身重量壓在鐵橇上，鎖頭喀一聲打開了。籠子的門一打開，紫貂就從艾凱迪的胸口跳到走道上，然後跑出棚屋。他從沒見過能在雪地上移動這麼快的東西。紫貂以柔軟並長了毛的腳爪在雪地狂奔，尾巴在背後抽打著雪。艾凱迪將鐵橇插進下一個掛鎖，再次用力往下推。

「不！」奧斯朋大喊。

艾凱迪抓住正要離開籠子的紫貂抱在身上，而牠亂抓一通想要逃跑。奧斯朋站在走道末端，舉起步槍。艾凱迪將紫貂丟向他。奧斯朋往旁邊站，再次舉起步槍並開火。艾凱迪一條腿失去力氣，在倒向走道時開了槍。前兩發子彈擊中了奧斯朋的腹部。奧斯朋再將子彈裝填至後膛。艾凱迪的下兩發子彈打中了奧斯朋的心臟。第五發在奧斯朋倒下時射中了他的喉嚨。第六發完全沒中。

艾凱迪拖著腳步離開棚屋。奧斯朋仰躺著，雖然身中這麼多發子彈，但他的樣子看起來卻不會太糟。他還握著步槍。奇怪的是，在艾凱迪眼中他不太像是死了，身上穿的甚至並非獵裝，而是一套更高級的西裝，也更有優雅的氣息。艾凱迪坐在他身旁。奧斯朋的眼睛閉著，彷彿要花時間讓自己平靜下來。艾凱迪感覺那具身體失去溫度，開始要變得冰冷了。他疲倦地解下奧斯朋的皮帶，綁在自己腿上。他慢慢意識到伊莉娜就站在他們旁邊。她目不轉睛看著。奧斯朋臉上是不是露出了勝利的表情？

「他跟我說過他愛雪，」艾凱迪說：「也許他真的愛。」

「我們現在要去哪裡？」

「妳走吧。」

「我是為了你回來的，」伊莉娜說：「我們可以逃離，我們可以留在美國。」

「我不想留下。」艾凱迪抬起頭。「我從來就不想留下。我會來只是因為我知道如果不來，奧斯朋就會殺了妳。」

「那麼我們兩個一起回家吧。」

「妳已經到家了。妳現在是美國人了，伊莉娜，妳變成妳一直想要的樣子了。」他笑著。「妳再也不是俄羅斯人了。我們一直都很不同，而現在我知道差異是什麼了。」

「你也會改變的。」

「我是俄羅斯人。」他輕拍胸口。「我在這裡待得越久，就越像俄羅斯人。」

「不。」她生氣地搖頭。

「看著我。」艾凱迪勉強站起來。他一條腿已經麻木了。「別哭。看看我的樣子：艾凱迪・藍柯，前任黨員和調查組長。如果妳愛我，就老實告訴我，我能多像美國人。告訴我啊！」他大喊。「告訴我，」他輕聲說：「承認吧，妳看見的不就是個俄羅斯人？」

「我們都一路走到這了。我不會讓你一個人回去的，凱沙——」

「妳不明白。」他雙手捧住伊莉娜的臉。「我不像妳那麼勇敢，我沒勇敢到能留下來。拜託，讓我回去吧。妳會繼續當妳想要的樣子，而我會當回自己。我會永遠愛妳的。」他用力地親吻她。「去吧，快跑。」

「那些紫貂……」

「交給我吧。快走。」他推著她。「回去的路應該不會太難。別去找調查局；去找警察或國務院，就是別找聯邦調查局。」

「我愛你。」她想要握住他的手。

「我得丟石頭才行了嗎？」他問。

伊莉娜放開他。「那麼我走了。」她說。

「祝好運。」

「祝好運，凱沙。」

她不再哭泣，撥開眼睛旁的頭髮，環顧四周，然後深吸了一口氣。「在這種大雪裡，我應該穿毛靴的，你知道吧。」她說。

「我知道。」

「我很會開車。光線似乎越來越亮了。」

「對。」

她走了十幾步。「我還能聽到你的消息嗎？」她回頭看，眼神憔悴，眼眶也濕了。

「當然了。訊息會傳到的，對吧？時代會變的。」

她在柵門旁又停了下來。「我怎麼能離開你？」

「是我要離開妳。」

伊莉娜走出柵門。艾凱迪在奧斯朋身上找到菸盒，抽起菸來，然後聽著樹枝在風中擺動，直到遠處傳來一輛車發動的聲音。紫貂也聽見了；牠們的耳朵很靈。

艾凱迪心想，所以總共有三場交易。首先是奧斯朋，接著是寇維爾，現在則是他。他會回到蘇聯，這樣國安會才會讓伊莉娜留在美國。他低頭看著奧斯朋。他心想，抱歉了，但我除了自己，還有什麼能拿來交易的呢？那些紫貂，當然了。牠們也必須處理掉。

他從奧斯朋手中拿走步槍，跛行回到了棚屋。他有幾顆子彈？他納悶著。天空正變得明亮而清澈。紫貂安靜下來了；牠們的眼睛靠在網子上。

「我要道歉，」艾凱迪大聲說：「我不知道美國人會怎麼處置你們。經過證明，我們誰都不能相信。」

牠們抓住網子看著他，牠們的皮毛跟煤炭一樣黑，專注地定睛不動。

「他們選了我當劊子手，」艾凱迪說：「而且他們要從我這裡得到真相，兄弟們；他們可不會接受謊言、童話或幻想故事。我很抱歉。」

他聽得見牠們的心臟狂跳，就跟他一樣。

「那麼……」

艾凱迪丟下步槍，撿起鐵橇。他笨拙地以一條腿撐住身體，橇壞了一個掛鎖。紫貂跳了出去，一轉眼就到了外圍的鐵絲網。他的動作越來越熟練，只要在每座獸籠前一推再一拉就行了。香菸是很好的止痛劑。他激動地打開每個獸籠的門，看著那些野生紫貂跳出去逃到雪地上——白色上的黑色，白色上的黑色，白色上的黑色，然後消失不見。

謝辭

我要感謝Anthony Astrachan、Michael Baden醫師、Anthony Bouza、Knox Burger、William Caunitz、Nancy Forbes、Paul Kagansky博士、Anatol Milstein、John Romano、Kitty Sprague與Richard Woodley，他們在我寫這本書的過程中，慷慨地給予協助及鼓勵。

此外，我要特別感謝Alex Levin、Yuri Gendler、Ala Gendler與Anatoly Davydov。沒有他們，高爾基公園將會杳無人煙。

作者介紹

馬丁・克魯茲・史密斯，一九四二年生於美國賓州，原名Martin William Smith，出道時以Martin Smith為名發表作品，但隨後發現有另一同名作家，因此在經紀人建議下，加了個中間名Cruz，從此便以此名走江湖。

一九六四年於賓州大學取得創意寫作學位，六五至六九年間於雜誌社工作，進入七〇年代後，他在工作之餘開始從事小說寫作。他的第一部推理小說《Gypsy in Amber》是以一個名叫Romano Grey的紐約吉普賽藝品商為主角，作品入圍愛倫坡獎小說新人獎決選，隔年發表的續集《Canto for a Gypsy》再入圍愛倫坡獎年度小說決選，這兩部早期作品，以幽默筆調加上當時少見的對於古董藝術品知識與吉普賽文化的深入描繪而廣獲好評，為他的作家之路踏出成功的第一步。至於為他打開市場，成為暢銷作家的作品則是一九七七年的《Nightwing》，不但再次入圍愛倫坡獎年度小說，更於兩年後改編為電影搬上大螢幕。

但他最為人熟知的作品，則是以莫斯科警探艾凱迪・藍柯（Arkady Renko）為主角的系列小說。但當初這個系列的誕生卻是一波三折，一九七三年，Smith首次造訪仍在鐵幕下的蘇聯，回美後出版商希望他能根據這次經驗寫一部美國警探在蘇聯辦案的小說，但Smith最後卻決定以莫斯科刑警為主角，以對當時的共產社會作出更真實客觀的描繪。不料他交出小說大綱後，卻遭出版商退回，要求按照原定計畫寫作，不過他心意已定，於是退回預付版稅，並自掏腰包買回這部小說的提案權。幾經波折後，終於在一九八一年推出這部《高爾基公園》。

這部結合冷戰懸疑氛圍、迥異於歐美的莫斯科異國風情、冷硬派打死不退的硬頸偵探，以及跨國火爆動作場面的作品，推出後不但立即登上各大排行榜，廣獲評論與市場好評，並獲當年度英國犯罪小說作家協會（CWA）金匕首獎，且被時代雜誌譽為『八〇年代驚悚小說經典』。

然而當時冷戰雖已是強弩之末，美國卻仍容不下這部以鐵幕警官為英雄的政治不正確作品（相較幾乎同時推出的《神鬼認證》小說原著，恰是相近主題的大美國英雄主義版），因此在保守派的抨擊下，《高爾基公園》得到英國的金匕首獎，但在美國愛倫坡獎卻連入圍都告落空，對比評論界的讚賞與書市的暢銷，形成極諷刺的現象。而這部少見以蘇聯警官為英雄的美國小說，也因描繪KGB官員與司法界貪腐受賄，以及蘇聯國內民生凋敝現象立刻遭蘇聯查禁，不過其打字謄本或手抄本卻仍在地下廣為流傳。兩年後，《高爾基公園》被搬上螢幕，由威廉．赫特主演，並入圍金球獎，評價頗高，也被列為警探電影經典作之一。

隨著冷戰結束，在時間淘洗下，這部小說終於得到應有的榮譽，在世紀之交，首先是評選愛倫坡獎的美國推理作家協會在評選史上百大經推小說時，《高爾基公園》名列第三十五名，而分類評選中，則在警察程序小說類名列第三，僅次於東尼．席勒曼的《亡者的歌舞之殿》（臉譜）和荷瓦兒與法勒夫婦的《大笑的警察》（遠流）。而在CWA方面，二〇〇五年匕首獎成立五十週年時，舉辦了在五十部金匕首獎作品中選出至尊金匕首的活動，《高爾基公園》亦入選最後七強的決選名單（最後由《冷戰諜魂》得獎），同時亦入選CWA評選的史上百大推理小說之列（No.82）。《高爾基公園》在書市大受歡迎後，馬丁並未乘勝追擊，反而等了八年才推出續集《Polar Star》（北極星），而將近三十年來，他貴精不貴多地只寫了七本續集，並不時再赴俄羅斯或舊蘇聯附屬國採訪尋找題材，因此一路追隨艾凱迪的忠實讀者，也在小說的一個個精彩案件中見證了共產帝國崩解、俄國經歷沙皇／共產

／民主的激烈轉變後產生的複雜社會面貌，而系列後續則持續以轉型正義、美蘇競爭、共產第三國際衰落，以及車諾比核電災變後遺症等作為題材。這系列小說目前共有八集，續集分別為：《Polar Star》（北極星）、《Red Square》（紅場疑雲）、《Havana Bay》（哈瓦那灣）、《Wolves Eat Dogs》（食犬狼）、《Stalin's Ghost》（史達林幽魂）、《Three Stations》（三個車站）和《Tatiana》（塔蒂雅娜）。

馬丁的作品囊括推理、言情、動作驚悚、西部、歷史、戰爭等多種風格，他曾於一九七四至七五兩年間，以筆名Simon Quinn寫過一系列六部帶有詹姆斯・龐德色彩的梵蒂岡警官為主角的宗教審判官系列小說（由本系列書名對〇〇七系列原著的反諷可想見小說風格）。除系列小說外，馬丁亦著有不少獨立作品，且故事背景遍及世界各地與各個歷史時期，充分顯示其寫作功力。得獎紀錄方面，除《高爾基公園》、《Nightwing》與《Canto for a Gypsy》之外，亦曾以《Rose》與《Havana Bay》（Arkady Renko系列第四集）獲一九九七與二〇〇〇年漢密特小說獎（《Havana Bay》並入圍二〇〇〇年金匕首獎決選）。

馬丁與妻子現居美國加州聖拉斐爾市。

作品年表

出版年份	書名	備註
Arkady Renko（莫斯科刑警）系列		
一九八一	Gorky Park	一九八三改編同名電影 一九八一年金匕首獎。入圍CWA五十年至尊金匕首七強決選，CWA百大推理No.82，MWA百大推理No.35，警察程序類經典No.3
一九八九	Polar Star	
一九九二	Red Square	
一九九九	Havana Bay	二〇〇〇年漢密特獎 入圍二〇〇〇年金匕首獎決選
二〇〇四	Wolves Eat Dogs	
二〇〇七	Stalin’s Ghost	

The Inquisitor（教廷審判官）系列（筆名Simon Quinn）		
一九七四	The Devil in Kansas	
一九七四	The Last Time I Saw Her	
一九七四	Nuplex Red	
一九七四	His Eminence, Death	
一九七五	The Midas Coffin	
一九七五	Last Rites for the Vulture	
Romano Grey（吉普賽古董藝品商）系列		
一九七一	Gypsy in Amber	入圍一九七二年愛倫坡獎年度小說決選 一九七五年改編為電視電影The art of crime
一九七二	Canto for a Gypsy	入圍一九七三年愛倫坡獎年度小說決選
獨立作		
一九七〇	The Indians Won	
一九七二	Analog Bullet	
一九七五	The Human Factor	

一九七五	The Wilderness Family	筆名Martin Quinn
一九七七	Nightwing	入圍一九七八年愛倫坡獎年度小說決選 一九七九年改編同名電影
一九八六	Stallion Gate	
一九九六	Rose	一九九七漢密特獎
二〇〇二	December 6 （再版書名Tokyo Station）	
平裝系列小說		
一九七二	Inca Death Squad	筆名Nick Carter （Killmaster series）
一九七三	The Devil's Dozen	筆名Nick Carter （Killmaster series）
	Ride for Revenge	筆名Jack Logan （Slocum western series）

小說精選

高爾基公園

2019年4月初版　定價：新臺幣480元

著者	Martin Cruz Smith
譯者	巫聿文
	彭臨桂
叢書編輯	黃榮慶
校對	陳麗卿
	程道民
內文排版	極翔排版公司
整體設計	木木Lin
編輯主任	陳逸華

出版者	聯經出版事業股份有限公司
地址	新北市汐止區大同路一段369號1樓
編輯部地址	新北市汐止區大同路一段369號1樓
叢書編輯電話	(02)86925588轉5307
台北聯經書房	台北市新生南路三段94號
電話	(02)23620308
台中分公司	台中市北區崇德路一段198號
暨門市電話	(04)22312023
台中電子信箱	e-mail：linking2@ms42.hinet.net
郵政劃撥帳戶第	0100559-3號
郵撥電話	(02)23620308
印刷者	世和印製企業有限公司
總經銷	聯合發行股份有限公司
發行所	新北市新店區寶橋路235巷6弄6號2樓
電話	(02)29178022

總編輯	胡金倫
總經理	陳芝宇
社長	羅國俊
發行人	林載爵

行政院新聞局出版事業登記證局版臺業字第0130號

本書如有缺頁，破損，倒裝請寄回台北聯經書房更換。　ISBN 978-957-08-5293-6 (平裝)
電子信箱：linking@udngroup.com

國家圖書館出版品預行編目資料

高爾基公園/Martin Cruz Smith著．巫聿文、彭臨桂譯．初版．
新北市．聯經．2019年4月（民108年）．456面．14.8×21公分
（小說精選）
譯自：Gorky Park
ISBN 978-957-08-5293-6（平裝）

874.57　108004113